JN269742

文化としての他者

文化としての他者

ガヤトリ・C・スピヴァック

鈴木聡　大野雅子
鵜飼信光　片岡信＝訳

紀伊國屋書店

Gayatri Chakravorty Spivak

IN OTHER WORLDS
Essays in Cultural Politics

Copyright©1987 by Methuen, Inc. All rights reserved.
Authorized translation from English language edition
published by Routledge, an imprint of Taylor & Francis Group LLC.
Japanese translation rights arranged with Taylor Francis Group LLC
through Japan UNI Agency,Inc.,Tokyo.

マイケルに

目次

著者の覚え書き

旧植民地出身の学究がまるで流民のように住んでいる空間を打ち破ってくれたのは、今日、ディコンストラクションと呼ばれているものだった。もしそれがなかったら、私にとって［本書の原題である *In Other Worlds* のいう］「ほかのいくつかの世界」は存在しなかったことだろう。というわけで、私はジャック・デリダに恩義を感じている。

本書の論考の多くを執筆しているあいだ、さまざまな段階で励ましを与えてくれたのは、ポール・ド・マンだった。八〇年代の比較的早い時期に経験した、マイケル・ライアンとの付き合いは、しばしば衝突もあったものの、独自の生産的エネルギーをもたらしてくれた。支持と根気強さを示し続けた学生たちにも、感謝しなければならない。

本書に収められた諸論考の初出は以下の通りである。再録を許可されたことに対して感謝の意を表したい。

「刃としての文字＝手紙」、『イェイル・フレンチ・スタディーズ』
「フェミニズム的な読みの発見――ダンテ‐イェイツ」、『ソーシャル・テクスト』

「フェミニズムと批評理論」、『母校に』（イリノイ大学出版局）
「説明と文化——雑 考《マージナリア》」、『ヒューマニティーズ・イン・ソサイエティー』
「解釈の政治学」、『クリティカル・インクワイアリー』（シカゴ大学出版局）
「国際的枠組みにおけるフランス・フェミニズム」、『イェイル・フレンチ・スタディーズ』
「価値の問題をめぐる雑駁な考察」、『ダイアクリティックス』
「マハスウェータ・デヴィ作「ドラウパーディ」」、『クリティカル・インクワイアリー』

このような論文集の慣例として、ほとんど変更は加えなかった。

第一部

1　刃としての文字＝手紙

精神分析批評のもくろみのひとつが、「哲学的伝統に属する陳述のいくつかをこの「発話の資格にかかわる」テストにゆだねる」[1]ことにあるとすれば、私のようなアメリカの一般的な批評家は、サミュエル・テイラー・コールリッジの著書『文学的自叙伝』の第十二章と第十三章に自らのまなざしをすえてみてもよいかもしれない。これらふたつの章は決まって、精神活動における主体と客体の統一、有機的想像力、自律的な自我といったものについて、パラダイムとなる重要な陳述を与えるものとして解釈されることが常である。過去五十年間にわたって、ニュー・クリティシズムが——I・A・リチャーズ、ウィリアム・エンプソンから、ブルックス、ランサム、テイト、さらにはウィムサットへと連なる系列が、「文学とは精神の自律的な活動であるとする暗黙の前提のうえに「自らを」築い」てきた[2]。アメリカでもっとも広く受け容れられている文学教育法の基本原則を与えてきたこの学派が、同時にまた、至高なる主体の預言者と目されるコールリッジと逐条的に対話を交すことがしばしばであるのも、別に驚くにはあたらない。リチャーズのことばを引用してみよう。ここで彼は、第十二章と第十三章を論議の対象にしたいと述べている。「いま、コールリッジの想像力理論を解き明かしはじめるにあたって、私は、彼自身が『文学的自叙伝』において……現にはじめている地点からはじめたらいかがかと申しあげたい。すなわち、知識の、あるいは意識の、あるいは彼の言によれば、『主体と客体の一致もしくは連合』の営みに関する理論からはじめようといいたいのだ」(3)。

アメリカの一般的な批評家が最新の精神分析の規則を用いて『文学的自叙伝』のふたつの章を検証することには、それゆえ、重要性とはいわぬまでも、ある種の信憑性がないわけでもないことになる。そのような検証を記述するに際し、私は、それがもつイデオロギーをそれとなく示唆しようと思っている——他のひとによって展開された「理論」を批評の実践のなかで「応用する」というイデオロギー、なんらかの「人間の学」に見られる解釈の状況のうちに、文学批評家の務めに類似したものを発見するというイデオロギーである。本稿の終わりで私は、このようなイデオロギーについてもっとはっきりした見解を加えるつもりだ。本論の進行につれて次第に理由が明確になってくると思うが、私は、コールリッジを知識人の集団の一員として「位置づける」つもりもないし、彼の、いわゆる「剽窃」という興味深い主題を扱う試みを行なうつもりもない。

『文学的自叙伝』は、コールリッジの理論的著作のなかでもっとも一貫した持続力を有する、もっとも重要な作品である。それはまた、自伝であることを公然と表明してもいる。最新の精神分析学のおもだったテクストに関心を向けてきた批評家は、いかなる言語行為も、いわゆる実質によってばかりでなく、実質が枠組みをつくり、そして/あるいは、あいだを埋める役を果たしている、切れ目および空隙によってもかたちづくられているのだということを学んだ。「われわれは、閉塞物[obturateur]の役割を果たすなにか——罠がはじまるまさにその場で、飲みこまれ吸われる対象a——の働きによる無意識の閉鎖[fermeture]を思い描くことができる」(4)。こうした問題設定がコールリッジのそれのような公称の自伝のなかで演じている役割は、まさに興味津々たるものといえるだろう。このような洞察に助けられて、批評家はコールリッジのテクストのうちに、論理的、修辞的ないいまちがいといい抜け、そして、まさに語りのうえでの閉塞物《オプチュラトウール》としか思えぬものを発見するのである。このテクストはあまりにも多くのことを詰めこまれているし、徹底的に註釈を加えられているので、ここでは、いま論じたような局面のごく簡単な素描を行なうにとどめたい。

『文学的自叙伝』の全体は、多くのロマン派の作品が共有している予‐兆と先‐送り（今日的ないい方をすれば差延――回避であるとともに憧憬でもあることは確かだ――ということになろうか）の説話的構造のうえに存立している。「まずはじめは『シビラの葉』（詩集）の序文として意図されたものが、それ自体序文を必要とするような文学的な自伝へと発展した。この序文そのものは、本来もくろまれた限界を超えた大きさに達し、最終的にはふたつの部分――自伝（全二巻）と詩集――に分けて発表された作品の全体のうちに組み入れられたのである」(5)。

『文学的自叙伝』は、したがって、真正の書物などではまったくない。それは、そのあとに来たるべきなにかを指し示す序文として意図されたものなのだから。自己を滅却するという課題に失敗したからこそ、それは一冊まるごとの書物となるにいたったのである。そういう書物として見てもこの作品は上出来とはいいがたい。さまざまな理由が考えられるが、なんといっても、この作品はそれ自体のうちに自らの失敗した序文を含んでいるからだ。ひとはこの書物をそれ自体の場所に位置づけることができない。それは、自らの前途を予期するとともに、振り返って自らの失敗を思い返す。そしてある意味で、自分自身の不在をしるしづけるのだ。それは欠如によって生まれた自伝、怪物的に肥大した序文ともいえるだろう。そればかりではない。いままさにあるこの作品もなお、ひとつの序文として呈示されることがしばしばなのだ。

「この書物の末尾で告知されている」ついに書かれることのなかった「私のロゴソフィアの第三論文のなかで」、「私は（神の御心にかなうなら《デオ・ウォレンテ》）科学的に整えられた力学的な哲学の論証と解釈を与えるつもりである」（179-80）。「しかしながら、これは確信をもってくれていいことですが」とコールリッジは自分自身に宛てて書いている、「私は、あなたが約束され告知された建設的哲学に関するあなたの偉大な本を切に待ち望んでいるのです」（200）。

　語りによる『文学的自叙伝』の資格の申し立てはこのように、故意にとらえどころのないものとなっている。エクリチュールが空隙の存在をほのめかしているともいえよう。このような枠組みの内部にあって、想像力を論じた有名な章（第十三章）は、独得の方法で自らの不在を宣言している。コールリッジはわれわれに、この章の立論は苦難に満ちたものだったが、ある友人の求めによって発表を差し控えることにしたというのである。その友人とは、よく知られているように、「コールリッジの想像力のつくった虚構」、「コールリッジ自身」を語るいまひとつの方法にほかならない。「ここまで印刷所に渡すため原稿の浄書を行なっていたときのことだ、私はひとりの友人から次のような書簡を受けとった。その人物の実践的な判断を評価し敬うにはじゅうぶんな理由があった……このきわめて思慮深い手紙のおかげで……私は、現時点ではこの章のおもな成果を述べるだけで満足することにしたいと思うのである。それは、将来出版されるまで保留することとした。その詳細な趣意書を読者は第二巻の結尾に見出すこととなるだろう「これは無益な約束に終わった」」（198, 201-02）。

　もっと正確ないい方をすればおそらく、この章は自らの真正の不在よりはむしろ近づきがたさを宣言しているということになろう。なぜならそれはどうやら存在するようだし、コールリッジの友人たる、この章の特権的な読者は現にそれを読んだのだから。だが、『文学的自叙伝』は自伝であるとともに序文でもあるがゆえに、それは発表を差し控えられなければならないのだ。「というのも、彼は［あなたの本を読むひとは］まさにこのように評するかもしれないからです」とコールリッジの「友人」は評する、「いったい誰が、詩の集成の序論として発表されたものでもある、『我が文学的生涯と意見』というあなたの著書の扉ページから……観念的実在論に関する長大な論文を予期したりするだろうか、推測だにしないのではなかろうかと」(200-01)。この章がほとんど反駁しがたいほど堂々と現前していることをわれわれは確信する。値段とページ数の点からいえばその実在感には文句のつけようがない。「私はなんら躊躇することなく、この章をいまある作品から除くよう忠告しまたうながしたいと存じます……この章は、もし印刷された暁には少なくとも百ページほどの長さにのぼることでしょうし、そうなれば必ずや御著作の費用を途方もなく増大させることになるでしょう」(200)。「したがって**想像力**とは、私が思うに」ということばではじまるいくつかの段落、「コールリッジの想像力理論」としてしばしば引用されてきた箇所は、ただ単に「この章のおもな成果」であるにすぎない。「それは、将来出版されるまで保留する［差し控える］こととした。［先を見越す］その詳細な趣意書を読者は第二巻の結尾に見出すこととなるだろう」(201-02)。

　これらの章における語りの屈折のもっとも強力な装置、もしいってよければ閉塞《オプチュラトゥール》物は、いうまでもなく、本来の第十三章の出版を妨げた手紙である。その身振りはまず、一次的想像力を記述するものとして実にたびたび引用されるコールリッジの公式、「無限なる『**我存在す**』の永遠の営み」(202)からこのうえなくかけ離れたものといえるだろう。それは、外的な妨害として表わされた、自分自身への、書かれたメッセージにほかならない。そして、それこそ、至高なる想像力の本質をめぐる有名な結論へと達する議論の有機的な過程と展開の代わりに呈示されたものであることを、批評家は忘れることができないのである。なぜ、作者としての自己の名前の偽りの否認（というのも、結局のところこの手紙はコールリッジ自身によるものなのだから）、他者の権力の偽りの宣言が、このうえなく重大な自己称讃の場を占めなければならないのか。これは、われわれが取りあげている批評家が精神分析学の研究の結果いだくにいたった疑問なのである。

「私は、あなたがあまりにも多くのことをやり遂げながら、なおまだじゅうぶんではないということを明瞭に理解しています」とコールリッジはコールリッジに宛てて書く。いま取りあげているふたつの章のなかで読者は、公然と告げられるとともに充塡されている空白という、全般的な語りのモティーフに加えて、事物とその対立物とのあいだの特殊な修辞的変動と出会うことになる。そこでは時として対立が解消されることもある（たとえばここでは、あまりにも多すぎるものがおそらくはじゅうぶんではないものとされているようだが、もちろん両者は同一のものではあり得ない）。それは事物それ自体の不在を巧妙に示唆する手立てであるが、実際的ないい方をすれば、そして修辞学の約束《コンヴェンション》事に依拠するならば、それと同時に事物の現前もまた示唆されているのだ。典型的な、開示のうちなる隠蔽、予知の捏造によって「シニフィエの効果」をつくり出すシニフィアン——それこそは、精神分析学が批評家に認識するよう教えたものである。ここにはそのような修辞的身振りのいくつかが認められる。

第十二章の表題を検討してみよう。「あとに続く章」の「精読」あるいは「省略」に関する、「要請」——未来の成果を期待すること——と「予告」——その成果をまえもって知ること——である。最初の二ページは、「哲学者の無知について理解すること」あるいは「哲学者の悟性について無知である」ことにあてられている。このことばとあとに続く叙述とのあいだの関係はただちに明らかになるわけではない。ふたつのことがらの区別は、単に修辞的変動を強化する目的でもち出されているだけのようにも思われる。次にわれわれが読むことになるのは、読者に「続く章をすっかり無視して素通りするか、あるいは全体を連続して読むか」(162) どちらかするよう求める要請である。もしかりに、コールリッジがこれらの章を連続して読むことを妨げる幾多の障害物を設けるだろうという事実を無視するとしても、また、この要請がそれ自らの適切な場所ではなく、「著者の懸念から未知の読者に向けて発せられるさまざまの要請の代わりに」(162) 提出されているという事実に眼をつむるとしても、われわれが「続く章とはどれのことか」と問いかけるのには、まさに正当な理由があるといえるはずだ。いままさにはじまり、ただちにこれから続くであろう第十二章なのか、それとも、この章のあとに来る第十三章なのか。もちろん私は、常識的にいってわれわれは自らの選択をなし得ないなどと示唆するつもりはない。そうではなく、修辞的に見れば、この要請は、論議の的となっていることがらの現前の可能性を、曖昧にするもののように思われるといいたいのだ。

コールリッジはいまや、変動のレトリックに条件のレトリックを重ねる。いかなる種類の読者を自分は望んでいないか、彼はわれわれに語る。「もしひとが、物質、精神、魂、肉体、行動、受動性、時間、空間、原因と結果、意識、記憶と習慣を根本的な事実として……受け容れるならば」等々の条件があって、「そのようなひとにこそ私は、なるべく丁重に、この章は貴殿のために書かれたのではないというほのめかしを伝えたいのだ」(163)。「原因と結果」というくだりに達するや否や並列法に破綻をきたしてしまうこの文のあとで、コールリッジは「より多くとより少なく」の語法に身を投じる。その箇所を注意深く読めば、「それらを還元することもさらに困難なわけではない」という表現と、「いわんや……好意的な精読を予期できるわけがあろうはずもない」という表現は調和しないものであることがわかるだろう。「それゆえ[これらの用語を]全体として、未検討のまま受け取るなら、それらの内容をあらゆる形と色合いにおいて抽き出すには、ただある程度の論理学の心得がありさえすればよいことになる。それはちょうど、村の縁日に出る手品師が口からリボンを次から次に取り出すようなものだ。そして、それらの用語の相異なる類別にもう一度、それらを還元することもさらに困難なわけではない。（中略）いわんや例の……簡にして要を得た哲学に改宗した者たちから好意ある精読を予期できるわけがあろうはずもないのである」(163)。こうしたところで「より多くとより少なく」のレトリックはわれわれを欺こうとしている。それ自体としては適切な基準をもって事物の不在を告げる仕掛けであるのに、ここでは、偏向した不完全なものとなっているため、現前と不在のあいだの、欺瞞に満ちた戯れへとさらにわれわれを誘う結果になっているのだ。

「しかし」とコールリッジは次の段落を書きはじめる、「真理を語るべき時が来た」。それは、ためらいがちにいくつかの選択肢によって呈示される否定的な真理である。「**哲学者**となることは、すべてのひとにとってあるいは多くのひとにとって可能でもなければ必要でもない」(164)。このような区分の手段を講じたあと、コールリッジは、人間の知識の存在しない、あるいは人間の知識をもってしては接近し得ない自律的な意識の場所を残しておく。「われわれは人間の知識の対象となるすべてのものを、自律的な意識のこちら側とあちら側に区分する」(164)。

次にコールリッジは、歴然と哲学的解説のための語法とわかるものを自家薬籠中のものとして駆使する。ここで読者が繰り返し出会うのは、論理の横滑りと呼ばれてしかるべきものだ。

簡単にいえば第十三章の荘重な論証の幕明けを用意するものとなっている第十二章で、コールリッジは述べる。「同様に可能性のあるふたつの場合が考えられる。**客観性を第一にするか……それとも主観性を第一にするか**」。なぜなら、「自然の概念は、その観念的複製物をつくり出す、すなわちそれを表象する、知性の共存を明白には含意していないようだ」(175)からだ。そこまでのところは結構だ。けれども数ぺージあとに、コールリッジは、第一の選択肢の根拠は偏見であり、第二の選択肢の根拠こそ簡潔に根拠といい切ってよいものだと明言するのである。その理由は強迫的なものだ。もしそうでなければ、思考は消滅してしまうからである。

われわれなくして事物は存在しないということ……は、根拠あるいは論証によってそれを除去しようとするすべての試みに対する反証であり続けている……哲学者はそれゆえ、この信仰を偏見以外のなにものでもないものとして扱うよう自らを強制する……。（中略）いまひとつの立場は……実のところ無根拠だ。（中略）それは無根拠であるが、それというのも、それ自体が他のすべての確信の根拠であるからなのだ。この明白な矛盾を……超越的な哲学者は……われわれ自身の直接的な自意識と……それが一致するのみならず同一でもあるという……想定をいだくことによってのみしか解決し得ないのである（178；傍点引用者）。

この根本的、強迫的、必然的な欲望のうえに、知識の一貫性と可能性を希求する哲学者の欲望——一者への欲望——のうえに、コールリッジは自らの議論の礎石をすえる。そしてさらに、いま引用したくだりで呈示されたふたつの立場の同一性を論証することこそ「哲学の務めであり目的である！」（175-78）と示唆するのだ。それは、読者が次の章で眼にするように、遅延と欺瞞によってしか達成され得ない務めであり目的なのである。

まさに第十二章のこの箇所で、コールリッジは、来たるべき第十三章の分析に備えるようわれわれに対し体系的に心がまえを施している。われわれは第十三章における分析の用語法を教授される。それは、われわれの大半が読むべきものではないと彼が警告し、誰かがなんとかして読もうとしてもそこにはついに存在しないだろう章である。そして第十二章の全体を通じて、コールリッジは、彼の理論にあってもっとも特異な矛盾と取り組んでいる。すなわち、客体の優越性は可能であるにしてもただちに拒絶されなければならず、主体と客体の同一性は、強迫的な企てにすぎないと見なされるだろうが、哲学の一般原理として呈示されなければならないとする点である。ここでいう「同一性」はそれ自体、自己‐表象と自己‐意味作用――これらふたつはどちらも、自己からの分離によってかたちづくられる概念だ――のつきることない本来的な属性だ。しかしながら、そうしたすべてのことにかかわらず、そのような同一性は継ぎ目のないものでなければならない。いうまでもなく、これはコールリッジに特有の事態というわけではない。もし、「精神はそれがなすことにすぎず、その行為は自らを自分自身の意識の対象とすることだ」ということばと任意に出会ったとして、誰がそのほんとうの作者をいい当てることができるだろう。

　私が先ほど引用した一節で、コールリッジは、哲学者の企図の推進力は欲望だと示唆する寸前のところまでいっている。ほかのどこの箇所でもコールリッジは、主体と客体のみならず、分裂した主体の根拠をも統一へと導く力が欲望でもあることを公然と宣言してはいない。それは、ラカンが分析して、他者の欲望と、他者を生み出すとともに、他者、客体、他者‐代替物、さらには主体あるいは主体たちのイメージ――「現実界」を装うすべてのものの戯れ――を専有化する欲望とに分けることとなる欲望である。けれども、一元的な一貫性を求めるコールリッジの欲望は、区分の言説によって絶えず裏切られているように思われる。まず最初に原理とその表明の区分。「この［同一性の］原理はそれ自らを表明する……」(183)。同一性の表明そのものが、ひとつの部分ではなく、代替物によって結びつけられ翻訳の可能性によって支えられたふたつの部分を用いて与えられるのだ。それは同一性の唯一性とは相矛盾する事態であり、言語の多様性を前提とするなら、それは原則的に、同一性を限定し得ないものとしてしまうことになるだろう。第一の部分とはラテン語の単語“sum”［私は存在する］であり、それはページのうえでは同じ綴りである英語の単語“sum”［総体］を示唆する。ラテン語を翻訳した代替物は、単一の総体を解体して、“I am”というふたつの部分に分割することになる。「この原理は、そのように特徴づけるとすればの話だが、“SUM”あるいは『我存在す』という形で自らを表明する」。

間もなくコールリッジは巧妙に状況を逆転する。数ページまえのところで、われわれが着目したように、彼は客観的な立場と主観的な立場が互いに代替的なものであることを示唆し、「それらの同一性を論証することは哲学の……務めであり目的である」とほのめかしていた。そのコールリッジがいまや、中間の諸段階をいっさいがっさい引っくるめ、論証とはとうてい思えないようないい方で次のように断定するのだ。「それゆえ、それはまったく同一の力の主体と客体への不断の自己‐複製化として記述されるであろう」(183)。それに続く**命題**は、「それゆえ」と「したがって」によって句切られるが、事実上、テクストのうちで呈示される証明に依存したりそれらを見越したりするものではない。ここに見られるのは冷静な自信であって、ほとんど法律を思わせるような力を感じさせるほどである。

なぜなら、この点にこそ、それが自己‐表象的であるという点にこそ精神の本質があるからだ。（中略）したがって、精神は自分が見るすべての対象のうちに自分自身を見ることになる。（中略）精神とは、それ自身の客体でありながら本来的には客体ではなく、それにとっては自分自身をも含めてすべてのものが客体となるような絶対的な主体であるということはすでに明らかにしておいた。それゆえそれはひとつの**行為**なのである。（中略）さらにまた、精神は……この［主体と客体の］同一性を意識するためにある意味でそれを解消しなければならない……。しかし、それは行為を暗に意味している。したがって、それゆえ知性というか自意識は、意志により意志のうちにない限りは存在し得ないこととなる。(中略)自由は哲学の**根拠**として想定されなければならないのであって、そこから演繹し得るものでは絶対にない(184-85)。

この強迫的な立論の集中攻撃のなかで、ひとはともすれば、三ページまえの箇所で書かれていたことを忘れそうになる。そこでコールリッジは、このような議論を生み出し得る想像力の戦略を記述していた。

同等に想像し得ないのは……共通の中心的な原理をもたぬ同等の真理の循環である。不条理性が直接的にはわれわれの心に訴えないこと、それが同等に想像し得ないものとは思えないことは、想像力の秘密裡の営みのおかげによっている。それは、本能的にしかも同様のものに対するわれわれの注意を惹くことなく、中間に介在する空間を埋め……すべてのものに共通の軌道という統一性を与える連続的な円環として、その循環を思い描くばかりではない。同じように……運動に調和と循環性を賦与するひとつの中心的な力を供給するのである(181)。

この一節を読むことによって、われわれが取りあげてきた批評家が、互いに隣りのものを意味する同等の——無限に置き換え可能な——真理の中心なき円環のうちにある空隙を充塡する、本能的で秘密裡の、注意を向けられることないこの想像力について、これがラカンの「主体の壊乱と欲求の弁証法」で図示されたグラフにしたがうものかもしれないと思うことはうながされるだろうか。コールリッジは果たして、ラカンのいうとめボタン［points de capiton］の概念──「それを用いてシニフィアンは、そうでなければ無限に生じてしまう意味作用の横滑りを抑える」──を歓迎しただろうか(6)。

批評家はこの問いかけに対する答えを知らない。しかし少なくともわかるのは、コールリッジにとって、もし制御する想像力もしくは自意識が、了解可能性をもたらす条件を固定するという務めを果たすものとして見なされないとすれば、その結果は混沌、無限に横滑りする意味作用の中間点の連続ということになるだろうという点だ。コールリッジは、われわれよりも古い語法を用いて、この固定あるいは安定化を指して根拠の設定と呼んでいる。「客観性を第一のものとして想定するとしても、われわれはなお、自意識の原理を超えることはできない。もしそんなことを試みれば、われわれは根拠から根拠へと引き戻されなければならない。しかもわれわれがある根拠から別の根拠へと次々に移行する瞬間、そのそれぞれはもはや根拠ではなくなることだろう。われわれは無限に続く連鎖の深淵へと旋回しながら落下してゆかなければならないのである」。しかし、ラカンやデリダならば、そのような脅威に対する防衛的な措置をただ単にそれだけのものとして、おそらくはテクストや主体の「特徴」として見るはずなのに、コールリッジはそうした措置を必要性と規範の語法によって語るのだ。

だが、それはわれわれの理性を、すべての理性の目標と目的、すなわち統一性と体系から逸らさせはしない。さらにわれわれは、そのような連鎖を任意に打ち破り、本質的にそれのみで、原因であると同時に結果……であり、主体であると同時に客体であり、いい換えるなら両者の同一性であるような、絶対的ななにかを肯定しなければならない。だが、それは自意識のうちになければ想像し得ないので、したがって……こういうことになる……われわれは……原因と結果との関係で存在原理と認識原理が合致するのではなく、その両者が共存し同一であるような自意識へと達するのだ(187)。

この箇所でコールリッジは、存在(本質、真理)の原理が知識の原理の原因でないとすれば、ふたつの原理は同一であるよりはむしろ非連続的なものとなるに違いないという可能性に註解を加えている。単にその理由は、そうした非連続性は「想像し得ない」からということに尽きる。しかし、知識と存在をめぐる議論にあっては、想像不可能性と不合理性はじゅうぶんな論拠とはならない。難題《アポリア》が生じてくることを認めざるを得ないのだ。とりわけ、一ページまえのところでコールリッジが、これらふたつの原理の同一性ではなくむしろ差異こそを理由として弁明していることを思うならば。「われわれは絶対的な存在原理を追求しているわけではない。そんなことをすれば、われわれの理論に対して多くの妥当な反論が提起されるかもしれないからだ。そうではなく、われわれが追求しているのは絶対的な認識原理である」(186)。同一性によって覆い隠されなければならない差異——真理と知識の明らかな境界にあるもの(7)——がコールリッジを苦しめているのだ。

そして、知識と存在のあいだのこのような空隙こそ、想像上の書簡の挿話が閉じようとしているものにほかならない。第十二章の終わりにおかれた、それまでの流れとは奇妙なほど無関係に思える文のなかで、コールリッジは、差異よりはむしろ統一性について考えるため、論理学上の権威ではなくあからさまに神学上の権威に訴える。「私はジェレミー・テイラー司教のことばで締め括りたいと思う。すべてのものはひとつと考えるひと、すべてのものをひとつのものに引きつけるひと、ひとつのもののうちにすべてのものを見出すひと、そのようなひとこそはまことの精神の平安と安らぎを享受するであろう」(194)。だが、第十三章の終わりに達するまでに、自己の虚構である想像上の友人が、善良な司教という神の媒介者の立場を奪うのだ。「単なる存在にすぎないもの」の堕落した言説、自伝的な逸話、他者の世界から来た手紙が、知識の言説を中断させ、説明が（もし可能ならば）証明と同一になるような運動を妨げ、読みそして書くという約束で結局終わるのである。

ラカンの読者ならば、このようなテクストの身振りをいまひとつの読み方で解釈することができるだろう。すなわち、主体のテクストへの他者の噴出ということである。このような読み方をすれば、他の読み方では想像力をめぐる議論の単なる中断としか見えないものが、議論を動かす欲望を、充足させないことによって存続させることとしてのみならず、想像力の法の確立を可能にする策略としても見られるようになる。この見方によれば、作者の友人、分裂し他者を装った自己は、「立法者」と称されてよいものとなる。つまり、作者の行動方針を指示すると同時に法の創設を可能にするような存在である。この見方によれば、テクストを適切な結論——想像力に関する権威ある諸段落——へと導くために、主体は他者（もはや客体ではなくいまひとつの主体と思われるもの）に、「あなたの望みはなにか」（私の望みはあなたがこの章を差し止めることだ）と尋ねなければならない。「それを手立てとして開示されるのではないが、さらにいっそう顕著となるのは、根柢にあっては欲望と法を（対置するのではなく）統合させるものである父の真の機能である」(8)。コールリッジのテクストは、論理的には不完全でありながらなお法的に権威あるものとなることを欲望している。「**想像力**は、したがって……」ではじまる結論へいたる径《みち》は、論理的な欺瞞によって敷きつめられている。そのような径を消し去るよう命じることによって、立法者は、容認しがたい欲望が想像力の（テクストのうわべの欲望である、議論ではなく）法と統合されることを認めるのだ。ここで問題となっている法がいかなる法律でもなく、自己の至高性の法であること、コールリッジのテクストが、巧妙に立法者の「父となる」とともに子ともなる作者の見地から、この立法化を語っていること、その父親としてのふるまいが否認されていること、そうしたことがらを見て取るとき、テクストの豊饒さは増大するのだ。鏡の迷宮がここで……。

われわれが取りあげてきた批評家は、コールリッジを読むことによってひとつの範例にめぐり会ったように思われる。理論と主体の語りを交錯させるコールリッジのテクストは、最新の精神分析学の著作と照らし合わせるときわめて有益な成果をもたらすようだ。一元的な理論への欲望と非連続性への欲望の両刃の戯れは、そうした著作になじみやすいもののように見えるのである。

われわれが見てきた批評家がもし、私が預言しておいたイデオロギーにしたがうならば、彼女は、ラカンの基本的なテクストに眼を通して自らの読みの意味をさがすことをはじめ、自分がコールリッジのふたつの章を、ふたつの重要な精神分析学上のテーマ、去勢と想像界に結びつけたことに気づくだろう。このうち、第二のテーマは他の誰よりもとりわけラカンによって示されたものだ。

「象徴的」な言説の世界に占める自らの立場によって位置づけられ特徴づけられているにもかかわらず、主体は、「現実の」世界と、自分自身の対象 - イメージもしくは代替物を構築することによって、その「現実の」世界と触れることを欲望する。それこそは、想像界の場所であり、ラカンによれば、すべての哲学的テクストがそのしるしをわれわれに示しているのである。「存在について、さらには本質について精密な議論を繰り拡げているすべてのもののなかに、たとえばアリストテレスのなかに、われわれは、これを分析的経験に則して読むことによって、これが対象 a の問題であることを見て取る」(9)。自分は存在ではなく知識について書くつもりだと慎重に宣言するコールリッジは、このようなしるしから逃れていなかったように思われる。すべての言説は、言説の作者をも含めて、ある意味で存在の言説であり、それゆえ、言説の魅惑的な反対者、想像界の生産を秘めていなければならないからである。だからこそラカンはこのように問いかけるのだ、「aをもつことは存在することなのか」(10)と。

作者の責任を共有する「友人」は、主体の言説上の（したがって主体化された）イメージであるばかりでなく鏡像的な（したがって客体化された）イメージでもあり得るだろう。「私とは存在ではない、それは語るものについての仮定なのだ」(11)。「言表［énoncé］のうちで指定されることによって自分自身に接近する［あるいは加わる］ことができると信じる主体は、そのような客体であるにすぎない。白いページの苦しみに苛まれている者に尋ねれば、自分の幻想の的となっているのが誰か教えてくれることだろう」(12)。

価格とページ数にからめて失われた章のことを突然叙述し、思考に関する重要な思考をかさばった塊りに還元してしまう「友人の」手紙の奇妙な細部もまた、いま述べたような主題論的系列に符合するものである。想像界は象徴界との接触の瞬間を通してのみ垣間見ることができると、ラカンは繰り返し繰り返し語っている。例の手紙の文も、そのような瞬間であるのかもしれない。

全体的に見てその手紙は、「象徴界」のパラダイム、言語によって伝達されるメッセージ——もしそのようなものが語られ得るとしての話だが、シニフィアンの集合、表象的なシニフィアン——である。すでに見てきたように、それは、将来における執筆と読書の継続をうながし約束しているのに、自らの想像力理論の完全な展開を呈示するという作者の明白な欲望の充足を中断させる。それは、刃をもった道具なのだ。

精神分析の語彙によれば、法への接近を許す切断のイメージはすべて去勢のしるしであるということを、批評家は知っている。法を十全な形で浮上させるのは、コールリッジの言説における切れ目だ。ファロスの切除が欲望のシニフィアンとしてファロスを浮上させるのと同じことである。「去勢が意味するのは、欲望の法の秤を逆転させて快楽を獲得するためには、［オルガスムス的な］快楽［jouissance］は拒否されなければならないということだ」(13)。後年のコールリッジの批評的受容が何度となく論証してきたように、手紙は、とらえどころのない議論を徹底的に磨きあげることを否定することによって、それまでの内容とともに第十三章の壮大な結論を表明することに成功している。そういう意味で、精神分析的概念としての去勢は、欠如であると同時に可能性の賦与でもあるのだ。「去勢とは、系列や組み合わせを構築する目的で用語を結合させる不在の止め釘であるか、その反対に、諸要素の離反をいたるところでしるしづける隙間、裂け目であるということにしよう」(14)。

アメリカの一般的な批評家が最新の精神分析学のテクストをますます多く読み、類推による応用というイデオロギーにしたがうにつれて、上記のような解釈はますます多くなることだろう(15)。さらに、フランスの思想運動にくわしい人びとによるそのような盗用への、軽蔑と警戒の身振りもまた増大するに違いない。ここで私は、前者の示す専有化への自信と、後者の励みとなる階層化の双方を同時に無効にする措置を講じるよう提議し、文学批評による精神分析の語彙のこのような用法が実際にはなにを含意しているか問いただしてみたいと思う。

文学的テクストに対する精神分析的な読みが、象徴解釈学的な語彙と構造的な図表を駆使して、意味の生産のうちに、精神分析的な筋書き《シナリオ》にもとづく語りを読みこまざるを得ないことは、想像できる。重要な精神分析学者が文学を例として用いる場合と同じように、一般的な批評家が通常手に入れることのできる領域以上の知識を有する批評家も、このような手続きを反復しているように思われる。事実、フロイトの「砂男」論やラカンの「盗まれた手紙」論は、他の多くのものよりもこの拘束をはっきりと認識している。テクストの比喩的もしくは説話論的な交錯は、精神分析的に記述すれば、精神分析的な筋書き《シナリオ》の諸段階として位置づけることが可能となるだろう。いくつかの古典的な筋書き《シナリオ》が存在する。ある見方によれば、そのなかでもっとも重要なものは、われわれのいう批評家がコールリッジのうちに位置づけた筋書き《シナリオ》である。父の禁止を通しての法への接近——記号論的なエディプスの三角形にいたる推移。「分析の［賭けられている——en jeu］賭け金は他のなにものでもない——人間関係の全領域を覆い、ひとの性の選択を決定づけるエディプス・コンプレックスという中心室をもつ、象徴的関係の秩序にあって、ひとがいかなる機能を帯びるか認識することだ」(16)。

　そのような語りを組み立てることは、精神分析的な言説の助けを借りて、テクストの了解可能性を（テクスト性が了解可能性をいかなる窮地に陥れるかを示す極限にいたるまで）暴き出すことだ。それは、場合によっては、批評家が批評家として、作者がもち得なかったかそれとも単に表現しているにすぎない、特権的とまではいわぬにせよ特殊な知識をテクストに関して有していると、ほのめかすことですらある。フロイトおよびラカンにとってこのうえなく肝要な、転移という問題設定は、厳密にしたがうとすれば、いま述べたような企てがたとえ解釈学的な価値の問題を規定しなおすものだとしても、それを取るに足りないものとして放棄することにつながるだろう。ラカンは転移‐関係を、ヘーゲル的な主‐奴の弁証法によって説明づける。そこにあっては、主人と奴隷の双方が相手によって規定されまた否定されるのである。そして主人——ここでは分析家もしくは批評家のことだ——の欲望についてラカンは次のように書いている。「かくして主人の欲望は、それが歴史のなかで作動しはじめる瞬間から、本来的に出発点からもっとも遠く離れた名辞であるように思われる」(17)。

患者と分析家の無意識を作動させるのは、主人の欲望ではなく、間‐主観的な存在としての主人および奴隷によって解釈される、転移の生産である。ラカンは、分析のうえにおける転移の重要性を強調するだけでなく、それに対する誤解に警告を与えてもいる。中立的な分析家が慎重に操作するのは単なる置き換えや同一化ではない。分析家もまた、患者と同じように転移の過程に屈服している。分析家は、その過程のうちにおける自らの欲望を知ることもできなければそれを無視することもできない。「転移は、いかなる場合にせよ分析家が支えとはなり得ない、理想的なモデルに対してであるとしても、すべての順応化がかたちづくる他者との同一化へわれわれを駆り立てる行動ではない」(18)。「転移の扱いに関して、私の自由は他方で、私の自我が被っている折り重ねによって自らが疎外されているとは思わないし、その地点においてこそ分析家の秘密が求められるべきであることは誰もが知っている」(19)。

文学批評が、主人としての自らの欲望を否定しようと決意する以上のことをしたりできるのはどうしてなのか、また、テクストの了解可能性の諸条件に文学批評が注意を向けることができないのはどうしてなのか、私にはわからない。批評のテクストはいうまでもなく、了解可能性と了解不可能性の戯れに身をゆだねている。だが、その決定は、了解可能性の資格の問題に対する以上に自己‐転覆的となることはあり得ないし、多少の差こそあれ意図的に遊戯的になることもない。たとえそれが「本来的に抑圧されたシニフィアンとして機能する、なにか還元し得ないノンセンスなもの」を単独で抽出するという問題であるとしても、分析家の機能は、その還元し得ないシニフィアンに「意味ある解釈」を与えることにあるのだ。「解釈それ自体がノンセンスであるのは、主体のうちにあるノンセンスの中心、フロイトのいいまわしを借りるならば核［Kern］を個別化することこそ解釈の効果であると私が述べたからではない」(20)。セルジュ・ルクレールがその著書『精神分析すること』のなかで強調しているように、精神分析家は言及の問題を回避するわけにはゆかない。その一方で、了解可能性に役立てるため、テクストを筋書き《シナリオ》の語りとして、さらにはある原理の例証として用いることにより、最新の精神分析学は、知性そのものの資格、知識の意味、意味の知識を疑う機会をわれわれに与えてくれる。「それ［ヘーゲル的弁証法］は、演繹していえば、象徴界と現実界の結合にすぎず、そこからそれ以上のものを期待することはできない。……この終末論的な脱線はそこでは、主体と知識のふたつの関係、フロイト的な関係とヘーゲル的な関係を切り離している深い裂け目を名ざすことしかしないのだ」(21)。

哲学的な批評と同様、この種の精神分析批評はかの有名なダブル・バインドの状態にある。あらゆる予防策を講じたうえで、文学批評は、あたかも批評家が解釈に責任をもっているかのように、そしてそこまではゆかないにしても、作者がテクストに責任をもっているかのように作用しなければならない。「したがって、精神分析学と哲学のどちらもが、『意味』と手を切り、現前と意識の認識論から抜本的に『離れる』ことを余儀なくされていると感じるようであれば、両者はどちらも同じように、自らの言説を、自らの発見およびプログラムと同じレヴェルにおくことの困難性（不可能性だろうか）と葛藤していることに気づくはずだ」(22)。批評にはなにができるだろう――（多かれ少なかれ知的洗練をともなって）新機軸の概念を命名し、それによって、了解可能なように書くための若干の行動範囲を自らに賦与することにすぎない。ハロルド・ブルームのいう指導の場、ド・マンのアイロニー、クリステヴァのコーラ、ラカンの現実界などがそれにあたる。それでなければ、新機軸の文体を試みること。一九七〇年代におけるラカンのソクラテス的なセミネール、デリダの「双男根的」な『弔鐘《グラ》』、そして、嘆かわしいことだが、いまここに読まれる論文が見せるような、全般に含羞を漂わせた口調がその例である。ここで精神分析の語彙を使わせてもらうなら、ダブル・バインド的な批評は少なくとも、われわれを誘って――そのような鏡像的な勧誘の価値を臆病にあるいは乱暴に疑問視するときでさえ――コールリッジもまたダブル・バインドにとらえられていたと考えさせる。想像力が彼の新機軸の概念であり、自己‐滅却的／自己‐憐愍的な文学的伝記（自伝）が彼の新機軸の文体である。

テクストと批評家の関係に転移の理念を適用することにはさらにいまひとつの側面がある。「それゆえここで、なにものも不在時に身代わりによって［in absentia, in effigie］は達成され得ないという事実――常に回避されているが、転移の口実というよりはむしろ理由となっている事実――を仔細に検討することは適切なふるまいである。……それとはまったく反対に、主体は、分析者の欲望に従属している限りにおいて、その従属化によって、分析者の愛情を勝ち取ることによって、自分自身が愛というあの本質的な虚偽［fausseté］を差し出すことによって、分析者を欺こうと欲望する。転移の効果とは、それが現在のここでいま反復される限りにおいて、このような欺瞞の効果なのだ」(23)。哲学的には素朴に聞こえるかもしれないが、書物が批評家と同じように自分自身で語っているとは考えられないということは否定できない。ジャック・デリダは、「生きている」発話と「死んでいる」エクリチュールの構造が相互に置き換え可能であることを慎重に示した(24)。だが、このような微妙な哲学的分析は、文学批評家の権力への意志に口実を与える目的で用いられるべきではない。結局のところ、テクストとひとが共通の構造を共有できるようにする一般的な意味は、批評それ自体を完全に攻撃誘発的なものとしてしまう。批評的実践のうちに書きこまれるときデリダ的な手法は、精神分析の状況と文学批評の状況、あるいは書物の状況とその読者の状況を同等視したり類推的に結んだりすることを意味するのではなく、ふたつのものの区別の絶えざる脱構築（逆転と置換）を意味することだろう。デリダ的な手法の有する哲学的厳格さはそうした区別を、精神分析的な文学批評へのパスポートとしてはまったく役に立たぬものとするのだ。

テクストとひとの差異もまた、精神について語ることを拒否し、自己‐繁殖的な機構の一部としてテクストについて語ろうとすることによっては、うまく払拭することができないだろう。分離的、非連続的な主体のメタファーは、欲望という重荷を運びまたそれによって運ばれながら、テクストという機械を体系的にまちがった方向へ導き、かたちづくる。そしてテクストは、「比喩的表現」という重荷を運びまたそれによって運ばれることになるのである。生産的な切りさげの残りとして主体を退け、「哲学的」文学批評にとって唯一可能な関心事としてテクストの価値を定めることによっては、こうした状況から逃れることはできない。主体という「メタファー」と、テクストという「メタファー」のあいだのこうした対立もまた、階層化されるのではなくむしろ無限に脱構築される必要があるのだ。

そして、代替という範疇に欲望の範疇を補遺として加え、またその逆の代補を行なう、精神分析的な手続きは、そのような脱構築を遂行するひとつの手立てなのだ。転移の状況は、文学批評の実践に対する以上に自らの光輝を賦与することは決してあり得ないだろう。すべての批評的実践が常に、ひとは知識が可能かどうか知り得ないかもしれないという可能性によって、自分自身の底なしの構造によって敗北を喫するであろうことを、われわれはよく知っている。しかし、寒々とした一日が夕暮れに近づくまえに、精神分析の語彙が、そこに詰めこまれたメタファーによって、遊戯を行なえるようからだの向きを変える余地をいま少しわれわれに与えてくれる。もしわれわれが、『文学的自叙伝』の第十二章と第十三章における論理的もしくは「比喩的」（慣習的に理解されている意味での）な矛盾撞着のあとのみをたどったのだとすれば、それは、コールリッジの韜晦だけしか眼に映らなかったせいかもしれない。そのなかで現前と不在、法への意志の充足と非‐充足の戯れを露呈させるのは、去勢と想像力の主題論的系列なのだ。精神分析の語彙は、『文学的自叙伝』は自伝であるとするコールリッジの宣言を解き明かす。精神分析的な言説のうちにおける欲望の範疇による代替の範疇の代補は、コールリッジの宣言ばかりでなく、それを真剣に受け取ることを拒否するわれわれ自身の姿勢をも検討できるようにしてくれるのである。

結局のところ、批評家は、了解可能性の道具などという卑しむべきしろものを与えてくれたことについてラカン博士に感謝していることを認めるべきなのかもしれない。それは、コールリッジのふたつの章における戦略を記述するかのような文句である。「私はあなたに差し出すものを拒むようお願いしたい、なぜならそれはそのようなものではないのだから」(25)。

一九七七

"The Letter as Cutting Edge"

2　フェミニズム的な読みの発見――ダンテ－イェイツ

主流派の文学批評――あまりにも一般的に「男性中心主義的」であるため、この形容詞は、あらゆる意味を失いはじめている（呼び方を示しさえすれば、同じ一般性のレヴェルでそれを「資本主義的」とか「観念論的」とか「人間主義的」と呼ぶことだってできる）――の虚構は、厳格な読みが科学的な分野、あるいは妥当性の形式主義的論証の分野で生じはじめているということだ。体系的に周縁化されてきた精神の傾向から発生するいまひとつの見方は、「フェミニズム的」と呼んでもかまわないことだろう。すなわち、公的厳格さの生産は、あらゆるレヴェルにおけるいわゆる「私的」なるものの戦略的に抑圧されたしるしを帯びているとする見方だ。私的なるものが、批評的労働の下位区分へのエネルギーによって区分けされた指定席で役割を演じることを許すだけではじゅうぶんでない。それは、政治的論争や高等ジャーナリズムにおける、高踏的というかひねくれた自己非難めいた自伝の調子にほかならない。それと反対に必要なのは、読者と出自を共有する読みの、状況による攻撃誘発性を示すことだろう。特にそれがあてはまるのは、科学的専門主義に属する論証可能な先例を引用しようとするとき、どうしても心安らかではいられなくなるような、フェミニズム的、代替的な、正典《カノン》への読みの場合である。女性はお互いの物語を語らなければならない。それは、女性が単純素朴な存在だからではなく、中立的な定理もしくは科学としての批評のモデルを疑問に付さなければならないからである。この論文は、そのような状況をアレゴリー化する練習となっている。読者が、直線的な読みに到達するまえに、面倒で、仔細にわたるが、周縁的な「自伝」の要点を学ぶことをお願いしておきたい。

一九七七年春、私は、フェミニズム文学批評のシンポジウムに参加した。基調となる発表のひとつは、ダンテの『新生』に関するすぐれた学問的解説だった(1)。それは、そのテクストが位置づけられている伝統の理不尽な性差別主義の側《がわ》にまったく立つことのない発表だった。聴衆のなかにいたひとりの女性が、時間の終わりにこう質問した。「どうすれば女性はこのテクストを讃美できるようになるのでしょう」。発表者が答えようとするまえに、聴衆のなかにいたある著名な女性が権威をもってこういった。「テクストが自らを脱構築しているのですから、作者は、テクストが語っていると思われることがらに対して責任がないのです」。

私は、このやりとりにひどく頭を悩ました。この場では、ひとりの女性がいまひとりの女性の政治的見解を沈黙させるため男性の権威を呼び出していると私は思った。それに、理解の方法としてきわめてもっともらしい、「テクストが自らを脱構築している」といういい方は、疑いなく、テクストが「なにかについて」のものとなる欲望の道筋を教えていること、その道筋が、開かれた意味の領域のうえに仕掛けられなければならないことを示すものである。ある地点にいたれば、その仕掛けが、解決しがたい自己‐抹消の構造としておのずから姿を現わす瞬間を位置づけることが可能となる。たとえ、いま述べたような理解に対し、敏感であるとともに攻撃誘発性を有する批評的方法論を口にしたとしても、あるレヴェルでテクストが意味しようとし、またテクストが仕掛けている「なにか」の明確な特異性は残ることだろう。それは、読みの可能性をかたちづくる「最小限の理想化」なのだ(2)。移行する、底なしの枠組みの内部にあっては、そうした理想化は「素材」であり、それに対してわれわれ読者は、われわれ自身のとらえどころのない歴史的・政治的・経済的・性的な限定にもとづき、われわれの読みと、さらには判断という機構を導入することになる。聴衆からの応答の戦略的瞬間の選択がじゅうぶんに示しているように、判断の限界を知ることは判断を助けることにはつながらない。『新生』は判断されるべきではない、それは、すべての詩的テクストがそうであるように自らを脱構築しているのだから」というのは、口語的な意味でいっても判断にほかならない。さらにいえば、「テクストが自らを脱構築している」というのも、哲学的な意味だけで見ても、これまたやはりひとつの判断なのである。

告白しておくが、私はその晩、哲学的判断をぎりぎりのところで逃れがたいものとする形而上学の閉域ではなくむしろ、口語的な意味での判断を行なう「実際的」な理由を算出することに専念していた。発言者も応答者も、ちょうどそのとき在職期間決定の問題に直面しているところだった。そのような決定にかかわる制度的な判断は、少なくとも部分的には(そして決定的には)、判断が永久に保留されあるいは放棄されるべきものと目される詩的言語の領域まさにそのものによってなされたわけである。講義室から歩み出ながら、私は、詩的テクストの判定者としての自らの値打ちの判定者という、ふたりの女性の判断——しばしば会話のうちで表明されるもの——の尊大さと苦渋を思い出していた。

「詩的テクストは自らを脱構築しているがゆえに判断されるべきではない」といういい方は、論議を紛糾させるよりはむしろ断固として終結させる目的で用いられるとき、そのような見方からすれば、自分の扱うテクストの大がかりな無罪放免となるように思われる。それは、「私は私ではないものである私ではないものである私ではない」と無限に、あるいは活力ある動きの中断の瞬間にいたるまで語り続ける手立てをテクストに与える。このように用いられるとき、先ほどのスローガンは、合衆国における主流派の文学教育法と文学批評——実際上、「テクストの自律性」、「意図についての誤謬」、さらには「不信の自主的な一時停止」によって囲いこまれたもの——の荒涼たる情景に情けないくらいあてはまりすぎるように思えた。そうなってくると、現代のアメリカにおける主流派の正統思想に浸透している、脱構築主義の語彙と前提と見なされるものへの恐れは、地方に特有の歴史的逆説にすぎないということになるかもしれない。脱構築の状況はこんなふうに理解されるべきなのだろうか。

その年の夏と秋のあいだ、この問題は私を悩ました。そしてクリスマスの頃、私はそれを公式化できるようになったと思った。狭い意味での脱構築は、一般的な意味での脱構築を飼いならすのである。したがってそれは、すでに現象学による意識の特権化を同化し、いまや構造主義の見かけ上の科学主義を同化しようとしている、アメリカの文学批評の既存のイデオロギーに適合するものなのだ。一般的な意味での脱構築は、自己のうちに、おそらくは根本的な異種混交性による（脱）比喩化の効果しか認めることなしに、批評家の権力の根拠を疑問に付す。狭い意味での脱構築は、選ばれた文学的・批評的方法論にすぎない。それは、いまいったような意味作用もしくは比喩化の効果を「テクストの」パフォーマンスのうちに位置づけ、批評的権威が比喩的表現とパフォーマンスの経済的仕組みを明らかにすることを許しておくものである。

私は、一九七六年の夏から一九七七年の春にかけてデリダの『弔鐘《グラ》』を読んだ。私はそこに、狭い意味での脱構築による一般的な意味での脱構築への妨害に対処する、別の方法を見出したと思った。両者は共謀関係にあり、切り離しがたいほど互いにまじり合っているので、批評家は、還元し得ない異種混交性への構造的抵抗の効果にすぎぬ自己そのものをめぐって、理論的には不可能な、歴史的伝記を書かなければならなくなる。私は、『弔鐘《グラ》』を、ヘーゲル、マルクス、ニーチェ、フロイト、ジュネおよびその他の者に「関する」伝記として読んだ(3)。自伝的な自己に対する、あるいは歴史的説話の権威に対する信仰は、脱構築的な形態論によって徹底的に疑問視される。そこに見られるデリダの企ては、理論が必然的に――それが操作される際に――実践によって根柢を危くされるさまを「論証する」という、必要不可欠な危険を冒していた。責任を放棄するのではなくむしろ、デリダはいまやさまざまな方法で責任の限界を記そうと努めつつあるのだと私には感じられた。彼は、明らかにされていない階層性の形式主義的なメタファーを温存したまま、この点について悪意なしに述べている。「言語は、いつでもそうであるように、限界と機会の結婚なのだ」。

『弔鐘《グラ》』以後のデリダの作品の多くは、このような「歴史的」伝記（自伝）のしるしを帯びている。私がすでに引用したエッセイの冒頭はこうである。「私はここで私に［私を］翻訳を［翻訳に］紹介しようと思う」。そして終わり方はこうだ。「さまざまな形で拒絶される『私は』-『私を』の偽りの無限性のうちで、あなたがいかなる抑揚で語るかを決定しないために。**私を**――精神分析を――あなたは知っている」(5)。

冒頭の段落で、私がほのめかしたのは、自分の出自の自伝的な攻撃誘発性を演劇化することによって、フェミニズム的・代替的な読みは、専門的な主流派の学問の規範的厳格さを疑問に付してもよいのではないかということだった。だから、私がふたりの同僚のやりとりについて考えをめぐらしていたとき、狭い意味での脱構築と一般的な意味での脱構築（それ自体は区別することが困難なわけではない）のあいだの空間に導入しなければならないと感じた「私」［I/me］とは、フェミニズムの主体であったのだ。それは多くのなかのひとつの主体ではない。それは、「主体」として「特筆すべき客体」なのだ。そうしたものだから、「身体がその客体をかたちづくるために用いる法を身体に再適用［する］」「身振り」は、批評家としての精神分析の主体による狡猾な言語 - 置換とはいささか異なる、ある種の暴力を女性に対して発揮し得る(6)。

フェミニズムの「主体」とともに「歴史的契機」が訪れる。疑いもなく、いかなるものにせよ歴史的契機とは、分散の空間、無限に記述されるほかない諸関係の開かれた枠組みである。けれども、すでに論じたように、脱構築の実践は、すべての実践と同じくまたそれ以上に、常に自らの理論的厳格さを根柢から危くしてしまう。それゆえ、歴史的契機の規定を目ざして闘争する自己の痕跡は、分散の空間がその闘争は偽りであると示すとしても、その空間を支えつつ、しかも、否応もなく自らの見解を吐かなければならないのだ(7)。聴衆からの答えは、そうした闘争を、脱構築的な文学批評の秩序づけられた領域から駆逐しようと心に決めていた。私の務めは、フェミニズムの主体と「歴史的契機」によって、還元し得ぬほどしるしづけられ定義づけられた読みを、分節化することとあいなったわけである。

こうして、その年の夏期講習で私は『新生』を教える次第となった。選ばれた題目は、「最近の解釈理論」であった。初日に私は、フェミニズムの主体と歴史的契機によって、還元し得ぬほどしるしづけられ定義づけられた読みを分節化することが自分の仕事だと所見を述べた。男性は、ふたりを残して全員が、ほかの場所に楽しみと教えを求め、私の授業をやめていった。

熱狂的な若い女性たちとふたりの男性からなるグループに助けられながら、私は、『新生』と、W・B・イェイツの詩「エゴ・ドミヌス・トゥウス」［我は汝の主なり］（その表題は『新生』からとられた）と

『ヴィジョン』(その表題は『神曲』を思い起こさせ得る)を読んだ(8)。われわれがとりわけ注目したのは、これらのエクリチュールの言語によってはじめられた比喩的もしくはパフォーマンス的な脱構築をさておくとしても、それらの筋書き《シナリオ》となる自己‐脱構築の説話がほかに存在するということ、そして、実に奇妙なことに、しばしば女性がこの説話のもくろみの手段となっているということだった(9)。

　講習参加者は、一団となって論文を書きそれらを一冊の論文集にまとめることで合意した。私は、講習参加者と同じ締め切りに合わせて論文(ここに読まれる論考の第一部から第五部まで)を書き、それもまた他の論文と同じく全員による批評を受けた。いうまでもなく、論文集をつくるという決意は水泡に帰してしまった。各論文はあまりにも均衡を失していたし、参加者たちには自信が欠けていた。それに、私は「指導者となること」を真剣には受けとめられなかった。集団よりはむしろ個人の卓越性と独創性を組織的に推奨する社会と制度にあっては、ユートピア的な信仰によるそのような私的行為は、いずれにしたところで無益なのである。

1.

　イェイツは理想的な他者を必要とした。彼はこの必要を知っていたし、それをしばしば診断し、それによって詩、自伝、ヴィジョンをつくりあげた。そのことをわれわれは知っている。「いってほしい、私の栄光はそれらの友人をもったことだったと」(「市立美術館再訪」)。このようなイェイツ的感情は拡張したあげく、ついには、歴史上、神話上の選ばれた住民を取りこみ、さらには野生の白鳥やモザイク画に描かれた聖人たちを取り入れるにいたる。そうした必要がなぜいかにして必要とされたかという問いは、この短い論文のなかでは答えられないまま残しておくしかない。ここで私がいいたいのはただ、そのような理想的な他者のなかでも、おそらくダンテこそ最重要な存在だったのだということだけである。もちろんダンテは、十九世紀にあっては際立った流行だった。エマソン、ロセッティ、ロングフェローはダンテを翻訳した。ブレイク、ロセッティ、ギュスターヴ・ドレはダンテの插絵を描いた。シェリー、マシュー・アーノルド、ジョン・シモンズはダンテについて書いた。だが、イェイツがダンテを愛好したのはどうやら、彼がキリスト教世界でもっとも気高い女性を愛したからというのが最大の理由だったように思われる。イェイツの考えでは、他のなにものよりもまずこの愛こそは、人間としてではなく詩人としてのダンテに「存在の統一」を獲得させたものだったのだ。『ヴィジョン』のなかでイェイツは書いている。「不正と、ベアトリーチェの喪失に苦しむダンテは、神の公正と天上のベアトリーチェを見出したのである」(10)。

詩人の技巧の実践のうちで、このような精神療法的充満を達成するうえで女性の形象はどのように用いられているのだろうか。これが、私が考察してみたいと思う問題である。その内側にはさらに大きな問題が含まれている。イェイツの場合と同じくダンテの場合、女性は手段として、客体化され、分散化され、あるいは閉塞化される。複数のテクストを一体化させるのは反動的な操作にほかならない。もし私が女性として、これらのテクストによって感動させられることを故意に拒絶するとすれば、高等芸術に対してなにをなすべきだろう。すでに示しておいた通り、私は、一枚岩的な(「ダンテ」、「イェイツ」、「私自身」、「芸術」の)分析の実行可能性に対する脱構築的な警戒に心を配らないわけではない。デリダの場合、それは、そのような統一的な概念がすべて、根本的な異種混交性の可能性を繰り延べにするテクストの策略にすぎぬことを思い起こさせる要素である。ラカンの場合は、それらの概念は想像界の象徴的仮装だということになる。(想像的な「関係はイメージ、想像、幻想から構築されるが、それらの関係は一般には認識されない形で構築されているので、われわれはやすやすと、われわれの社会によってそうした関係が現実のものであると想像したい気持ちにさせられ、ひいては、それらがあたかも実在するかのように扱い続けることになる」(11)。）しかしながら、やはり私が示しておいたように、それらの、潜在的には急進的であり得る立場から発展した保守主義――重要なテクストはそれ自体を脱構築するものであり、それゆえ正典《カノン》は結局のところ保持され得るのだとする議論を、無検討のまま用いること――は、これもまたじゅうぶんとはいえないだろう。

もし私が女性として、これらのテクストによって感動させられることを拒絶するとすれば、高等芸術に対してなにをなすべきだろう。この、より重要な問題も、私は回避することにし、もっと小さな問題に立ち戻ることとしたい。詩人の技巧の実践のうちで、このような精神療法的充満を達成するうえで女性の形象はどのように用いられているのだろうか――という問題である。

2.

イェイツの詩「エゴ・ドミヌス・トゥウス」（一九一七）の表題は、ダンテの自伝的・心理学的な物語である『新生』からとられた。そのことばは、愛神によって語られる。ダンテによるその愛神の描写を、イェイツは、「脅迫的な相貌の主」という申し分ない訳し方で紹介している。

『新生』の全篇を通じて、ダンテの戦略のひとつは責任の転移である。彼は繰り返しわれわれに、彼のテクストの断片化された性格と、実際に生じたことの写しとしての不適切さを思い出させる。たとえば、第三節におけるベアトリーチェの最初の幻視を描くダンテの叙述には、次のような一節がある。「彼［愛神」は多くのことがらを話し語った、そのなかで私にわかったのはほんの少しだったが、そのひとつは『エゴ・ドミヌス・トゥウス』［我は汝の主なり］であった」(p. 5; D 37)。

「夢のなかで責任ははじまる」（詩集『責任』の標語《エピグラフ》）、そしてこの、部分的にだけ理解された夢がおそらくは、『新生』の散文テクストが枠組みとなっている、あらかじめ書かれた詩の集成に最初の契機を与えるのだ。愛神とベアトリーチェは、自己‐乖離と自己愛の演劇化であるとも考えられる。問題となっている幻視は色情的な性夢に酷似しているからである。ダンテは街頭でベアトリーチェと出会い、酩酊したように恍惚となって、自分の部屋でひとりになろうとし、彼女のことを思い、眠りに落ち、恐怖と歓喜に満ちた幻視を見、そして「そのほんの少しあとに」――ちょうどロマンス風の小説がいいそうなことだが――依然として夢のなかでではあったけれども、苦悶に耐えきれなくなり、彼の半睡半醒の眠りは破れるのである。

夢のなかで愛神は詩人に、詩人自身の、血をしたたらせた心臓を見せ、なかば裸身で愛神の両腕にいだかれたベアトリーチェに、無理やりその心臓を食べさせる。もし、精神分析の構造を通してこの夢‐幻視の出来事を記述しようと心に決めたなら、私は、女性によって男性が、「能動性」を禁止する「受動性」を獲得することを許されるという、幻想の物語の語りとして、これを扱うことができるだろう。ダンテのファロス――血をしたたらせた心臓というのは見え透いた仮装にすぎない――をむさぼり喰うことによって、ベアトリーチェは彼を「同化」し、彼と「同一化」し、彼に代わって行動するのだ(12)。しかしながら、それは二項的な処理ではなく、三角形的なものである。愛神は、ダンテに自身の心臓をあらかじめ切り取られた「部分対象」(13)として見せることにより、そうしたいかがわしい権力をベアトリーチェに与える主にほかならない。愛神という媒介物を通して、幻想的なやりとりの場面が開かれるのだ。

不承不承ながらベアトリーチェが摂取［introject］する存在と化したいま、ダンテは生産物としてのテクストを投射［project］し創造し、意義を探究しはじめ、自らの夢を分析し、この統合された女性（結局のところ、彼女はいまやファロスによって満たされているのだ）に対する戦争を開始することができるようになる。それは彼自身のファロスであるがゆえに、この戦争は同時にまた自己讃美でもある。責任はどこかほかのところにある。奇妙にも可能性を賦与してくれる、詩人の去勢を行なう主人のもとにあるというわけだ。女性の欲望はどこにあっても問題とならない。女性は沈黙を守り、意志に反して行動し、グロテスクな移植によってファロスを所有する。

責任を転移することによって、ダンテは自らに受動的な役割を与える。作者の受動的な役割あるいはあらかじめ定められた犠牲としての立場という、この特異な主題は、テクストの全体で何度となく反復されているが、その真実性はかなり錯綜している。

『盗まれた手紙』に関するセミネール」のなかで、ラカンは、女性は宙吊りになったファロスを組みこむことによって自らの恥骨を隠すのだというフロイトの示唆を疑問視あるいは解釈することないまま、ポーの物語に登場する大臣が手紙をある方法で隠しはじめるとき、彼を指して「女性的」と呼ぶ(14)。なんら疑問をもつことないこのような精神に立てば、ダンテは、自分のために受動的な役割を選んだとき自らを女性化したのだといえるかもしれない。受動性の選択というこの逆説をダンテに用いさせたのが伝統と因襲だといえるとすれば、いまひとつの、さらに重大な疑問が浮上してくる。なぜそのような伝統と因襲なのか。脱構築的な抹消によってかたちづくられているがゆえに危険にさらされているとはいえ、フェミニズム的・唯物論的な分析が求められているように思われる。

こうしたわけで、ベアトリーチェは、ダンテにそのようなふるまいをさせていると
いわれる。ダンテの

常軌を逸した自己耽溺の物語は、このようにして口実を捏造する。けれども、ベアトリーチェ自身が行動するわけではない。彼女は挨拶を送るが、それは単に報告されるだけにすぎないのだ(sec. 3, p. 5; D 36)。彼女の次の身振りは挨拶の留保であり、この留保もまた、ダンテの語りのなかで回避されている(sec. 10, p. 16; D 55)。彼女は行為者ではないがゆえにダンテの代理人となっている。見かけ上、主体の行動を規定する客体となることによって、彼女は主体に、その至高の動機を脱構築させ、そのマゾヒズム／ナルシシズムを仮装させるのである。

ベアトリーチェによる挨拶の留保に続く夢のなかに、愛神がふたたび現われ、ベアトリーチェの挿話は模像かもしれないという示唆を与え、いまや模像を取り去るべきときだから、彼女のことを直接書くのではなく愛神の媒介を通してのみ書かなければならないとダンテに語る(sec. 12, p. 17; D 58)。本のなかばにいたるまえ、ダンテが一篇の詩を執筆することに専念しているあいだに、ベアトリーチェの死が報告される(sec. 28, p. 60-61; D 125)。

ベアトリーチェの至福とは、普通名詞への、言語のうちのある可能な単語への、彼女固有の名前の還元であって、それは必ずしもポルティナーリ夫人を指し示すのではなく、「祝福を授ける者」を意味している。(彼女を紹介する『新生』のなかの両義的な一節を、私はこのように解釈する。「[彼女は]彼女の名を知らぬ者たちからさえベアトリーチェと呼ばれていた」[sec. 2, p.3]。それにともなう、詩人の「動物生気」の顕示についても同様である。“Apparuit iam beatitudo vestra”——「いまこそあなたの至福は現われた」[sec. 2, p. 4; D 34]。)

「祝福を授ける者」を意味するというベアトリーチェの名の一般的な意味は、彼女を神秘的・キリスト教的な物語の内部に位置づけ、まつりあげるというか止揚して、彼女が神のもとに所属することを可能ならしめる。この場合、神とは、愛神‐ベアトリーチェ‐ダンテという三角形的、分析的な循環の外部に位置するかのように思われる絶対的な男性のことだ。型にはまったいい方をするならば、彼女の固有性＝所有物の剝奪こそは、彼女の至福なのである。ベアトリーチェにもっともふさわしい彼女の「固有の名前」は、彼女の指標としてのその固有の意味作用を空無化され、「共通」言語に立ち戻らされる。そのような言語のなかで、奇蹟的にもそれは、辞書に取り入れられやすい非‐指標的な意味によって彼女を指す限定的な述語となるのだ。作品は死によって完成される。それを導くのは、キリスト教の教義という歴史上の想像界の権威によってかろうじて、シュレーバーや狼男のそれに類似することを免れた、数秘学的な幻想である。作品の結末はこうだ。

その数字は彼女自身だった――私は類似の法則によって［per similitudine dico］そういうのだ。私がいわんとするのはこういうことだ。三という数字は九の根数である。なぜなら三は、他の数字なしに、それ自体を乗じることによって九となるからだ。われわれが明らかに見て取るように［come vedemo manifestamente］三の三倍は九である。それゆえ、もし三がそれだけで［per se medisimo］九の因数だとすれば、それだけで奇蹟の因数が三、すなわち三位一体なる父と子と聖霊であるとすれば、この婦人は九という数字にともなわれていることになる。それゆえ彼女は、九あるいは、根数すなわち奇蹟の根数として超自然的な三位一体そのものをもつ奇蹟であったのだと理解されることになるかもしれない。おそらく誰か私より狡猾なひとならば、さらにいっそう狡猾な理由［ragione］を見つけることができるだろう。だが、私が見出したのはこれであり私をもっとも満足させるのもこれなのだ（sec. 29, p. 62; D 127)。

ダンテは、ベアトリーチェを讃美することによって彼女の固有性と同一性がこのように奪われているさまを、記述することができない。しかし彼には、自分の受動性を満点のままとどめておくこともできない。愛神という男性的形象によってダンテが制御力を回復することが可能となっているのだ。第九節で、愛神は白日夢のなかでダンテのうちに姿を消す。それはさして目立たぬ動きであるが、冒頭の夢のなかでベアトリーチェが演じさせられていた逆転的な同一化を逆転するものとなっている。

しかしながら、ダンテの制御力のもっとも断固たる拒否‐回復を反映しているのは、第二十四節と第二十五節のあいだで演じられる劇である。第二十四節でダンテは、模像を真実にして神聖なるテクストの文字のうちにおき、名ざされていないキリストらしき存在とベアトリーチェを結びつける。「それらの婦人たち［ジョヴァンナ、別名プリマヴェーラ、そしてベアトリーチェ］が私のかたわらを通りすぎた。ひとりがもうひとりのあとについていた。そのとき、私の心のなかで愛神がこう語りかけたように思われた。『先を歩く者はプリマヴェーラと呼ばれています……つまり、ベアトリーチェが信仰篤き者の幻想［l'imaginazione］のあとに姿を現わす日、最初に訪れる者という意味です［ここでもまた、プリマヴェーラ――春――という固有の名前が、“prima verrà”――「最初に訪れる」という共通言語に変えられている］。そして、もしあなたが彼女のはじめの［primo］名前を考察してみれば、これまたプリマヴェーラという意味であることがわかるでしょう。なぜなら、ジョヴァンナという名は、真の光の先駆となったヨハネ［ジョヴァンニ］という名に由来するからです』」(sec. 24, p. 52; D 110–11)。

これは名前の変更の瞬間であり、同一性よりはむしろ、起源（ヨハネに由来するジョヴァンニの場合のように）の類似性と権威を想起させるものである。「愛神はふたたび語りはじめこのようなことばをいったように思われた。『誰でも鋭敏な認識力のもちぬしなら、ベアトリーチェと名づけることによって愛神を名づけるでしょう［quelle Beatrice chiamarebbe Amore］、なぜなら彼女は私にひどく似ているのですから』」。

この壮大な止揚の直後にくる第二十五節で、ダンテは自らの技巧家的な制御力を主張する。彼は愛神の形象を詩的伝統のうちにおく。彼の言によれば、彼は、あたかも愛神が物それ自体であり肉体を備えた実体であるかのように語ってきた。これはいうまでもなく、明々白々たる偽りだ。ダンテは、ウェルギリウス、ルカーヌス、ホラティウス、オウィディウスの例を引き、ここでも他のテクストにおけるのと同じく、愛神と称される形象の存在が許されるのは詩的許容によるのだと説明する。それにさらにひとひねりが加えられる。「最初に俗語で書きはじめた詩人は、ラテン詩を理解するのはむずかしいと思う婦人たちに、自分のことばを理解してもらいたいという欲望に動かされたのであった」(sec. 25, pp. 54–55; D 115)。これは、愛以外の主題について俗語で詩を書く者たちに対する反論である。最初から、俗語による詩法は愛を扱うことを意図していたからだ。愛神（主人）と女性は一括されて、ともに制御される。紳士たちのラテン語クラブにはある程度の優越性が認められているようだ。というのも、いつも決まってというわけではないにせよ、愛神はダンテに語りかけるときラテン語を用いるからである。称揚を目的とする先の一節で、ベアトリーチェの神々しい名前が愛称で（ベアトリーチェではなく「モナ・ビーチェ」として）表わされていたことを、われわれは遺憾の念とともに思い出す。

確かに、ダンテは物書きの職掌において本領を発揮している。『新生』の物語は、公然と宣言されているところによれば、あらかじめ書かれた詩の集成の枠組みとなるべきものである。その詩集の先行性はいうまでもなく、書物の枠組みに次から次へと無限に組み入れてゆくことによって脱構築される(15)。枠組みをなす説話の真実、あるいは真実への適合は、次のような設定を通して明らかにされる。すなわち、記憶が書物と呼ばれ、そして自伝作家は、その書き手ではなく特権的な読み手となるわけである。しかしながら、われわれは彼の掌中にある。なぜなら、われわれが『新生』のうちに読むのは、記憶の書物のページに書かれた要旨について、彼自身が定めたことがらにすぎないからだ。これは、脱構築家による最後の回復の身振りである。作者として彼は、(完全にではないにしても)ほとんど自らの至高性を放棄している。「このような見出し[“Incipit vita nova”——新生のはじまり]のもとに書かれているのを私が見出すことばをこの小さな書物のうちに写すこと、それが私の意図である」(p. 3; D 33; 傍点引用者)。しかし、そのような集合的読者層の特権は、テクスト性が綴じた本の限界を超えて拡がると称されるときもなお、不安定ではあるにせよ事実上保持される。ダンテの物語に含まれた第一の詩が、そしてその他の詩の多くが、同胞たる書き手たちと同胞たる愛のしもべたちのために書かれている。(本論の冒頭で私は、「テクストがそれ自体を脱構築している」というスローガンが、いま述べたような放棄‐回復のトポスの一例であることを示唆しておいた。このトポスによって、たとえ個人の至高性が否認されても読者層は回復されるのだ。)

しかし、単に多くの読者のうちのひとりとしてではなく作者としても、ダンテは権威を発揮している。ベアトリーチェがここで自分の場所におかれているにしても、ダンテ自身も神秘的なテクストのうちに書きこまれていることは、もちろん、明らかすぎるくらい明らかだ。けれども、ダンテの本が手元になければ、この場合、そうしたテクストを呼び起こすことはできない。したがって、そのような高次のテクストとベアトリーチェの件が第一原因であることに変わりはないにせよ、『新生』のほとんどすべての節はこんなふうにはじまるのだ。「このような考えに動かされて私はいくつかのことばを書こうと心に決めた」。

それに加えてダンテは、自分の詩を引用するまえかあとに、そのそれぞれを厳密に分析する。そして、分析しないときは、慎重にも、その詩はすべての読者に明白にわかるはずだと断わっている。この本が、さらに続けて書こうという約束によって終わっていることは驚くにあたらない。「私は、彼女について、他のいかなる女性についても書かれたことのないようなことがらを書きたいと思う」。ダンテのテクストにあっては、ベアトリーチェは完全に止揚され客体化されている――彼女について書かれるのであって、彼女に対して書かれるのではないのだ。

そのうえ、女性はさらにいっそう瞞着される。女性は一者を見守るが、それを理解することはない。なぜなら一者の述語はラテン語で記されるからだ。"qui est per omnia scula benedictus." こうしたわけで、文学的実践の歴史――ラテン語と俗語のあいだの中間期――の内側に最終的にとらわれることによって、一者は動因のままにとどまることができる。「こうして、私の魂が高みに昇り一者の恋人なる女性の栄光を眺めることは、慈悲深き主たる一者を喜ばせることであろう」(sec. 42, p. 86; D 164)。

3.

このようなテクストからイェイツは自分の詩の表題を借用した。この表題はなにを隠蔽しているのだろう。イェイツの詩はふたつの声に分かたれている。そのそれぞれが、他方の共犯者となっている。ここでもまた、ふた通りの方法によって自己愛の自己‐乖離、自己への憧憬が表わされているのだ。私はここで、それがどのように表わされているかを示そうという解釈学への誘惑には押し流されない。ふたつのものがひとつに結びつき「エゴ」となっているのだろうか。そうではなく、この表題は、互いが他方を支配する権力を主張するという、関係を記述するものなのだろうか。それとも、この表題は詩の主題――自己もしくはその対立物のどちらかを探究するという衝動――の説明となっているのか。明らかにこれらすべてのことがあてはまり、それ以上のことがいえるはずだ。

女性の読者として私はむしろ、いまひとつの疑問につきまとわれる。なぜ話者たちの名前は、イェイツによく見られるものではなく、ラテン語の「ヒック」［此の者］と「イレ」［彼の者］なのだろうか。これは、イェイツによるダンテの夢の書き換えなのだろうか。では、詩のなかの二行――「彼は説きつけられても揺るがぬ正義を見出した、彼は／男によって愛されたなかでもっとも気高い女性を見出した」――を除くとすれば、女性はいったいどこにいるのか。

通例通り、この疑問に対する答えを構築するのには少なくともふた通りのやり方がある。ひとつは長い答えであり、もうひとつは、別に驚くほどのことでもないが、短い答えである。長い方の答えはこんな具合になるだろう。イェイツの主はなるほど愛ではあるけれど、『新生』の結末における、真の主である神と同じくらい――ダンテを経由して――文学史の象徴秩序に乗り入れた愛である。そこで、恋人（モード・ゴン）、庇護者（オーガスタ・グレゴリー）の客体化について、多様性へと低められあるいは高められたこの神秘的・女性的「事物」の名称である仮面と魂《アニマ》について、こうしたすべてのことがらを行動の拒絶として、犠牲、失望、欺瞞のイデオロギーの発動として、集団的行動の愚かさに対する敗北主義的な主人公の勝利のゆるやかな捏造としてとらえ、フェミニズム的・精神分析的な系譜学を公式化することからはじめ、ついには、イェイツの最後の詩群のなかで、慰めと盲目的な忠誠の名のもとに、愚かで怯懦な民衆が勝利を収めるさまを示される地点にいたることもできよう。

それに対して、短い答え方は、「エゴ・ドミヌス・トゥウス」が、それよりも長い散文テクストの頭書《かしら》きとなっていることを思い出すことだろう。そのテクストもラテン語の表題――『ペル・アミカ・シレンティア・ルーナエ』〔月の好意ある沈黙に〕――をもち、それに含まれるふたつの部分にもやはりラテン語で――それぞれ「アニマ・ホミニス」〔人間の魂〕、「アニマ・ムンディ」〔世界の魂〕という――表題がつけられている。テクストの全体は、引用符つきの「モーリス」という男性名で仮装された女性宛ての二通の手紙によって枠組みをつくられている。それらの手紙は、すでに私が言及した論文のなかでラカンが示した語源学的な幻想におけるように、まさに「盗まれあるいは延長され」ている。私はその軌跡を追い求めようとは思わない。そんなことをすれば、はるばると逆方向に戻ってゆかなければならなくなるからだ。むしろ私がいいたいのは、イェイツによる引喩《アリュージョン》の技巧――ここに出てくるラテン語はすべてある種のメタ-説話の記号だ――がここで、女性を外部におき、閉塞化し、無効化し、ひいては女性の止揚と客体化の歴史全体を続けることを可能にしているということだ。

　女性を外部におくこと。ここでイェイツの生涯における第三の女性が役割を演じることになる。彼女は反動によって結婚という制度のなかにとらえられ、男性名の愛称、「ジョージー・イェイツ」という呼び名を得た。彼女は一目瞭然でわかる霊媒であって、彼女を通じてイェイツの教示者たちの声は伝えられた。彼らは最初、イェイツ自身のテクストに依拠したのである。「一九一七年十月二十四日の午後」とイェイツは『ヴィジョン』のなかで書いている。「結婚式のあと四日目に、妻は自動筆記を試みだして私を驚かせた。（中略）知られざる書き手は自分の主題を最初、出版されたばかりの私の著書『ペル・アミカ・シレンティア・ルーナエ』から選んだ」（p. 8）。われわれはふたたび「エゴ・ドミヌス・トゥウス」に戻ることになる。イェイツの主であるのは知られざる書き手なのか、イェイツの妻の主であるのはイェイツなのか。こうしてわれわれは、「我」と「汝」と支配をめぐるいまひとつの迷宮にとらえられるのである。

4.

女性の客体化という問題設定の全体は、イェイツの表題の引喩《アリュージョン》によって無効化され、暗号化され、分散化されて操作されることになる。ダンテの場合、肝腎なのはイメージが外部から訪れるということではなく、そのイメージが、詩人の心臓を不承不承に食べるベアトリーチェのものだということである。イェイツの詩は暗黙のうちにそのイメージを指し示しながら、その一方で表面上は詩の出自を論じている。

『ペル・アミカ・シレンティア・ルーナエ』が『ヴィジョン』の動因もしくは非‐動因となっているのは偶然ではない。ラテン語学者ではない女性の読者でも、表題にある月が女性名詞であることはわかるし、もちろん、月が主観性を表わすイェイツの記号であることも覚えている。してみると、これは主観的テクストであり、詩人は月／女性の仲間だということになる。私の議論はほとんど論点からはずれかけているようだ。いくらかでも論点を取り戻すために、私は、詩人が語るのは月が沈黙しているときだということを指摘したい。そのうえに私は、ミルトンの影がいつもイェイツの作品を覆っていることを思い出す。ミルトンの描く盲目のサムソンは、ヘレネーに対するホメーロスや、メアリー・ハインズに対するラフテリー——女性を歌う、眼をなくした詩人たち——のように、デリラに夢中になりながら歌う。

太陽も月と同じく、私には
暗く、沈黙しているようだ、
月が所在ないまま［vacant］光なき洞窟に隠れ

夜を見捨てるときのように。

（『闘技士サムソン』、八六―八九行）

“vacant”（「余暇の」という意味の）はここではほとんどラテン語的である。また、イェイツ的なアレゴリーの輪郭の内側では、月の沈黙はなんら好意的なものではあり得ない。というのも、それは、純粋の客観性に接近する月の影であり、そのとき、自我以外のものが取って代わることになるからである(16)。確かに、客観的な太陽は近づきがたい、「太陽は私には暗い」というわけだ。ミルトン的な引喩《アリュージョン》は、イェイツの「システム」を複雑化する重みをもっている。あたかもそれは、詩人が「アレゴリー」という無私の真理から私的な「意味」を抽き出し、アレゴリー的な計算の代わりに強制的な操作を行ないたいと願っているかのようだ。「塔」のなかのよく知られた詩行で、イェイツはこの身振りをさらに公然たる形で反復している。

だが私は答えを、しきりに去ろうとする
あれらの眼のなかに見出した。
ならば去るがいい。しかしハンラハンは残してくれ、
私には彼の力強い記憶のすべてが必要なのだから。

（「塔」、一〇一―一〇四行）

詩人が自分自身で操作していることを示すすべてものが、彼自身の創造したハンラハンだけであるのに、どうしてこの「発見」の宣言を信じることができるだろう。彼は、自らの創造物に関する虚構の記憶をうまくごまかして望ましい答え――解放ではなく断念（これはまた「一九一六年イースター」における挫折

した叛乱煽動者たちの特徴でもある――「彼らはいい加減な喜劇の役を捨てた」）、拒絶ではなく良心的な放棄、充足ではなく喪失――を生み出さなければならない。

想像力がもっとも強調するのはどちらだろう、
勝ち取った女か、失った女か。
失った女なら、おまえが宏大な迷宮から
離れたことを認めよ、矜恃からだろうと、
怯懦からだろうと、なにか愚かしい狡猾すぎる考えや
なんであれかつて良心と呼ばれたものからだろうと。

（「塔」、一一三―一八行）

『ペル・アミカ・シレンティア・ルーナエ』においても、月の沈黙が好意あるものだと宣言するのはアレゴリーのシステムではなくむしろ文学史である。この文句は、ダンテの導き手であるウェルギリウスに由来する。ウェルギリウスの詩行の全体は、イェイツのテクストのなかに登場する。「アニマ・ムンディ」の冒頭で、廃墟を、壊れた台輪を呼び出したあとの箇所である。"A Tenedo tacitae per amica silentia lunae" ［月の好意ある沈黙に乗じてテネドス島から船出して］（『アエネーイス』第二巻、二五五―五六行）。イェイツの作品中で、この、長い、問題に満ちた文を読みそれを解き明かすこともひとつの誘惑であるが、それに対しても私は身をゆだねようとは思わない。その代わりにこう尋ねたいのだ、静かな月の沈黙に乗じてテネドス島から訪れたのは誰だったのかと。それは重大なたくらみの瞬間なのだ。アルゴス人たちが到着し、木馬に隠れたギリシア人たちを外に出す。トロイアは破壊される。この詩行の背後に隠され

ているのは、性的動因たる逸脱する女性の名のもとになされる殺戮の場面である。しかしながら、ヘレネーの名が言及されるのはわずか二度にすぎず、しかも偶然にも、それは『アエネーイス』第二巻に登場するのだ。主人公は、手足を奪われたヘクトールが自分すなわちアエネーアスにあとを託すという夢のことを語る。聴衆のひとりである「恋する婦人」、ディードーは、アエネーアスの船から運ばれたヘレネーの衣裳を身にまとい、執念深いユーノーとウェーヌスのあいだの接近戦（恵み深いゼウスによって仲裁される）に巻きこまれている。物語の一部は、ギリシア軍の進攻に直面して妻を見捨てたアエネーアスの行動の正当化（いまひとつの夢のなかでアエネーアスの亡き妻が与えるもの）である。このような舞台設定からなにを読み取るにしても、重要なのは、聖母と同じくらい類型的な、堕落した女、売春婦たる女王をめぐる、男性たちのあいだの取り引きだ。それは、ホメーロスからウェルギリウスへ、ウェルギリウスからダンテへ、ダンテからミルトンへ、ミルトンからイェイツへといたる取り引きである。隙間を埋めれば、ヨーロッパの詩の偉大な伝統ができあがるわけだ(17)。イェイツが、あからさまに至高の作家に対してではないにしてもテクスト性に対して、勝利することを認めながら、「エゴ・ドミヌス・トゥウス」の末尾で読者をさがし求めていることは、決して無駄ではない。単に「魔術的な形」にすぎなかったものが、詩を経由することによって、解読されるべき「暗号」となったのだ。書かれた形象が謎めいた未来の読者への引き継ぎを行なう。そしていま、

私は謎めいたひとに呼びかける、そのひとはまだ
（中略）
……それらの暗号の側《そば》にたたずんだまま、私の探究するすべてを

明らかにし、そしてそれをささやくだろう、まるで
夜明けまえに束の間の叫びを
声高にあげる鳥たちが冒瀆的な者たちのもとに
それを運び去るのではないかと恐れでもするかのように。

ダンテや、ポーの小説に登場する大臣のように、イェイツは自分自身を受動的にし、「女性化」している。そのことは、『ペル・アミカ・シレンティア・ルーナエ』の結尾を見れば明らかだ。そこでイェイツはこう書いている。「私はいま一度それら［私の「野蛮なことば」］に専念すべきかどうか思い迷う。というのも……あれらの声に私は惑わされるからだ。そうでないとすれば、私も多少、年をとりはじめているいま、老女のそれのようななにかしら単純な信仰にこだわるべきなのかどうか」(p. 366)。

5.

ここで私はなにを行なってきたのか。ふたつの自伝的、自己‐脱構築的なテクストにおける女性の形象の内在的な収奪のふたつのあり方を、読もうと努めたことである。では、女性は高等芸術の反動的な性的イデオロギーにどのように対処すべきなのだろう。「低次」のものを「高次」のものに置き換え、満ち足りた拒絶主義のイデオロギーや、学術的・大衆的な逆転した性差別主義をあえて実行するだけではじゅうぶんではない。また一方で、正典《カノン》をなんとしてでも維持し許容する手立てを、精力的に模索するだけでもじゅうぶんではない。

すべての重大な転換につきまとうのは、それ自体、危険への恐怖の徴候にほかならない、このようなディレンマなのだろうか。ひとはただ単に、「行動の領域」と「芸術の領域」のあいだの不和を尊重し、常に浄化を目ざす歴史的分析を手段として務めを果たし、たとえメタレプシス［代替用法］的なものとしてもひとの制御し得ぬ、恐怖、欲望、快楽の構造を故意に解体しようと努めるべきなのだろうか。プログラムがいかなるものであれ、少なくともそこには、「フェミニストとして」再読しようという決意がかかわってくるはずだ。最近の私の論文がことごとく未来の仕事の企画で終わっているという事実をまえにすると無力感を覚えずにはいられない(18)。私は、自分の論考を約束で閉じることによって偉大な伝統に身をゆだねているようにも思われる。

6.

学術的・脱構築的な実践を目ざすフェミニストの苦闘から、論文集をつくる目的で、クラス全員と同じ締め切りにまにあわせるため急いで書かれた論文は、いまのところで終わっている。それ以来、私はこれを原稿として、金銭目的で四度、面接のために一度、会議のために一度、女性たちとの昼食会で一度、発表を行なった。だからといって、それは、この論文がもっているかもしれない最小限の有効性に対するロマンティックな否認を意味するものではない。それは、よくある衒学的な感傷——「変化を加えるのは強引すぎるから、もとのままにしておくことにしよう」——を物憂げに反復するふるまいにすぎないのだ。

しかしながら、私は、本質的ではないとしても形式的なやり方で、以前の論文では答えを与えないままにしておいた問題に触れたいと思う。たとえば、なぜ芸術の伝統と因襲はあそこまで苛酷に性差別主義的なのかということについて。この点については、厖大な量にのぼる系譜学的な探究の著作がわれわれを待っている。不幸にして、伝統的な実証主義的・歴史的（あるいは女性的‐歴史的［herstorical］）な、証拠がためと復原の作業は、原因と結果のイデオロギーに依然としてとらわれたままである。そうしたイデオロギーは反動によって、われわれを自己讃美に引き寄せながら、自らをそうした歴史的方法の厳格な無謬性として表わす、心的・社会的な構造化のメタレプシス的な策謀には触れることができないのだ［辞書に出ている「メタレプシス」の意味は、「換喩による、ひとつの比喩的意味からいまひとつの比喩的意味への置き換え」である。マルクス（物象化、貨幣‐形態、イデオロギーにはじまる議論）、ニーチェ（系譜学と真‐偽の虚構にはじまる議論）、フロイト（無意識的で還元不可能な歪曲［Enstellung］にはじまる議論）、そしてハイデガー（二次的隠蔽と二重の撤回にはじまる議論）のあとに続くポスト‐構造主義的な傾向（ラカン、後期のバルト、フーコー、ドゥルーズとガタリ、デリダ）は、そのようなふたつの「比喩的表現」として「原因」と「結果」を呈示する。歴史の主な誤用のひとつである「原因」を「結果」で置き換えることは、こうして、メタレプシスの特別な例となるのである］。ここに読まれる論文は、ふたつの「文学的」テクストにおける言説の実践に関する簡略な分析、少なくとも形式的には「文学批評」の領域の定義によって可能にされた分析である。分析しなければならないのは、「記録的」テクストにおける言説の実践であり、その場合の視点は、単に支配的な「文彩」もしくは「修辞的表現」のみからではない。（それは、「文学批評」という任意の学問分野を特権化し、さらには系譜学的な分析を無効化することにつながるだろう。）むしろ際立たせなければならないのは、いかにして「言説の実践は、客体の領域の境界決定によって、知識の媒体の正当的なパースペクティヴの規定によって、概念と理論の精密化を目ざす規範の固定によって特徴づけられている」かである(19)。そして、スローガンの性急な引用（フェミニズム関係の例のシンポジウムで聴衆のひとりが発した見解に見られるような)、いま触れた「非文学的」分析を中断するような引用を避けるために、以下のようなことが想起された方がよいかもしれない。「脱構築［もしくは系譜学的分析］の運動は、外部から構造を破壊するのではない。それは、可能かつ有効な運動ではない。またそれは、当の構造に依拠しない限り、正確に狙いをつけることもできない。……内部から必然的に働きかけ、それらを構造的に借用し、いい換えるなら、それらの要素と分子を孤立化し得ない限りは、脱構築の企ては常にある意味で、自らの作業の餌食と化してしまうのである」(20)。(『弔鐘《グラ》』のなかでデリダは、哲学史について、そのような、共謀関係にある系譜学的分析を行なっている。)すべての分析が、還元不可能で根源的な存在の廃墟のただなかにある自己を支えることであるならば、分析にあたってわれわれは分析しているものの構造を借用しているのだということ、判断の限界は判断のうちでしか与えられないのだということを認める必要がありそうだ。

イェイツの詩におけるふたつの選択肢、「ヒック」と「イレ」がお互いの共犯者となっているさまについても、私はなんら説明しなかった。エズラ・パウンドは、その両者を「ヒック」と「ウィリー」と呼んだとき、洒落のめしながら両者の関係を把握していた(21)。簡略な下書きを描いてみよう。「ヒック」は「イレ」の「呼びかけ」に応じて訪れる——彼こそは「イレ」が待ち望むものなのだ(七—一〇行)。仮面‐イメージではなく真の顔をさがし求める「ヒック」は、あたかもダンテが仮面をつくったかのように叙述する。「彼は、なによりも心の眼に明瞭に映る／頰のこけたあの顔をつくったのだ」(二一—二二行)。「イレ」は、本来の顔を渇望の場、「イレ」がダンテの顔として表わす石のイメージの制作を動機づける、渇望の場として認める。

そして彼は自分自身を見出したのか、
それとも、その頬をこけさせたのは渇望、
枝のうえの林檎を求める渇望なのか……

（二三—二五行）

では、ダンテの石のイメージとキーツの豪華な歌の心理的資格——これは芸術家の心理に関する詩なのだから——の差異はなんなのかと、問いかけてみてもよいだろう。「イレ」は、キーツが幸福を追求したことを「ヒック」に対して否定してはいない。ただ、キーツが幸福を見出したことを否定しているだけだ。しかし、「ヒック」は「従容たる」（五四行）という形容詞を用いることによって、すでにその点に配慮を示していた。ふたつの立場のこのような横滑りと曖昧化はすべて、警句的な二項対立の権威によって喰いとめられている。

修辞家は隣人たちを欺き、
感傷家は自分自身を欺くだろう。一方で芸術は
現実の幻視にすぎないのだ。

（四七—四九行）

この詩の最後の数行は、七—一〇行と同じく、原則的には「ヒック」を叙述するものであり得る。そうだとすれば、謎の気配は尊大な「イレ」に対する劇的アイロニーだということになる。ちょうどそれは、詩のなかの対立の気配が読者に対する劇的アイロニーであるのと同じことだ。パウンドの誤解——もしそれが誤解であったとしての話だが——は、このような両面的な複合性を単なる論理の不備と受けとったこと

にあった。この自己‐脱構築の迷宮が、女性の抑圧もしくは閉塞を代償として芸術家の消極的能力というトポスを「伝える」という咎《とが》を免れていると考えるとすれば、それはわれわれの誤解だということになろう。

終わりにあたって、「月の好意ある沈黙に乗じてテネドス島から船出して」と述べる、『ペル・アミカ・シレンティア・ルーナエ』の絶妙にオーケストレーションされた一節を引用して締め括ることとしよう。

私はいつも自らの精神を、インドと日本の詩人たち、コナハトの老女たち、ソーホーの霊媒たち、どこか中世の修道院で自分たちの村の夢を見ていると想像される労働修士たち、あらゆることを古代に関連づける学識ある作者たち、そういう人びとの精神に近づけようと試みてきた。われわれが「潜在意識」と呼びはじめたものとその精神がほとんど切り離せなくなる普遍的精神に、自らの精神を浸し、評議会と委員会から生じるすべてのもの、大学や繁華な町から眺められた世界から精神を解放しようと試みてきた。そしてそのように信じるゆえだろう、私は呼び出しの文句をつぶやき、頻繁に霊媒のもとを訪れ、感覚的イメージや興奮させる語句を通じて重大な問題を開陳するあらゆることがらを享受し、ほんの数語だけだが、あまりにも古色蒼然としていて、茨と草のあいだに放置された壊れた台輪[architraves]としか思えない専門用語を、難解な学派から学び、さらには、あらゆる事物を見せてくれる鍛練場に自ら飛びこんだ(p. 343)。

このような読みの試みは私を、この論文の冒頭で提起されたある種の作業仮説へと連れ戻すことになるだろう。すなわち、テクストが意味し、それを用いて策謀をなす、「なにか」の明確な特殊性が残っているということだ。それは、読みの可能性をかたちづくる「最小限の理想化」である。移行する、底なしの枠組みの内部で、「素材」となっている理想化と事物に対して、われわれ読者は、われわれ自身のとらえがたい歴史的・政治的・経済的・性的な限定にもとづき、われわれの読みとわれわれの判断という機構を導入することになる。その機構は、同一性と差異をさがし出すもの――関係をつくり出すものである。読まないという選択をなすことは読みを正当化することであり、読解不可能性のアレゴリー以外のものを読み取らないことは、「素材」の異種混交性を無視することにほかならないのだ。

イェイツの文はひとつのプログラムを詳述している。だが、一種の自己‐脱構築の気分によって、主体とその行動のあいだには障害がおかれているのだ。そのプログラムとは、自己を受動的にすることによって、限定的な魂から普遍的なそれへと移行するというものである。このプログラムを記述するために選ばれた引喩《アリュージョン》的なメタファーこそ、隠密裡のトロイア入城なのだ。「世界の魂《アニマ・ムンディ》」――「創造されたなかでもっとも気高い女性」――に触れるため捏造された、受動的に増強された能動性によって、イェイツは、抽象的・技巧的な言語によって精神に加えられた損傷を拭い去ろうと願う。しかしながら、彼はそのような言語を使うことになるのだ。たとえ、最小限に抑え、「……でしかない」という構文――いくらかの抽象、「ほんの数語だけだが、あまりにも古色蒼然としてい［る］……専門用語」（ただし「潜在意識」はこの目録にあてはまりそうにない）――によって保護されながらでも、時間の暴虐への呼びかけと茨のなかの廃墟のメタファーによって、そうした言語を「馴化」してしまうのだから。けれども、それらの古色蒼然たる単語は、木馬が無垢だと思えたのと同じように、壊れた台輪のように「思える」にすぎない。われわれには、イェイツがそれらを、すべての抽象と技巧の目標と結びついた構成物――「あらゆる事物を見せてくれる」、『ヴィジョン』を表紙と裏表紙のあいだに書くこと――の主要な横梁（arch＋trave）とすることを夢みているのだと想像する自由がある。

イェイツの文が、ほとんど熟慮を超えていると思われる精神の領域を求める、熟慮した探求であることを強調しておかなければならない。「私はいつも自らの精神を［ある種の精神に］近づけようと試みてきた。われわれが『潜在意識』と呼びはじめたものとその精神がほとんど切り離せなくなる普遍的精神に、それ［自らの精神］を浸した［われわれは「その精神」の先行詞がなにかわかっているが、この名人芸的な鈍重さをもった散文にあっては、「それ」と「その精神」がサブテクスト的に交換し得るものとなり、「自らの精神」と「普遍的精神」がお互いを侵犯し合うのだ］」（傍点引用者）。この文はまさに、増大された熟慮の方に向かっている。理想的な他者（より大きな運動のなかでは、そうした他者の述語は、人種差別的で、性と階級に基礎づけられた、異端的・職業的な精神の資質から、訓練された怠惰な夢の見方へ、学識ある言及へと、位階の点で向上する）のイメージ、選ばれた芸術の分野で享受することのできるイメージから、まさしく、学識ある言及で絶頂に達する、言語の賢明な選択へと向かうのだ。とりわけ私にとって興味深いのは、いついつまでも心ゆくまで利用することのできるもののなかから選ばれたイェイツの言語にあって、プログラムの目的であり手段である魂《アニマ》が、女性の形象へとしたてあげられているということ、そして、ラテン語で書かれ、間接的にはダンテによって支配されたものである、歴史的なしるしが、ウェルギリウス－ホメーロスの特異な系列だということである。

3　フェミニズムと批評理論

フェミニズム、マルクス主義、精神分析学、脱構築の相互関係について過去数年間、私が考えてきた、その道筋はどのようなものだったろうか。この問題は多くの人びとにとって興味あるものであり、またこれらの分野の布置は変化し続けている。私はここで、この変化をかたちづくってきた思考のさまざまな経緯に関与するつもりはない。その代わりに私が試みようと思うのは、これらの展開が私自身の仕事にどのように書きこまれてきたかという点について、考えてみることだ。第一のセクションは、私が何年かまえに行なった講演を改訂したものである。第二のセクションは、以前になされたその論考に対する考察を示す。第三のセクションは中間的な位置にある。第四のセクションはなにか現在らしきところを占めている。

1.

私はフェミニズム一般について語ることはできない。私が語るのは、文学批評の内部で一個の女としての自分がなにをなしているかである。私自身による女の定義はきわめて単純なものだ。それは、私も住人のひとりである文学批評制度の一角の土台を形成するテクストのなかで使われている、「男」という言葉に依拠するものである。私がこういうと、「女」を「男」という言葉に依拠したものとして定義するのは反動的な立場だと反論されるかもしれない。女として私は、自分自身で、独立的な定義を彫り出すようにつくりあげるべきではないだろうか。ここで私は、過去十年間にわたって学び、しばしば繰り返してきた脱構築の教えのいくつかを繰り返さなければならない。ひとつには、なにかを厳密に定義することは究極的には不可能だということである。もしそうしたければ、男と女という対立の脱構築を推し進め(1)、最終的には、その対立が、自らを置き換えるような二項対立であることを示すこともできるだろう。それゆえ、「脱構築の実践家」として、私は、その種の二分法を推奨することはできないが、前進を続けるため、ある立場をとることを可能にするため、そういう定義は必要だと感じている。自分が定義づけを行なっていることがわかるようにするためには、ひとつの方法しか考えられない。それは暫定的、反駁的なものである。私は女として自らの定義を構築するが、それは、女がもっているとされる本質によってではなく、広く一般に使われている言葉によって行なわれる。「男」というのは、そうした、一般的に用いられている単語のひとつである。ただ単に単語というだけではなく、代わりとなる言葉のない言葉なのだ。それゆえ、ある理論の前提を再定義しようという企てを疑問に付すときでさえ、私はこの言葉に視線をすえるのである。

可能な限り広い意味において、私の属している学問制度（ラカン、デリダ、フーコー、晩年のバルト）の批評理論は、その大部分がテクストを、人間科学——合衆国では人文科学と呼ばれている——の言説の領域としてとらえている。そうすることによって、人間科学の言説の問題は扱い得るものとなる。他の種類の言説が、ある状況の最終的な真実に向かう動きを示すのに対して、文学が暴露するのは、この議論の内部にあってさえ、人間的状況の真理とは見出すことができない道筋そのものにほかならないということだ。人文科学の一般的言説には、解決を求める一種の探究がある。それに対して文学的言説の場合は、お望みとあれば、解決として問題を演じてみせることもあるのだ。

人間的言説の問題は、言語、世界、意識という、三つの変換可能な「概念」の戯れのうちにあって、それらによって表現されていると一般的に見られる。われわれは言語として組織されない世界を知らないし、言語として組み立てられている意識以外の意識で活動するということもない。しかしそれは、われわれが所有することのできない言語である。というのも、われわれもまたその言語によって操作されているからだ。そういうわけで言語は、世界および意識の範疇に規定されながら、同時にそれらを自らの範疇に含むことになる。厳密にいえば、われわれは、人間が言語の生産を統御しているということを疑問視しているのだから、より目的にかなういいまわしは、エクリチュールである。というのも、そこでは、生産者と受容者の不在が当然視されているからだ。また一見、言語‐(発話)‐エクリチュールの対立の外部にあるように見える、無難ないいまわしはテクストである――それは、知と、知の実体たる非‐知の織りなす織物なのだ。(この構成原理――言語、エクリチュール、あるいはテクスト――それ自体が、意識と調和しない恣意性を窮地に追いつめる方法となり得るかもしれない。)

テクスト性の理論家たちは、マルクスを世界(歴史および社会)の理論家として、また労働と生産‐流通‐分配の力のテクストとして読む。そしてフロイトを、自我の理論家として、意識と無意識のテクストとして読む。このような、人間のテクスト性は、世界と自我として、つまり他者の自我と戯れ、表象を生み出す自我という見地から見て、世界の表象として理解されるばかりでなく、完全に「間テクスト性」に包含される、世界と自我のうちに存在するものとしても理解される。この点から次のようなことが明らかとなろう。すなわち、そのようなテクスト性の概念は、世界を、言語的テクスト、書物、あるいは書物によってかたちづくられている伝統、狭い意味での批評、そして教育に還元することを意味しないのである。それゆえ、私はあらゆる書物の筋書き《シナリオ》を、マルクス主義もしくは精神分析学の正典《カノン》にどのように適合するかという見地から診断する、還元的な企てとして、マルクス主義批評や精神分析批評について語るつもりはない。私の考え方からすれば、文学的テクストの言説はテクスト性の一般的布置の一部なのだ。統一的あるいは同質的な、生成させあるいは受容する意識に対し、統一的な解決を与えることの困難さとして、解決を呈示することだといってもよい。この困難さが直視されることはあまりない。それは巧みに切り抜けられ、おそらく「人間」［man］のような統一化を目ざす概念や、テクストを生み出し、テクストから生み出され、テクストを受容する意識としての、性、人種、階級を超越した意識の普遍的な輪郭によって、問題は一見解決されるように思われる。

もっと安易にマルクスとフロイトのことをもち出す方法もあっただろう。しかし、私は右のようなことをすべていいたかったのだ。なぜなら、一般に文学批評制度においては、このふたりは還元的モデルと見なされているからだ。非還元的な方法も暗に語ってはいるが、マルクスとフロイトはまた、証拠と論証という様態に立脚した議論も行なっているように思える。彼らは、人間［man］あるいは人間の自我の世界から証拠を導き出し、世界と自我についてある種の真実を証明しようとしているように思われる。世界と自我に関する彼らの叙述は、不適切な証拠にもとづいていると、私はあえて述べるつもりである。このような確信に立って、マルクスにおける疎外の観念とフロイトにおける正常性と健康の観念について考えてみることにしよう。

マルクスに話を移すやり方のひとつとしては、使用価値、交換価値、剰余価値にもとづくことが考えられる。マルクスは使用価値を、行為者によって直接消費される物にかかわっていると考える。その交換価値は（貨幣形態の出現のあとに）ある特定の必要を直接的に満たすことに関係することなく、むしろ労働力もしくは貨幣と交換可能なものによって評価される。交換を通したこの抽象化の過程のうちで、生存賃金のために必要である以上に長く労働者を労働させることによって、または労力削減機械という手段によって、労働者の仕事の購買者は、労働者が物をつくっているあいだ必要とする以上の物を（交換によって）得ることになる[2]。この、「より多くの価値」（ドイツ語では字義通り"Mehrwert"）こそ剰余価値なのである。

この特異な組み合わせ——使用、交換、剰余——と女性との関係は、いくらでも寓意化できることだろう。女は、伝統的な社会状況においては、生存することによって自らが手にする以上のものを生産し、それゆえに女を所有する男にとって、また自分の労働力を所有する資本家の代わりとしての男によって、剰余生産の絶えざる源となっている。家事の生産様式は、厳密にいって、資本主義的ではないという事実を別にしても、このような分析は逆説的である。現代女性は、家事に経済的報酬を求めるとき、使用価値を交換価値に抽象化することを求めている。家庭内の労働の場所は「純粋交換」の状態にはない。マルクス主義的要求によってわれわれは、少なくともふたつの問いを発することになる。夫や家族に対する女性の無報酬の仕事の使用価値とはなんなのか。賃金構造のなかに喜んで組み入れられることは呪いなのか祝福なのか。男たちによって普遍的に受け容れられている、賃金は価値‐生産的な仕事の唯一のしるしだという観念とどのように闘うべきなのか。（私が思うに、「家事は美しい」というスローガンによってではない。）資本主義経済のなかに女がはいりこむのを否定するということはなにを意味しているのか。急進的フェミニズムはこの点で、レーニンの、資本主義への降伏から教訓を学ぶこともできるだろう。

これらは重要な問いかけであるが、必ずしもマルクス主義理論の視野をフェミニズムの見地に立って広げるということにはつながらない。われわれの目的からすれば、外在化（Entaußerung/Veräußerung）または疎外（Entfremdung）という観念の方がはるかに興味深い。資本主義の体系では、労働過程は、それ自身と商品としての労働者を外在化する。人間と自分自身との関係、また商品としての自分の仕事との関係の分裂という観念にこそ、マルクスの議論の倫理的責任がかかっている(3)。

私が論じたいのは、子どもという、女の生産物の肉体的、感情的、法的、保護管理的、感傷的状況から見れば、いま述べたような、人間と生産、労働、財産との関係の描写では不完全だということである。子宮のうちに生産のための有形の場所を所有することによって、女は、いかなる生産の理論においても行為者として位置づけられることになる。物神の形成に先立つ、マルクスの外在化 - 疎外の弁証法は、生産物と労働に対するある根本的な人間的関係が考慮に入れられていないがゆえに、不適切なのだ(4)。

しかし、だからといって、このことは、もしマルクスの外在化 - 疎外論がフェミニズムの視点から書きなおされれば、出産、育児、しつけといった問題に対する格別の関心が挿入されるだろうということを意味してはいない。セクシャリティーという問題設定の全容が、明白な社会的・性的政治学に関する議論のうちにとらえられたままにとどまることなく、十全な形でもち出されてくるように思われるのだ。

このように述べたあとで私がふたたび強調したいのは、マルクス主義の問題設定の内部で再生産を解釈する必要性である(5)。

いわゆる母系社会、父系社会の双方において、子どもを法的に所有するということは、子どもを「生産する」男の所有権という不可譲の事実となっている(6)。この法的所有の立場からすれば、女の方が子どものの面倒をはるかによく見ているという、保護管理に関する通常の定義は、偽装した反動的な身振りと見られるかもしれない。男は女の肉体の生産物に対する法的所有権を保有している。その場その場で保護者がどちらであるかを決めようとすることは、男の権利を感情面で疑問に付すことなのだ。堕胎権をめぐる今日の闘争は、この、未承認の協議事項を前景化した。

単に男の法的権利に例外を設けたり、フェミニズムの視点からマルクス主義のテクストに脚註を付け加えたりすることで終始しないために、われわれは、マルクス主義のテクストが基礎とし、それとともに機能している、生産と疎外の理論に関与し、またそれを修正しなければならない。すでに述べたように、多くのマルクス主義的フェミニズムは、使用価値、交換価値、剰余価値の関係との類比に携わっている。女と子どもについてのマルクス自身の著作においては、脱‐性化された労働力によって女と子どもの状態を緩和することが目ざされる(7)。私が提案するような書きなおしがあるとすれば、経済と社会倫理の規則の概要を述べることはさらにむずかしくなるだろう。実際、人間性と社会批判にかかわる規則を不適切な証拠にもとづかせてしまうような、はなはだしい侵犯の瞬間が、マルクスのうちにあることを理解するつもりなら、ある程度まで、本質的な定義を疑問視するものとしての脱構築は、有効性を発揮するだろう。『資本論』を含むマルクスのテクストは、倫理的理論を前提としている。すなわち、労働の疎外は、仕事と財産という点で主体の働きを根柢から覆すゆえに、取り除かれなければならないということだ。私が示唆したいのは、疎外、労働、および財産の生産の本質と歴史が、女の仕事と生産という点から検討しなおされれば、マルクスを超えてマルクスを読むことが可能になるのではないかということである。

フロイトに話を移すやり方のひとつとしては、快を遅延させるものとしての苦痛の本質に関する彼の考え方を中心とすることが考えられる。それは特に、『快感原則の彼岸』を書いた後期のフロイトだ(8)。想像上の、予期され、回避された苦痛をめぐるフロイトの眼醒ましい力学は、主体の歴史と理論を記し、決してじゅうぶんには定義されることのない正常性の概念——不安、制止、パラノイア、精神分裂症、憂鬱症、喪——をもち出してくる。有形の生産の場である子宮にあっては、正常性と生産性の概念の内部に苦痛が存在する可能性があるということを私は示唆したい。（これは、出産の苦痛を感傷化するということではない。）快‐不快の現象的同一性は、抑圧の論理によってのみ決定されるべきではない。快‐苦痛の対立は、女の生理学的「正常性」において問われるのである。

フロイトのテクストを貫いて流れ、その水面下にある、正常性と健康という、決してじゅうぶんには定義されることのない概念に注目するつもりなら、苦痛の本質を再定義する必要があるだろう。苦痛は、男にも女にも同じように作用するわけではない。ここでもまた、この脱構築的措置は、規則を案出することをさらにいっそう困難にするだろう。

フロイトが女性性の決定要因として挙げたもののなかでもっともよく知られているのが、ペニス羨望だ。この議論を扱っているもっとも重要なテクストは、『続精神分析入門』に含まれた女性性に関する論文である(9)。そこでフロイトは、少女は性別を発見する以前は少年なのだと主張しはじめる。リュース・イリガライや他の批評家たちが示したように、フロイトは子宮を考えに入れていない(10)。われわれは子宮によって運ばれているばかりでなく子宮を運んでもいるのだから、修正の方向に進んでゆくべきだ(11)。われわれは意識の理論を生み出すにあたって子宮羨望の道程を示してもよいであろう。生産の場所としての子宮という観念は、マルクスによっても、フロイトによっても回避されているからである。（特にエーリッヒ・フロムのようなアメリカの新フロイト主義者たちのあいだには、このような一般化からはずれる例外が見られる。私はここで、そのような例外のなかにさえ存在する不変の前提について語っているのだ。）フロイトの場合、性器期はクリトリスや膣のものではなく、顕著に男根的なものだとされる。フロイトに見られるこの特異な空隙は重要である。前後倒置は、ヒステリーのテクストのみを構成する場所にとどまっている。あらゆる場所で、ペニスの代用品を生み出す目的以外で、仕事場としての子宮という観念と対峙することは避けられている。フロイトのテクストを書きなおすというわれわれの務めは、ペニス羨望という観念を拒絶し得るものと宣言することではなくむしろ、子宮羨望という観念を、ペニス羨望という観念と相互に作用し合うなにか、人間のセクシャリティーと社会生産を決定するなにかとして役立つようにすることなのだ(12)。

世界と自我に関するわれわれの観念を操作する、フロイト的、マルクス的な「根拠」あるいは理論的「基礎」に対して呈されるかもしれない疑問がいくつかある。われわれはそれらをまったく無視して、文学批評という仕事はあなたたち女性がやるようなことではない(そういう提案は絶望的に時代遅れだ)とか、文学批評は革命や精神分析の理論ではないといいたくなるかもしれない。批評は断固として、中性的かつ実践的でなければならない。世界と自我の観念が生み出されるもととなる根拠を、文学的テクストの鑑賞の仕事と取り違えるべきではない。注意深く見てみれば、その名前を診断しようがしまいが、もっとも「実践的」な批評家が世界と意識についていだく概念の前提に、ある種の思考があるということがわかるだろう。フェミニズムの企ての一部は、これらの重大な男性のテクストが重大な敵とならないように、あるいはまた、われわれが自らの観念を導き出し、さらにはそれらを修正し、再評価するためのモデルとならないように、「証拠」を供給することであるといってもよいであろう。これらのテクストは書きなおされなければならない。そうすることによって、意識と社会の一般的な生産と決定の内部で、文学の生産と決定を把握するための、新たな材料が得られなければならない。結局、男性であれ女性であれ、文学を生み出すひとたちもまた、世界と意識に関する、名づけることのできない一般的観念に動かされているのだ。

もしこんなふうに作業を続けてゆけば、社会に対する理解の一般的趨勢は変化することだろう。私は、その種の変化、新しい貨幣の鋳造は必要なことだと思う。そのような仕事は、女性のエクリチュールの研究、過去の女性の状況の研究によって補われると私はかたく信じている。私がその概略を示したような作業は、男性の学界に浸透し、人間の企ての一部としての文学の文脈と実質の理解を記すための用語を書きなおすことだろう。

2.

以上に記した初期の意見に欠けているように思えるのは、人種の次元である。今日、私は、自らの作業をジェンダー、人種、階級に気を配った読書方法を発展させるものと見なしたいと思っている。初期の意見は、間接的には、階級に気を配った読みの展開、直接的には、性差に気を配った読みの展開に当てはまることだろう。

人種に気を配った分析に関して、アメリカのフェミニズム批評の主要な問題点は、人種差別それ自体と、アメリカにおける人種差別の組み立てを同一化することである。そういうわけで、今日私が探究の対象としているのは、「第三世界の女性」の歴史や彼女たちの証言のみならず、植民地の客体を、重大なヨーロッパの理論を通して、しばしば文学という手段によって、生産する過程である。アメリカのフェミニストたちが、「理論」を蔑み、それゆえに自らの理論にも無知のままでいるような、実証主義的経験論として「歴史」というものを理解している限りは、研究の対象としての「第三世界」は、覇権を握る第一世界の知的実践によって構成されたままにとどまることになるだろう(13)。

フロイトに対する今日の私の姿勢には、彼の企て全体に対するより広汎な批判が含まれる。それは、フロイトの男性中心主義の批判であるだけでなく、性をもった主体の組み立てに関する核家族的な精神分析理論の批判でもある。そのような批判は、核をなす親子のモデルを堅持するフロイトの代わりになるような筋書き《シナリオ》を形成するにいたる。同時にそうした批判は、そのモデル自体の規定的な典型例としてのオイディプスの代わりとなるようなギリシア神話を提供し、また、拡張された家族が、特に女性の共同体が、必ずや核家族の病気を治癒するだろうというロマンティックな観念を形成するところまで拡大される。植民地的言説に対する私の関心はかくして、フロイトに対する西洋フェミニズムの異議申し立ての大部分と同様、私自身によるフロイト批判にも触れることになる。拡張された家族、または集合的な家族は、性の組み立てと、歴史的、政治的な経済原理に還元不可能な共謀関係を結ばせる、社会的・経済的（それどころか、時によっては政治的）な組織なのだ(14)。このような方法で読むことを学べば、次のようなことが理解できる。すなわち、世界の文学は、それ自体少数の者にしか近づき得ないものであるが、原型のネットワークという具体的普遍によって結び合わされているのではなく――これは政治的口実によって強化されることになった理論である――物質的・イデオロギー的・精神的・性的生産のテクスト性によって結び合わされているのだ。こう述べることによって、私の以前の意見の一般的前提条件はさらに抜け目ないものとなるだろう。

このような考察を押し進めながら、私は最近、「クリトリスの言説」の分析を提案した(15)。この提案に対する反論は、私がすでに呈示した議論の文脈から見て興味あるものであった。アメリカのレズビアンのフェミニストたちからのある種の反応は、次の引用に代表されるだろう。「有機的に全能なものとしての男根／撒種という、この開かれた定義において、唯一依拠し得るのは、クリトリスをオルガスムスという点で男根的なものと名づけ、子宮を再生産＝生殖という点で男根の延長と呼ぶことである。……あなたは自分のことを異性愛的な女性として特権化されたものと考えるのをやめなければならない」(16)。その生理学的方向性のゆえに、この反論の第一の部分は、私がクリトリスという言葉を口に出したことを、フロイトが「小さなペニス」としてそれを位置づけたことの反復だと見ている。反論の第二の部分に対しては次のように答えることにしている。「その通りです。どこまで成功するかはわかりませんが。でも、第一世界のレズビアンたちをふさわしい場所に落ち着かせる努力は、必ずしも女性の異性愛への矜持には還元できないのです」。援護するためであれ反対するためであれ、私の示唆を流用することによって、クリトリスの言説を生理学的幻想へと還元してしまう人びともいた。批判の範囲を拡大するために再度強調したいのは、私がクリトリスの還元不可能な生理学的効果を認め、讃えているにしても、このような読みにあってはクリトリスはまた、生産と実践のあらゆる領域における女性の過剰、仕事をいつも通りに進めてゆくためには制御されなければならない過剰の速記ともなっているという点である(17)。

マルクス主義に対する私の姿勢はいまや、マルクス主義とフェミニズム双方の側での歴史的敵対関係を認識している。中核的マルクス主義は女性の闘争の重要性を、良ければ忘れ去り、悪ければそれに恩を着せようとする。他方、ボルシェヴィキ的な女性と社会民主主義的な女性に対立するものとしてのヨーロッパ・フェミニズムの歴史のみならず、合衆国における参政権運動と組合運動とのあいだの抗争もまた考慮に入れなければならない。このような歴史的問題は、男性優位を理解するためには資本主義の分析以上のことが必要であるとか、主要な決定因としての性による労働の分業は、マルクスのテクストにも表わされているとか述べることによっては解決されないだろう。私は、マルクス主義やフェミニズムの「本質的真理」はその歴史と切り離せないと考える著作の方を好ましく思う。私のいまの論文は、この点を十八、十

九、二十世紀における想像力理論のイデオロギー的展開と関連づけている。私はなかんずく、エリザベス・フォックス＝ジェノヴェーズ、ハイディ・ハートマン、ナンシー・ハートソック、アネット・クーンによって実践されているような家族の階級的分析に興味を寄せている。私自身も、剰余価値の生産と実現に影響されている国際的フェミニズムのテクストを読むことに熱中している。再生産＝生殖による（非）疎外という特定のテーマに対する私自身の以前の関心は、今日の私から見れば、すでに示唆したような精神分析的フェミニズムの批判にさらされやすい、核家族的な子宮中心主義に大いに影響されているように思われるのだ。

他方、もし性的再生産が、還元不可能なほどに決定的な方法（撒種‐排卵の結合）による、還元不可能なほどに決定的な様態（家庭的な経済原理と、政治的・市民的な経済原理の異種混交的な組み合わせ）における、社会関係に最小の変化しかもたらさないような、生産物の生産と見られるならば、その場合、根源的なマルクス主義的範疇のうちふたつのものが疑問に付されることになろう。すなわち、共産的生産の尺度としての使用価値と、本源的（資本主義的）蓄財の原動力としての絶対的な剰余価値である。第一のものについては、子どもは商品ではないけれども、また、直接的で適切な消費、または直接交換のために生産されるものでもないということ。第二のものについては、生活維持賃金と、労働力のもつ生産のための潜在力の差異は本源的蓄財の源泉であるとする前提は、再生産が生活維持と同一のものと見なされてはじめて進展するのだということ。実際、子どもを産み、育てるということは、固定資本から商品への緩慢な価値の置換とでもいうべきものによって、本来の計算を異種混交的なものと化すだろう(18)。このような洞察は、賃金‐労働への批判を予期せぬ方向へと導くのだ。

以前、賃金理論と「女性の仕事」との関係に触れたときには、私はまだアントニオ・ネグリの著作でもっともよく展開されているような、賃金と仕事に関する自律主義的な議論を読んでいなかった(19)。仕事の必要と、学識と経験の制限とが許せば、「革命的主体」の組み立てをモデルとして、「女性の仕事」の転覆的な力を確立するために、家庭的な経済原理と政治的な経済原理の関係を研究することが、私の次の目標となる。ネグリは、そのような可能性を、社会化された資本主義がはぐくまなければならない、不可欠な消費主義のうちに見ている。商品の消費は、たとえそれが利益としての剰余価値を実現するときでさえも、それ自身が価値を生産したりはせず、それゆえに絶えず危機的な状態を悪化させ続けるのだ(20)。ネグリの示唆によれば、「革命的主体」が解き放たれ得るようになるのは、消費主義のうちにあるこの傾向を逆転させ、置換することを通してである。イギリスのマルクス主義者の主流派は時として、そのような激変は、政治的干渉主義にもとづく文学教育によってもたらされるだろうと考えることがある。フランスの知識人のなかには、この傾向は「異教の伝統」に内在するものだと考える者もいる。それは、社会主義といういまや過去のものとなった物語、ポスト‐産業世界において伝統的マルクス主義者たちによっていまだに支持されている物語を複数化する伝統である。それとは対照的に、いまの私は次のように論じる。

さまざまな形の資本主義のみならず、他の歴史的、地理的な生産の様態の内部においても継続的に生き残ってきたのは、女性の仕事である。一定の生産の様態と、人種および階級によって差異化された女性ならびに妻の仕事とのあいだの関係の経済的、政治的、イギオロギー的、法的な異種混交性は、おびただしく記録されている。……ゼロ‐労働の持続的な例として挙げられるべきは、帝国主義的処置によってすみやかに回復にいたりはしたが、解放されたジャマイカの奴隷たちによる一八三四年の労働拒否――マルクスによってゼロ‐労働の唯一の例として挙げられているもの――よりはむしろ、女性の仕事の長い歴史である。それは、賃金労働の外部に存在しているのみならず、なんらかの方法で一定の生産の様態の「外部」に存在している仕事なのだ。ここで必要とされる置換とは、価値の変換、すなわち生産性の循環を通して合法化を探究する過程の、非カタストロフィー的な内部への爆発なのである。市民社会と国家を表わす、縮小され、そうすることによって制御されたメタファーよりはむしろ、「国家《ポリス》」によって知らず知らずのうちはぐくまれた、見知らぬ肉体のモデルとして用いられ得るのは、「家庭《オイコス》」すなわち、家庭的な経済原理の力なのである(21)。

したがって、精神分析的フェミニズムに関していえば、歴史と政治に呼びかけることによってわれわれは、植民地主義における精神分析学の場へ立ち戻ることになる。マルクス主義的フェミニズムに関していえば、経済学のテクストに呼びかけることは、新たな帝国主義の作用を前景化することにつながる。このような形で、私の仕事のなかで、人種の言説が重要性を主張するにいたったわけである。

私は依然として、脱構築のいう逆転‐置換の形態論に心を動かされ、歴史的契機の「利害＝関心」の不均衡を信じている。知と判断を構成する差異化の数々という、秘められた倫理的・政治的協議事項を調べることもさらにいっそう、私にとっては興味深いものとなっている。ジェンダー、人種、階級という概念の実在論的な固定に抵抗させ続けてくれるのもまた、脱構築的見地である。私はむしろ、状況に左右されるこれらの概念の生産という、反復される協議事項と、そのような生産におけるわれわれの共謀関係に眼を向けている。脱構築のこのような局面は、覇権的なフェミニズムの「全地球的理論」を確立することを許さないのだ。

しかしながら、この数年間、私はまた、単に脱構築がフェミニストたちのために道を開いているというよりはむしろ、同様に女性の形象と言説が、デリダのためにも道を開いたのだということがわかるようになってきた。女性に関するデリダの最初の言説は『エプロン』［邦訳題『尖筆とエクリチュール』］（一九七五年に「文体の問題」としてはじめて出版された）のなかで表面に浮上したが、それはまた、政治的脱構築にとってきわめて重大な「利害＝関心」という主題について述べてもいる(22)。この研究は、男根中心主義の批判的脱構築から、「肯定的」脱構築（デリダのいいまわし）へのデリダの移行を示すものでもある。デリダの作品がマルクス主義にとってあまりおもしろみのないものに見えてきたのもこの時点なのだ(23)。初期のデリダは、確かにフェミニズムの実践にとって有用なものであり得るが、なぜ彼の作品は、いわば女性という記号のもとで書くとき唯我的、周縁的になるのだろうか。このような事態が生じるもととなるのは、記号の歴史のなかにあるなんなのだろうか。私はこの論文の終わりまでこのような疑問をいだき続けるだろう。

3.

一九七九年から八〇年にかけて、人種と階級に対する関心が私の心を支配しはじめていた。マーガレット・ドラブルの『滝』を調べてそこからの引用を一覧表にしたものを以下に示すが、そこには、ある意味で、これらの関心が不安定な形で現前している(24)。文学を「うまく」読むということがそれ自体善なることであるとするのは、疑わしいことであり、実際、時にはそのイデオロギー的枠組みの内部に、害悪と「美的」無感動を生み出しかねない。私は、文学をフェミニズム的視点から、「非描写的」実践理論として用いるよう示唆したい。

ドラブルは西洋世界における「最良の教育」のひとつを受けている。ケンブリッジ大学のニューアム・コレッジを最優良成績で卒業したのだ。イングランドの学問的急進主義の伝統は根強い。あの名高い雑誌、『ニュー・レフト・レヴュー』の発刊準備がなされていたとき、ドラブルはオックスフォードにいた。私は、単純な伝記的事実に少しばかり立ち入ることに反対はしない。私は、性、人種、階級という問題に頭を悩ませながらも、同時にいまいったようなことを考えながら、『滝』を読みなおしはじめた。

多くの女性作家同様、ドラブルもおそらくは、「なぜ愛ははじまるのか」という問いに答えるという、極端な状況をつくり出す。愛の対象を客体化し、偶像化するという主流に乗る代わりに、彼女は、主人公ジェインを、私的な状況のなかでももっとも近寄りがたいもの、すなわち好き好んでひとりで出産するという局面におく。彼女のいとこのルーシーと、ルーシーの夫のジェイムズが、彼女が体力を取り戻すあいだ、無人になった家で代わる代わる彼女の面倒をみる。『滝』は、ジェインとジェイムズの恋愛の物語なのである。自分自身の肉体の生産物に対する、合法化された、または単に所有したいという熱情の代わりに、ドラブルはジェイムズに、出産している女性と、「他の男の子ども」の誕生を通じて関係をもつという問題を与える。ジェインは恐ろしい様子をし、恐ろしい匂いを発散する。しわくちゃのシーツは血と汗にまみれている。それでも、「愛」は芽生えるのだ。ジェインが、いかにして愛が芽生えたかを記録し、なぜ愛が芽生えたか思い悩むにつれて、ドラブルは責め苛むかのように言葉の速度を緩慢にする。ドラブルが女性の「受動性」による異議申し立てを取りあげ、またそれを分析的強靭さの用具としているというのはあり得ることである。多くの解答が浮上してくる。私はそのうちふたつを引用し、ジェインがいかに暫定的に、また自己‐保留的になれるか示すことにする。

私はどうしようもなく彼を愛するようになった。空虚な世界に住む孤独な女——この事実を思えば、誰にだって予想のつくことだ。きっと、誰でも親切にしてくれさえすれば、そのひとのことが好きになったはずだ。……でも、もちろんそんなことはあり得ない。ほかの誰かではだめだったのだ。……どうしようもなくてこうなったのではない。あれは奇蹟だった。……過去の私の経験は私には当然のことだった。孤独、もしくは苦痛の繰り返し。私が与えられたものは恩寵だった。恩寵と奇蹟。私は自分のことば使いにあまり気をつけていない。少なくともそこにはなにより危険な概念、自由意志の概念が欠けているのだけれど。たぶん私には、自由意志を否定するような宗教をつくることができるだろう。それは、神をまことの立場に位置づけるものだ。気まぐれで、不用意に優しく、無意味に意地が悪く、周期的に慇懃になり、ゼウスと同じように、必然性に支配された神。必然性こそ私の神だ。私がジェイムズと寝るとき、必然性も私とともにいる（pp. 49–50）。

また他の箇所では、「対立する」解答——でたらめな偶発事件だということ——が提出される。

私がジェイムズを愛したのは、彼が、かつて私が手に入れたことのないものだったからだ。彼は私のいとこのものだったし、自分の子どもに優しかった。昔、七年まえのことだったけれど、縞のお茶用のタオルのうえにおかれた、彼の剝き出しの手首を見たことがある。クリスマスの日、浜辺で彼は、私の身のうえについて質問してくれた。私が飲み物をどうぞといわれて断わったとき、彼は自分で飲み物をついだ。彼はまじめじゃないし、両親はサウス・ケンジントンに住んでいて、怪しげな生活をしていた。ああ、なんて完璧な愛人。こんな理由で、私はあそこに横たわったのだった。溺れながら。

溺れるか、浜に打ちあげられるかしながら。彼を待っていた。あそこで果てること、溺れることを待っていた。私たちの漂う肉体の大海原で。風変わりだけどなじみ深いベッドの白い海で（p. 67）。

思考から思考へと移行する、つかみどころのない偶然が、最終的に必然性を主張するにいたるとすれば、この偶発的な事件の一覧表にのっている項目のひとつひとつには、でたらめとはほど遠い、もっともらしさがある。

彼女は、同じひとりの男に所有されることによって生じる、女性の恋敵《こいがたき》という問題を考える。情事がはじまるまえ、ルーシーと彼女とのあいだには特異な合意が存在している。

みんなどうして結婚したりするのかしら。ルーシーが話を続けた。話題になんの危険性もないかのような、学問的で坦々とした口調だった。わからないわ。同じくらい穏やかにジェインがいった。……ほんとうに、まったく気まぐれだし。トーストにバターを塗りながらルーシーがいった。なにか理由があると思えたら、すてきでしょうねとジェインがいった。……そう思うの？　ルーシーが尋ねた。自分たちは犠牲者なんだと思いたくなるときもあるわ。……もし理由があったら、もっと犠牲者らしくなっているでしょうねとジェインがいった。彼女は口をつぐみ、考えこみ、口いっぱいにトーストをほおばった。自分は傷ついているから血を流す。自分は人間だから苦しむ。そんなのは、あなたがいっていたような理由にはならないわとルーシーがいった。……そのとき、二階から赤ん坊の泣き声が聞こえてきた――弱々しく、悲しげな、絶望的な声。それを耳にしたふたりの女は、互いに見かわし、なにかの理由でほほえんだ（pp. 26–27）。

もちろんこれはあからさまな合意ではなく、単に、女性どうしが絆を結ぶ「理由」は、赤ん坊の泣き声となにかの関係があるのだとほのめかしている程度である。たとえば、ジェインは、ルーシーをあざむくことについて自分が果たしている慎重な役割についてこんなふうに語っている。「私はルーシーのことを忘れてしまった。彼女のことは考えなかった——考えたとしてもほんの時々、赤ん坊が泣いている夜、眠れぬまま横になっているとき、彼女のことを思ったものだ。見当はずれの穿鑿からくる胸の痛みを感じながら。それは、私によって私のうちで耐え忍ばれる胸の痛みではなかった。どこか遠くにありながら、他人の苦痛とは思えないくらい、悲しみに満ちた胸の痛みだった」(p. 48 : 傍点引用者)。

ジェインは、親と子のあいだにあるとされる、自然なつながりに対する腹臓ない反応をとめどなく綴る。「血はやはり血なのだし、ブレヒトがいっているように、子どもは母親的なもののためにあるというだけではじゅうぶんではない。女を母親でなくし、男を父親でなくすためには、いろいろな手立てがあるからだ。……なのに、ジェイムズが私の代わりにあの子をだいているの見て、私が快感を覚えていることは否定できないのだ。私が愛した男と、私が産んだ子ども」(p. 48)。

この本の締まりのない終わり方は、ジェインの物語を極端な例とするものでもある。この愛は続いてゆくのか。「真実」だということが証明されるのか。ジェインは安心を、またジェインとジェイムズは幸せを、得ることができるのか。それとも、それは断固として「解放された」愛であって、それ自体の非永続性を過度に主張し、そして時とともに凋落してゆくのか。そのどちらでもない。メロドラマ的で満足のゆく結末——ジェイムズの命を奪ったかもしれない事故——は、実際には結末とはならないのである。それは単にすべてをルーシーに暴露するだけで、本の結末とはならず、すべてを凡庸な二重生活へと還元してしまうのだ。

さほど悪くない解答を考えてみよう。すべてが失敗に終われば必然、そうでないとすれば、おそらくは偶発的なことがら。女性をライバルとしない試み。母と娘との血の絆。社会的保証と無縁の愛。私のような読者にとっての問題は、その問いかけ全体が、特権的としかいえないような環境のなかでなされていることである。もちろん私は、ジェインがドラブルである（錯綜した意味でいえばそうとも考えられるのだが）とはいっていない。ドラブルは、あのように特権化された女性の物語を語る価値があると思っていると、私はいっているのである。低俗小説に登場する育ちの良い淑女などではなく、物語の最初の部分のなにげない一文で、自分の詩がBBCで朗読されると述べるような、あきれるくらいのお姫さまなのだ。

ドラブルが、その探究的で感受性の鋭い指を、人種問題ではないにせよ、階級問題にも触れようとしていないということではない。ジェインの家族の階級的偏見の話は、直截に語られている。彼女の父親はパブリック・スクールの校長である。


いつも思い出す子ども、小柄で痩せた子どもがいた……その父親は——その子が誇らしげに語ったところによると——来たるべき総選挙に際して、勝てる見こみはないけれど、労働党から立候補することになっていた。私の父は、情け容赦もなくその子をなぶり者にし、哀れなその子が決して答えようとしないような質問をし、労働の成果について手のこんだ、おぞましいことば遊びの冗談を吐き、そのような……感じやすい耳にはまったく無益なことなのに、高名な保守党政治家たちと親しくしているとさりげなくほのめかした。哀れなその子はすわって、ロースト・ビーフを見つめながら……次第次第に赤くなり、哀れにも、卑屈な追従笑いを浮かべようと努めた。そんなとき、私は父のことを憎悪した（pp. 56–57）。

それでも、ドラブルの描くジェインは、両親の偏見をごく軽微に共有することになる。私が省略した部分には、子どもの大きな赤い耳を侮蔑するような言及がある。彼女にとってもっとも重要な問題は、あいかわらず性的喪失、性的選択の問題なのである。トランプ手品の名前である「滝」はまた、ジェインのオルガスムス、ジェイムズが彼女に与える贈り物の名前でもあるのだ。

しかし、ことによると、ジェインのように、階級に縛られながら、それでいて、実に分析的な女性をドラブルが創造したのは、アイロニーからなのかもしれない。もちろん、それもひとつの可能性ではあるが、ジェインとこの物語の作者とを同一視すれば、この点は疑わしくなる。ここでアイロニーが生じてくるとすれば、それはいわば、「書物の外部」から来るものに違いないだろう。

私のアイロニーを押しつけるよりむしろ、語り手としてのジェインの像が役立つのではないかと思ってみることにしよう。ドラブルは、彼女の選んだ閉域の内部における、ミクロ構造的な異性愛の姿勢の生産と決定の諸条件を考察するため、ジェインを巧みに操作している。この閉域は、規則の源となっているがゆえに重要だといえる。ジェインは書物のなかで、いまのところ定められた新しい規則はないのだと認識させられる。第一世界のフェミニストたちは、毎日この事実に直面する。このことは、いいわけとなるべきではなく、慎重を要する責任であり続けるべきだ。「もし道徳が必要ならば、私はそれをつくり出すだろう。新しい梯子を、新しい美徳を。もし自分がしていることを理解することが必要ならば、もし自分自身を是認することなく行動することが不可能ならば——といっても私は行動しなければならないし、昔とは違う。もはや漫然と手をこまねいているわけにはゆかない——ならば、自分だけは大目に見るような道徳を発明することにしよう。そうすることによって、かつての自分を完全に否定し去る危険を犯すことになるかもしれないけれど」(pp. 52-53)。

もし脱構築の警告──「理解」し、「変化」させたいという欲望は、革命的であると同程度に徴候的でもあるという偶然性──に耳を貸せば、単に真空を規則で満たすだけでは、人類にとってと同様女性にとっても、またしても議論はだいなしになるだろう。われわれは、自己同一的な真理という範疇よりはむしろ、類似と、交換可能性と見えるもの──比喩表現──におそらく依拠していると思われる、さまざまな形態の理解、変化のさまざまな形態の分類学を実践するよう、一瞬また一瞬と努めてゆかなければならないのだ。

自分自身について、ジェイムズについて、私が真実を語らなかったことは明らかだからだ。どうしてそんなことができただろう。もっと意味深長ないい方をするならば、なぜそんなことをしなければならないのか。……真実について、私はじゅうぶんにはお話しなかった。なかなか結論を口にすることはできないのだけれど、私は自分のためらいのうちに美徳を認めることさえできる。それは不誠実だし、無粋なことだ。でも、それは美徳であり、道徳的な愛の世界では実に分別あるふるまいなのだ。……悪徳と美徳、救いと堕落、勇気と懦弱──そうした属性の名称は相互に交換可能だ。だからこそ、抽象観念の混乱が生じ、アフォリズムとパラドクスの増殖が生じることになる。人間界に存在するのはおそらく、見かけだけの類似にすぎないのだ。……そうした属性は、人生の真の目的と見なされるものに依存していた。……救済や堕落といったものは……。そのどちらをジェイムズが体現していたのか私にはわからない。ヒステリー的な用語かもしれない。それでいて、またしても宗教的な用語。

でも、そうだとすれば人生は深刻な問題だということになる。そして、この事実を認めることは単なるヒステリーではない。というのも、男でも女でも、それを認めることは知られていたのだから。私は、それを理解するよう努力しなければならない。私は、その各部分を取りあげるだろう。私はそれを各部分に分解し、それからもう一度ひとつにまとめるだろう。私はそれを、私が受け容れることのできる形式で、虚構の形式で組み立てなおすことだろう（pp. 46, 51, 52）。

ひとが理解するための範疇、すなわちプラスとマイナスの性質は、恣意的で、状況次第のものであることが暴露されている。ドラブルの描くジェインの脱出方法——おそらく範疇の問題にさほど悩む必要のない、受け容れやすい虚構の形式へと人生を解消し再構成すること——は、それ自体では、美的なものの古典的な特権化であるように思える。というのは、ドラブルは、人文科学の学徒たちにも近づきやすい身振りで、自己‐解釈の限界をほのめかしているからである。虚構の形式の内部で彼女は、物語の統一性という急務のために真理の全容を告げることができなかったのだと打ち明ける。それから彼女は、三人称から一人称へと移行する。

文学批評家はこの点をどのように扱い得るだろうか。その移行が、二重に複雑化された愚行であるということに注目しよう。虚構の生成に課せられる制約を反映する言説は、さらにいまひとつの虚構テクストを捏造するからである。それに加えて、虚構内の真理の不可能性——メタファーという古典的な特権——について語る語り手もまた、同じようにメタファーであるという点にも注目しよう(25)。

私はもっと単純な道筋を選ぶべきなのだ。私は、物語のなかで行なわれる真理の本質に関する考察が、このように全面的に却下されていることを認め、次に却下それ自体を却下すべきなのだ。というのは、それは無意識のうちに、「真の」の言語で真理について語る方法がどこかにあるということ、すなわち、話し手はどこかで構造的無意識を捨て去り、役割を演じることなく話すことができるとほのめかすことかもしれないからである。構造に注目したあと、私はジェインがここで主張している点を説明し、それを、以上で見てきた批評的見地からは「人間中心的世界」と呼ばれるだろうものと関連づけるつもりだ。自分自身から合理的な、もしくは美的な距離をとるときに、都合よい分類を可能とするマクロ構造に身を委ねること。それが、ドラブルの三人称の話し手によって演劇化されている措置である。それとは対照的に、あらゆるマクロ構造的な理論を可能にし、またその根柢を揺るがすミクロ構造的な実践の契機に関与するとき、ひとは、いわば一人称の深い海に落ちこむことになる。一人称は、理解と変化の限界、さらにはミクロ対マクロの対立の不安定な必然性を認識するが、それでもなお決して諦めはしないのだ。

一人称の物語は、ドラブルの虚構人物であるジェインにとってはあまりにも危険すぎることがわかるだろう。彼女は、物語の筋立てを、逆説的範疇──「純粋な堕落した愛」──によって組み立てようとする。その範疇によって彼女は、虚構のなかで範疇の不確実性について記録しようと試みるというよりはむしろ、虚構をつくることができるようになるのである。「あの、精神分裂症的な三人称の物語へと私は戻りたいと思う。私には、記述しなければならないあさましい状況が、さらにひとつかふたつある。そのあとで私はあそこへ、あの、純粋な堕落した愛の、孤立した世界へ戻ることができる」(p. 130)。無私の、マクロ構造的な三人称の物語の限界を暴露したあとで、そこにわれわれを立ち戻らせることは、脱構築的実践の美的アレゴリーともなり得よう。

このようにしてドラブルは、女性の意識の真空を几帳面で有用な表現で満たす。しかし、人種と階級の問題、また性の周縁性の問題をまじめに呈示することは阻まれているようだ。彼女は、次第次第に女性の虚構の一部となってゆくように見える、ミクロ構造的なディストピアに、極端な性的状況に携わっているのだ。このような限界のうちにおいてさえ、われわれのモットーは、ジェインのモットー、「私は苦悩を好むのだと思う」——勇敢な自由主義者である女性の個人主義的な叫び——ではあり得ない。それは、むしろ、『滝』のエクリチュールの場面の与えてくれる教訓であるのかもしれない——根柢を揺るがされた三人称へと立ち返るということは。

4.

このようにして女性の虚構を解読することが、アメリカの学界で、フェミニズムを標榜する学生や同僚たちにとって有意義であることは疑いない。いまの私は、それがたとえ女性の作品であっても、文学的テクストに対して以前よりも辛抱強くなれない。もちろんわれわれが、自分たち自身に、また女性研究の教育を託されている実証主義的フェミニストの同僚たちに、そして不安げな学生たちに思い起こさせなければならないのは、本質主義は罠だということだ。それよりさらに重要に思えるのは、世界の女性のすべてが、まったく同じやり方で、特に「虚構」や「文学」を通じて、本質を特権化することに関与しているわけではないと理解するようになることである。

一九八二年三月、韓国のソウルでの出来事だ。ミネソタを本拠とする多国籍企業、コントロール・データ所有の工場で、二百三十七人の女性労働者が、賃あげを要求してストライキを行なった。六人の労働組合指導者が、解雇され投獄された。六月、女性たちは、訪韓中のふたりのアメリカ人副社長を人質にとり、組合指導者の復職を要求した。コントロール・データの本社は喜んで女たちを釈放しようとした。韓国政府は不承不承であった。六月十六日、工場の韓国人男性労働者たちが女性労働者たちを散々に殴りつけて争議は終わった。多くの女性が怪我をし、ふたりの女性は流産した。

この物語の重層決定（多くの折り重なった線――ときどきつじつまがあわなくなり、しばしば矛盾に満ち、おそらくは非連続的な――は、単一の「出来事」、または「出来事」の集合の基準点を決めることを可能にする）を理解するためには、複雑な分析が必要であろう(26)。ここでもまた、私は重層決定因子のチェック・リストを与えるだけにするつもりだ。産業資本主義の初期の段階では、植民地が原料を供給し、植民を行なっている国はそれによって、その製造工業の基地を発展させることができた。国内生産はこのようにして骨抜きにされるか破壊されるかした。流通時間を最小限にするためには、産業資本主義は、正当な手順と、鉄道、郵便、一律に程度が決められた教育制度といった民衆教化の道具を確立する必要があった。このことと、さらには、第一世界の労働運動と福祉国家のメカニズムとによって、製造工業それ自体が第三世界の土壌で行なわれることが、徐々に避けられなくなっていった。第三世界では、非常に少ない要求をのむだけで労働を行なわせることできるし、政府を抵当にとっているも同然なのだから。電気通信産業の場合は、古い機械が時代遅れになるのは、商品でその価値を吸収するより速いペースで起こるので、このやり方が特に役立つこととなる。

私が先に述べた、多国籍企業の舞台では珍しくもない出来事によって、コンピューターの時代への女性の参加、「発展途上の女性」の現代化に関するわれわれの想定は複合化される。特にわれわれの日常における理論化と実践にあってはそうである。女性が家の外で働く自由について、そして労働者階級にあっては、家族を支えるという美徳について、われわれの想定のうちにある撞着と矛盾に、われわれは直面せざるを得ないだろう。労働者たちが女性であったという事実は、単にあのベルギーのレース工たちのように、東洋の女性の指が小さくてしなやかだからというわけではなかった。それはまた、彼女たちが剰余価値を生み出す真の勢力であるからでもある。夫たちも含めて、誰も適切な賃金を求めて扇動するようなことはしないだろう。共働きの家庭にあっては、たとえひけをとらない仕事をしていても、妻の給料が少なければ、男は顔をつぶさなくてすむのだ。

これは、第三世界の男たちがデイヴィッド・ロックフェラー以上に性差別主義者だということなのだろうか。「第三世界に対して『もっと』と尋ねるな」という原住民保護主義者の主張はもちろん、まぎれもない帝国主義である。そこにはなにか答えのようなものがあるのだ。それは、私自身の知的、政治的活動の土台となっているものを問題化する。社会資本がもつ駆動力と文明化の力は誰も否定できない。技術革新による、より大きな剰余価値の生産（単純に「生産性」と偽られているもの）を還元不可能なところまで探究すること。それに付随して生じる、生産されたものを必要とし、それゆえ剰余価値を利益として実現するのに一役買うように消費者を訓練する必要性。「団体的博愛主義」によって支柱的なヒューマニズムのイデオロギーと関連づけられる免税点。そうしたものがこぞって「文明化」を目ざして共謀する。これらの動機は、韓国のそれのような買弁経済においては大規模には存在しない。韓国は、社会資本の不可欠な受納者でもなければ、代行者でもないからである。剰余価値は他のどこかで実現される。核家族には超越的な高尚化の力はない。そのイデオロギーと、結婚のイデオロギーが、十七世紀におけるイギリス革命以来西洋で発達してきたという事実は、能力主義的な個人主義の勃興となんらかの関係を有しているのだ(27)。

これらの可能性は、アメリカの、西ヨーロッパの、あるいは純化された、人類学の思索にもとづく普遍的庇護に関する一般化を重層決定する。

社会資本は遠隔操作によって殺人を行なう。この場合もやはりアメリカの経営者たちは、韓国の男たちが韓国の女たちを虐殺しているあいだ、ただ手をこまねいて見ているだけであった。経営者たちは責任を否定した。『マルティナショナル・モニター』で報告されている、コントロール・データの経営者側の発言のひとつは、その自己防御的な残酷さをよく表わしているように思えた。「崔《チェ》が赤ん坊を亡くしたのは『ほんとう』だが、『それは彼女のはじめての流産ではないのです。もうまえに二回もやっているのですから』」(28)。いかに積極的に文明を副産物として生産しようとも、社会資本は、奴隷制度的な生産様式の前提からそれほど進歩してはいないのである。「ローマ時代の理論では、農業用の奴隷は『インストルメントゥム・ウォカーレ』、すなわち話す道具と呼ばれていた。それは、『インストルメントゥム・セミ=ウォカーレ』を構成する家畜よりひとつうえの階級で、『インストルメントゥム・ムートゥム』である農機具よりふたつうえの階級であった」(29)。

コントロール・データのラジオ・コマーシャルのひとつは、自社のコンピューターが家庭でも仕事場でも、また男性にとっても女性にとっても同様に、知識への扉を開いたといっている。そのコンピューター・システムの頭文字は、ＰＬＡＴＯである。この高貴な名前が量産的、公式置換的な知のあり方を隠蔽し、「民主主義」のまさに根幹のところで、独特で、しかも主体を表現する叡知のアウラをともなう、能率と搾取の道具を装うのに役立つのではないかと推測し得るかもしれない。ＰＬＡＴＯという頭文字の、疑う余地のない歴史的・象徴的価値は、「文明」それ自体の企てである、階級‐歴史の抹消に参画している。「アテネ文明の基礎をなしていた奴隷制度的な生産様式は、必然的に、そのもっとも素朴なイデオロギー的表現を、都市の特権的社会階層に見出した。その階層の知的レヴェルの高さは、『国家《ポリス》』の低部をなす、沈黙した深層における剰余労働によって可能となったものである」(30)。

「なぜデリダの作品は、彼が女性という記号のもとで書くとき唯我的、周縁的になるのだろうか」と私は先ほど問いかけた。

デリダが女性の形象を発見したのは、固有化——固有の名前（父祖の名）または固有財産の場合のように固有化すること——の批判によってである(31)。このようにしてデリダは、非決定性の「記号」、真正ならざることを固有財産とするものの「記号」である、（理想化された）女性を楯としつつ、男根中心主義の伝統から自らを差異化し、そのことにより、真正さ、固有さのテクストの暴虐に近づいているおかげで、「女性」という記号が非決定的なものとなっていることを考えられなくなっている。そう述べるだけでここではじゅうぶんだ。私がクリトリスの抑圧と呼んだもの、そしてコントロール・データについてのニュースが語るもの、それこそは、この「真正さ＝固有さ」——固有財産と、父から譲り受ける固有の姓の双方を生み出すものという意味での——の暴虐なのである(32)。

デリダの、魔術的にオーケストレーションされた書物——『絵葉書』——は、不在の、無名の、そして性的に非決定的な女性（コントロール・データの犠牲者）を伝達手段として用い、ソクラテスとプラトン[Plato]（コントロール・データの頭字語）の関係を、フロイトを通じフロイトを超えて再解釈する、遠距離通信（コントロール・データの業務）としての哲学に関するものだ。この書物のくだす決定は、私の議論を譬え話になおしている。ここでは脱構築は、本質主義的なブルジョワ・フェミニズムと共謀しているのだ。次の文章は最近『ミズ』に載ったものである。「コントロール・データは、社会奉仕のための休暇を提供する、進んだ会社のひとつだ。……ミネソタのＮＯＷの前収入役、キット・ケチャムは、ワシントンのＮＯＷの全国事務所で働くために、まる一年の有給休暇を申しこみ承諾された。彼女はいっている。『コントロール・データは、女性の雇用と昇進を公約しているので、私は気に入っています……』。このことを雇い主にほのめかしてみたらどうだろう」(33)。ブルジョワ・フェミニズムは、多国籍企業という舞台に対して盲目であるがゆえに、「清潔な」国民規模の実践によって偽られ、支配的イデオロギーによってはぐくまれつつ、真正さ、固有さの暴虐に参加し、女性一般に対するプラトン的命令の延長を、コントロール・データのうちに見出すことができるのである。

政治経済の隠蔽は、イデオロギーのうちでなされ、またイデオロギーによってなされる。その操作の過程で作用し、また用いられ得るのは、少なくとも、民族国家、ナショナリズム、民族解放、民族性、および宗教のイデオロギーである。フェミニズムは、主たる［主人の］《マスター》テクストのなかにも、毛穴のなかにも生きている。それは最終的審級の決定因ではない。私は以前よりも、「世界を変えること」を簡単には考えていない。私は、正典《カノン》（大砲《カノン》）を所有する人びとのうちほんのひと握りの者——そのひとが男性であれ女性であれ、フェミニストであれ男性中心主義者であれ——に、いかにして自分自身のテクストを読むか、私にとって最善の方法で教えるのだ。

一九八六

"Feminism and Critical Theory"

第二部

4 説明と文化——雑考《マージナリア》

この論文の最初の下書きを、私は、いつもと同じく廉直でアカデミックな様式で書いてみた。しかし数ページでそうすることをあきらめ、少し考えたあと、最初の論文では明らかにされていない周縁部を少しばかり明らかにしてみようと決意した。この決意の基盤となっているのは、あらゆるフェミニズムの営みに少なくとも暗示はされている、ある種のプログラム、すなわち、私的なものと公的なものの対立の脱構築である。

われわれの文化をかたちづくっている（文化の結果でもある）説明によれば、政治的、社会的、職業的、経済的、知的な舞台は公的な領域に属する。感情的、性的、家庭的なものは私的な領域である。もっとも広い意味における宗教、精神療法、芸術のうちのある種の実践は、私的な領域にも及んでいるといわれる。しかし、制度としての宗教、精神療法、芸術は、芸術批評と同様、公的なものに属している。少なくとも十八世紀以降のヨーロッパで、フェミニズムがその実践において提案していることは、公的な領域のそれぞれの区画はまた、感情的、性的にも機能するということ、家庭の領分が感情の唯一正当的な働き場所ではないということである(1)。

女性の運動を有効なものとするために、しばしば公的‐私的という階層秩序の逆転が強調される。性差別主義的な通常の家庭、教育施設、または仕事場においては、公的領域は、私的領域より合理的であると同時に神秘的でもあり、一般的により男性中心主義的であり、ずっと重要だというのが、いまもって支持されている説明方法だからだ。フェミニストたちは、この階層秩序を逆転させて、セクシャリティーと感情とは、事実上、はるかに重要で脅威的なのであって、そのため、男性中心主義者の性的政治学が、抑圧的に否応なくあらゆる公的活動を支えることになっているのだと主張しなければならない。この抑圧的な政治学のもっとも「物質的」な沈降が、きわめて動かしがたい石のように見える、制度化された性差別なのである。

この、公的‐私的という階層秩序のフェミニズム的な逆転が、ドグマとして凝固するのを妨げ、または実のところ、十全に成功するのを妨げる、移ろいやすい限界となっているのは、対立それ自体の置換である。というのは、もしいわゆる公的領域の織り地が、いわゆる私的領域によって織られているのなら、私的領域を定義づけるものの特徴は、公的なものの潜在性となるからだ。それは公的活動の織物、または織り地なのであるから。このように、対立は単に逆転されるわけではない。それは置換されるのである。私は、この逆転‐置換という脱構築の実践的構造にしたがって、この論文を書き進めている。私的なものと公的なものの対立の脱構築は、フェミニズムの営みのすべてが暗に秘め、いくつかの場合は顕在化しているものである。脱構築的実践の特異性がここで繰り返し強調されなければならない。脱構築は、最初にあからさまな疑いの眼を向ける、その対立を置換することによって、常に自らを自らと異質なものとし、常に自らを遅延させるのである。それは構成的規範でもないし、もちろん規定的規範でもない。もしそのどちらかであるなら、フェミニズムの営みは、公的（男性）と私的（女性）の置換の成就を、分節化するか、またはそれに向かって努力するかどちらかだろう。すなわち、理想的社会と性‐超越的人間性に向かうということだ。しかし脱構築の教えは、あらゆる超越的理想主義を疑問視することにある。男‐女、公‐私の置換が、完全な逆転への欲望というよりはむしろ移ろいやすい限界となっているのは、脱構築のこの特異性によるのだ。

ともあれ、これが、「説明と文化」と題するシンポジウムにおいて私が果たす役割のため、そしてその発表の拡張版であるこの論文を生産するため、私が提出する説明である。説明上のレッテルは「フェミニスト」であり、「脱構築主義者」だ。

われわれは、自らの生産する説明を行動の根拠とする。その説明は、われわれ自身による自己の説明によって統一性を賦与される。このようにして否応もなく、自分自身に形態を与えるためこれらふたつのレッテルを選んだことが、それらふたつのレッテルのあいだに共通の大義を生み出すことになる。（でないとすればあるいは、フェミニズムと脱構築のあいだの共通の大義のために、私自身のレッテルとしてそれらを選んだのかもしれない。）その共通の大義とは、周縁性の支持、また周縁性への関心であり――中心にあるものはしばしば抑圧を隠蔽しているのではないかという疑念である。

これらのことはすべて、実際のシンポジウムで、私がある種の周縁性に気づいたということ、それも洗練されたやり方で気づいたということを認めるための前置きにすぎないのかもしれない。われわれの、知的で、良心的な司会者は、絶えず私を仲間はずれにしているように思えた。われわれの予備的発言を聞いたあとで彼は、われわれはみな、研究対象としてではなくむしろ過程としての文化に興味をもっているのだといった。いいえ、私は過程を特権化したくはありません。次に短いスピーチがひとしきりあり、そのあとで彼は、明らかにわれわれは、説明と文化に関して、われわれ全員に適合するような、一貫性のある概念を定式化したがっているといった。いいえ、私は、多様性のなかに統一性を見出したくはありません。時には統合より対立のほうが好ましく思えますから。親しい友人ルロイ・サールは、解釈に屈伏した説明のモデルについて話し、私に共謀者のまなざしを投げかけた。ジョージ・ルソーは、テクストを信用しないことについて話した。果たして彼は、ポール・リクールが「疑念の解釈学」(2)と呼ぶものと公然と提携することによって、脱構築者との連帯を宣言しようと考えたのかどうか、私はいぶかしく思った。しかし私は、解釈学――「説明よりむしろ解釈」の理論――には満足していなかった。それがなんらかの抜本的方法で、批評家の活動の問題に直面しない限りは、「疑念的」であろうがなかろうが関係なかった。説明への欲望は、知識を統御し得る自己と、知られ得る世界を所有したいという欲望の徴候なのかもしれないと私は考えた。正しい自己分析を行なう権利を自分自身に与えることによって、徴候性に関するあらゆる考えを避けるのは愚かなことだとも考えた。それゆえ、必然的に、文化的説明の実践的政治学の暫定的理論を発展させる以外に、抜け出る道はあるまいと私は考えたのである。

グループの人びとは、何度となく私の視点に興味を示した。それが風変わりに見えたからだ。しかし、その視点とはなんなのかという直接的な質問は決してなされなかった。というよりも、いってみれば美学における認識の役割の正しい定義のために割り当てられた三時間のセッションの終わりになされたのだった。詩は認識的だろうか。絵はどうだろうといった具合に。しかし、私には、意識の働きのこれらの幻影的な下位区分(認識、意志、知覚、その他のもの)を用いる必要はなかった。私もその一部である解釈の対象としてなら話は別だが。脱構築的視点は、認識的‐美的というような階層秩序を逆転し、置換することだろう。私は議論の隙間のようなときに、羊のような弱々しい声で発言したものだった。良くても、参加者のなかで親切なひとたちが私の方を向いてくれて、私が意味していたことや、もしくは意味していなかったことを説明してくれただけだった。最悪の場合は、認識と美学をめぐる議論がふたたび開始されるだけのことであった。あるときなど、ニーチェから、見当違いではあるにせよどちらかといえば気のきいた、一連の例を引いて会衆を魅了したりもした。返ってきたのは、ニーチェはわりにおもしろいけれども無価値な哲学者だという発言だった。私は、安っぽい嘲笑は学問的議論の場では場違いだと熱っぽく議論した。おもしろみは、真正の哲学者すべてにとって本質的要素だということを私は確信していたのであり、悪意はなかったのだ。

このやりとりは、私が頑として自分を周縁においていたという事実を別の形で例証している。私は、必要と感じた時はいつでも、われわれの議事の構造に疑問を呈した——というのも、説明の生産の構造あるいはその手段は当然、文化的説明のイデオロギーの非常に重要な一部であり、実際、説明それ自体と明確には区別できないからである。それは、この陽気で才能に恵まれた学者たちにとっては、認められていない原則のように思われた。そのような状況のもとで、私の態度が高飛車で、私の文が、絶望的なほど掉尾文ばかりで、インド英語的であることは助けにはならなかった。私が口を出すと、それはすべて個人的な不機嫌か怒りの表現だと見なされたのである。「気にしなくていいんですよ。こういう重大な公けの席では誰もあなたをわずらわそうとは思いませんよ」。私は歯ぎしりするのを我慢した。そんなことをしても、攻撃するという男性の権利をいまなお正当化していることにしかならないだろうからだ。事実、私は公けの席ではきわめて強靭なのだった。女性運動の最近の波がかろうじて勝利を得る以前、まず第一に、アメリカのアカデミズムとは比較にならぬほど性差別主義的な場所で鍛えられた私なのだから。私の議論は私の個人的安全のためではなく、むしろ知識人たちの、公平無私で、普遍的な実践と誤解されている、彼らの男性中心主義的実践に反対するためのものだったのである。事実、私はある時点で、動物の雄はたとえ遊びでも闘うのだということを確信した。私は、自分がそのことを知りすぎているといっただけだったのだと信じている。そういうことがらのいくつかは治癒可能だと思っただけのことだ。

公的なものと私的なものの脱構築に関する、危なかしく、また厳密さに欠ける規則にしたがい、公けの会における自らの周縁性について私は語った。私は、寝室や台所のテーブル（この場合は、大学での夕食、昼食または廊下でのおしゃべり）の極私性に対しても攻撃の手をゆるめなかった。つまりそれは、上品な男たちが妻たちを叱責する場のことである。（アカデミズムに属する男性たちが、いわゆる同等の女性たちに対する際の行動のモデルは、ブルジョワの夫たちなのだという、じゅうぶんな観察にもとづく観念を発展させ、呈示したのでは、あまりにも筋からはずれてしまうであろう。）もちろん私は、「公けの席では」個人的にはなんの批判も受けなかった。わきへ連れて行かれて、周縁性というポーズをとることで自分の力を不当に使ったといわれただけだ。また、私が制度を批判できたのは、ひとえにその言語（英語による、男性中心主義的な攻勢？）をあまりにもうまく話しすぎたからだともいわれた。もし実際にこの種の意見の両方ともが公けの席で発せられていたなら、説明と文化的説得をめぐる、活発で、有益な議論が生産されていただろう。しかし、この場合、ある種の状況説明は文化的に禁止されていた。例外的な、しかしより「現実的」な周縁的コミュニケーションという問題としてしか扱われなかったのだ。

そうした余談のうち最悪のものについては、私でさえも沈黙を守らざるを得ないような気がする。

ジャック・デリダというひとが、公的なものと私的なもの、周縁と中心の対立を脱構築しようとするいま、彼は、言語の織り地に触れて、読みなおしの策略が習得されるなら、古い言語がいかにそれ自身と似ても似つかぬものとなるかを教えてくれる。その策略とは、あらゆるテクスト生産のなかに、すべての説明の生産のなかに、テクストに説明させようとして、絶えず妨げられる欲望の道筋があると認識することである。だとすれば、問われるのは次のようなことになろう。説明それ自体を保持したいという欲望によってかたちづくられ、そしてまたそういう欲望を生じさせる、この説明とはなにか。「可能な客観的知識という問題のために創案された方法」(3)とはなにか。

すでに私は、説明への意志とは自己と世界とを所有したいという欲望の徴候にほかならないと記した。いい換えれば、一般的レヴェルでは、説明の可能性は、(たとえじゅうぶんにではなくとも)説明可能な宇宙と、(たとえ不完全にでも)説明している主体という仮定をともなっているのだ。これらの仮定によって私たちの存在が保証されることになる。説明することによって私たちは、根本的に異種混交的であることの可能性を排除しているのだ。

より限定されたレヴェルでは、あらゆる説明は、ある種の世界-内-存在、私たちの政治学とも呼び得るものを請け合い、保証しなければならない。一般的レヴェルと限定的なレヴェルとを明確に区別することは不可能だ。というのも、客体に対する主体の至高性を保証するのは、政治学の可能性の条件だからだ。セクシャリティーという限定的な政治学を擁護するため、私は、われわれの言説一般の生産的、政治的な周縁に注意を向けさせたいと思った。どんな説明を生み出す場合でもきわめて重大な、周縁性の禁止は、政治学それ自体ではあるけれども、ある特有の説明の、禁じられた周縁に位置するものこそが、その特定の政治学を特記することになるのだと、私は繰り返し述べたいと思った。自己弁護をせず、かといって相手側の弁護もせずに、これを学ぶのは、私の考えでは非常に重要なことなので、ここで私は、弟子たちを当惑させるほど遊戯的になる以前のデリダから穏当な例を引きたいと思う(4)。

『声と現象』(一九六七)のなかでデリダは、エドムント・フッサールの『論理学研究』を分析している。その本の最後の章で彼はこういう説明をしている。「それゆえ形而上学の歴史は、自らが話すのを聞く絶対意志の構造または図式を明らかにしてゆくものとして表現され得る」(5)。

この発言は、この本が全体を通じて、フッサールを綿密に解明した所産である。周知の通り、この本はまた、デリダの思想の台輪のひとつでもある。しかしながら、『声と現象』を注意深く読んでいれば、この文章にたどりつく頃には、理論または概念の適切な言語としての「表現」の役割は、まさにその本のなかで脱構築されてきたものだということがわかるはずだ。それゆえ、「として表現され得る」というとき、「である」というつもりはデリダにはないのだ。彼はわれわれに、自らの分析的説明を、自らが脱構築した言語によって提供する。にもかかわらず彼は、だから説明は無価値だとか、純然たる連辞（「である」）が用いられるなら、「真の」説明が存在すると、暗にいわんとはしていない。彼がわれわれに思い出させるのはむしろ、彼自身の説明も含めてすべての説明は、「表現され得る」の「得る」を可能にし、「である」を、無難にそれと置き換えられるものとする、排除された周縁に関連づけて、自らの中心性を主張するということなのである。

この哲学的立場が意味するものは、学問的な言説の範囲には留めることができない。私が周縁性という問題を訴えたとき、私の同僚たちはみな反発した。そのとき彼らが実際に遂行していたのは、中心（公的真理）‐周縁（私的感情）という対立の内部におけるいまひとつの動きなのだ。彼らは、私から中心性の言語を無理に引き出すという代償を払って、私を中心へと招いたのである。

フロイトは女性性を説明して次のように書いた。「分析を行なう女性の同僚の幾人かは「女性性の」問題に着手した。……というのも、女性というのは、なんらかの比較が自分の性にとって不利に思えるときにはいつでも、われわれ男の分析者は、女性的なものに対するなにか根深い偏見を克服することができないのではないかとか、われわれの調査の不公平さによって、この代価は支払われているのではないかとする疑いを表明することができたからだ。その一方でわれわれは、両性具有という基盤に立って、無作法さを避けることにはなんの困難も感じなかった。われわれはただ次のようにいえばよかったのだ。『これは、みなさんにはあてはまりません。みなさんは例外的なのです。この点からいえば、みなさんは女性的というよりは男性的なのですから』(6)。

このくだりは一九三二年に書かれた。アドリエンヌ・リッチは、一九七九年にスミス大学の学生たちに次のように述べた。

男性社会が「男のように考える」少数の女たちに、彼女たちが物事を現状のまま維持するために使うのならという条件で提供する、偽りの力がある。女性を名目とすることの意味はこういうことだ。大多数の女たちには与えられていない力が少数の者たちに与えられる。その結果、真に資格のある女なら誰でもリーダーシップ、認知、そして報酬に近づくことができるように見えるかもしれない。それゆえ功績にもとづく正義が現実に幅をきかせるようになる。名目上の女は、自分が大部分の他の女たちとは違うのだ、例外的に才能があり、価値があるのだと考えるよううながされる。そして、自分をより広範囲にわたる女性の状況から切り離すようにも。彼女はまた、「普通の」女たちからも別箇の存在だと思われる。たぶん、自分たちよりも強い存在なのだとさえ(7)。

討論に参加していた私の同僚たちは、私に困惑と無念さをぶつけて名目主義の筋書き《シナリオ》を演じていた。あなたはわれわれと同じぐらいに有能だ(私は彼らの大部分よりも学識の点で劣るのだが、まあいいとしよう)、それなのに、なぜあなたは自分が違うということを頑として強調するのですか。中心と目されるものは周縁をより巧妙に排除するため、周縁に位置する選ばれた者たちを歓迎する。そして公式的な説明をなすのも中心である。別のいい方をすると、中心とは、自らが表現することのできる説明によって定義され、再生産されるものなのだ。

これまで私は、われわれのシンポジウムを、男性中心主義と呼んでいいような観点から説明してきた。フェミニズム的周縁性に注意を向けることによって、私は、自分たち自身のために中心を獲得しようとしていたのではなく、すべての説明における周縁の非還元性を指摘しようとしていたのだ。それは、単に周縁と中心の区別を転倒させるのではなく、置換することになるだろう。しかし事実上、そのような純粋な無邪気さ（あらゆる罪を周縁に押しつけること）などあり得ないことだ。それは逆説的に、置換の法そのものと、周縁の非還元性を疑問に付すことになるだろう。いかに中心それ自体が周縁的であるか主張するために、私が期待をかける唯一の方法は、周縁にとどまり、中心を指弾することではない。私は、むしろその中心に関与し、どんな政治学によってそれが周縁的になるか実感することによって、そう主張するかもしれない。ひとの選挙権はそのひとの限界となるので、脱構築主義者は、彼女自身を（自らが自らの思い通りになると仮定して）中心（内部）と周縁（外部）を往復するシャトルとして用い、そうすることによって、置換について物語ることができるようになるのだ。

人間主義者＝人文科学者としてシンポジウムに参加していたわれわれ全員を周縁化するような政治学は、高度資本主義テクノロジーの政治学である(8)。私がここで主張すべきことは、資本主義の実践は男性中心主義の実践と密接に結びついているということである(9)。そのような社会の周縁に位置する人文科学者たちがいかに名目主義の餌食になるか語りながら、私が望んだのは、フェミニズムが特別の興味の対象であるよりはむしろ、人文科学の警戒怠りない統合のモデルとなるかもしれないことを、この冒頭の数ページが読者に幾度となく思い出させることだ。しかしながらここでは、シンポジウムにおけるわれわれグループについて内部から語るために、この周縁化を別の話題として語ることにしよう。

数学者と物理学者も含んではいるが、われわれは学界における人文科学という飛び領土を体現している。数学者は哲学者だし、物理学者は科学の哲学者だ。そのようなものである彼らは、私的な良識と知的先見の営みを体現してはいるが、それらは、集団的、イデオロギー的な変化として再生産されることはない。こうした同僚たちは、純粋科学の味わいをわれわれの時代遅れの部屋にもたらし、われわれが科学の実践的理論家となるよりずっとたやすく実践的な人文科学者となるのだ。両者はともに、学界における人文科学という飛び領土を体現している。

一見したところ、われわれに割り当てられた役割は文化の保管である。もし私がいったように、習慣のシステムとしての文化の概念と自己‐概念が、説明を可能にすると同時に、その説明の生産によって構成されるならば、われわれの役割は、社会全体の治安を維持する諸権力という見地から公式的な説明を生産し、またはそれによって生産されることになる。そのときわれわれは、過去の説明との連続性または非連続性を強調し、この権力の戯れによって許される一見思慮分別に満ちた選択に依拠する。公式的な説明を生産するとき、われわれは、公式的なイデオロギー、すなわち結果がまさにその構造となるような、知の可能性の構造を再生産するのである。われわれの制限された生産性は、単なる記録の持続としてかたづけられるわけにはゆかない。われわれは自らがとり続ける記録の一部なのである。

われわれがテクノロジーのテクストのなかに書きこまれているということは、いまさらいう必要もないほど明らかだ。時として慎重を期してあまりよく認識されないこともある（たぶん私たちのシンポジウムにおけるように）けれども、同じくらい明らかなのは、そのテクストの共同製作者であるわれわれもまた、そのテクストを、規定的にではないにせよ構成的に書いているのだということである。存在するあらゆるテクストがそうであるように、至高の個人が完全な支配権をもって書くということはない。その意味でいえば、もっとも大きな力をもつテクノクラートは被害者でもある。ただ苦しみという点では、彼が被っている犠牲は、世界の、貧しい圧迫された階級が被っている犠牲にくらべるべくもない。われわれ自身が被っている犠牲もまた、それにくらべたりはできない。が、それでも、人文科学の、公平無私な探究と永遠化という名のもとでは、それが唯一の根拠であり、その周縁性を、私は他の参加者たちと共有することができるのだ。それゆえ、私はそのことについて広汎に、しかも手短かに書こうと思う。

テクノロジーは、この、手短かで広汎な意味では、生命の益に応用された科学の発見である。社会へのテクノロジーの到来を、「出来事」として位置づけることはできない。しかしながら、いわゆる産業革命(それ自体の定義もまた不確かではあるが)に、社会学的な意味での断絶という局面を見出すのは、完全に「正当な」こととはいえない。その断絶は、応用が、人間の労働の代補となるよりはむしろ競争相手または代替物となりはじめたときに生じた。寄生の論理によって、新しいモードを単に、以前のモードに寄生している、歓迎されず、不自然なものだと呼ぶことによって、この区別を厳密に全体化したり習得したりすることはできない。われわれの周縁化を実証主義的に算定するために、不均等に広がった局面のひとつひとつを、産業革命という地図のうえにおくこともできる。そのとき、交換価値を良い方向に高めるように見えたものが、資本の、常に内在的な可能性の状態を実現するような方法で、流通のなかに挿入されたのだった。大ざっぱに位置づけられたどの局面をとってみても、テクノロジーのシステムの優越性が、経費の有効性を装った利益拡大以外のなにかであったと主張することは不可能である。実際、テクノロジーのシステムが見出されるほとんどどんなところでも、「単なるテクノロジーによる有効性」は——それがなんであれ、労働力強化の問題は独自の規範的要因をもち出してくるがゆえに——資本の流れと蓄積の増大を考慮することにより反駁される。絶対的な優越性は言明できないにしろ、テクノロジーは、政治学および経済学と同じ場を占める。それは、社会的決定因の批評にかかわりたいと思うなら、われわれが取り組まなければならない「決定因」のひとつなのだ(10)。大学をつくること、そのカリキュラムを細分化すること、独特の味つけをなされた学部をもつ経営‐労働のサンドウィッチの階層秩序、専門化の強調、研究と専門の選択に影響を与える補助金と大学内の予算分配、学部の生活様式と階級様式。これらの「証拠品」をしばしば無視しながら、われわれは、通い慣れた図書館へと通じる道を踏みしめて、一見孤立した学問的研究から説明を生産するという、割り当て仕事を遂行するのだ(11)。

テクノロジー的資本主義が、生き残るために動的になり、労働から剰余価値を抽き出すために新しい方法を見つけ出さなければならないというのは、じゅうぶん証拠のそろった事実である。その「文明化」の努力は、いたるところで感じられているのであり、忘れ去られたり無視されたりされるべきではない。あらゆる人文科学の分野と、あらゆる芸術の分野で、資本を生産し、再生産するという急迫した事情によって、印象的で申し分のない副産物が生産される。われわれ自身の活動分野におけるそうした副産物のひとつは、われわれのグループのようなグループであろう。それは、制度としての人文科学予算として金銭を保持するのに役立ち、認知、認識論、美学、解釈、その他のような純粋な範疇にもとづく説明を生産する。もう一方の端にあるのは、社会正義の万能薬としての、新入生向け英文学の機構の徹底的に利用し得るエネルギーであろう。こうした両極（他の組合せもあるかもしれないが）のあいだで人文科学はごみのように捨て去られつつある(12)。

（私は、ハード・サイエンスについて話をするほどの専門的知識をもち合わせてはいない。しかし、まぶしいほどに洗練された技術と、テクノロジーを実践する場合の応用の原則の、紛れもない、危機以前の実証主義とのあいだのギャップは、逆の状況を指し示しているように思えるだろう。というのも、いわゆる「純粋科学」を専攻する友人や同僚、さらに討論に参加した「純粋科学者たち」から聞くところによれば、そこでは、存在論、認識論、空間と時間の理論までが洗練されているそうだ。周縁化はこのようにして、欠如よりもむしろ過剰〔限界にいたるともちこたえられなくなるような区別〕によって生産される。テクノクラシーの主要なテクストは、ある種の「科学」の本質的な所見を仮借なく利用する。その一方で排除され、周縁化されているのは、他のなにものでもなく、「科学」と「人文科学」のあいだの労働の分化——学界をイデオロギー的再生産のために支配し、利用する目的のためには申し分ない——が解消されはじめている領域の作用なのだ。)

フェミニズムの場合と同様、人文科学全般の場合も、周縁と中心の関係は、複雑で、相互に活性化し合うものとなっている。男たちに特別扱いされるために選ばれた女たち(なぜ特にある女が選ばれたのかは、無限に長く延長された家系図によってのみ決められ、表現されることができる)は、「男のように」ふるまうときだけ黙認される。それと同じように、人文科学者という選ばれた職業の個人は、ある特殊な方法でふるまうときだけ黙認されるのである。私の議論と関連があるのは、次の三つの特定の行動様式である。

(1)説明と説明のモデルを再生産すること。ここでいう説明とは、政治的・経済的・テクノロジー的決定因にほとんど注意を払わないようなものだ。その結果、説明のモデルは、(それ自体も一種の説明であるような)文明の伝播の支持システムとしてのみ現われ、なにかを構成するというよりはなにかの手段となる。

(2)いわゆる人文科学的な説明において科学的アナロジーを増殖させること。すなわち、相対性またはカタストロフィーという観点から、高尚な芸術を学究的に説明すること。民衆の集団的誘惑を大衆の有機的な芸術‐内‐存在として呈示すること。(3)もっともおぞましい例としては、自分たちの生産経費を最小限に削減する手段として人文科学が、大学で公けに降伏すること。

周縁と中心は、このように複雑で、相互に活性化する関係にあるので、われわれは自らを単に記録の保管者だということはできないのである。シンポジウムの聴衆のひとりが提案してくれたある隠喩《メタファー》を、私は喜んで受け容れるつもりだ。

われわれはむしろ、高度資本主義のエスノクラシーのディスク・ジョッキーなのだ。ディスクは旧式の「記録《レコード》」ではない。もっとも最近のテクノロジーの産物なのである。ディスクを支配する好みの移り変りと経済的要因はまた、国際外交と世界市場、ならびに、それらふたつのものに支えられ、かつそれらを支えている広告業界の動向のような、無数の要因の、非常に複雑な絡み合いの産物でもある。ラジオ局の生産と構成の様態を話に加えれば、事態はさらに複雑になる。いまや、この複雑に決定された多様な状況の内部で、ディスク・ジョッキーと聴衆は、自分たちが自由に戯れているのだと考え、実際、そう考えるようしむけられている。この自由という幻想によって、われわれは、テクノクラシーの残忍な皮肉を擁護することができる。そこでは、ふたつのことがらのいずれかが示唆される。ひとつには、システムが人文科学者の精神の自由を守ってくれるということ。いまひとつには、あの曖昧な悪、「テクノロジー」とは、人文科学者が、人文科学的な「価値」を吹きこむことによって、あるいは、最近、「純粋科学」という魔術的領域がなした空間的・時間的発見から一般的な哲学的類似を抽き出すことによって、またあるいは、テクノロジーを好意的で役に立つ友人として歓迎することによって、直面しなければならぬなにかであるということ(13)。

以上のことは一見、私たちのシンポジウムをコンテクスト的に説明したものに思える。しかしながら、その説明もまた、周縁化‐中心化によって、コンテクストとコンテクスト的説明の生産を分析したものかもしれないということは、注目されるべきだ。私の説明も、私が批判している生産構造の外部にとどまることはできない。しかし、現にテーマとしているこのような理論の不適切さだけを根拠に、私の説明を否定したのでは、私が批判している、これらふたつの（男性中心主義と、テクノクラシーという）特定の政治的立場に譲歩することになるだろう。しかも、説明の政治学と、私のテクストが説明している特定の政治学とを分かつ線は絶えず揺らいでいる。このことを、非連続性によって構成された異種混交的な状況と呼ぶとしても、私が、専門用語ではなく語彙を使っているのだということを理解してもらいたいと思う(14)。これこそは、すべての実践の可能性の現状であるとともに苦境でもあるのだ。

シンポジウムのまえにわれわれが読んだお互いの論文の内容もまた、周縁化‐中心化の主題論的系列を通して検討することができる。いまテキサス州のオースティンでこれを書きながら（実は、アン・アーバーに行く途中で書いた最初の草稿をタイプしているのだが）、急いで書いた、シンポジウムまえの要約と、『ヒューマニティーズ・イン・ソサイエティー』誌に掲載される完成原稿とのあいだにどんな関係があるのか、私は知らないでいる。また、参加者たちが、私が先に記述した、記述しがたいコンテクストを有する公けの討議を考慮に入れるのかどうかもわからない。そうしてみると、私がこのセクションに含めた、終わりなき分析の青写真は、読者にとって特別な関心事となるかもしれない。読者はそれによって、手にしたテクストに凝縮されている道筋を垣間見ることができるかもしれないのだ。

政治学の重要性のもつある特定の意味は、これらの予備的説明にまったく欠けていたわけではなかった。

ノートン・ワイズが自らの計画を記述したものは、現代の政治と知の歴史のうえで特に興味深い時期に関するものでもあった。「この研究によって私は、ことのほか啓示的な歴史的事実に対する、科学的関心と社会的関心のつながりを見出そうと思っている。すなわち、第一次世界大戦に先立つ、ビスマルク政権下の政治的統一と統合の時期と、次第に緊張を増してゆく、ヴィルヘルム一世の時期の両方を含む、およそ一八五〇年から一九〇〇年にかけてのドイツにおける熱力学の受容である」(15)。シンポジウムにおける議論の中心は、別のところにあったので、彼は自らの理念を詳細に展開させることができなかった。彼の計画が、「国内で出版された資料」、「公けの議論」、そして「およそ五十人の人びとから得た一般的な伝記的情報」の研究を通して完成されるのを、私は待望している。ワイズが想像し得る限り、彼の思索を制限するのはただ、非還元的に構造的であるよりはむしろ、「経験的」であるようなものだけであるが、科学的「真理」の受容が歴史的に攻撃誘発的であり得るとする考えは、私の心に訴える。

しかしながら、さらに興味深いことに、「生物学における機械的還元と、個人と国家の有機的で目的意識をもった行動のギャップを埋めるのは、『機械的細胞の魂』という考え方を用いたエルンスト・ヘッケル」だけではない、ということにワイズは気づいていなかったのだ。ここに『資本論』第一巻の初版の前書きからの一節がある。

> 価値形態、その完全に発達した姿である貨幣形態は、きわめて単純で無内容なものだ。にもかかわらず、人間の精神は、二千年以上ものあいだ、その奥底を究めようとして果たさず、その一方で、これよりはるかに内容豊かで、複雑な形態の分析には、少なくともなんとか成功するところまではいっている。なぜか。複雑に入り組んだ身体の方が、その細胞よりも研究しやすいからだ。しかも、経済的

形態の分析にあっては、顕微鏡も、化学試薬も役には立たない。抽象力が、それらふたつのものに取って代わらなければならない。さて、ブルジョワ社会にとっては、労働生産物の商品形態、ないしは商品の価値形態が、経済の細胞形態というべきものにあたる。うわつらばかり見ている者にしてみると、そうした形態の分析は、細かい点にかかずらうもののように思える。なるほど、細かい点を取りあげてはいるのだけれど、それは、顕微鏡的解剖がそうした点を取りあげるのと少しも変わりないのである(16)。

このような隠喩は実際、「社会的、科学的な価値と信念の結合」によって生産され、またそれの条件となるとともに、それを「暴露する」のである。ワイズは、イデオロギーという重大な十九世紀的テーマ（社会行動において物質的形をとる、疑問の余地なく受け容れられている観念のシステム）に手を染め、それを科学的価値の生産へと敷衍した。これは興味深いことである。なぜなら、今日多くのイデオロギー批評家は、科学的な、政治的・経済的な、あるいは社会的・文化的な説明が、厳密なイデオロギー批評によって生産され得るということ、そして一連の構造的説明は実のところイデオロギーにとらわれないということを主張しているからである。それぞれ異なる政治的宗旨を有することもある、他のグループの思想家たちは、言説の生産が、いや科学の方法さえもがイデオロギー的であるとともに、解釈可能であり続けるに違いないし、成功するためには合理的である必要はないと示唆する(17)。それゆえ、ワイズの研究は、もし（もっとも広い意味で）文化的な説明に関するこの議論の内部におかれるならきっと豊かなものになるであろう。

科学的還元という有効な方法による、「個人と国家の有機的で目的意識をもった行動」の研究がここで問題となる。価値に無関係な科学的な言説と方法を扱う批評家でさえも、研究の対象が人間的現実であるときには、埋め合わせのシステムを考慮して、そのような計画のもっともらしさを疑うようなことはしないだろう[18]。論文の冒頭の部分で、ワイズのような力強い計画が、いま最後にいったような前提さえも疑問に付すならばこれ以上満足なことはないと、述べておくべきだっただろう。つまり、「記号」（この場合はドイツのある時期における熱力学の受容に関する、文書に記録された、または他の形で残されている、さまざまな証拠）とは、「観念の表象」（社会的・政治的現実に関する基本的前提）であり、その表象とは「それ自体が認識された対象［その社会的・政治的現実のほんとうの真実そして熱力学それ自体］」を表象したもの」であるとする考え方そのものを疑問に付してもらいたかったということだ。結局のところ、このようなことを容易に疑わないのは、単に言葉の背後にある超越的真理を特権化するだけではなく、そのような真理（のいくつかのあり方）をとらえることのできる言語を特権化し、そのような言語を学ぶことのできる場所としての自らの職業を特権化することでもある[20]。あとでこの点に立ち戻ることにしよう。学問的ヴィジョンによってワイズは、マルクスの一節を見逃し、またこれと同じ種類のヴィジョンによってフッカーとルソーは、自らの政治的関心を特定の方法で制限しているのではないかという疑念を私はいだいている。

ルソーは、「アカデミーの政治学」について語る。「しかし皮肉なことに、六〇年代末期のほんの短いあいだだけだが、『アカデミーの政治学』が重要であるということが、大部分のアメリカの大学人にとって明らかになった」。あらゆる構造分析を別にしても、アカデミーの基盤の外でしばしばなされる政治活動は、六〇年代にアメリカの外交政策にはっきりした影響を与えたということ、そしてそれはひとえに、アカデミーが自らを野蛮な政治中心主義の活発な周縁としてとらえはじめたからだということを論じるのは、同じくらい容易なことだと思われる。アカデミーの政治学は単にアカデミックであることをやめたのだ。もちろん、このような都合のよい文化的説明にも多くの問題がある。六〇年代の政治的舞台の従事者たちの多くが、アカデミーの外に足を踏み出すことを選んだ。そして、あえて一般化するならば、そうした人びとは、自分が位置しているテクノクラシーの構造と主題論的系列を表現する傾向を、次第に強めていったのだった(21)。

ここでこうした特定の問題を論ずるのは明らかに不適切だ。しかし私は、ルソーがわれわれの協議事項のうちに政治的なものを導入したことを称讃はするけれども、この、特異な近視眼的な姿勢が、彼による多元性の定義にも現われているように思う。すなわち「多元性は、もともと経済と農業の概念だったが、多元的社会というい方に見られるように、ひとつ以上のものという概念である」という定義である。六〇年代を生き残ったひとなら誰でも、多元性をむしろ「抑圧的寛容」と同一視するだろう。「寛容は、能動的状況から受動的状態へ、実践から非 - 実践へと転向する。つまり、制定ずみの権威には手をつけぬ態度である」(22)。

クリフォード・フッカーもまた、知識の生産に社会的現実が及ぼす影響に関与している。彼は「ハード・サイエンティスト」であり、理論物理学者であるので、彼の計画は私にはとりわけ印象的なものといえる。私は、彼のいう「集団の（種の）制度化された活動」としての科学の研究に心を動かされる。しかし、「エピステーメー的制度」としての科学という、まさに次の文章に強調が移るとき、私は失望するのだ。次には、科学的知識の生産の説明が、抽象的に定義された人間がいかにして知るかという抽象的理論によってなされるのだろうと、われわれは推量する。われわれは、文化的説明ではなく、現象学的説明にかかわることになるはずだ。科学とテクノロジーの共謀関係についてはなんの言及もなされないだろう。

そのためには、私がすでに指摘したような註釈によるほかない。すなわち、テクノクラートたちは、「純粋」科学の分野で生じた時間、空間、知識といった概念の大きな変化についてはなにも知らないということだ。不幸なテクノロジーを周縁において、「純粋」科学が自信たっぷりに中心におさまっているさまには、なにか古風な物ほしげな態度が感じられる。世界市場の計り知れないほどの統合的効果を無視して、歴史を否定することには、認識する超‐歴史的な自己の至高性と自己‐現前によって、あらゆる人間的活動に対する統合的見解を確立する望みしかない。芸術は、認識の特殊な可能態として合法化されるだろう。すべてを知る精神、自らを知ることによって宇宙を知ることのできる精神という、このさらなる中央集権主義はまた、私が最後のセクションで触れたいと思っているものでもある。

冒頭のページで私は、「政治学それ自体」を、いかなる説明の生産にも内在している周縁性の禁止と呼んでいる。そのような見方からすると、シンポジウムの参加者たちが特定の二項対立を選んだことは単なる知的戦略ではないことになる。それは、それぞれの場合に、(適切な弁明をともなう) 中心化と、それに照応する、周縁化の可能性の条件なのである。

人文科学／文化——人文科学は文化に拘束されているのか。
哲学／科学——十八世紀に、社会哲学は社会科学へと変化した。
科学的／社会的——科学的なものと社会的なものとのつながりとはなにか。
内的／外的——内的批評とは、システムとその前提との一貫性を調べることである。外的批評とは、それらの前提と一貫性の原則とがいかにして生産され、またそれらがなにをもたらすかを調べることである。

思弁的／経験的——思弁的可能性は経験的観察によってのみ制限される。
理論／文化的イデオロギー——「理論的」なものとして呈示される多くの異論はむしろ文化的イデオロギーに対する異論なのである。
生物学的活動／抽象的構造——科学を、このどちらとして見るのが、より実り多いだろうか（私は最初の可能性に好奇心をそそられる。すなわち、「生物学的活動としての科学」だ）。
描写‐預言／指示‐支配——科学はこのどちらを目的としているのだろうか。
人為的加工品／自然——このどちらかを研究することは科学に重大な差異をもたらすだろうか。

（事実、フッカーの陳述にともなって呈示されている簡明な図表は、多くの図表がそうであるように、見事な二項対立の集合を提供している。そしてまたしても、われわれが未知の領域と対するとき、実は階級［周縁化‐中心化］と職業［知は力なり］の筋書き《シナリオ》を演じているかもしれないのに、その領域を、何度となく繰り返しふたつに分けることによって征服しているつもりでいるということを、その図表は示している。）

これら互いに支え合う組み合わせ、シンポジウムが網羅するはずだった領域を徹底的に記述することになったかもしれないチェック・リストにしたがっていたのでは、「理論」それ自体が、自らを再生産し、その再生産にテクノクラシーの安定性が部分的に依存しているような、ある特定の階級と職業の「文化的イデオロギー」になると認めることはできないだろう。理論の排他主義的策略がある徴候を反映し、歴史を所有するのを認めることもできない。この見解によると、理論的な説明と記述の生産は、いかなる「現象」に対してなされるにしても、もっとも価値ある務めと考えられてしかるべきだ。それは、啓蒙された実践の最良の助けと見なされ、普遍的で、疑問の余地ない善と思われてしかるべきだ。それでこそはじめて、二項対立は作用しはじめるのである。必ずしも二項対立に分裂することによっては分節化されない、いまひとつの「知的戦略」にわれわれを導くのもまた、この無言の前提なのだ。すなわち、事物を、適切な包括的説明へと統合する企てを宣言することである。統合は、至高の知性の名のもとに、時として公然と、そして常に暗黙のうちに行なわれる。かくして、ひとつの企ては、「社会的、哲学的、科学的観念の融合」によって機能し、単なる社会、哲学、科学の他者ではない、非社会的、非哲学的、非特定的なものの異種混交性の認識を拒絶するだろう。いまひとつの企ては、「人間的活動に関する統合的見解」を試み、「一貫性の輪」と呼ばれる、厳然と引かれた輪郭の内部に、この活動の図面をおくだろう。そして、外部の暗黒に一歩踏み出すごとに非一貫性の危険性を消し去ってゆくだろう。

こうしたわけで、文化的説明全般の安定性を保証するのは、周縁化 - 中心化の構造だけではない。私が論じているように、一貫性の輪という囲みも助けになる。冒頭の例に戻り、女性としての自らの行動をシンポジウムの他の部分と一貫したものとするために、私は、自らを性のない(実際は、男の)人文科学者として定義しなければならないだろう。が、そうすると、私の他の部分は、一貫性の輪の外に締め出されてしまうことになる。中心化のもっとも強固な烙印は、なにはともあれ一貫的であるような、または一貫性に基礎をおいた議論の内部に収めることができるような、いいまわしでのみ許すということである。一貫性の輪はまた、言語で表示されたいかなる図表もその存在を負っている、ありとあらゆる非一貫性を締め出す。言語に含まれるすべての語は、言葉の組合せや個々の部分はいうまでもなく、コンテクスト的な可能性、「コンテクストからの」引用や虚構化を含んだ可能性と結びつく、無尽蔵の意味作用を生産することができる。図表のなかの語の、厳密に一義的な、または有限に多義的な状態は、この無尽蔵の領域の他のすべてとの差異によって作用する。その領域が保たれるのは、語に特有の、もっとも発展性のあるアイデンティティーとして、差異を再解釈することによってなのだ。

より特定化すれば、大ざっぱな統合の図面は、ある特定の種類の説明の安定性を確証してくれるものでもある。その種の説明の観念論は、階級、人種、性と呼ぶほかないような、あらゆる非一貫性を排除してしまうだろう。けれども、もし分析を徹底させることができれば、これらの名称ですら、単一的規定としてのそれら自身の限界を示すぎざぎざの縁を見せはじめるだろう。このようにして、理論という制度の理論的な確立によって、精神が事物や説明を統御することを許され、ある意味では、歴史の可能性としての文化、階級、人種、性の政治学が散乱する空間としての文化を統御することも許されるのだ。あらゆる人間の活動は、とりわけて統合的な認識的活動と見なされ、その結果、「理論の理論」がもたらされる。「[文学的]批評的理論化」は場合によっては、「われわれが漠然と、『人文科学』あるいは『人間科学』と呼ぶもののなかでも中心的な学問[傍点はおそらく、アカデミックな労働の分化という意味よりはむしろ、法と統制という意味を強調するためにそこにあるのだ]……自-意識的、反省的思考の中心的な形式と見なされる」。そうした気分は、自らの職業と階級を中心化しようという夢、自己-現前的な自-意識の夢が、現状のように密接に結びついた形のまま、徴候的で、階級-保護的であり得るという可能性を否認するに違いない。この点で、知識を通した権力への意志は、それ自体に対してあまりにも盲目的であるため、理論以前に必然的に解答可能なものとして、存在論的な疑問を受けとめる。すなわち、「学問が、適切な理論を有しているとかろうじて装うことができるのは、そのような理論がなにを説明しなければならないか、いえるようになってからのことである、という自明の事実」である。

ああ、秩序を求める祝福された熱望、蒼ざめたラモン
海の言葉を秩序づけようとする創造者の熱望、
かすかな星の光をちりばめられた、かぐわしい門口の言葉、
それはわれわれ自身に関するもの、われわれの起源に関するもの、
いっそうぼんやりした境界線と、いっそう鋭い響きをもって(23)。

人文科学の学問的な布置を示す地図、人文科学が倨傲をもって専念したままでいられるようにしてくれる地図の内部で、詩、とりわけ現代詩は、私が示唆したようなことがらを可能にする。そして、中立化の働きをもつこの容認は、人文科学全般が享受している容認と同様、詩の言語に対して（「前衛的なテクストと無意識の言説」と同じく）「コミュニケーションを超えた言語の使用」(24)の特別な例という資格を主張して、それを適用の範囲から除くことに汲々とする、もっとも「理論的な」、あるいは「マルクス主義的な」文学批評家でさえも、許容することになるだろう。それは、「力強い感情の自発的な湧出」という堅固な個人主義や、「不信の自主的な一時停止」や「個性からの逃避」という制御された超俗性、「人生の批評」というオリンポス山のように堂々とした（そして忘れっぽい）超歴史性などと、さほどかけ離れているわけではない(25)。こうした苛酷なアパルトヘイトを念頭におくならば、純粋な理論の概念論という逐語的な言語と、芸術の比喩的「認識」という隠喩的な言語の二項対立は、じゅうぶんにもっともらしいものとなる。ひとは、自らの政治的忠誠心を、自らが中心化したいもの——概念か隠喩か——によって、

申し分なく設定することができるのだ。

隠喩と概念のあいだの、この周縁化を（可能な限り）脱構築できるなら、いかなる純粋な隠喩の理論も、不可能だということを理解し得るだろう。なぜなら、議論の前隠喩的な基盤はどのようなものにせよ、あらかじめ理論と隠喩の区別を前提としていなければならないからだ。またそれのみならず、隠喩には優先権は与えられないのだということも理解されるだろう。なぜなら、あらゆる隠喩は、その概念的正当化によって汚染され、またそれによって構成されているからだ。もし、隠喩にも概念にも優先権が与えられない（または両方に与えられる）ならば、先ほどの詩の一節は、人文科学者たちが集まって「文化的説明」について議論するときに生じるような、理論の特権化に対する真剣な反対を訴えているのだと教えることもできるであろう。もちろん、「祝福された」といういい方が、曖昧な、重層決定された表現であるということ、「蒼ざめたラモン」は、「ほんとうの」ラモン・フェルナンデスを美的に中立化しているということ、「秩序づけようとする」と「秩序を求める」は同義ではないということ、「の」の意味（おそらく「から」あるいは「に属している」、または両方を同時に意味している）が決定不可能だということ、述語が欠けているため、詩行が明確な判断を伝えていないということは、わかっている。しかし、「真剣な反対」は逐語的な主張に見えなければならないという偏見を疑問に付してみると、これらのきわめて詩的、比喩的な身振りは、「秩序を求める熱望」に対する抵抗の可能性の条件としても読むことができる。そうしてみると、「秩序づけようとする」と「秩序を求める」は、絶対的命令と服従として解釈することも可能なように、少なくとも中庸と一貫性の領域として、さらには、特定の誰かが使うためというのではない、また単に多義的解釈の実習のためというのでもない、消費財の大量生産として解釈することさえ可能なのである。秩序を求める熱望が、人文科学をあらゆる側面から無気力化するときに、私はそれらの詩行を「利用する」ことができる[26]。私は、ウォレス・スティーヴンズを擁護しようとか、妥当なという語が、もっと耳障りで、もっと法律尊重主義的な、正しいという語を巧妙に回避しているようなところで、「妥当な」読みの過剰を暴露しようとかということには、ほとんど興味をもっていない。私は自分が提案する方針を、フェミニズムの文脈で「几帳面で、もっともらしい誤読」と呼んだ。本来のテクストも含めてあらゆる読みは、避けがたい誤読の可能性によってかたちづくられ、またはその結果でもあるので、私の議論で問題となるのは、一貫性という昔ながらの根拠のうえに築かれながら、理論的適切さというお題目を唱えることのない、有用な解釈にかかわるものだということになろう。そこで強調されるのは、抜け目ない教授法である。

もちろん、このような方法で教えることができるのが、詩だけだというわけではない。十八世紀の歴史家、ジャンバッティスタ・ヴィーコは、隠喩を起源におく言語理論を説き、私見によれば、最初にあるものが最良だと示唆した。たまたまヴィーコは、自分の理論をまじめに受け取り、議論の重大な局面で、隠喩の生産によって、証明という厄介な仕事をかたづけることになった。人間の本性の歴史に関する原理を推測しながら、ヴィーコは次のように示唆した。すなわち、ノアの息子たちは、最初の雷鳴に驚き、罪と恥の意識に圧倒されて、彼らがあとを追ってきた、不従順な女たちをいっしょに引きこんで、洞穴に隠れたというのだ。このような洞穴で、「氏族の人間性」が創始された。この物語にあっては罪と恥の場所は非常に重要なのだが、これらふたつの感情の理由は、アダムとエバの物語の場合とは違って、明らかにされていない。(不従順な女たちのあとを追いかけるということは明らかに、このどちらの感情の根拠にもならない。)「かくして、世界の神々を創造したのは恐れ……他者によって呼び醒まされた恐れではなく、自らが呼び醒ました恐れであった」。この奇妙なほどの明確さの欠如に出会うのは、ヴィーコが隠喩を使って起源を説き明かそうとしていたからなのである。それは、逐語的な説明の言説の内部ではとらえられない。そこでは、原因と結果が妥当かどうかが成功の規準なのだから。逐語的な観点からすると、雷鳴に対する恐怖それ自体が、隠喩的な「誤り」によって生産されていることになる。自然を「大いなる活動的な実体」と考えて、われわれの父たち（ノアの息子たち）は雷鳴を、脅迫的なうなり声として、罪と恥をもたらすだろう行為に対する反応として解釈する。この表現方法は、メタレプシスあるいは予弁法《プロレプシス》である。雷の脅威は侵犯の結果であるが、洞穴に逃げたことの原因とも見なされる。また別のいい方をすれば、脅威を与える雷は、雷をもたらしたはずの罪と恥を先取りしていることにもなる。いずれにせよ、説明は隠喩に依拠しているのである。

さらに、法律的結婚、もしくは、貴族に市民としての資格を賦与する、「厳粛なる結婚」について語りながら、ヴィーコは光の隠喩を用いている。「[ユーノー]はまたルキナとしても知られており、子どもを光のなかに招き入れる。それは、奴隷の子どもたちとも共有される自然の光ではなく、市民の光である。このような理由で、貴族は輝く者と呼ばれるのである」。第一巻第三部（「原理」）の冒頭部分でも、あらかじめ光に対する祈願があるが、それは、結婚とともにのみ訪れ得る光を先取りし、私が最初に引用した部分（本のなかではあとに来る部分だが）を論理的に疑わしくするように思える――「しかし、太古の人びとを取り囲んでいた濃い暗闇の夜のなか、われわれからあんなにも離れたところに、確かに、永遠に決して消えることのない真実の光が輝いている。すなわち、市民社会という世界は確かに人間たちによってつくられたのだし、それゆえ、その原理は、われわれ人間の精神の変異のうちに見出されるのである」。というのも、光の最初の形象は、遠い未来に、国内社会が確立されるときはじめて輝き得る、市民の光の結果と起源を先取りしているように思えるからだ。いい方を換えると、ここでもやはり予弁法《プロレプシス》が作用しているのである。ヴィーコは、同じ機構を、比喩的表現の構造を理論的言説の生産のためにも用いたのだ。その言説は、彼の主張によれば、最初の、最良の言語を生産したものにほかならないのである(27)。

もし文学批評という学問が、単に隠喩の称讃に専念することを許されているだけだとしたら、歴史という学問は、事実のルポルタージュの、単なる偶発的装飾物として、隠喩を回避できものと思ってよいはずだ。私が記述しているような種類の読みは、きわめて自己‐尊重的で、アカデミックな歴史家からは、「文学としてのヴィーコ」を読むものとして、退けられることだろう。この場合、批評的な人文科学の教授法に寄与するためには、ヴィーコにおける隠喩を、適切な理論の至高性を疑問に付すためのいまひとつの例、社会科学に先立つ、なかば詩的な自由型社会哲学のうちに放擲しない(あるいは、そういうもののひとつとしてほめそやさない)ことである。このように、私が引いたふたつの例は、詩的言語の概念性と、歴史的言語の隠喩性を強調することにより、同じ教育的目的にかなうことだろう。

これらの例は大胆でも革命的でもない。単独の個人が自らの学問的限界を疑問に付すことは、集団的努力なしでは不可能だ。だからこそ私は、シンポジウムでただ理論を交換するだけではなく、教授法について若干のニュースを聞きたかったのだ。人文科学の教室では、「文化」を安定化し、構成する、(公式的な)文化の説明方法の構成要素が集められる。フェミニズム的、マルクス主義的な脱構築主義者として、私は、説明が生成されるまさにそのときでさえ、特権化された説明を建設的に疑問視させてくれるような、教育的な実践‐理論の、理論‐実践に興味を寄せているのだ。

ここまでお話しすれば、私が、単なる逆転――単に、理論としての研究を周縁化するのと同時に、実践としての教育を中心化するだけのこと――に従事できないというのは、もう明らかになったはずだ。そのスローガンは、人間と人間との意志の疎通をつくり出すこと、または教室における不安と緊張をやわらげることとしての教授法という観念をもたらした。それが「ポップ心理」教育と称されるのを聞いたことがあるし、私自身は「ベビーシッター法」と呼んでいる(28)。私が求めているのはむしろ、人文科学に対抗するような教育である。それは、学生が一般的に受け容れている学問的イデオロギー(合法的な文化的説明のモデル)を疑問に付す。さらにそれは、人文科学教育のもっとも有力なイデオロギー、すなわち、理論化する精神と階級の、疑問の余地ない説明力、明瞭さの必要性、法の支配を、不確定性の領域へと押しやるだろう。私が望んでいるように、ふたたびわれわれが集まることがあれば、それこそ私が協議事項に組み入れたいと思っている問題だ。すなわち、文化の説明を疑問に付すような文化的説明の舞台としての、人文科学教育ということである。

一九七九

"Explanation and Culture: Marginalia"

5　解釈の政治学

個人の意識ならびに意志という概念より大きなものとしてイデオロギーをとらえる考え方を基礎としない限り、解釈の政治学について語ることは困難だ。このようなイデオロギー観は、もっとも広い意味では、決定論と自由意志の対立や、意識的な選択と無意識的な反射作用の対立を解消するだろう。活動中のイデオロギーとは、ある集団が自然で自明ととらえるものであり、その歴史的堆積作用を、集団はひとつの集団として、否定しなければならない。イデオロギーとは、背景と見なされる世界で自由に意志し、意識的に選択を行なう（イデオロギーの）主体の構成の、条件であるとともに結果でもある。逆にまた、イデオロギーの主体（たち）は、ひとつの単位としての集団の自己同一性の条件であり結果であるのだ。ある集団を、そのイデオロギー的定義との共謀関係を共有することなく、ひとつの単位として区別することはもちろん不可能だ。徹底的なイデオロギー批判は、こうしたわけで永遠に不完全であり続けるしかない。主体の構成と集団の構成のあいだで変動するスペクトルにこそ、イデオロギー的装置は存在するのだ。そうした装置もまた、条件／結果の揺動を共有しているのである。

合衆国の文脈でイデオロギー観に言及するとき、私はいつも、スチュアート・ホールによる卓越したイデオロギーの歴史的研究を引用せずにはいられない。「根本的に異なるふたつの思考様式――ヨーロッパ（そこでは［イデオロギーの］概念が重要な役割を演じてきた）の様式とアメリカ（そこでは［一九四九年］までおおむねそれが不在であった）の様式……アメリカの社会理論でいかなる概念が、『イデオロギー』という不在の概念の代わりを務めたかについて、興味深い論考が書けるかもしれない。たとえば、構造機能主義における規範の考え方、そして［トールコット・］パーソンズのいう『価値』と『中心的価値体系』の考え方などである」(1)。私はこの一覧表に、単純に「意識的でない」とされる、精神の連続的・同質的な部分としての「無意識」の概念を付け加えたい。

私はここで、より広汎なイデオロギー観の有用性を示唆し、活動中のイデオロギーのいくつかの特徴に注目しようと思う。すなわちそれは、至高の主体を保持し、一枚岩的なマルクス（主義）を排除するとともに、同質的な女性を排除しあるいは専有化するのだ。シンポジウムのテクストは、隠されたイデオロギー的真実を含んでいるのではなく、その構造的可変性のひとつである不完全に隠されたイデオロギー上の協議事項を操作するとともに、それによって操作されるのである。

イデオロギーの理論の不在がもっとも強く感じられるのは、スティーヴン・トゥールミンの「現実の解釈」においてである。トゥールミンの企ては、人間科学と自然科学のあいだ、論理とレトリックのあいだにある学問的・イデオロギー的な対立を解消することだからだ(2)。トゥールミンはこう書いている。「P・F・ストローソンが『概念的枠組み』と呼び、バフチンが――いささか紛らわしく――『イデオロギー』と呼んでいるものを、理論物理学者はこのように『処置』と呼んでいる」(p. 107：傍点引用者)。より広汎なイデオロギー観はもちろん、単なる概念的枠組みを、さらに拡大された、異種混交的な分野のなかに位置づけることだろう。物理学者の処置、すなわち「解釈上の要素がきわめて明白となる」ような決定は、同じように異種混交的で拡大された分野のうちでは異なった場所を占めることになるだろう。

異種混交的なイギオロギーの概念が不在であるなかで、トゥールミンのテクストが生み出すのは、中心と周縁、説明と解釈、原因と結果のあいだのイデオロギー構成上の区別を手つかずのまま放置するような諸定義である。

［専門家たちの労働に影響するかもしれない末梢的要因］を扱うとき、われわれが中心的にかかわっているのは、文脈上の要因が専門家的議論そのものに与えるかもしれないあらゆる結果的影響ばかりではない。われわれは、たとえば、専門家たちと彼らの人間的文脈とのあいだの相互作用などのような原因のより広くより動揺を含んだ世界にもかかわっているのだ（pp. 104-05）。

したがって、今日のポストモダン的な自然科学ならびに人間科学、および人文科学という批判的な学問の双方において、われわれは説明と解釈の混合、あるいは交ぜ合わせにかかわっているのである（p. 109）。

イデオロギーの主体に対する批判的な見方は、これらの区別の明晰性を疑問に付し、さらには、比較的単純化されていない世界観を呈示するよう批評家に求めるだろう。それは、代替的な研究姿勢の生産性や、「容認可能な立脚点」の「合法［性］」と「力」を経験する「われわれ」を解体し、（拒絶するのではなく）位置づけることになろう。そのような見方は、知的・解釈的範疇に対するものとして私的・主体的範疇が提起されることを許さない。なぜならそれは、主体性の構成と、客観的同一性への欲望とのあいだに共謀関係を見るだろうからである。

トゥールミンの議論は、イデオロギーの概念を調整することができないゆえに、こうした不確かな区別を必要としているのだ。その必要性は、規範的な隠喩の、決して偶然のものではない選択によって時おり示唆されているようだ。「人間科学においては、すべての解釈が本質的に政治的な性格を有していると示すことへの誘惑が、自然科学におけるよりも多く存在する［傍点原文］。ではあるけれど、われわれが抵抗すべきは誘惑なのだ」（p. 102：傍点引用者）。この抵抗は、「純粋」科学と「応用」科学のあいだの関係の端倪すべからざるイデオロギー的な重層決定を見逃し、さらには両者と、私的・公的領域の技術との関係、および社会的・物質的な生産関係への全体の書きこみを見逃すことが可能となるような場を与えることになる。すべてが、主体と客体のあいだの古典的な分裂――「観察者と観察されるシステムのあいだの二方向的な相互作用」（p. 106）に還元されるのだ。理論の明晰さが、これほど厳密な還元に依存しているとすれば、それは、社会政治的な場面に応用されたとき、説得力の点での価値を失うことになる。私が先に引用した主体‐客体の前提から抽き出された次のような結論は、単に理論的なもの、倫理的修飾に規格化されたものにとどまっている。「それゆえ、いっそう強い意味で、科学的見地から人間を研究することは、必然的に人間の非人間化を招くと決めてかかる理由は、もはや存在しないのである」（p. 106）。

ロナルド・ドゥオーキンは、法の解釈における立法者の意図の回復という務めからの解放を試みている。彼は、文学的解釈を、その自己‐分裂性はさておいて、モデルとして用いる。彼がわれわれに呈示する、ふたつの興味深い立法のあり方は、お互いに関連し合うものでもある。すなわちひとつは、代補作用の連鎖のなかでひとつの環をかたちづくる、複数化された主体。そしていまひとつは、書き手であると同時に読み手でもある二重の主体。イデオロギーの一般的理論が彼の議論を補強しているさまをひとつの短い例で見てみよう。

法解釈の複数化された主体という観念を追求してゆくなかで、ドゥオーキンは、ある注目すべき地点で、停止を求めざるを得なくなっている。

おそらく［集合的な小説を継続的に構成することは］不可能な課題である。……なぜなら、最良の芸術理論は、単一の創作者を要求するか、もし複数であれば、それぞれが全体に対してなんらかの制御力をもっていることを要求するからである。しかし、伝説は、冗談はどうだろう。私がその問題をさらに推し進める必要はなかろう。私に興味があるのは、その課題が意味をなすこと、すなわち鎖で結ばれたそれぞれの小説家が、自分がなにをするよう求められているかについて、その結果生み出されるものの価値や性格について、おのおのがいかなる不安を抱くにせよ、いくぶんかの考えをもち得るという事実だけだからである（p. 193）。

ドゥオーキンが、フィクションと法を、互いの主意と媒体としたことはそれ自体意味深い。しかし、この一節にはもうひとつの可能性が潜んでいる。伝説と冗談は、イデオロギー（合衆国ではこの場合、「文化」という言葉が好まれるが）と条件 - 結果の関係が容易に認められるような現象である。肝腎なのは、これらの現象と小説のあいだの差異が、イデオロギー的観点から見れば、種類というよりむしろ程度の差異だということを理解することだろう。単一の作者もまた、自分がなにをするよう求められているかについて「いくぶんかの考え」しかもてない。というのも、考えの全体は、イデオロギーのテクストのうえに地図のように拡がっているからだ。イデオロギーにおける主体の、網羅的でない構成（それはまた、イデオロギーの構成でもある）は、このドゥオーキンの議論の改訂版にあっては、西ヨーロッパおよび合衆国の法の、いわゆる非イデオロギー的言語を含むことになろう。「自由主義は……美学理論へと押し進められ、明確な解釈の様式をもたらし得るような……個々別々の認識論的な基盤に……起源を求め得る」(p. 200) という疑わしい主張を提出できるのは、同質的、異種同型的で、それなりに適切な、原因 - 結果にもとづく社会的生産の見方だけなのだ。私が記述する見方は、そうした各項目が、あるイデオロギー的システムの変動する構成要素が互いを活性化する共謀関係として、関係づけられていることを示唆するものかもしれない。政治、芸術、法律、哲学の境界の生産的な不確定性は、それらが国家のような、複合的な存在物の同一性を支え、またそれに支えられることにより、異種混交的、非連続的なイデオロギー観によって操作されるのである。そのような概念を欠いているために、ドゥオーキンはそれを、統一化する哲学という名のもとに示すことを余儀なくさせられる。統一化なるものが必ずや止揚を目ざすべき綜合と見なされていない点は彼の論考の強みといえる。「私は、政治学、芸術、法律が、どうやら哲学のうちで統一化されているらしいという直感を認めるだけで終えることにする」(p. 200)。

ドゥオーキンが、イデオロギーという言葉を発することなく、より広汎なイデオロギーの概念の余地をつくっているように見えるとすれば、ドナルド・デイヴィーの場合は、その働きを「回避する」ことを選んだといえるだろう。「疑いなくそのような相互関係は存在する。そして疑いなくそれらは、邪悪な目的のために利用され得る。このことを激しく非難したり、あるいは（[スタンリー・] フィッシュとともに）多少軽率にそれに同意するよりも、われわれは、真に自立した、啓蒙的な解釈者が常にそうしてきたように、その網状組織を全面的に回避することで時間をもっと有効に使えるのである」(p. 43)。

もちろんひとは、イデオロギーから足を踏み出すことを「選ぶ」ことはできない。もっとも確実な「選択」は、できる限りそれを知り、できる限りそれを認識し、自らの必然的に不適切な解釈を通じて、それを変えるよう努め、「ひとは自らの歴史をつくるが、台本を選ぶことはない」(傍点引用者)(3)という異議申し立てを認めることであるように思われる。実際私は、ひとが現代のアメリカ合衆国と大ざっぱに名づけるだろうイデオロギー的システムが、その詩人たちにそれを無視することを選ぶように見えることを望み、そうすることで、その実業家たちが、「堅固な実業の実践は、もしそれのために働くことを望めば、イデオロギーを超越する」(4)と宣言することを許しているという、エドワード・サイードの考えに同意したいのだ。

ヘイドン・ホワイトもサイードも、イデオロギー的編成に集中している——前者は、「学問」と呼ばれる集団の同一性に対して、後者は、「国家」と呼ばれる集団の同一性に奉仕する学問に対して。私はここで彼らの議論について長々と語るつもりはない。ただ、私の感じるところでは、個々の主体に依存していながらそれより大きなものという、明確なイデオロギー観が欠如しているため、彼らの論考は時として、学問の実践者たちの愚行と不正に対する長たらしい弾劾演説のように見えてしまう。芸術とイデオロギー——この場合は、より広い意味でのブルジョワ・イデオロギーだが——の関係は、T・J・クラークのあからさまな主題である。テリー・イーグルトンに関する見解のなかでクラークは、「一九一〇年頃には……マルクス主義の知識人たちは……自らをブルジョワと見なし……ブルジョワ的エリートのイデオロギーに[反対する]……ことが可能だった」(pp. 148-49, n. 6)。クラークが述べる批評的実践は、イデオロギー的網状組織の回避に対するデイヴィーの確信や、サイードとホワイトの非イデオロギー的告発の代替物として私が示唆するものときわめて近いものだ。

　イデオロギーという語をもっともしばしば発するのは、ウェイン・ブースである。そして彼の論考のなかでは、「言語」という語が、より広汎なイデオロギー観の不在を補うという奇妙な機能を果たしている。ミハイル・バフチンのテクストでは、言語は、語を用いた言説とただちに理解されているわけではない。言語としてのイデオロギーは、主体を、ある意味作用の因襲の内部で定義する一方で、その原因として想定する作用である。ブースにとって、イデオロギーとしての言語は、自らが単に集団の一員であるだけでなく、独特であることをわれわれに、そして自らに常に確信させせなければならない（集団的）主体の表現である。ブースの論考のうちには、彼が、ほとんどバフチンの立場、すなわち今日ならテクスト性の政治学と自称するであろう立場から手の届く範囲に身をおいている瞬間がある。政治‐歴史‐社会‐性などといったものからなる網状組織が、テクスト的な、というか網目のような構造を認めることによって、自らをイデオロギーのうちで定義しているからだ。とはいえブースの言語は、トゥールミンのそれと同じように自由選択の語彙の内部でバフチンの立場を分節化しているといえる。「われわれが理解する言語は、それぞれがひとつの言語であり、象徴的豊かさと、本来的に備わった過去の選択の効果と、新しい選択への誘いと、ある選択が他の選択よりもほんとうにすぐれているという知識とによってあらかじめ祝福されている、あるいは呪われているなにかである」（私は彼の論考の改訂以前の版から引用している）。イデオロギー内の言語と主体／イデオロギーの言語と主体をめぐる、バフチンの暗黙の弁証法的切り替えは、この箇所で見る限りブースには理解しかねるようだ。

　ブースがイデオロギーを、厳密にいって言語や声よりもむしろ信念と実践＝慣習として考えるとき、彼がいま述べたような弁証法的構造を示唆することはあり得る。「イデオロギーは、信念と人間的実践＝慣習のシステムに起源をもつとともにそれらに影響を与える」(p. 50)。けれども彼は、芸術とイデオロギーの位置を、私が冒頭で英語圏におけるイデオロギーの代替物のひとつとしてあげた意識-無意識の対立へと還元するのが常である。バフチンは、「因襲的なマルクス主義者が……自我と社会は芸術のイデオロギーに根本的に依存している[と考える]」のに対し、「対抗的なイデオロギーの計画的な導入を高く評価している」(初期の版による)点で称讃に値する。ここでは意識と無意識が、前-精神分析的モデルとの関連のなかで理解されており、あたかも両者は、良き実践の指標が無意識を意識へと高めることであるような、連続的システムに属しているかのようだ。この見解に見られるイデオロギー的犠牲化のもっとも強力な所見は、「私は、[ラブレーの二重の基準の]暴露が完全に無意識的なものだと考えているとおそるおそる告白しよう」(p. 65)というものである。目ざすのは、自由選択としてのイデオロギーという感覚だ。「そこでわれわれがフェミニズムの(あるいは他の)イデオロギーの信奉者としていま直面しているのは、芸術作品を解釈し批評する際、私がその作品の芸術的価値の評価の一要素としてそのイデオロギーを用いる自由を有しているだろうかという問題である」(p. 56)。

自由に選択する主体によるこの選択の自由は、トゥールミン、デイヴィー、ドゥオーキンそしてブースの論考を操作するものだ。これが活動中の自由な企てというイデオロギー——解釈の政治学として認識し得るもの——であると示唆しても、真実からあまりはずれてはいないだろう。だからこそ、われわれは芸術の最良の理論は単一の作者を必要とすることを常識として受け容れたのだ。広汎なイデオロギー観の範囲内では、主体は行動しあるいは抵抗する力を失わないが、取り返しがたく複数的なものとして見られる。このようなパースペクティヴのなかでは、すべての小説は、さまざまな書き手による続き物としてつくりあげられると見なされるのである。文学と法律を結びつけるドゥオーキンの類比は、このようなパースペクティヴにあっては、いま述べた解釈の政治学のひとつの例として改めて読みなおすこともできる。それはちょうど、単一の作者を必要とし、したがって小説がより大きなテクストのなかのひとつの作用であることを見逃すような、小説家とその読者が、いまひとつの例となっているのと同様だ。ドゥオーキンが想定するような種類の、さまざまな書き手による続き物としての小説にあっては、語りは、前提とされるなんらかの統一性を保持するとともに、推し進めると仮定されている。一方、同じ法の解釈の系列にあっては、進歩は存在せず、あるのは反復——それぞれが、問題となっている法の個別性にもっとも適していると主張しているように思われる反復——なのだ。法律家は、ドゥオーキンのように解釈が実際には複数であると認めるときでさえ、「真の」法、「真正の」法、「最良の」解釈、その唯一ほんとうの意図をさがすのに熱中している。イデオロギーの編成の例として見た場合、ドゥオーキンの類比と、それにともなう作者性の定義は、それらの「政治学」——自由な企てと法の統治——を裏切っているように思われる。

「それらの『政治学』を裏切っている」。このことをより良く定式化したものは、ピエール・マシュレーに見出すことができる。「われわれは常に、テクストの端に、束の間隠されながらその不在そのものによって雄弁に語る、イデオロギーの言語を見出すにいたる」(5)。これらの論考のうちいくつかの端あるいは境界における局面、それらの内部を定義するのを許すような、イデオロギー的痕跡について考察してみることにしよう。そのような身振りは、それらの政治学、自分自身の複数性を分割することによって、ある立場をとろうとしながら自らの理論を破ってしまう、自由に選択する主体の政治学についての示唆をもももたらすことだろう。

そのような決定的瞬間は、スタンリー・キャヴェルの論考の最後に訪れる。「もしディコンストラクションが、ド・マンがそれを推奨していっているように、われわれを幻滅させることができるのなら、それは気高い約束であり、歓迎すべきものでもあるだろう。プラトンの用語によるにせよ、W・D・ウィニコットの用語によるにせよ、幻滅は、われわれを現実へ適応させるものである。しかし、そのときわれわれは、この約束が、われわれの幻想がなんであるかに関する真の知識にもとづいていると確信しなければならない」(p. 178)。私は、この論考でキャヴェルが行なっているディコンストラクションの読みに完全には納得できない。特に彼が、ド・マンとデリダを、あまり差異を設けずに結びつけているからだ(6)。真の知識の主体、自明さのための自明なイデオロギー的要求の主体への確信は、ディコンストラクションには約束できないものであるとだけいっておくことにしよう。キャヴェルが明らかに予期できるいくつかの議論をここで推し進めてもよいだろう。幻想なしには幻滅は存在しないこと。幻想についての真の知識は、幻想でないものとしてのみの現実についての知識しかもたらさないこと。現実を幻想の死として断定することは、幻想から幻 - 滅を経由して現実にいたる構文法や実践を無視することであること。現実の意味論のために、他の場合には無視されている構文に対する、このような注意によって、弁証法とディコンストラクションを区別するのを認めようとしないのは、ディコンストラクションについてまったく語らないのと同然だということ(7)。これらの議論についてここではくわしく述べないが、声とエクリチュールに関するキャヴェルの解釈もまた、このようなイデオロギー的要求のためであると示唆しておこう。

キャヴェルはこう書いている。「私にとって、抑圧的な哲学の体系化——時として形而上学と呼ばれ、時として論理的分析と呼ばれる——の支配が人間の声の抑制に依存してきたことは明白だ。通常の言語哲学が……理解され得るのはこの声の(病いからの回復と同じ)回復としてなのだ」(p. 173)。デリダはこの企てを称讃し、それを、言語の意味作用そのものよりも言語の力に眼を向けるニーチェの関心と結びつけている。デリダが批判するのは、キャヴェルがここで示しているように見えるもの、すなわち、声の回復を自己の務めと見なすという、発話‐行為理論を含めた、もっとも革新的な哲学に共通の傾向である。一方、体系的な哲学のいくつかは、アウラをまったく媒介されることがないように見え、その点でエクリチュールに対する（ここではキャヴェルの）常套的な理解と似通っているとはいえ、最終的な基準として音声中心主義に依存する、もろもろのシステムを展開させる。かくして、体系的な哲学が声を抑制し、革新的な哲学が声を回復する——という常識的な認識は、音声中心主義的な想定の多様さに依存しているのだ。この見方によれば「エクリチュール」は、あるシステムの内部が定義され防御され得るようになるため、排除されなければならないものの名前となる。エクリチュールと声の領域のあいだの「明確な差異の本質的な属性」は、「送り手［ならびに］受け手（destinateur）が、放棄するしるしから不在であること」[8]というような読みに見られる。発話の回復という自ら公言した企ての範囲内に、エクリチュールへのそのような理解の場があることは明らかであろう。

同じものの同一性を保存するために他者として排除されなければならないものの名前としてのエクリチュールを、マシュレーの他の公式的言明と関係づけることができる。「その仕事で重要なのは、それが語らないものである。これは、『それが語ることを拒むもの』という、それ自体興味深いけれども不注意な表記と同じではない。……むしろ、その仕事が語り得ないものが重要なのである。その旅の緻密化が一種の沈黙への旅において実演されているからだ」[9]。声を故意に差し控えることというエクリチュールの定義の内部で、"turn"——ソローの一節、「森のなかのある魅力的な場所にじゅうぶん長く静かに坐っているだけで、そこに住まうものたちすべてが順番に［by turn］あなたのまえに姿を現わす」における"turn"——の、キャヴェルが言及していない（できない？）ひとつの意味が、「文彩」、すなわち声の回復の（不）可能性の条件である、修辞的表現の還元し得ないひとひねり［turn］であるということは驚くにあたらない。

サイードが、言語学的還元主義の第二段階を示唆する（彼の論考の境界でその語は説明されないまま残っているので、私には確信がもてないのだが）符牒としてエクリチュールという語を使っているのは、もっとも革新的な、共産主義的／地方自治主義的な集団所有の政治学に徐々にはいりこむ、自由に選択する主体という概念を使わないですますためだ。私が先に示したような、排除された他者としてのエクリチュールの短い説明は、彼の全般的な議論の助けとなったことだろう。「沈黙裡の排除という原理は、言説の内部および境界で作用している。いまやそれが完全に内面化された結果、各分野、各学問、そしてそれらの言説は、不変の持続力という資格をもつにいたっている」（p. 16）。

サイードの立場に対して常になく共感を覚えているため、私は、彼の論考に認められる活動中のイデオロギーのもうひとつの特徴を指摘しなければならない。その論考は、自由に選択するだけでなく、ある星系に含まれた星でもある主体によって書かれている。ここには、批判的・文化的実践を生き続けさせようと試みる国じゅうの何千もの教師や学生に対するいかなる承認も支持もない。彼らの足跡は、『ラディカル・ティーチャー』や『ラディカル・アメリカ』のような定期刊行物だけでなく、講義要綱、時事通信にも見出すことができる。また、身分保証を拒否された若い教師たちの名簿のうちにもますます多く見出されるようになってきている。そうした労働者たちを認識するためには、政治的解釈としての教育学が真剣に考察されなければならない。ある現象の作用が、マイケル・ハリントンから、『合衆国ニュースと世界レポート』に及ぶ政治のスペクトルによって説明されるとき、その現実は非実在ではあり得ない(10)。「左翼は知的混乱の状態に（ある）」（p. 3）というサイードの発言はなるほど、政治的セクト主義に関する限りは真実であろう。しかし、もしわれわれ自身の仕事の分野が、「高等文化はここでは、満場一致の協定の問題としての政治学以上のものとして考えられている」というような一般化の埒外にあるならば、また、改宗を行なう孤独な人物として荒野で自らの声を聞くことを強いられているように見える、自己を記述するマルクス主義の「名士たち」（サイードが引用しているレジ・ドブレの『教師たち、作家たち、名士たち』の三つ目の項目にあたる）のパースペクティヴの埒外にあるならば、すべてこの努力が不首尾に終わってしまうというわれわれの窮状の程度は、さらにいっそう差し迫った問題と見なされるのである。

　現在進行している教育上の努力との連帯を認識していたら、サイードは、三千の批評家の、白墨で書いた円から外へ足を踏み出し、務め——「視覚的な機能（それはまた、テレビ、報道写真、コマーシャル・フィルムなど、すべて根本的に即時的で、『客観的』で、非歴史的である視覚的媒体によって支配されてしまうことにもなっている）を、生きられた歴史的記憶の非連続的なエネルギーと、表象における意味の基本的な構成要素としての主観性を回復するために用いる」という務め——が、左翼の、大衆文化を教える教師たちによって日々、試みられていることを認識できたことだろう（p. 25）。ひとつの換喩語として『タブロイド』誌の一節を引用してみよう。「過去数箇月のあいだ、われわれの多くの記事は、この日常的な転覆——テレビのメロドラマの『計画された』効果を変化させる家庭の女性たち、海賊ラジオ放送局を生み出している政治的活動家たち、自動車、衣類などの習慣化——の例を呈示してきた」(11)。

　デイヴィーとサイードのあいだの応酬という形で、『解釈の政治学』シンポジウムのもっとも実り豊かな瞬間のひとつが訪れる。デイヴィーは、サイードのパレスティナ（デイヴィーの原稿ではレバノン）寄りの仕事を、愛国主義の一例として選び出した。サイードは適切にも、その称讃を、自分がパレスティナ国家建設のために働いているのは、その批評家となるためであると示唆することによって修正した。国民の同一性の意識は、それがどのように使用されるかによって特徴づけられる。国民の解放と、国家のイデオロギーの維持とのあいだの細い線は、批評家の警戒によって保たれなければならない。そうでなければ、デイヴィーによる愛国主義の推奨は、経済的多国籍主義の働きを否定する政治的イデオロギーの条件と結果に終わってしまうことだろう。経済的・多国籍主義的な網状組織とはどうしても釣り合わぬ、古めかしい政治的・国家主義的な説明は、もっとも野蛮な形では戦争として姿を現わし、もっとも微細な形では労働力の鼓吹をもたらすことになる。そのような否定の力学は、デイヴィーの嘆きに暗に示されている。

このようにわれわれ自身を「世界の市民」［これはもちろん私が先に示唆したものではない］として高らかに宣言することによって、われわれは、われわれの同胞市民の多数からだけではなく、はるかに数多い死者たちから、われわれ自身を切り離すのだ。というのも、ウェルギリウス、ダンテ、マキアヴェリにとって、ミルトン、ワーズワスにとって、また、ワシントン、ジェファーソン、ウォルト・ホイットマンにとって、祖国は意味があったのであり、その要求がわれわれにとって現実的で、讃えられねばならなかったことに疑いはないからだ。そのようなことに対して、この種の現代の啓蒙主義は好意を示すのを拒むのである（p. 29）。

資本の発達は、じゅうぶん成熟した愛国主義的イデオロギーを支えるとともに、それによって支えられている網状組織から、デイヴィーを切り離した。疑いもなく彼は、テネシーで、あるいはシカゴの上流ぶった聴衆の面前で、彼を支える社会的・物質的生産の様態にまったく反対していない（なぜなら、彼の意図的な立場は、そのような様態を回避することだからだ）。彼のリストに挙げられたほとんどすべての候補者たちは、自らの時代の生産の社会的関係を回避したのではなく、むしろそれに干渉してきた。いずれにせよ、かつての世代の「愛国主義」がその機能と場所を見出すことができたのは、そうした網状組織全体の内部においてであった。国外居住者、消費者、納税者、投票者、投資者として、デイヴィーは、あまりにも異なる網状組織に移動した（または、させられた）ので、感情的には満足できるように思われるリストのひとつの項目に固執してみるだけでは、せいぜい、高名な死者たちとの共同体という、自己‐祝福的な模像を生み出すことにしかつながらないのである。

　世界内に占める自らの位置にふさわしいイデオロギーの力によって、デイヴィーは知らず知らず、単なるイギリスとは異なる国に住むことになる。彼がその国の略図を書く方法を、イデオロギーが姿を現わすのは比喩と例が恣意的に選ばれているように見える言説の境界においてであることを銘記しつつ、しばらく見てみることにしよう。

> なぜなら、詩人、あるいは文学研究者が、イギリス人にしろ、アメリカ人にしろ、オーストラリア人にしろ、同胞たるイギリス人、アメリカ人、オーストラリア人ではなく、文学研究者の国際的共同体に向けて語りかけるとき、その意図はたちまち、彼の用いる種類の英語にはっきりと現われる（p. 29；傍点引用者）。
>
> 　われわれは、イギリス英語、アメリカ英語、ニュージーランド英語が、ルーマニア語とポルトガル語がかつて、ラテン語という母体からそれぞれ派生することによって別箇の言語となったように、別箇の言語になる過程にあると考えなければならないのだろうか（p. 35）。

重要なのは、もし西インド諸島、インド亜大陸、ケニア‐ウガンダ‐タンガニカ（タンザニアの植民地名）――やはり英語を使用している土地――がその仲間に加えられたら、事情が変わるだろう（確かに、興味深い仕方で変わるだろうが）ということではない。重要なのは、デイヴィーのそれのように、「自然に」にしろ「ただ偶然に」にしろ、国民の解放および愛国主義という言語学的な自己 - 概念の差異を無視するような言説は、それらを英語使用の連邦から排除してしまうだろうということである。確かに、デイヴィーの文のひとつを少し変えて引用すれば、「［私の］示唆は……［合衆国の英文学科へ入学を許され、そこから学位を授けられた］人びと以外には奇妙に思えるだろう」（p. 35）。デイヴィーの議論全体は、もしその候補が、「ブカレスト（出身の）ジェルジ」や、「ヴィンセンズのルシール」ではなく、ナイジェリアのエチェルオやパキスタンのタウヒードであったなら、練りなおされなければならないだろう。もちろん、「すべての言語は貴重で、そのひとつひとつが掛け替えがなく、したがってどのひとつも他のものによって置き換えることはできない」（p. 29）。しかし、『高等教育新聞』や類似の発刊物で外国語の登録者数を調べてみれば、各言語は、実際には同じように貴重ではなく、需要は政治的・経済的テクスト次第であることがすぐに見てとれよう。近年の日本語、アラビア語、ペルシア語を考えてみるだけでよい。いささか異なる視点から、シェイクスピアの作品をすべてベンガーリー語で読んだシェイクスピア学者や、合衆国の大学院で一学期だけベンガーリー語を学んだベンガル文化の学者の資格について考えてみる者もいるかもしれない（これは想像上の例ではない。もっとも、「［国のレヴェルで特別研究員の資格審査に携わる］人びと以外には奇妙に思えるだろう」けれども）。

現代社会では詩人の役割は保証されているというデイヴィーの確信には、学問上のイデオロギーがある。また、他の人間科学の研究者よりも文学批評家の方がむしろ、社会政治的な解釈の管理人であるというサイードの信念にも、学問上のイデオロギーが存在する。そしてなににもまして、「適切な歴史のパースペクティヴを定めるためのなんらかの土台を、社会学、人類学、心理学に求めることは、建物の基礎の安全性という概念を、それの二階、三階の構造的特性におくようなものである」(p. 130)とするホワイトの警告のうちに、学問上のイデオロギーは存在しているのである。

しかし、学問上の特権化のもっとも興味深い徴候は、ジュリア・クリステヴァの「精神分析とポリス」に見出される。クリステヴァによれば、譫妄状態の最後、あるいは中心にこそ、欲望されるもの、前象徴的なものだけでなく、前客観的なもの、「おぞましきもの」においても意味が空無化するような空洞がある。(欲望の未分化の終局《テロス》を差異のはじまりのまえにこのように「命名する」という形で、ディコンストラクション的批評を展開することができるが、それはここでの私の論点ではない。)主流派の解釈に含まれている知への欲望(それをクリステヴァは、ある種の「フランス」批評に共通する裏づけのない大ざっぱな一般化のひとつによって「禁欲主義的」と呼んでいるが)は、そのような、うつろな中心を共有し、そのことによって譫妄状態と結びついているのである。ある種の小説家、またおそらくは、精神分析の患者と社会工学者は、おぞましきものの場で眼醒めさせられた不適切な「対象」を支配し、変形、消滅させようとする。それに対して、精神分析家は、気の狂った書き手と、政治家の双方に対して勝利を収める。「分析者は、自分がおぞましきもの[この位置の問題については、クリステヴァのテクストはまったく論じていない]⑿と中立性と欲望と無関心の状態にあることを知りつつ、強力な倫理を築きあげる。それは、規範的ではなく、方向づけられたものであり、いかなる超越によっても保証されていないものである」(p. 92: 傍点引用者)。これは、抑制された弁証法の内部で特権化された綜合という位置を示すものだ。精神分析家は、持続的に、相称的に、解釈と譫妄状態のあいだの矛盾を止揚する。このような相称的な綜合の記述のなかで譫妄状態(譫妄状態としての解釈)を特権化することは、当の論考によって呈示された弁証法を誤って表象することにほかならない。それはまさに、解釈を特権化する分析として、自らが排除した他者を表象し得る政治学を有利に働かせるためなのだ。もちろん、古代の（キリスト教の）母の不可分性と不可避性が、超越的な保証に近いものであることも、言及されてしかるべきであろう。そのような母を変形しようとするのではなく、あるがままの母を知ることが、精神分析家の職業上の企図なのである。私は、最近の『テル・ケル』誌におけるキリスト教精神、とりわけ聖母崇拝の再生的回復が、自分にとって不可解でないというふりをすることができない。クリステヴァは、学問的実践としての精神分析の社会的・歴史的な徴候性を疑問に付すことができないだけでなく、精神分析におけるおぞましき母と、キリスト教精神の止揚としての精神分析の救世主的役割について、次のことをいわざるを得ないのである。

> われわれの文化という球体は、「言葉は肉となった」という公理を中心として収斂している。言説と、命名され解釈されるべき対象［伝統的な解釈］、すなわち質問を要求する対象とのあいだの往還を、二百年にわたり倦むことなく探究したのち、われわれは、ついに言説についての言説、解釈の解釈を達成するにいたった。精神分析家にとって、抽象作用におけるこの眩暈は、しかし、われわれが自然へと、充実した異教的な母へと、マゾヒスティックに歓喜しつつ墜落することから守る方法なのである（p. 87; 傍点引用者）。

解釈を特権化する、排除された他者とは誰であろうか。書き手――この場合はルイ・フェルディナン・セリーヌのことだが――ではない。ほかのところでは反‐ユダヤ主義と呼ばれている、彼の、おぞましく‐超越的な妄想症を、分析家‐批評家たるクリステヴァは、われわれに代わって文の構造のいささか実証的な分析を通じて解釈してくれている。境界のうえにつるされたイデオロギー的な贖罪の山羊は、例の人気者、カール・マルクスだ。クリステヴァは、単一人物を扱う分析の状況と、極度に多要素的、多民族的、多国家的（「異教」文化を含むような）政治的闘技場とのあいだに、問題とならないような類似を指摘する。そして彼女は、革命指導者たちが、アブジェクシオンの代わりにユートピアを約束することについて、一種のライヒ的な診断をわれわれに与える。精神分析家の方は、対照的に、多目的地主義者である（すなわち単にヘブライ的キリストの再臨であるだけでなく、おそらく、ヘレニズム的ホメーロスの成就でもあるのだ。ホメーロスは、充実した異教の母‐詩の女神《ムーサイ》に――数多くの文彩を用いて非常に巧妙に――多‐方向的なオデュッセウスを彼のなかで歌うよう、叙事詩の冒頭で求めている）。同質化を目ざすこの類比をさらに追って、こう問いかけてみるのは興味深いことであろう。政治学の場合、解釈者の位置に、心得顔に、時々患者の譫妄状態に参加すると同時に、「言説から明らかな、直接的、現実的な意味を取り去りながら……名づけ得ぬものへの回帰の試みとして……あらゆる幻想［を明らかにする］」（pp. 85-86）、治療的解釈を与えるのにじゅうぶんなだけ身を引いているような、解釈者の位置に立つのは誰か。ホワイトは、崇高なまでに無意味なものとしての歴史の解釈は、「因襲的に、ファシズム体制のイデオロギーと結びついている」（p. 130）と主張する。「そのような、ひとを動かす類の解釈は、革命あるいはデマゴーグと呼ぶことができるだろう」とクリステヴァは書いている（p. 86）。どうすればそのようないまひとつの選択肢を真剣に受け取ることができるようになるのだろう。

　いずれにしても、政治的な解釈が決して真実ではあり得ないことを証明するために、クリステヴァは次のように主張する。「しかしながら、分析の原動力と違って、政治的解釈の原動力は、その主体たちを彼ら自身（とその解釈そのもの）の真実の解明に導くものではない。……もちろん、いかなる政治的言説も、無意味なものになってしまうことはあり得ない。その目標は、マルクスがはっきり述べているように、解釈の目標に到達すること、すなわち、われわれの必要と欲望にしたがって世界を変えるため世界を解釈することである」(pp. 86-87)。もちろん、次のような疑問が生じるかもしれない。すなわち、ある主体を真実に導くことは、その主体の一種の変形ではないのか、あるいは、それにもかかわらずマルクスが政治について語っていることは、必然的にすべての政治的言説の真実なのではないかという疑問である。

それよりもむしろ、マルクスの「はっきりとした陳述」を調べてみよう。クリステヴァがエピグラフで引用しているのは、マルクスの『フォイエルバッハに関するテーゼ』の第十一であろうか。「これまで哲学者たちは、世界をただ、さまざまに解釈してきたにすぎない。いま重要なのはそれを変えることなのだ[Die Philosophen haben die Welt nur verschieden *interpretiert*, es kommt drauf an, sie zu *verändern*]」(傍点[イタリック体]引用者)。クリステヴァほど細心な読者ならば、この陳述における解釈と変化の関係が、極端に不確かであることに気づくはずだ。"ankommen auf" はおそらくこの文脈では、(哲学的努力のうちで)「重要となること」を意味しているのだろう。「出現」("ankommen" すなわち到着)というような、はなはだしくこじつけめいた読みにおいてすら、対照的な並置はほとんど避けることができない。「変形するために……解釈すること」(傍点引用者)とは、物ほしげな思考であるようにも思われるのだ。問題点は次のようにいい表わすこともできよう。すなわち、これらのテーゼ、ルターをパロディ化し模倣しているアフォリズム的陳述が書かれたのは、一八四五年のことであったのだ。マルクスは、まだ「革命」を見ていなかった。いや一八四八年になっても、見ることはできなかった。これは、『ヒステリー研究』からエピグラフを取って、完全に不都合な比較をそのうえに展開してから、「フロイトがはっきり述べているように……」といってその件をかたづけてしまうようなものだ。

私が先に示唆したように、クリステヴァの論考は、精神分析が解釈と譫妄状態の対立を止揚するものであることを示している。政治的言説が無意味に帰着することはあり得ないとクリステヴァが主張しても、疑問が残る。すなわち、ヘーゲル的弁証法――マルクスの形態学――が真実に接近するために、否定的な瞬間、無意味への帰着を用いることはないと措定し得るのはどうしてなのかということである。マルクスによる実践の理論が、この、抑制された弁証法を超えるものであることを私はほかのところで示唆した(13)。しかし、ここで私は、たとえマルクスがそのような疑念の恩恵に浴していないとしても、またクリステヴァ自身の用語にもとづいて議論するにしても、マルクスをそのようなわずかのテクスト上の証拠で批判しようとするのは得策でないことを示そうとしてきた。もしある者が、マルクスに関する自分の議論の主要な部分を裏づけようと望むなら、彼は少なくとも、セリーヌと同じくらい細心な注意を要する存在となるのである。

私は、アルチュセールの『自己批判』における説明には心を動かされるが、マルクスの作品における認識論的切り口に関する彼の理論には少しも満足できない。しかしながら、アルチュセールの教えに影響され、一九六八年の挫折と、それに続くフランス左翼の非革命的なユーロコミュニズムへの動きに不満をいだく世代が、『資本論』と、アルチュセールによって裏書きされたマルクスの後期の著作から離れ、特に一八四四年の草稿へと向かったことはよく知られている。それは、知的にはアルチュセールの半世代前にあたるサルトルがかつてそうしたのと似ている。ただサルトルと違って、この若い世代は、これらの草稿に、権力への、還元しがたい意思を否定する証拠を見つけようとしたのだった。クリステヴァが、「このおぞましきものは、発話する者のうちに、彼自身の不穏当な対象、彼のアブジェクトを、意味の端、解釈し得るものの端に眼醒めさせ、［また］それは、それらの対象を支配し、それらを変形しようとするパラノイア的な渇望を呼び起こす」と書くとき、彼女は、セリーヌの反‐ユダヤ主義についてだけではなく、その革命的な衝動についても書いているのである（p. 91）。ここで問題となっているものこそ、解釈の政治学なのだ。

他者としての「マルクス」のイデオロギー的排除は、ホワイトの論考においても作用している。テクスト上の分析は用意できないが、マルクスが歴史から意味を抽き出すことに関心をもっていたとする主張には議論の余地がないように思われる。しかし、ホワイトが、歴史を説明しようとするこの衝動は十九世紀に発生したと書いたり、マルクスは歴史記述の実践の特定の一時期のなかにからめ取られていたとか、ユダヤ人は歴史を、イスラエル建設にいたるまでは無意味で崇高な見世物であったと見なしていたと書いたりするとき、私は困惑を覚えずにいられない。疑いの余地なく、ユダヤ‐キリスト教の精神的伝記と歴史記述という壮大な計画は、そのようにかたづけられるべきではない！　私は、クリステヴァが精神分析学について示唆しているように、ヨーロッパの歴史学がこれらかつての計画の成就であると示唆しているのではない。私はただ、歴史学が突然、それまで処女地であったところに降ってわいたものではないと述べているだけなのだ。

意味の追求がマルクスを（それが彼を「精神分析とポリス」のなかで反‐ユダヤ主義作家と結びつけているように）ブルジョワ的歴史家と結びつけるという主張の真偽はどうあれ、多少なりともテクストを考察することなしに、彼を崇高から美への変化のうちに位置づけることは奇異に思われる。だが別の見方を取って、ホワイトとクリステヴァの方法を、排除の抵当権行使として、考えられる限りもっとも一般的な手段でマルクスを説明し去る、現代の、学問的・イデオロギー的な網状組織の一部として見れば、それほど奇妙でもなくなるはずだ。いくつかの問題が残る。無意味さの知覚という、崇高な歴史家の約束は、歴史における意味／歴史の意味とはなんであり得るかについて、予備的な理解を想定しているのではない。ホワイトによれば、「崇高の理論家たちは、あらゆる尊厳と自由が、歴史の無意味さの統覚に対する、フロイト的な『反動‐形成』を通じてのみもたらされ得るということを正しく察知していた」（p. 128）。私は、個人の心理から集団心理への移行という難問をふたたびもち出すつもりはない。私は、自分の読みのこの部分を、次のような示唆で要約しよう。もし、クラークとサイードによってそれぞれ別の形で触れられた政治的理由から、無意味さを統覚できる学者の価値を定めるのが当を得たことであるならば、クリステヴァもホワイトも、彼らのそれぞれ異なった方法で、あまりにも安易に「無意味」を主張していることになるだろう。私はこのことを、クリステヴァに関する議論のなかで示そうとした。ホワイトの場合は、「混乱」と「不確実さ」と「道徳的無秩序」が、無意味さと同一視されている。こうしたいい加減な口語的用語法は、言葉からいっさいの理論的価値を奪ってしまうのである。

結論として、私は、イデオロギー的に排除された他者としての女性について考察しようと思う。ブースの論考にはいくつか問題点があるけれども、この状況を正そうとする彼の努力に私も連帯するものであることを、最初に、表明させてもらおう。

すべての論考で用いられているほとんどすべての人称代名詞は、「彼」である。私は、「彼または彼女」の使用の早急な義務づけを求めているのではない。「彼女」という語がそれらの論考のなかに真剣に導入されるならば、一般的な議論は形を変えざるを得ないだろう。ちょうど、西インド諸島の言語がディヴィーの手稿に導入されたり、アラブの学問様式がキャヴェルによる（イギリス、フランス、合衆国の）学問様式の陽気な一覧表——二十年後には、これらの一覧表に日本語が「当然」はいってくると私は考える——に導入されたとき、その議論そのものが、他の方法では気づかれぬ人種的特権化を適用せざるを得なくなるのと同じことだ。私が、ホワイトによる次のような一見好意的な陳述の堅固な力によって自分自身が犯されていると考えるのは、このような事態の意味によってであると私は信じる。「しかし、想像力は歴史家にとって危険である。なぜなら、彼は、彼が想像したものがまさに真相であったこと、そしてそれが、詩人や小説家の活動の特質を特徴づけるために使われる意味で、彼の『想像力』の所産ではないことを、知ることができないからである」(p. 123: 傍点引用者)。男性中心主義的な批評家が次のようにいうのはもっともなことかもしれない。自分の散文の利益そのものに対し異議がさしはさまれたらどうしたらいいのかと。フェミニズムの批評家はなるほどこう力説するだろう。もし彼が、その不定人称代名詞が「自然な」ものであるよりはむしろ、「生産され - 生産する」ものであることに気づけば、たとえばこの特定の事例にあって、その学問の内部における歴史の主体としての女性の場が、人種 - 階級のスペクトルの全体を通じて男性のそれと異なっていること、そして、歴史を「想像」する女性の権利は異なる種類の危険をはらんでいるがゆえに、批評家の議論全体の妥当性が疑問に付されることを、理解することにもなるだろう。主流派の言説に対しフェミニズムが、格別興味深い魅力を添えるものと見なされる限り(そして私は、「大学のロッカー・ルーム」でフェミニズム的研究方法が、どのように議論されているかを明らかにしてくれたことについてもブースに対して感謝したいと思う)、この問題は認知されないまま終わってしまうことになるだろう。そして、男性中心主義的な知識 - 生産の暗黙のうちに承認されつながれた閉域の内部で、知の歴史の党派的な(男性中心主義的な)説明は、それが「歴史を行なう」言説の様態を批判するときでさえ、それが「全体」よりも大きいことを執拗に暗示するだろう——この場合、後者は、物質的、イデオロギー的生産における性的差異という根本的な問題に直面するような説明だといえる。意識の歴史はどのようなものであれ、もはやこのような直面を抜きにしては提唱され得ないのである。

この問題は、ハンナ・アーレントのような学問分野に従事する著名な女性たちに着目することでは解決され得ない。歴史的言説の生産にかかわるものとして、また、言説の状況に規定される対象として、イデオロギー的に構成され構成する、有性の主体の集合的な状況は、尊敬すべき例外的研究者の認知を明らかに超えた構造的問題なのだ。このような批判は、単なる個人の罪への非難として理解されるべきではない。なぜなら、変動するイデオロギーの境界は、私が先に示唆したように、「個人の意識」よりも大きいからである。そのように理解されれば、解釈としての法をめぐるドゥオーキンの議論の穏やかな普遍性に対する私の絶望は、単に偏向的なものとばかりは思われないだろう。なぜなら、それはドゥオーキンのテーゼの力を疑問視することではないからだ。そうではなく、ここにあるのは、法の主体、あるいは、法的解釈の主体としての女性が、これらの関係の特異な倫理的・政治的次元の観点から議論への参加をもし許されるならば、その明晰さは、普遍的というよりはむしろ、狭い、ジェンダー固有のものとして見なされなければならなくなるだろうということの容認なのである。(もちろん私は、中絶に関する最近の論争に見られるユダヤ教的・キリスト教的認可の噴出が、性的差異の問題による西洋の法の世俗的基盤に対する異議申し立てであることを示す可能性に、言及しているのではない(14)。)

クリステヴァ、サイード、ブースの論考における女性に眼を向けるまえに、フェミニストたちに対するデイヴィーのふたつの鋭い攻撃を考えてみよう。前置きとして、「祖国」という語が、ジェンダーの点で男性であるだけでなく、父を、正当な同一性の起源として名づけていることを主張しておこう。(このような命名への母親像の専有化は、同じように、ホワイトの論考におけるアーレントの位置と関連している。）このことを説明するひとつの方法は、ヴィーコの『新しい学』(15)における、市民社会──世襲貴族──の起源についての寓話をもう一度見てみることだろう。ここでは私は、それにともなういまひとつの寓話に触れておきたい。すなわち「ユーノーの象形文字、あるいは寓話──彼女は首に縄を巻きつけられ、もう一本の縄で手を縛られ、脚にはふたつの重い石を結びつけられて、宙にさげられている……。（ユーノーが中空にいるのは、厳かな婚礼に不可欠な鳥による占いを意味するためである……。彼女が首に縄を巻きつけられているのは、巨人たちの、最初の妻たちに対する暴力を想起させるためである。彼女の手が縛られているのは、夫に対する妻の服従のしるしである……。彼女の脚にゆわえられた重い石は結婚の永続性を表わしている）」(16)。

デイヴィーの最初の攻撃は、彼が、フェミニストたちを、異なる国の女性たちを差異化していないという理由で非難するときに見られる。

たとえば、イタリアについて書いているアメリカ人が思い描く「女性」が、アメリカ人を見ているイタリア人が思い描く「女性」とはかなり異なるざるを得ないということは、フェミニズムの語彙では、どこで認められているのだろうか。あるいはまた、イタリアの女性が、イタリアの愛国者でもあり得ることをわれわれは考えなければならない。しかし、フェミニストの今日の語彙では、どこで彼女の「女性 - 性」の次元は考慮されているのだろうか。そのことを認めるのは遺憾なことかもしれないが、とにかくそれを認めよう。いまの時点では、それは認められていないのだから（p. 34）。

これは、もちろん、愚かしいまちがいである。国際的なフェミニズムと、人種、階級の境界を超えた女性の状況の異種混交性は、今日のフェミニストの実践と理論の主な関心事のひとつとなっている。この主張を実証しようとすれば、一巻の書誌的資料を編まなければなるまい(17)。それに、女性の意識も男性の意識も、愛国心や女性の全体象という概念に関して、高められ得ることは、フェミニストのうち誰ひとりとして否定していない。

第二の攻撃は、サイードの母親に関してである。

彼のパレスティナ人の両親が結婚したとき、彼らは、その当時イギリスの委任統治領であった同地の当局に、結婚を登録しなければならなかった。その結婚を登録すると、イギリス人の官吏は、その場で即座にサイード夫人のパレスティナのパスポートを廃棄した。彼は、そうすることによって、戦争で荒廃したヨーロッパの難民のなかから許された、パレスティナ移民の年間割当数にひとつ空きをつくったのだと説明した。これに対するフェミニストの反応——「ああ、廃棄されたのは妻のパスポートであって、夫のではなかったのだ」——は、サイード夫人がそのとき感じ、いまは彼女の息子が彼女の代わりに感じている憤りを、まったく見てとることができていない。なぜなら、もし法律で夫が妻の姓を名乗ることになっていて、廃棄されたのが夫のパスポートだったとしても、その憤りはまったく変わらなかっただろうからである(p. 34)。

もしほんのしばらく場違いな軽口をたたくことが許されるなら、かなり以前に死んだ父の言葉を引用したい。「おばあさんが髭をはやしたら、おじいさんになってしまうよ」。なぜなら、ここで重要なのは、父権制社会にはそのような法律は存在しないということにほかならないからである(18)。

サイードは、「日常の政治学と権力闘争」(p. 14) の説明となるような批評を要求している。最良のフェミニズム解釈学は、まさにそれを企てるのである。その企ての一部は、男根支配と資本の関係、ならびに男根支配と組織化された左翼の関係を、ともに分節化することであった。私はサイードに、ふたつの代表的な書物の表題、すなわちジラー・R・アイゼンスタインの『資本主義の父権制と社会主義フェミニズムの問題』と、論文集『断片を超えて――フェミニズムと社会主義の生成』を参照させたい。

私は排除の政治学について論評してきた。周到な包含の政治学は、専有化の身振りにも変わり得る。われわれは、それがテリー・イーグルトンの『ヴァルター・ベンヤミン――あるいは革命的批評に向けて』で生じているのを見出す。「手短かに想像してみよう」とイーグルトンは書く。

「革命的文学批評」はどんな形を取るだろうか。それは、「文学」を支配している諸概念を解体し、「文学的」テクストを文化的実践の全領域にふたたび挿入するだろう。それは、そのような「文化的」実践を、他の形式の社会的活動に結びつけ、文化的装置そのものを変容させようと努めるだろう。それは、首尾一貫した政治的介在とともに、自らの「文化的」分析を分節化するだろう。それは、容認されている「文学」の階層秩序を脱構築し、容認されている判断と仮定の評価を改めるだろう。それは、言語と、文学的テクストの「無意識」に取り組み、主体のイデオロギー的構成におけるそれらの役割を明らかにしようとするだろう。そしてそれは、そのようなテクストを、より広い政治的文脈の内部でそれらの主体を変容させようとする闘いのなかで、もし必要ならば解釈学的「暴力」によって動員するだろう。そのような批評の、現在すでに確立されているパラダイムをお望みなら、それにはひとつの名前がある。すなわちフェミニズム批評である(19)。

イーグルトンは、かつてディコンストラクションを弁証法のひとつの属性として位置づけたのとちょうど同じように、フェミニズムをマルクス主義批評の進化の途上におけるひとつの運動として適用している(20)。人種、階級、ジェンダーの分析を一体化して操作するという難問は、考慮すらされていない。というのも、「文化的実践」の内部におけるフェミニズム批評の安全な場所は、その批評がそのような位置づけの身振りによって中立化されているときですら、保障されているからである。しかしながら、このような適用の動機は瞬時にして、それ自体ひとつのイデオロギー的根拠のなかに位置づけられることもあり得る。イーグルトンは、フェミニズム批評(彼は代理を立てて自分自身の名前をリストに挙げている。註(20)を参照)を、その革命的・マルクス主義的潜在力のゆえに称讃してから、三つの段落を用いてそれを屑物扱いしはじめる。彼の主な主張によれば、フェミニズムは理論的に貧弱であるか、あるいは分離主義的なのである。女たちよ、態勢を整えたまえ!

フェミニズムを語るイーグルトンについて特に書いているのであれば、私は、この検証されていない理論の前衛主義を問題とすべきだろう。しかしいまの文脈では、他の問題を取りあげるのが適切と思われる。まず第一に、この、差異化されていない、実証されていない、一枚岩的なフェミニズム批評は、どこに浮遊しているのだろうか。そのような対象を専有化し、そうすることによってその価値を減じるように、それをかたちづくる身振りは、われわれが扱った論考の大部分のなかで出会ったような、一枚岩的なマルクス、マルクス主義、マルクス主義批評のなりたちとの関係に似たなにかを有している。われわれが女性たちを弁別していないというデイヴィーの非難は、こうした文脈のなかでは、それだけいっそう笑止なものになる。ブースの慈善的な衝動に対してすらも、それが、この場におけるイーグルトンの戦略と地位を共有しないように、警戒の言葉を付け加えなければならない。すなわち、女性の声は、オーケストラに付け加えられるひとつの声部ではなく、それぞれの声に性的特異性が宿っているのである。

大義名分を求める男性の批評家たちが、フェミニズム批評に最良の希望を見出すのはなぜだろう。おそらくそれは、学界の人びとにはあまり発言の機会が与えられそうにない人種、階級の状況と違って、女性の闘争が、彼らにとって「内側から」支持できるものであるからだろう。フェミニズムは、学問的発端において、権威ある男性が近づき得るものであり、それらの男性によって修正されるのを免れ得ないものである。一方、クラークが適切に指摘しているように、ブルジョワ知識人にとって、他の政治的・経済的闘争に加わろうとすることは、倨傲と陳腐のあいだの一線を踏み越えることなのだ。

おそらく、クリステヴァに対してもある種の警戒が推奨され得るだろう。私は、彼女が、ひとつの運動としての精神分析についての政治的、歴史的、文化的なパースペクティヴを欠いていると示唆した。私はまた、究極の、客観性以前の客体とは必ずや母であるに違いないとする考え方が、男性中心主義的な親族関係の書きこみの外部で、異種混交的に作用する女性というよりはむしろ、一枚岩的な女性像をともなっているということも示唆したい。いかなる新造語も、単に語源学的であるだけにはとどまらない。いかなる名称もイデオロギー的に純粋ではない。それゆえ、なぜ古代の母が、まさしく“ab-ject”と呼ばれるのか、旧石器時代的に問いかける必要があるのだ。（“object”が「前方に投げ出された」という意味であるように、“ab-ject”が、ラテン語からの派生によって、「なにかから遠くへ投げられた」という意味であり得るとする議論ではじゅうぶんでない。）

私が目ざしたのは、「解釈の政治学」に関するシンポジウムを生み出し、それによって生み出された解釈的な政治学のいくつかの側面を読むことであった。まず最初に、私は、より広汎なイデオロギー観の有用性を指摘してから、引き続き、活動中のイデオロギーのいくつかの特徴——至高の主体を保持すること、一枚岩的なマルクス（主義）を排除すること、同質的な女性を排除しあるいは専有化すること——に着目した。しかし、イデオロギー的協議事項に含まれるいまひとつの項目をもっとも強く示すもの——われわれの政治学が暗に内在させている人種関係の慣用語法——は、私が達成できなかった明白な責務である。『シカゴ・グレイ・シティー・ジャーナル』に掲載されたわれわれのシンポジウムの報告のなかで、ケン・ウィソカーは、私が発言者のひとりであったことについて、「思うに、彼女が参加していたのは、デリダの『グラマトロジーについて』〔邦訳題『根源の彼方に』〕の翻訳者であったからだろう」と述べている(21)。この言葉を読みながら、私はエリザベス・エイベルの長い、親切な招聘状を思い出した。彼女は、第三世界のフェミニストとしての私の視点が、議論をより活発にすることを期待していたのだ。二階の招待席に有色人種の女性たちが陣取り、トマス・マコーリーをも引きこむような、心動かす眺めとなっていたという奇特な指摘を別にしても、サイードと私がひとときの舞台を占めたとき、第三世界はわれわれの関心事にとって、あまりにも大きすぎるように思われた。われわれの集会の蓄積的な政治性に思いをめぐらせてみると、それは、このうえなく不調和な音を奏でているかのように思えるのだ。

一九八二

"The Politics of Interpretations"

6　国際的枠組みにおけるフランス・フェミニズム

サウディ・アラビアのある大学の社会学部の一員である若いスーダン人女性がこういって、私を驚かせた。「私はスーダンにおける女性の割礼に関する構造機能主義的な学位論文を書きました」。私は「女性の割礼」という性差別主義者の用語を許すにはやぶさかではなかった。われわれは、もっと尖鋭な人びとが誤りを指摘してくれたおかげで、「クリトリス除去」といういい方を学んだのだけれど。

だが、構造機能主義とは。「統合」はどこで、「連帯の程度……を定義し強要する社会制御」となっているのか。「経済の側から見られた相互作用」はどこで、「文化の持続性を強化する目的に適用される収入と富の供給からなりたっている」[1]として定義されるのか。構造機能主義は、機能している構造としての社会に対して、「私心のない」姿勢を取る。その暗黙の興味は、あるシステム――この場合は、性的なもの――を、それが機能しているという理由で称揚することにある。次に引用するような記述に接すると、この若いスーダン人女性が、クリトリス除去に対してそのような研究方法をとったとは信じがたくなる。

> エジプトでは、切断されるのはクリトリスだけであり、しかも通常は完全に取り去られることがない。

しかしスーダンでは、手術は性器外部すべての完全な除去からなる。彼らは、クリトリスとふたつの大陰唇（labia majoria）とふたつの小陰唇（labia minora）を切り取る。そして傷は治療される。膣の開口部だけが、手つかずのまま残される唯一の部分である。しかしその部分も、治療の過程で、二、三針余分に縫うことで開口部を狭めることが行なわれる。その結果、結婚の初夜、男性器の挿入を可能するため、開口部の外側を片方か両方鋭い外科用メスまたは剃刀で裂くことが必要となる(2)。

私の同僚であったスーダン人女性の研究に私は、私自身のイデオロギー的犠牲化のアレゴリーを見出したのだ。

六〇年代のカルカッタで、上流階級の若い女性が英文学の特別優等課程を「選択」することは、それ自体高度に重層決定的であった。合衆国で英文学の教授になることは、「頭脳流出」なるものと符合していた。やがてフェミニズムへの傾倒が、使える種々さまざまの筋書き《シナリオ》のうちでも最良のものとなった。フェミニズムの理論的実践の形態論が、ジャック・デリダによる男根中心主義批判、リュース・イリガライによるフロイトの読みを通じて明確になった。（中西部で研究している、アイヴィー・リーグの無名の博士号取得者がためらいながらフランス前衛批評を「選択」することには、それ自体、イデオロギー批評的な興味がないわけでもない。）予想し得る通り、私は、「女性のアカデミズム」とフェミニズムそれ自体を最初は同一視していた。次第に私は、合衆国には「国際的フェミニズム」と呼ばれるフェミニズムの学問の領域、すなわち、イギリス、フランス、西ドイツ、イタリア、そしてアメリカの興味をもっとも惹きやすい第三世界の一部であるラテン・アメリカにおいて通常、フェミニズムとして定義されている舞台がまさに存在することに気づきはじめた。より広い視野で、いわゆる第三世界の女性について考えようとするときにも、私の同僚であったスーダン人女性が構造機能主義に捕えられたように、どんなに良くても、「私は彼らのためになにができるだろう」という問いに触発されただけにすぎぬ情報検索の網のうちに自分が捕えられていることに、自分自身、気づかなければならなかったのだ。

私は、この表現が問題の一部だと漠然と感じていた。私はその問いを表現しなおしてみた。国際的フェミニズムの構成者とは誰か。これからはじまる断片的、逸話的な一連のページは、その問いへ接近しようとするものである。その試みに対する二、三のフランスのテクストの共謀関係は、その問題――「西洋化された東洋人」の、「自分自身の世界を知る」徴候的な試みを決定しつつ、「東洋」を知ろうと外部に眼を向ける「西洋」――あるいは、なにか解答のようなもの――西洋と東洋の厳然たる対立を、（たとえ「いくつかのフランスのテクスト」と「カルカッタというところ」を並列することのみによるとしても）保持し、置き換えること――の両方の部分であり得た。こう書くだけでは、問題を、救いようがないほど観念主義的にいい換えているようにしか思えない。このディレンマに対して私は選択できる立場にはいないのだ。

幼年期の忘れがたい記憶から話をはじめることにしよう。

一九四九年の冬のある日の午後、私はビハールとベンガルの州境にある祖父の地所をひとりで歩いていた。ふたりの老齢の洗濯女たちが、石に衣類を打ちつけては、洗濯をしている。ひとりがもうひとりを、川の自分の縄張りに侵入していると非難する。私は、非難された者のかすれた嘲笑的な声をいまもまざまざと思い出すことができる。「馬鹿ね！　これはあんたの川かい？　この川は会社のものなんだよ！」――会社とは東インド会社のことである。インドは、一八五八年のインド統治改良条例によって、東インド会社からイギリスに引き渡され、イギリスはその統治を、一九四七年にインド総督に移していた。そしてインドは、一九五〇年に共和国として独立する予定だった。このよぼよぼの女性たちにとって、学ばれるべき地図としてよりはむしろ使われるための土壌と水としての土地はまだ、そのときより百十九年まえと同じように、東インド会社に属していたのである。

私は、その言葉が不正確だとわかるだけじゅうぶん早熟だった。しかし、彼女たちのいった事実関係は正しくないが、当時の現状としては正しかったということを理解するのには、三十年の歳月と、ほとんど明確には表現し得ない問いに直面する経験が必要だった。実際、東インド会社はいまだに土地を所有しているのである。

だからといって私は、この女性たちに対して親分風を吹かしたり、彼女たちをロマンティックに描写したりするべきではないし、また彼女たちのような存在に対して郷愁をいだくべきでもない。アカデミックなフェミニストは、彼女たちから学ぶこと、彼女たちに語りかけること、政治的・性的場面への彼女たちの接近が、われわれの優越的な理論と啓蒙された同情によって矯正され得るだけのものではないと疑ってみることを、学ばなければならない。古きものの特別な美をわれわれが強く訴えることは、セクシャリティーの移ろいやすさを不注意に承認することより好まれてしかるべきなのだろうか。ふたりの女性と私の距離が、いかに階級を微視的に定義しようと、階級によって決定され、階級を決定づける類のものであったという事実はどうなるのか。

それでは、ひとはどうすれば、コミュニケーションの共通の経路と、共同の敵の定義をわれわれに与えてくれる、資本主義の力学では近づくことのできない、資本主義の「毛穴に」住んでいる何百万もの文盲の農村部、都市部のインド人女性から学び、彼女たちに語りかけることができるようになるのだろうか。第一世界のフェミニストたちに第三世界のニュースをもたらす先駆的書物は、特権的な情報提供者たちによって書かれ、訓練された読書によってしか解読され得ない。「情報提供者の世界」、「彼女がそれについて書く世界に対する」彼女「自身の感覚」と、非専門的フェミニストのそれとの距離はあまりにも大きいので、精妙な読者反応理論には失礼ながら、ここでは逆説的なことに、両者の違いが容易に見過ごされるかもしれないのである。

これは、本国人だけが場面を知り得るという陳腐なナショナリズムの主張ではない。私が指摘しようとしている問題は、第三世界の女性についてじゅうぶんな知識を得、異なる読者層を発展させるためには、その領域の計り知れぬ異種混交性が理解されなければならないということであり、また、第一世界のフェミニストが、女性として特権化されていると感じるのをやめることを学ばなければならないということである。

これらの関心は、ジュリア・クリステヴァの『中国の女たち』に出会ったとき、私のフェミニズム研究方法のなかでじゅうぶん明確化されていた(3)。ここでも私はふたたび、私自身のイデオロギー的犠牲化、すなわち、特権へと変形された「馴化」とのつながりを見出す。

デリダ、リオタール、ドゥルーズなどのフランスの理論家たちは、千年もはぐくまれてきた西洋の形而上学の優越性、主体の意図の至高性、断定の力といったものをなんらかの方法で疑問視していたため、西洋的でないものすべてに手を伸ばすことに、それぞれ、ある一時期興味をいだいたことがある。そこには、これらの特徴と、資本の形態学とのあいだにはなんらかの関係があるという、多かれ少なかれ漠然と表現された確信が存在する。われわれに進路を向けるフランスのフェミニズム理論は、この領域と多かれ少なかれ親しい関係にある読みへといたるのだ。

一九七〇年代に、名声ある『テル・ケル』誌——クリステヴァが編集委員に名を連ねていた——は、中国問題に対して、いくらか折衷的ではあるが細かい点までゆきとどいた関心を押し進めた(4)。『中国の女たち』で展開されているような、その関心を考察するまえに、クリステヴァが彼女の著書の第一部でフランス人女性に提出している解決を手短かに見ておこう。

われわれは、男性的と見なされる価値(支配、超自我、安定した社会的交換を制定する裏書きされたコミュニケーションの言葉)と同一化することによらずに、世俗の場面、すなわち、政治的問題に接近することはできない……[われわれは]ヨーロッパの女性が、あまりにもたやすく心地よくとどまることができるひとりよがりの多形性から脱するために、この同一化をなしとげ[なければならない]。そしてこの同一化によって、[われわれは]社会的経験へとはいら[なければならない]。[われわれは]掛け金支払いの第一回目から、そのような統合がともない得るナルシシズムに気をつけなければならない。そのナルシシズムとは、相同の女性、最終的には男性的な女性を妥当性を拒むこと、そして、社会的・政治的・歴史的舞台で、女性の陰画としてふるまうこと、すなわち「流れに逆らって泳ぐ」者すべて、拒む者すべてとともにまず行動すること……しかし(男性あるいは女性の)革命家の役割を引き受けないこと、あらゆる役割を拒むこと……この無時間の「真理」――われわれの快楽、われわれの狂気、われわれの妊娠の、真でも偽でもない、無形のこだま――を発話と社会的象徴体系の秩序のなかへ召喚すること。しかしどのようにして? 耳を傾けることによって。発話、革命的な発話においてすら話されていないものを認識することによって。不満足に、抑圧され、新しく、常軌からはずれて、理解不能で、現状を掻き乱すものとしてとどまるものすべてに対し常に注意を呼び起こすことによって(p. 38: 傍点引用者)。

これは、相手側の妥当性を拒む一方で(5)、相手側の価値と同一化する誘惑的な効果を無視することができ、政治的なものを時間的、言語的なものと同一化することによって、政治経済の微視的研究をも無視することのできる、階級的、民族的に特権化された女性文学者に対する、一組の命令書である。無時間の「真理」を召喚するために、組織的な転覆者よりはむしろ個人主義的な転覆者とともに行動することは、西ヨーロッパの前衛芸術家の秘密を解き明かす文学批評家の務めと似ている。「徴候的、記号的な読み」――ここでは「聞くこと」と呼ばれる――は、その文学的・批評的務めにさらに細部を付け加える(6)。この章の終わりでは、私が先に言及したグループのなかで働いている思想のもうひとつの線が明らかにされる。すなわちマルクスとフロイトをいっしょにすることである。「歴史と政治を意識している分析家？無意識的なものに眼を向けた政治学者？　おそらく女性ならば……」(p. 38)。

クリステヴァは確かに、そのような解決が、第三世界の無名の女性たちに対しては差し出され得ないことに気づいている。たとえば、戸《フーシエン》県の広場に集まった何人かの女性を描写する巻頭の部分を見てみよう。「無数の群衆が日差しのなかにすわっている。彼らは無言で、まったく黙ってわれわれを待っている。好奇心すらなく、むしろわずかに楽しんでいるか不安がっているのか、いずれにしても刺すような、そしてわれわれが決してかかわりをもたない共同体に属しているのを確信しているような静かな眼」(p. 11)。その沈黙した女性たちをまえにした彼女の問いは、彼女らよりはむしろ彼女自身の同一性に関するものである。「それでは、戸《フーシエン》県の農民たちの凝視のまえで、誰が語っているのか」(p. 15)。これもまた、私が非常に大まかに彼女を帰属させている、思想家グループの特徴といえるかもしれない。西洋、形而上学、資本主義にとっての他者に触れることに時おり関心を示しているにもかかわらず、彼らが繰り返す問いは、強迫観念のように自己中心的である。われわれがもし、公式的な歴史と哲学がわれわれだとしているところのものでないとしたら、それではわれわれはなんである（ない）のか、われわれはどのようなものである（ない）のか。

それゆえ、彼女自身が正確になんであるか——この特定の瞬間に話し、読み、聞いている「私」——を知るという問題を示す、信じがたいほど委曲をつくした地勢を離れるときにすら、彼女が、「彼女たち」とはなにものなのかということのリアリティーを、西暦を用いて計算しはじめるのは驚くべきことではない。「ひとつのことがはっきりしている。親族関係における革命が起こり、それが紀元前千年前後まで遡れることである」(p. 46)。

歴史記述の網羅的な広がりは、実質的には首尾一貫していない。現代の中国について語りながら、クリステヴァは、立法を通じた根本的な社会的・性的構造変化を、皮肉と取れる余地のない報告書風のきびきびした調子で力説している（p. 118; p. 128）。それでいて、古代の中国について語りながら、彼女は、より古い母系制と妻方居住の社会（その証拠は、二〇年代から三〇年代にかけて書かれた、「民族舞踊と伝統」[p. 47] にもとづく、マルセル・グラネの二冊の著書——およびレヴィ＝ストロースによる親族の基本的構造に関する概説書から集められている）の痕跡が、今日にいたる苛酷な儒教の伝統を通して残り続けていると考える。まず第一に、その方がより簡潔な議論だと推論上考えられるというのが理由となっている（p. 68）。それに続く十ページで、この推論的仮説は、心理的因果関係を担うにいたる（p. 78）。

そのあと七十ページ余りで、古文書上の証拠の侵略を常に免れつつ、推論は歴史的事実になる。「強力な母系的親子関係と、それに甚大な影響を受けている儒教の影響力は、ほとんど無視することができない」(p. 151)。このような力強い結論は、都市部の女性よりも農村部の女性を高く評価するための方法を、その時点で著者が必要としているために用いられたと思われる、次のような指摘の権威を疑問に付すべきではないのだろうか。「ひとつの強烈な人生経験が、彼女たちを何千年ものあいだ動かなかった父権制社会から、彼女たちが統御するよう求められている現代の宇宙へと投げこんだ」(p. 193; 傍点引用者)。それでは、どこにこの数百年間ずっと女性の力を保ち続けたそれらの妻方居住の痕跡があるというのだろうか(7)。

「それらのシステムを自分たち自身のシステムのなかへ同一化するために歪めた」(p. 53) という理由でクリステヴァが批判する、十八世紀の中国讃美者たちに彼女自身を近づけるのは、このような希望的な歴史の使い方である。ちょうどその次のページで、中国の思想の解釈の「本質的問題」が、(自己弁護的な問いにかこつけて) 差異にもとづく記号論の一種として定義されている。「この理 [形であると同時に内容でもあるもの] の異種混交性は、象徴体系に抗するものであり、すべて等価の対立する記号 (+と−、地と空、など) の結びつきを通して、派生によってのみ現実化される。いい換えれば、自らに対立し、また自らを超越的法であると主張する、単一の、孤立可能な象徴的原理は存在しないのである」。西洋で訓練を受けた第三世界のフェミニストが、普通のテクスト分析と論証の不在を嘆くときにすら、彼女は、中国の書体《エクリチュール》に関する途方もない一般化、クリステヴァが軽蔑する、まさに十八世紀そのもののトポスをあてがわれることになる。「中国の書体《エクリチュール》は (集団の、個人の) 母系的な先史の記憶を、形象と身振りと音の建築術のうちに保持しているだけでなく、それをきわめて直接的、『理性的』、立法的——きわめて官僚的でさえある——伝統を確保するのを可能にする、論理的・象徴的コードのうちに統合することもできる。そしてその伝達は、西洋が自らを讃美するとき、自らを独特と信じる特質、西洋が父に帰する特質のすべてである」(p. 57)。クリステヴァのテクストは、非論理性を本質的に女性的なるものとし、論理性を本質的に男性的なるものとする定義に、そこかしこで権威を与えているように見える。いずれにしても、この特異な運動は、「中国人はわれわれに、『構造主義的』な、あるいは『相争う』（矛盾した）肖像を与える」（p. 57）という結論をもって終わるのだ。

クリステヴァは、この霧に包まれた過去を現在よりも好んでいる。現在に対する彼女の説明の大部分は、年月日、立法、重要人物と重要な場所からなる。ふたつのものの説明のあいだに推移はない。より広い、西洋の文化的実践を反映しながら、「古典的」東洋は、ちょうど「同時代の」東洋が現実政策的《レアルポリティーク》な軽蔑をもって扱われるのと同様、素朴な敬意をもって研究されている。

翻訳された詩文選と、「第三期」［troisieme cycle］の論文（私はそれが「第三の形態の論文」［p. 91］の指し示すものだと理解する）に含まれる偉大な女性たちの生涯から収集された証拠にもとづくものの、実地の調査にはもとづかず、また「前エディプス」期に関するフロイトの結論を無条件に受け容れ、中国人女性の分析的経験を経ることなしに、クリステヴァは次のように預言する。「もし［家族の外でさまざまな形の昇華を通して社会主義社会における性的エネルギーのはけ口を見出すという］問題が、いつの日か取りあげられ、そして、批林批孔運動が引き受けてきたと思われる中国の伝統の分析が中断されることがないとすれば、中国は、キリスト教的西洋が『性の自由』を求めて努力してきたときよりも、はるかに取り澄まさず、呪物崇拝的神経症にも陥ることなく、それに接近するかもしれない」（p. 90）。「キリスト教的西洋」が全体として性の自由を求めてきたかどうかはともかく、中国に関するこの預言はもちろん善意によるものだ。私が指摘したいのは、その起源が植民地主義的な善意の徴候だということである。

『中国の女たち』のもっとも厄介な特徴は、中国の文脈では、クリステヴァが自分の文学研究方法の鋭い刃を鈍らせているように思われることだ。彼女は古代中国における「太母」に関する多くの結論を、

「西暦一世紀まで遡る『閨房術』の全指南書と『清朝の小説……『紅楼夢』』(p. 61,79) から抽き出している。テクスト分析の試みが、翻訳においてすらも見られないことは忘れよう。それでもなおわれわれは、それらの指南書は代表的なのか、周縁的なのか、「正常」か「異常」か、階級的位置をもつのかどうかを問わなければならない。さらに、「文学と人生」の関係は、『紅楼夢』を、それが「階級闘争と、家族内／家族間の態度のあいだのわかちがたい結びつきの証拠として中国で現在研究されている」という理由で、「貴族の家庭の正確な肖像」として記述されるのを許すほど、問題のないものなのだろうか（pp. 78-79）。もし「中国の経験」を有する中国人が、一見したところこうした方法で、この本を中国語で研究するとすれば、どのような差異が生じるであろうか。リアリズムの表象性をめぐる、長きにわたる論争は西洋だけでなされてきたものなのか。クリステヴァが、支配的主題の観点から西暦一五〇〇年以来の中国の女性文学者の大まかな要約に着手するとき、同じような疑問が読者の脳裡によぎる。彼女は、「中国だけではなく、全世界の文学においてもっとも偉大な者のひとり」（p. 50）であるといわれる詩人に関して、次のような印象主義的コメントを加える。「李清照は、中国詩のこうした普遍的特性に、他の詩人たちによっては稀れにしか達成されない音楽性を吹きこんでいる。巧妙に綯い合わされたリズムと頭韻、文字そのものの形は、どれほど些細な聴覚的、視覚的要素も、肉体と世界と意味のこの生の担い手となっているような言語、同時にふたつのものであるため『音楽』とも『意味作用』とも名づけ得ないような言語をつくり出す」。そして、その詩が――最初は英語による発音表記と逐語訳、次には「（フィリップ・ソレルスによるフランス語訳からの）翻訳」で――二度「引用」される。ルイーズ・ラベが、そのような性急な中国語の処理を、ヨーロッパ文化全般についてほとんどなにも知らない中国の聴衆のために行なったら、どんなことになるだろう。それらふたつの翻訳の最終行のあいだの次のような落差をどう理解すべきだろう。「いまは／いかにたったひとつの言葉／愁いがじゅうぶんであることか」と、「いまはひとつの／言葉、死でじゅうぶんではないだろうか」。それに呼応する「自由訳的」中国語版における「しばし至福より遠ざかれ」という一行には、なにが生じるのだろう。

現代中国の文学に話が移ると、本の冒頭にあった注意深い弁明はすべて忘れられてしまったかのようだ。「これらの封建的／儒教的習俗が、今日の中国文化で取っているさまざまな形を理解する手段として、家族心理、あるいは現代小説に見られるその表現に関して二、三の研究者の発見を検討してみよう」(p. 95)。私にわかる限りでは、著者の文学的情報――二、三の簡単な統計――は、M・フリードマン編『中国社会における家族と親族』所収のアイ＝リ・S・チンによる「現代中国小説に見られる家族関係」というただひとつの論考である(8)。そのため、次のようなことがひどく安易にいわれるのは驚くべきことであるように思われる。「これらの［母‐娘の］問題は、西洋では、彼女たちの父の名において殺すことによって、彼女たちの母の役割を簒奪する、われわれのエレクトラたちを生み出す、女性間の、熱烈で、古風な競合関係によって強化されているのではないか。中国文学は、この点で不明確なのだ」(p. 146; 傍点引用者)。

これは、フランスでは「新哲学」と呼ばれてきたものに関連づけられ得る、クリステヴァの著書の、ある主義主張にもとづく「反‐フェミニズム」へとわれわれを導く(9)。「そのエレクトラたち――永遠に処女膜を奪わた者たち――父という大義のために戦う闘士であり、熱狂のあまり不感症となった者たち――は、女の条件から逃げようとする女性たち、修道女、『革命家』、『フェミニスト』が社会的総意によって追いつめられる劇的形象である」(p. 32)。私は、そのような感情が、ある検討されていない問いに依拠していると考える。すなわち、神話(エレクトラの物語)、神話の社会的・文学的定式化(自由契約の俳優団とともに演技し、富裕な市民に所有される合唱隊と、市民のあいだ競争のために書かれた、アイスキュロスの『オレステイア』)、そして人間の行動の「不変の構造」のあいだの関係とはどのようなものか。また、父と娘の関係を定めるための、フロイトによるギリシア神話の用い方——特に「終わりある分析と終わりなき分析」の末尾に見られるもの——は、どのような秘められた協議事項を含んでいるか。クリステヴァは時として、『アンチ・オイディプス』を思い出させる調子で語るが、それらの問いを切り出さない。しかし、それらの問いこそが、その書物の基礎となっているのである(10)。

自らを革命的集団と呼ぶようななにものよりも、個人主義的批評の前衛に信用をおく、ある主義主張にもとづく「反‐フェミニズム」は、全体的・知的反動の一部である。その反動はたとえば、一九六八年の出来事と、一九七〇年代初期の左翼連合を目ざす運動のあいだの、フランス共産党に対する失望のあとの、『テル・ケル』誌による中国の過去の擁護に代表される。

中国の「顔のない」女性たちにどのように語りかけるかという問題は、そのような党派的論争のなかでは問われ得ない。戸県《フーシエン》の広場にいた、沈黙した、理解しようとしない女性たちのまえで誰が話しているのかという問題ですら、広汎にわたる、巨視的研究の用語でいまや明確化されなければならない。「われわれの……いまだ明らかに先頭にいる……インド‐ヨーロッパの、一神教的世界」(p. 195)と、中国の状況の真の差異は、「寝室の秘密を誰よりもよく知っている先祖を有する中国人女性は……男性と類似している」という事実として示されなければならない。こうしたわけで、「父権制社会によって『女性的』と見なされる」という——「実用主義的、唯物論的、心理学的」——傾向を中国共産党が攻撃するとき、それは実際には攻撃していないことになる。なぜなら、中国では前‐父権制社会が女性たちに、代理としての権力よりはむしろ、真の権力への道を与えながら滅びることなく残存し続けてきたからだ。私は先に、この残存する母の力の証拠は、少なくともこの書物で呈示されたものを見る限り、きわめて疑わしいものであると考えられる理由を示した。しかしながら、それは確かに、中国共産党による女性的なものの抑圧が実は、「女性的なもの」の抑圧ではないとクリステヴァが示唆する「理由」とはなっている。彼女はこう書いている。「このように女性たちに呼びかけることで、[党は] 象徴的機能（構造的強制、社会の法）を彼女たちが担う能力に訴えかけている。その能力はそれ自体、伝統のうちに基礎を有するものである。なぜなら、それは儒教の場面に先行する世界、その背後の世界を含むのだから」(p. 199; 傍点引用者)。

東洋の先史時代への、このような巨視的郷愁に対する私の最後の問いは、泣きごとめいていて、またわかり切ったものである。すなわち、われわれはどうなのだろうという問いかけだ。中国と西洋の差異をめぐる議論を支える一神教の世界、「インド-ヨーロッパ」世界は、完全に一神教的であるわけではない。輝かしく、頽廃的な、多様で、抑圧的な、千年以上にわたるインドの多神教の伝統は、この差異が際立つように、インド-ヨーロッパの画像の外部に書かれなければならないのだ。

クリステヴァが一般化された西洋をこのように代弁しているという事実は、私が私自身のイデオロギー的犠牲化になぞらえた、「特権へと変形された馴化」である。現代中国の女性の、前-孔子的テクストを調査するとき、クリステヴァ自身のブルガリアにおける先史は、パリの声のどぎつい光のなかで名残りもとどめていない。私は孤立しているある一節に固執する。

私にとって——「大衆的民主主義」のなかで教育され、その利点から恩恵を受け、その検閲にさらされてきた、そしてひとが幼年期から去ることが可能である限りにおいてはそこから去り、その「母斑点」をおそらくともなっていないわけではない——私にとって、そのシステムに「欠けて」いるように思えるものは、確かに、なにかが欠けていると認めることの頑強な拒絶である (p. 156)。

ここで語っているのは誰なのか。この問いに答えようと努力していたら、「西洋の侵入」を、条件づきで羨望とともに眺めていた戸県《フーシエン》の広場の沈黙した女性たちのことは、もっとよく明らかにされたかもしれないのだ。

したがって、私が示唆しているのは、フランスの高等「フェミニズム」の教義を、異なった状況にある政治的特異性へ思慮あるやり方で適用してみても、功を奏さないかもしれないということである。しかしながら、もし国際的フェミニズムが、西欧の脈絡のなかで定義されるならば、その異種混交性も扱われやすいものとなろう。学問的なフェミニストとしてのわれわれ自身の状況にあっては、授業計画を考えることからはじめることができる。未知のことはくわしく調査をすることができる。その分野には専門家が何人かいる。われわれは、彼らとわれわれのあいだに深刻な障害物はないという実践的な仮定によって、研究を行なうことができる。地図にない大陸をまえにした苦悩もなく、誤った出発をするのではないかという迷信的な恐れもなく、最終的に答えを与えられないような問いもない。

そのような文脈のうちで、「アメリカの」、「イギリスの」フェミニズムを定義し名づけるための最初の何週間かののち、われわれは、フランスのフェミニズムにあってはなにが特徴的であるかという問いにたどり着くであろう。われわれは、フランスのフェミニズムに綯われている糸のうちもっとも近づきやすいものは、そのような問いに答えることの不可能さを主張する哲学によって支配されているという事実を考察することになろう。

われわれはいまや、課程のこの部門に欠かせぬ教科書を有している。エレイン・マークスとイザベル・クーティヴロンの編集した『新フランス・フェミニズム選集』である(11)。合衆国では、フランスのフェミニズムは、もっと特定すればフランスのフェミニズム理論は、これまでのところ、その分野のフェミニストたちよりむしろ、フランスにおける「革新的」グループと比較文学科への興味をもって読まれてきた。このような書物は、学際的な近づやすさを備えている。これはイギリスの場合とはやや違っている。イギリスでは、マルクス主義フェミニズムは、主流派の（あるいは男性中心主義の）フランスの「理論」を──少なくともアルチュセールとラカンを──（イデオロギーあるいはセクシャリティーの）主体の組み立てを説明するために──イデオロギーと再生産に関するマルクスの理論のより特定的に「フェミニズム」的な批判を生み出すために──用いてきたのである(12)。

「文学的」興味が支配的であるため、フランスのフェミニズムのテクストにあってもっとも妥当で緊急的であるように思われる問いかけとは、とりわけて女性的な言説に関するものとなっている。セクシャリティーとイデオロギーの交差点で、女性は客体として（あえてそういうとすれば）構成されたものとして存している。主体として女性は、『『他の方法で』語る』術を、あるいは「言説の穴で沈黙したまま苦しんでいる……［もの］を聞こえるようにする」（Xaviere Gauthier, p. 163）術を学ばなければならない。

この「語る」（書く）企てと、クリステヴァの「聞く」（読む）企てのあいだの関係は明白だ。そのようなエクリチュールは、シクスースの『深淵の向こう側の結婚準備』や、モニーク・ウィティッグの『レズビアンの身体』のような、フェミニズムの小説、あるいは、よく知られた－エッセイ－兼－散文－詩のなかで、常にではないが、一般的に試みられている(13)。そのようなものとしてそれは、ボードレールに支持されるような、散文詩の「喚起的魔術」──確定可能な言及よりはむしろ、意味作用をなす約束事を圧倒し、サボタージュすることができる確定不可能な示唆の力——と強い関係を有する。ボードレールは、フェミニズムの言説、あるいは革命的言説のフランスの理論家たちによってあまり呼び出されることがない。それは、(ヴァルター・ベンヤミンの『高度資本主義時代の叙情詩人』のいう「高度資本主義」と結びつけられる)困惑させられるほど男性中心主義的な頽廃の身ぶりのうちに、彼の実践がとらえられたままであるせいだろうか(14)。

これらの理論家にとって重要な人物は、依然としてマラルメとジョイスである。合衆国でもっともよく耳にされるふたりのフェミニズムの言説の理論家、ジュリア・クリステヴァとエレーヌ・シクスーもこれを否定しない。クリステヴァは、もし女性が前衛一般に同意することができれば、自らの言説の可能性を満たすことができようと示唆しているように見える(p. 166)。シクスースは、詩を(「小説家は表象の味方[である]」[p. 250]という理由で)特権化し、そして、クライストやランボーのような者なら、女性が話すのと同じように語ることができると示唆する。デュラス(主体の場である精神のうちにではなく——「有機体のうちに、肉体のうちに錨をおろした女性のレトリック」[p. 238])やサロートのような、もっと古い世代のフェミニズムの作家たちは、それゆえ、ヌーヴォー・ロマンという主流派の前衛的現象と関連づけられることになる。

ある意味では、女性の言説の根柢をかたちづくるという、フランス・フェミニズムの企ての明確な特徴は、フランスの前衛の持続的な伝統との提携を反映している。それは、表現主義とリアリズムのあいだにある、前衛の政治的潜在力に関連する議論に関連して言及され得るだろう(15)。

それは、消費者/読者よりも生産者/作家にとって、政治的により重要な活動でもある。ハーバート・マルクーゼの次の言葉がいくぶんかの妥当性を有するかもしれないのは、読者に対してよりは作家に対してなのだ。「弁証法的思考と、前衛文学の努力、すなわち、言葉に対する事実の力を打ち破る努力、事実を確立し、強要し、そこから利益を得る者の言語ではない言語を話そうとする努力とのあいだには、内的連関がある」(16)。PMLA〔『アメリカ近代語協会雑誌』〕の書誌の十九世紀後半と二十世紀のいちばん長い項目を一瞥するだけで証明されるように、現在のアカデミズムのシステムに含まれている、前衛の生産の「政治的」エネルギーは、聖書釈義の蓄積とほとんど変わらぬ程度にしか達せず、それらのテクストを命題的言説へと立ち返らせるだけである。実際、この状況を念頭におくならば、『女ゲリラ兵たち』あるいは(フランスのものでないテクストを挙げるなら)『私に謎を語って』の力――それらは、「伝統的な言説の構成要素」を転覆しているように思われながら、実際には、「もっとも古典的な好色文学のすべての構成要素」(Benoîte Groult, p. 72)を共有している、「解放されたテクスト」から自らを区別しているが――は、ヨーロッパの前衛への外見だけの形式的な忠誠であるよりはむしろ、それらがそれについて語るもの、すなわちヨーロッパの前衛の実質的な見なおしにあるといえよう。この違いは、もっとも「脱構築的」な読みのうちにも頑強に残り続けることだろう。

女性の言説の探求は、私が『中国の女たち』に関連して言及した、文学的で、しかも哲学的な前衛に関係している。このグループの遍歴の跡は、ジャック・デリダの「人間の目的=終末」で説明されている(17)。ルイ・アルチュセールは、サルトルの人間主義的実践と、彼によるマルクスの人類学的読みに対する異議申し立てに、一九六〇年に発表した「フォイエルバッハの『哲学的マニフェスト』」で着手した(18)。アルチュセールの位置は科学的な反‐人間主義である。デリダが彼の論考(一九六八年に書かれたとそれは念を押しているが）で、サルトルと、彼によるハイデガーの人類学的読みの用語をふたたび大幅に用いながら記述したフランス哲学における異議申し立ては、反‐科学的な反‐人間主義と呼ばれ得ることだろう。（サルトルは間もなく攻撃の対象ではなくなる。フランス人間主義の主要な哲学者としてのサルトルの重要性の反響は、しかし、ニューヨークでの『第二の性』刊行三十周年記念の機会に発表された、ミシェル・ル・ドゥーフの「シモーヌ・ド・ボーヴォワールと実存主義」のうちに聞きとることができる(19)。ル・ドゥーフの論考は、フランス哲学における今日の反‐人間主義の動きが、「ポスト‐構造主義的」であっただけでなく「ポスト‐サルトル的」であったのと同じように、フランス・フェミニズムの言説理論家たちも、まさにシモーヌ・ボーヴォワールからの離脱をしるしづけるものであったことをわれわれに思い出させる。）

「人間の目的＝終末」のなかでデリダは、彼の方法が他の者たちといかに違っているかほのめかしてはいるが、自分自身の考えよりは、同時代のフランスの哲学における潮流を記述している。その論文のなかで「人間」は女性から区別されていないし、特に女性を含んでもいない。「人間」は単に哲学の主人公であるにすぎないのだ。

［実存主義においては］哲学者のわれわれを、「われわれ‐人間」にごく自然に結びつける形而上学的な親密さ、人間性の全体的な地平にいかなる断絶もない。歴史の主題ははっきりと現前してはいるにしても……人間の概念の歴史は決して問われることがない。あたかも「人間」という記号がいかなる起源も、いかなる歴史的、文化的、言語的限界ももたないかのようにすべてが生起するのだ（p. 35）。

デリダを記述の敷衍する考察はいかなるものであれ、指標となるテクストを位置づけるものとなることだろう。ここでは、ジャン＝フランソワ・リオタールの『リビドーの経済学』を挙げるにとどめよう。それは、フランス・フェミニズムによるマルクスの用い方との共通性を立証しているからである(20)。

リオタールにとって、「人間の根拠」のフロイト的複数化は、それがリビドーの備給（ドイツ語では“Besetzung”，英語では“cathexis”，フランス語では“investissement”——それらは便利なアナロジーを提供している）の見地から企てられているがゆえに、依然として「政治経済学」以上のものではない。「リビドー的」経済学それ自体の見地からすると、「リビドー的マルクス」がこの「リビドーの作図法」(p. 117) の範囲内で受けとめられるとき浮かびあがるのは、リビドーの支配的アレゴリーのもとにある強力な「文学的・批評的」釈義である。それは、「疎外の哲学とシニフィアンの精神分析」(p. 158) のあいだの、あるいは、「資本主義社会」と「売春」(p. 169) のあいだのアナロジーによってあや目陰影をつけられている。ただし、「売春」が、階級闘争の微視的で移ろいやすい特異事項と、世界市場の経済的テクストとのあいだの共謀関係には、ほとんどかかわりあっていないことは認めなければなるまい(21)。

すでに私は、一九七八年における左翼連合の可能性に対する「新哲学的」反応に関して語った。この簡潔な要約の範囲内では、そのような反応は、反‐人間主義的なもの（特権化された主体に反対するもの）、反‐科学的なもの（特異な、あるいは「局地的」な実践としての精神分析とマルクス主義に反対するもの）そして、反‐革命的なもの（集団性に反対するもの）と呼ばれ得るだろう。

「形而上学的」伝統の内部に存在する、「人間」という一般的な記号のディコンストラクション（「女性である人物を意味するのではない『女性的要素』」(22)を——ブランショについてデリダが註記しているように——「生産する」ことのできるディコンストラクション）というこの文脈のうちにおいてこそ、「女性」という特定の記号に関するクリステヴァの次のような陳述は読まれるべきなのである。

> 「われわれの要求のための広告、あるいはスローガンよりも」より深いレヴェルでは、女性は、「存在する」ことができない。女性は存在の等級に所属すらしないなにものかなのである。したがって、フェミニズム的実践は否定的で、すでに存在するものと相争うものでしかあり得ない……。「女性」のなかに私は、表象され得ないなにものか、命名法とイデオロギーに加えられるなにものかを見る……。あるフェミニズムの要求は、それらをジョイス的な散文、あるいはアルトー的な散文の抑制に見出されるような、性的差異の両極の経験にたとえれば、ある種の素朴なロマン主義、同一性への確信（男根中心主義を逆転したもの）を復活させる……。私は、同一性を、特に性的同一性すらをも解消する前衛派の作品の特異な側面に対して細心の注意を払う。そして、私の理論的定式化のなかで私は、先に「女性」というレッテルをはったもの——すなわち、私の探求の対象を、女性にすると私が考えるもの——を非難する形而上学的理論に反対しようとしているのである（pp. 137–38）。

すでに私は、文学的なものにしろ哲学的なものにしろ、前衛派の必然的に革命的な潜在能力を仮定することに対する不満を表明した。ジョイスが性的同一性を超え、女性の運動に適切な思考態度を譲り渡している点には、わずかながら喜劇的なところすらある。重要なのは、いかにして同一性を解消するかわかっているときにすら、いかにしてひとが性差別主義の歴史的決定力から必然的に逃れられないでいるかを述べることだろう(23)。けれども、クリステヴァのテクストのなかに、フランス・フェミニズムの最良の部分でわれわれが出会う、女性のための、暗黙の二重のプログラムが存在することも認められなければならない。すなわち、ひとつには、女性たちが生物学的に抑圧されたカーストとして団結する場である性差別主義に反対することであり、いまひとつには人類が意識の改革の用意のため訓練する場であるフェミニズムに賛成することである。

男性の反‐人間主義的、前衛的哲学者のグループのなかで、デリダは、「人間の目的＝終末」を課す企ての必然的帰結としての「女性の名前」の可能性を、これ以上ないくらい公然と研究してきた。『グラマトロジーについて』のなかで彼は、至高の主体の特権化を、音声中心主義（声の意識の優先）とロゴス中心主義（法としての言葉の優先）とだけでなく、男根中心主義（[合法的]同一性の裁決者としての男根の優先）とも関連づけている[24]。「二重の会」[25]（内部と外部の双方としての処女膜の形象）、『弔鐘《グラ》』（母の欲望としての哲学の企て）、『エプロン』（肯定的ディコンストラクションとしての女性）、「ジャンルの掟」（二重の肯定としての女性的要素）と「境界を生きる」（テクスト的効果としての二重の嵌入）のようなテクストにおいて、女性のもつある種のテクスト性が確立されているといえよう。

エレーヌ・シクスースは、デリダの思考に見られるこのような流れをきわめて直接的に意識している。彼女は影響力ある「メデューサの笑い」(p. 258)と「試み」(p. 91)のなかで、デリダの作品を是認しつつそれに言及している。特に後者で彼女は、階層化された二項対立を逆転し、それに取って代わるという、デリダ的な方法論を用いている。そのテクストは、一連のそうした対立ではじまる。シクスースは女性についてこう述べている。「彼女はその対立に参入しない。彼女は（息子と組み合わされる）父と組み合わされていないのである」。その後、シクスースは“restance”（残余）あるいは最少の観念化というデリダの観念を展開し、女性に分散的、差異的な同一性を与える。「彼女は存在しない、彼女は非在であるかもしれない。しかし彼女のなにかが存在しているに違いないのである」(p. 92)[26]。彼女は、男性を特有の

「苦悩、すなわち起源で（起源に）あろうとする欲望」(p. 92) に関連づけている。彼女は、社会的・政治的、イデオロギー的な「テクスト性」の主題を、デリダ的・フロイト的問題機制のうちに彼女を位置づけるような感触の確かさとともに用いている。男性と女性は、事実上、分析不可能な複雑さをもつ、千年にわたる文化的決定力の網状組織のなかに捕えられているのだ。われわれは、イデオロギーの舞台の内部に捕えられることなしに「男性」について語れないのと同じように、「女性」についても語り得ない。その舞台にあっては、表象、心象、反映、神話、同一化の多層化が、常に個々人の想像界を変形し、歪曲し、改変し、すべての概念化をあらかじめ無効にしてしまうのである (p. 96)(27)。「われわれは『男性』について語れないのと同じように、『女性』についても語り得ない」。この感情は、女性の同一性を探求するのではなく、否定を通じて女性の言説について考察しようという決意が、フランスの、主流派的な反‐人間主義によってはじめられた――現存する言説のモデルによって計らずも明らかにされる男性自らの同一性に対する固執の――ディコンストラクションに関連づけられているとする主張をなすために、私が先に引用した、クリステヴァの一節と符合するものである。

シクスースは、この、重層決定されたイデオロギーの舞台という観念を、「個々人の想像界」の不可能な異種混交性に関連づけている。彼女はここで、「取り返しのつかないほど欺瞞的な」想像界、すなわち、「主体と彼［原文のまま］の自我との基本的にナルシシズム的な関係」、自分の「同等物」としての他の主体に対する関係、イデオロギー的反映を手立てとする世界との関係、類似と単一性という点から見た意味への関係といった、ラカン的な考え方に言及している(28)。象徴的次元への止揚のための材料を提供する想像界における同等物の蓄積を変化させることは、女性の言説を目ざす企ての重要な一部をなす。「この言説に対応する真に主体的な位置につくことは、別の問題である。ひとは、家族と私有財産のはじまり以来、圧迫を続けるイデオロギーの重圧的な層のすべてを断ち切って脱け出ようとするだろう。それは、想像力のうちでのみなされ得る。そして、それこそまさにフェミニズム的行動が関与していること、すなわち現実界で行動できるよう想像界を変化させること、その構造と歴史によって、父系的で、それゆえ男性的な法に従属してきた言語の諸形態そのものを変化させることなのである」(Catherine Clément, pp. 130–31)[29]。アントワネット・フークの次のような見解では、「イデオロギー的」なものと「象徴的」なもののあいだの空間は、想像界によってしるしづけられているとされる。「女性は、一方で無意識なものを抹消しながら同時に、政治的な問題に対処することを自らに許すことができない。もしそうすれば、女性はせいぜい、象徴的なレヴェルでではなく、イデオロギー的なレヴェルで父権性を攻撃し得るフェミニストにしかなれないだろう」(p. 117)。

さて、フランスの「反-フェミニズム的」フェミニストたちのなかでもっともデリダ的なシクスースは、想像界の再-記入が至高の主体によって着手される企てではあり得ないことを知っている。それはちょうど、彼女が「エクリチュールという女性的実践を定義することは不可能であり、これからも不可能であり続けるであろう」(p. 253) ことを知っているのと同じことだ。それゆえ、シクスースにあっては、想像界は執拗な変化に従属し続け、概念によるその把握は常に遅延され続ける。これは、主体の至高性をめぐる、フランスにおける反-人間主義的ディコンストラクションの内部にあっては古典的な議論である。それは、自我(エゴ)はそれ(エス)の強制的な追求のなかで自らをかたちづくるとするフロイトの示唆に端を発する。「私(自我)が存在する」といういい方は、「エスがあったところには必ずや自我がなければならない」[wo es war soll ich werden] を並べ換えたものとして読まれなければならない。もちろん、このうえなく明らかなことだが、それは、想像界の実質の象徴界における理解とは、とめボタン [points de capiton] のように、恣意的で、点描的なものであるというラカンの警告と関連している。しかし、シクスースは、「メデューサの笑い」の熱弁を開始するにあたり、まさにラカンを採用するのだ。彼女はあらゆるコードを、父-の-名、あるいは、男根-をもつ-母に言及するものとして解読する実践を疑問に付す。「では、リビドーはどうだろうか。私は［ラカンの］「男根の意味作用」を読んだのではなかったか……(30)。もし、いま現われつつある新しい女性たちが、理論的なものの外部であえて創造を行なうとすれば、彼女たちは、シニフィアンという警官に呼び出され、指紋を取られ、諫言され、そして、彼女たちが知っていると想定される秩序の系列へと導き入れられるだろう。彼女たちは、特権化された『シニフィアン』の利益のために常に形成される、鎖のなかの正確な場所を指定されるのである。われわれは、もし父-の-名へでないとすれば、新たなねじれのために、男根的母親の場所へと遡る場所にふたたび組みこまれるのだ」(pp. 262-63)(31)。男根は「特権化されたシニフィアン」であると暴露するとき、彼女は、デリダの「真理の配達人」における「超越的シニフィアン」としてのラカン的男根への批判と、『弔鐘《グラ》』における、男性の企ての限界としての男根的母親の分節化と同じところに場を占める(32)。彼女が、「精神分析の閉域のうちにとどまるべきではない」(p. 263)と書くとき、彼女は単に正統的な、あるいは新-フロイト主義的な精神分析についてだけ語っているのではないと私は信じる。実際、彼女の符号としてメデューサが選ばれていることも、知あるいは欲望の対象としての女性が、主体-客体の弁証法ではなく、眼-客体の弁証法に関連するという考え方の、嘲笑的な戯画にすぎない。「メデューサを見るためには彼女をまっすぐに見さえすればよい」と彼女が書くとき、彼女は、「彼女［聖テレジア］が来ることをただちに理解するためには、ローマにあるベルニーニの彫像を見にゆきさえすればよい」(33)という言葉の傲慢さを書き換えているのだと私は信じる。なぜなら、その一節のあとには、栄光ある孤立のうちにある男性のメンバーの希求の祈りが続くからだ。「彼らに勃起を！ひとりでに！与えているのはその神経過敏さなのである。彼らはわれわれを恐れている必要がある。厄除けの衣をまとってわれわれの方へ震えながら近づいてくるペルセウスたちを見よ」。

ディコンストラクションの形態学に対してとりわけ好意的で、それゆえラカンの男根中心主義に対して批判的な、シクスースのような批評家と、フランスの反 - 人間主義全般に対して好意的な、クリステヴァのような批評家のあいだの距離は、なかば空想的にではあるが、次のような並置によって測ることができるだろう。クリステヴァ：『「女性」のうちに私は表象し得ぬなにかを見る』。シクスース：「男性は表象し得ぬふたつのものがあるという。すなわち、死と女性である」(p. 255)。

(事実、デリダ的思考とクリステヴァの結びつきは、六〇年代まで遡る。デリダは、初期の『テル・ケル』の定期的な寄稿者だった。彼女の企ては、しかし、起源を脱構築するのではなく、記号以前の潜在的な起源の場として彼女が位置づけるものを、考古学的に、定式的に、回復することであった。長いあいだ、この場は、特定のイデオロギー的グループと関連する名前と住人を獲得してきた。ジェノ・テクスト、マラルメ的前衛、古代アジアの言語学、プラトン的コーラ、そして現在では、ルネサンスとバロックのヨーロッパ高等芸術、幾時代にもわたるキリスト教神学、そして、それらが妊娠 - 幼年期の謎に対処する際の個人的体験。)(34)

クリステヴァと同じく、シクスースも、特に前衛派について、「男性」ということが、この特別な意味では「女性」であり得ることにいかなる意味があるのか問いかけていないように見える。この点で、そして「両性具有」を擁護する議論の大部分において、彼女は、女性の精神分析家たちを、男性と同じくらいすぐれていると称することで黙らせた、フロイトを時々思わせる。男根中心主義を論じる女性の批評家から男性を還元不可能に分離する政治的、歴史的、さらにはイデオロギー的な違いの問題は問われていない(36)。そして、ディコンストラクションは否定的形而上学ではない、ひとは自由な戯れを実践することはできないとするデリダの主張の論点が見失われることもしばしばだ。シクスースは書いている。「書くということが、それなしにはなにものも生存し得ないような、同一物の過程と他者の過程を問い、死の働きを解消しながら、その合間（において）働くことにほかならないと認めることは、二者［le deux］を、そして両者を、すなわち、闘争と排除の系列、あるいはなにか他の死の形式のなかに凝固させられるのではなく、ひとつの主体から他の異なる主体への絶えまない交換の過程によって、無限に力学化された一者と他者の集合体を、まず第一に欲することである」（p. 254）。デリダによる人間主義‐男根中心主義批判の大部分は、中間地帯にとどまることの不可能性だけでなく、脱構築的な力の限界を思い出させるものと関係している。ひとつの立場を取るのは避け得ないことだと意識しない限り、無自覚になにかの立場をとらざるを得なくなる。さらにいえば、デリダのいう「エクリチュール」は、散文および韻文の生産と単純に同一視されるものではない。それは、知ること（認識論）、存在すること（存在論）、行なうこと（実践）、歴史、政治学、経済学、制度それ自体を操作し破砕する「構造」の名前なのだ。それは、「起源」と「終わり」が必然的に暫定的で、不在であるしかなくなるような「構造」である。「エクリチュールの古典的概念の最小の決定力における本質的な属性」は、「署名、出来事、コンテクスト」(37)におけるデリダの「エクリチュール」の用法に対して提出され、対照されるものである。シクスースは、デリダ的な様態におけるエクリチュールに関するエクリチュールを、単に散文および韻文の生産と同一化しているようにしばしば見えるため、「……女性は肉体である。より肉体的であるがゆえに、より多く書くのだ」（p. 258）というような陳述は、混乱したものであり続けるしかない。

国際的なフェミニズムの道筋では、デリダに対するシクスースの忠誠、あるいはデリダの無反省的な受容の問題は、急速に妥当性を失う。ここでは、男性の名前、あるいは男根中心主義への批判として理解されている、反‐人間主義とつながりを有する種類の反‐フェミニズムは、そのいくつかについて『新フランス・フェミニズム』の編者たちが三二ページで言及している、フランスの他の種類の反‐フェミニズムとは区別されるとだけいっておこう。そのような多くの変種のなかで、私は、共産党がかかわりをもとうとしている路線的な反‐フェミニズムを挙げようと思う。『新しいフェミニズム』は、社会主義にしろ資本主義にしろ、いかなる社会も、女性の切望に好意的に応えることはできないというテーゼを、現在、展開しつつある……。もし、女性の進歩に必要とされる行動を男性に対して向ければ、われわれは、女性の多くの希望を袋小路へと追いやることになる」(p. 128)。ここでは——性差別主義に反対しフェミニズムに賛成するという——二重の研究方法の教訓が抑圧されている。クリスティーヌ・デルフィーは、「女性の圧迫の唯物論的分析」を求めているが、それでも私は、彼女の次のような見解に多少共感を覚えるのだ。「このようなマルクス主義の路線の存在は、[女性の] 運動にブレーキをかけるという実際的な結果に終わった。そして、この事実は明らかに偶然ではないのである」[38]。

さらに区別されるべきいまひとつの反‐「フェミニズム」の変種がある。「男性であること、女性であることの、そして、女性の社会的様態は、決して、その者たちの男性、女性としての性質、またその者たちの性器の形状と結びつくことがない」(p. 215: 傍点引用者)。それは、フェミニズム的唯物論の形成に興味をいだき、人間主義批判によって政党綱領的に、あるいは方法論的に影響を受けていない「ラディカル・フェミニスト」である。彼女たちとは異なり、私は確かに、即座に女性の言説の探求を拒絶したりはしないだろう。しかし私は、同じくらい確かに、「ラディカル・フェミニスト」によって表明されるそのような探索の批判に、注意を向けてきたといえる。

何人かの女性作家によって称揚される、いわゆる探求された言語は、もしその内容においてでなければ、少なくともその文体によって、男性の巨匠たちによって支配された文学の流派によって普及させられる潮流と、つながりを有しているように思われる……。肉体の直接的な言語を唱道することは……われわれの肉体においてわれわれを圧迫する……社会的媒介の現実性と強力さを否定することと等しいがゆえに、転覆的とはいえない（p. 219）。

（少なくとも、フランスの領域に直接的にまきこまれていないわれわれが）これらの明敏な警告を無視することは誤りであろう。とはいえ、もちろんわれわれは、ラディカル・フェミニストの信条——「私は、現在の歴史的意味における女性にも男性にもならないであろう。私は女性の肉体をもつある個人となるであろう」（p. 226）——は、フランス語の"personne"（誰かであると同時に誰でもないもの）の見事に脱構築的な潜在力に注意が向けられなければ、人間主義の自己欺瞞であるとともに圧力でもある、所有物としてのひとの固有の同一性に対していだかれる種類の固定観念にゆき着くことになるだろうと、指摘してしかるべきだ。それは特に、デリダという奇妙な例を除けば、フランスでも合衆国でも、主流派の、学問的な反‐人間主義が、男根中心主義の実践的批判とまったくかかわりをもっていないからなのである。合衆国では、この問題は、意味の決定不可能性と言語の決定力のように思われ、フランスでは、同一性批判と、権力構造の微視的、系譜学的なさまざまの分析のように思われるのだ。

今世紀のはじめ以来、イギリス・アメリカの文学批評における潮流であったフランス風の気取り方に対しても、われわれは用心するべきだ。星室庁裁判所に彼女／彼自身を書き入れることを熱望している、アメリカ風「フランス流」フェミニストは、最悪の場合には、アーサー・シモンズの『文学における象徴主義運動』の調子を思い起こさせる(39)。それは、修辞疑問という戦略的な形式で表現された、ほとんど政治的な特殊性をもたぬ荘重な解決を提供する、われわれ自身の傾向を強調し得るものだ(40)。しばしば忘れられているものだが、『若い女性の誕生』におけるカトリーヌ・クレマンとエレーヌ・シクスースの最後のやりとりの一部をここで引用する以上のことは、私にはできそうにない。

シクスース 階級闘争は、マルクスによってそのシステムを記述され、それゆえにこそ今日も機能しているような種類の巨大な機械です。しかし、その律動は常に同じではない、それは時には非常に稀薄になるような律動です。

リオタール、あるいはすべての「詩的革命家たち」にも等しく向けられ得るクレマンの応えには、挫折が感じられよう。

クレマン それは、特にひとがそう考えるよう強制されるときには、稀薄に見えるでしょう。ですが、階級闘争の現実と、特に知識人たちによって、神秘的にそれが生きられる方法とのあいだにはかなりのずれがあります。知識人たちにとって、闘争の現実を直接に測ることは困難です。なぜなら、彼らは、言語に関する仕事と、想像界が、第一義的な重要性を有し、彼らに目隠し皮をかぶせてしまい得るような位置にいるからです（pp. 292, 294–95）。

シクスースは、進歩した資本主義による詩の否定を漠然と非難することで応えている。

長期的に見て、フランス・フェミニズムによる訓練がわれわれに与え得るもっとも有用なものは、脱構築的な読みの逆転 - 置換の技術に常にしたがうわけではない「徴候的な読み」の、政治化された、批判的な例である。前衛派を称讃するために用いられたときには回復力があると思われたその方法は、支配的な言説を暴露するために用いられるとき、生産的に闘争を生じさせるのである。

イリガライの『他の女性の検鏡』には、プラトンとデカルトに関する論考が含まれている。そこで行なわれる分析は、決定不可能性、同一性批判、全体化し得る分析の足場の不在といった脱構築的主題を、フェミニズムの視点から見事に展開させている(41)。フォントネ゠オー゠ローズにある女性のエコール・ノルマルにおけるフェミニズムの哲学研究グループで進行中の仕事と関連した、主として十八世紀の哲学的テクストの分析もある。『若い女性の誕生』に見出される――「神話」という記号の歴史を問うことの不在、すなわち、私が『中国の女たち』に関連して主張したような不在、この場合は、歴史的・地理的境界をしるしづけるような不在によってしるしづけられる――特にギリシアの神話的主題に関する、長きにわたる註釈がある。他の論題にも一般的にありがちなことだが、マルクスに対する読みは、私が先に示唆したように、マルクスのテクストへの細心な意識の欠如によって損なわれている。最良の読みは、フロイトによるものである。それは、フロイトが、女性のセクシャリティーについてもっとも影響力ある、同時代の男性の哲学者であると同時に、『夢判断』において、「徴候的な読み」の技巧の創始者ともなっているからだ。イリガライの「均衡という古い夢の盲目的汚点」(『検鏡』)は、正当にも古典となっている。さらに詳細で、さらに学問的で、方法論の点でさらに洗練されていて、おそらくさらに明敏なのは、サラ・

コフマンの『女性の謎——フロイトのテクストにおける女性』(42)である。

この本は、同一性の形而上学の脱構築の実行者でありながら、なおも男性中心主義のイデオロギーの内部にとどまる可能性を、たとえそれを理論化していないにせよ、暴露はしている。それは、クリステヴァとシクスースに欠けていると私が考えた意識である。コフマンは、女性の無言症に対しフロイトがイデオロギー的に同情の念を示していることについて註釈を加えている。彼女は、女性のセクシャリティーをめぐる最終的な思考へと向かう、フロイトの奇妙な道筋を明らかにする。より強い性として女性を発見する三つの局面——その強さを否定して、認識不可能なその反対物、すなわち、女性は実はより弱い性であるという論証へと導くための、三つの連続する長い運動がそれである。彼女は、ペニス羨望という「事実」を、前‐エディプス期の自己矛盾的なあり方を通して脱構築する。両性によって軽蔑されるような性があり得るだろうか。これは、フロイトがオイディプスのように解決を求めた、男性中心主義的な謎である。オイディプスの盲目という仮面のように、ペニス羨望に還元された生物学は、フロイトの隠蔽的解決なのである。

フロイト自身による夢判断の方法を、そのイデオロギー的限界を示すために用い、フロイトによる正常化の試みにおける倫理的・政治的協議事項を論証するために、周縁的と思われる瞬間を孤立させることで、『女性の謎』は、「徴候的」な——この場合は、脱構築的な——読みの、フランス・フェミニズムにおける批評的実践のすぐれた一例となっている。もし、フランスのフェミニストたちによってそれほどまでに厚遇されたテクストを超えて、この批評の形態学を、父権制の権力を発見し確立する他の言説の特殊性と関連づけることができるなら、確かにわれわれは、男性中心主義の先鋒の基盤を危うくするすぐれた戦略を手に入れたことになるだろう(43)。これは疑いなく、女性研究者たち、すなわち、世界の女性全般と比較すればすでに限りなく特権化されている、女性たちにとっては利益となろう。しかし、今日、世界内の特権化された社会の言説は、残りの世界の布置を命じているのだから、これは、教室においてすら、かなりの恩恵だといえるはずだ。

もし実際に「教師」が完全に教室から足を踏み出すことができればの話だが、そうするやいなや、フランスのものにしろ他のものにしろ、学問的フェミニズムの利益よりは危険が目立つようになるはずだ。アメリカやフランスにおける性差別主義に反対する制度上の変化は、なにも意味しないか、あるいは、間接的に、第三世界の女性にとってのさらなる害を意味するかもしれない(44)。この不連続性は認識され、研究されなければならない。そうでなければ、焦点は、主体としての調査者によって定義づけられるままにとどまるだろう。私の最初の関心事に立ち返るため、「フランスの」フェミニズムと「イギリス・アメリカの」フェミニズムの差異は表面的なものにすぎないと、ここで主張させてもらおう。いかにそれが実行しがたく、非効率的に思えても、同時発生的な他の焦点の存在がなければならないと主張するのを避けるわけにはゆかない。ただ単に私は誰なのかではなく、他の女性とは誰なのかと尋ねること。どのように私は彼女を名づけるのか。どのように彼女は私を名づけるのか。これは、私が論じる問題設定の一部であろうか。実際、「主体」としての「植民地化された女性」の眼に、調査者を、他の惑星からやって来た、行き来の自由な、優しく同情的な生物と見えさせるのは、そのような、実行しがたいが決定的な問いの不在なのである。あるいはまた、そのような問いの不在は、植民地化を行なう文化における彼女自身の社会化に依拠して、「フェミニズム」を、前衛思想家階級のうちに位置づけられるものとして、そして、それが戦って得ようとする自由を、贅沢なものとして、終局的には、なんらかの種類の「フリー・セックス」と変わらぬものとして見えるようにさせる。もちろん、それはまちがった見方だ。私が論じてきたことは、われわれのもっとも洗練された探究、われわれのもっとも善意ある衝動のうちにも、同じくらいまちがったなにかがあるということなのである。

「フランスのフェミニストたちがもっとも言葉を多く費やし、集中している領域のひとつに、女性の快楽の記述がある」(『新フランス・フェミニズム』、p. 37)。きわめて逆説的にではあるが、女性としての性的主体の、歴史的に非連続的でありながら一般に共通する「客体」化を再 - 確認する方途を私が見出すのは、この一見、秘教的な関心の領域においてなのである。

もしフランス・フェミニズムの最良の部分が、(永遠に揺動し続ける路線を有しながら、性差別主義に反対し、フェミニズムに賛成するという)二重の努力について考えるよう、われわれを鼓舞しているということがまさしく真実であるとすれば、この二重の見方《ヴィジョン》は、女性の再生産＝生殖の自由を考察する際にも必要とされるだろう。なぜなら、女性の解放を、再生産＝生殖の解放と同一視することは、反性差別主義を目的そのものとしてしまうことであり、女性の主体としての地位の確立を疑問の余地のない善として見ることであり、まさに、主観主義的規範性の歴史的危険性を明らかにする、フランスの反 - 人間主義の最良の教訓に注意を払わないことになってしまうからである。そしてそれは、女性の客体としての地位が、女性の再生産＝生殖機能とはっきりと同一視されるような、親族構造を構成する、女性の一般的交換としての文化の見方を合法化することでもある(45)。

性差別主義を解消するだけでなく、フェミニズムを肯定するような二重の見方《ヴィジョン》は、男性と女性を再生産＝生殖のために組み合わせる以前の措置、唯一の生産の余剰が子どもであり、「外部」が社会における男性の「活動的」生活であるような、円環を閉じる以前の、あらかじめ理解された措置を察知する。それは、「自然が女性の性的快楽を、生産の必要から独立したものとしてプログラム化した」(Evelyne Sullerot, p. 155) ことを認識する。

男性と女性の性現象は、非相称的である。男性のオルガスムスの快楽は、「正常な場合」、生殖における男性の行為——播種——をともなう。女性のオルガスムスの快楽(これはもちろん「同じ」快楽ではなく、ただ同じ名称で呼ばれているにすぎない)は、排卵、受精、妊娠、懐胎期間、出産という異種混交的な女性の再生産＝生殖の筋書き《シナリオ》のうちにあるいかなる構成要素をもともなわない。クリトリスは再生産＝生殖の枠組みから逃れているのだ。女性を、再生産＝生殖の観点から、交換、譲渡、あるいは所有の対象として合法的に定義する際、文字通り「専有化」されているのは子宮だけではない。抹消されるのは、性的主体のシニフィアンとしてのクリトリスである。女性を——結婚の内外で——合法的な対象として、あるいは、固有性と正当性の政治的・経済的通路として定義づけることを目ざす歴史的、理論的考察のすべては、クリトリスの抹消のさまざまの変種の考察のうちに数えられることだろう。

この領域における心理学的考察は、クリトリス除去が女性に及ぼす効果だけにとどまるものではない。それはまた、少なくとも象徴的なクリトリス除去が常に、女性であることへの、母性の承認されない名前への「正常な」入り口であり続けてきたからには、男根の切断の想像上の可能性の観点から、女性のセクシャリティーの全体の地形の図面をつくることが、なぜ必要なのかを問い、いかにしてそれが必要とされるかを示すであろう。ここで探求の場となるのは、遠い、未開の社会だけではない。化粧品、下着、衣類、宣伝、女性雑誌、ポルノグラフィーなどの計り知れぬ複合性によって表象されるような、女性の肌と外見に対する細心な注意による、女性の(性的)客体化、男性と女性の老齢の二重化された判断基準、不能と対立するものとしての更年期の、公的次元と個人的次元の対立などといったものは、すべてこの円環の内部にある問題である。あらかじめ理解された、クリトリスの抑圧と除去は、性的対象、あるいは再生産＝生殖の手段、あるいは媒介物として――そうした定義の観点から以外には、あるいは男性の「模倣者」として以外には主体の機能に頼ることのない――女性を定義するあらゆる措置と関連する。

母、恋人、あるいは両性具有者としての女性の声は時として、男性の大作家たちによってとらえられることがあった。クリトリスゆえに、再生産＝生殖の軌道の中心から逸脱したものとしての女性の規範の主題は、われわれが論じたフランスの秘教的グループと、同性愛運動の文学のなかで展開されつつある。クリトリスの抑圧としての女性の規範の主題という観点から――エディプス的場面における儀式の主人である――預言者としてのティレーシアスの位置の、父権制へのかかわりの複雑さを解きほぐすことには、一種憂鬱な陽気さが感じられる。「ゼウスとヘラに、どちらの性が愛の快楽をより多く得るかをめぐる論議に決着を与えるよう求められて、彼は、女性の方だと結論をくだした。ヘラは怒り、彼を盲目にしたが、ゼウスは、彼に長命と預言の力を与えることで償いをした」(『オックスフォード古典事典』)(46)。

フランス・フェミニズムは、それらの可能性を周到に検討してはこなかった。とはいえ、イリガライと『ケスチョン・フェミニスト』のグループのように、互いに異なる女性たちのうちに、それらに対する意識が存在していることは疑いない。イリガライはいう。「女性が、女性としての快楽を楽しむことのできる位置に到達するためには、確かに、彼女に影響を与える、圧迫のさまざまなシステムの分析を経るという、まわり道が必要である。彼女の問題の解決として快楽だけに頼るよう主張することによって、彼女は、彼女の快楽が依存する社会的実践の再考察を取り逃がす危険を犯している」(p. 105)。『ケスチョン・フェミニスト』はいう。「われわれが答えなければならないのは――性的個人の行動における生物学的要因の

『役割』と、社会的要因の『役割』を測ることからなる……誤った問題ではなく——むしろ次のような問いである。(1)生物学的なものはいかなる意味で政治的であるのか。いい換えるなら、生物学的なものの政治的機能とはなにか」(p. 227)。

クリトリス一般の抑圧を過剰 - における - 女性の抑圧として分析することが、「フランスの」文脈の限界から切り離され、そのあらゆる「歴史的」、「政治的」、「社会的」次元において追究されるなら、『ケスチョン・フェミニスト』は、次のような二項対立をかたちづくる必要がなくなるだろう。「女性の肉体の圧迫、不具化、『機能化』、『客体化』を暴露することは正当である。しかし、女性の肉体を、女性の同一性の探求の中心におくことは危険でもある」(p. 218)。女性の、生物学的・政治的同一性を決定するためになされる、クリトリスの除去あるいは切除の類型学が、非連続的で、無限に文脈依存的なあり方で、先のふたつの視点の双方によって反対されていると示唆することも可能だろう。「社会の究極的保証」としての母性の、詳細な、脱自的な分析を共有するために、フェミニズムの集団的傾倒を次のように辛辣に攻撃することもまた、必要ではあるまい。「真の女性的革新は……母性が解明されるまでは不可能である……。しかしながら、それをなし遂げるために、われわれはフェミニズムを、新たな宗教、事業、あるいは党派となすことをやめなければならない」(47)。

二重の見方《ヴィジョン》は、単に性差別主義に反対し、フェミニズムに賛成するべく活動することではない。それは、クリトリスの過剰を改善するときにすら、われわれは、再生産＝生殖的な定義の相称性からじゅうぶんに逃れることができないのだと認識することでもある。ひとは、子宮的社会組織（子宮が生産の主たる媒介物であり手段であるような、未来の世代の再生産＝生殖から見た世界の配置）と呼ばれるものを消し去って、クリトリス的なものを好意的に扱うことはできない。子宮的社会組織は、むしろ、クリトリス的社会組織の排除によって、これまで確立されてきたのだと理解することを通じて、「位置づけ」られてしかるべきなのである。(懐胎、出産、授乳という「事実」のあとですら、母と娘の持続的な絆の回復は、千年にわたる性差別主義に反対する執拗な努力として、自明で、事実にもとづくと考えられる規範を疑問に付すことを通じ、心理的な傷を治療しようとする努力として、確かに多大の重要性を有している。しかし、肯定的なフェミニズムのために、次のようなこともまた「位置づけ」られるべきなのだ。すなわち、自然の、あるいは生理的な関連を目的そのものとして止揚することによって、歴史的持続性を確立することは、父権制の企ての観念論的な下部テクストなのだということである。) クリトリスの除去の調査——そこではクリトリス除去が「生殖の主体としての合法的客体」としての女性という定義を表わす換喩となっている——は、子宮的社会組織を執拗に非‐正常化しようとするだろう。そのとき、発展した資本主義経済の複雑な網状組織が、家の購入を支点として作動し、家の所有の哲学が、核家族の尊厳と密接に関連づけられているという事実は、女性であることの子宮的規範が、いかに包括的に資本主義の男根的規範を支えているかを示す。スペクトルのもう一方の端にあっては、多国籍企業が遠隔支配によって、より発展の遅れた国々で絶対的な余剰価値を抽出する際に雇う、安価な労働の底辺としての女性特有の圧迫を操作するのは、性的主体のシニフィアンとしてのクリトリスの、このようなイギオロギー的・物質的抑圧にほかならない。「父権制の社会関係が生産の様態に特徴的な社会関係の地図のなかに書きこまれ得る」かどうか、それが「家族関係のなかに書きこまれた比較的、自律的な構造」であるかどうか、家族とは、社会化の生産の場であるのか、それともイデオロギーの主体の構成であるのか——このような異種混交的な性の分析が明らかにするのは、一般的な意味、あるいは狭い意味での(その差異は絶対的なものではない)クリトリスの抑圧は、父権制と家族の両者によって前提とされているということである(48)。

そのような性の分析について語るとき、非連続性、異種混交性、類型学を私が強調する理由は、この作業がそれ自体では、人種と階級の問題を消し去ることができないからである。それは、第一世界のフェミニズムの内部に組み入れられている、第三世界に対する植民地主義を必ずしも免れないだろう。われわれに共通ではあるにしても歴史的には特有のものである、運命への意識を、促進することもあり得るかもしれない。それは、鼠径部から血を滴らせながら、祖母にしかられる、おびえた子どもと、「解放された」異性愛的な女性を互いに結びつける。その女性は、ゆきずりの愛人と同衾する――いい換えれば、「自由な」行為のなかでも「もっとも自由な」ものに従事している。そう記すメアリー・ジェイン・シャーフィーと、『私たちの肉体、私たち自身』の有名な五三ページ目にもかかわらず、その女性は、最悪の場合には、彼女のオルガスムスの「異常さ」を認める「恥辱」に、最良の場合でも、そのような「特別の」必要を容認することに直面するのだ。そしてそれは、再生産＝生殖の円環から自らを切り離しつつ、レズビアンの肉体の美を組織的に明らかにする、ラディカルなフェミニストたち――持参金つきの花嫁――火焙りにされる肉体――そして女性の賃金奴隷――最大限の搾取のための肉体――を結びつける(49)。他の一覧表も可能であろう。そしてその一覧表のどれもが、イデオロギー的・物質的対立の両側にまたがり、その対立を解消することだろう。それが私の見るところ、フランス・フェミニズムの最良の贈り物である。その贈り物は、フランス・フェミニズム自体は十全に承認することができないものだが、われわれがそこにおいて活動しなければならないものである。そこに、スーダン出身の、私の同僚を解放し得る主題があり、川縁の洗濯女ならば理解できるだろう主題があるといえるはずだ。

一九八一

"French Feminism in an international Frame"

7 価値の問題をめぐる雑駁な考察(1)

価値を解決する手立てのひとつは、主体の賓述にある。現代の、「観念論的」な主体の賓述は、意識だ。一方、「唯物論的」な賓述は労働‐力である。意識とは思考ではなくむしろ、客体に対する、主体の還元不可能な志向性である。それと対応するように、労働‐力は、仕事(労働)ではない。むしろそれは、主体が、それ自体、つまり労働‐力にとってじゅうぶん以上のものであるかもしれないという、還元不可能な可能性である。「それは、それを使用することによって、価値を生み出す、しかもそれ自身を消費した分以上の価値を生み出すという点で、一般的な商品群とは区別される[unterscheidet sich]ものである」(カール・マルクス、『資本論』第一巻、p. 342:改訳)。

「観念論的」ならびに「唯物論的」というのは、どちらも排他的な賓述だ。一般的に、主体の「観念論的」な賓述に対する批判によって、この排他的な対立を疑問に付そうとする試みがなされてきた。ニーチェとフロイトは、ヨーロッパにおける、その、もっとも眼醒ましい例となっている。時として意識は、労働‐力との類比によって説明される。それはたとえば、知的労働と肉体労働をめぐる議論のうちに見られよう。なかでも、アルチュセールのいう「理論的生産」の考え方はもっとも論議を招く例であろう(『マルクスのために』〔邦訳題『甦るマルクス』〕、p. 173—93)。フランスにおける反‐エディプス的な議論は、賓述をもたない、あるいは、賓述‐機能をもたない、一定の肉体を想定しているように思える。(世に喧伝されている「器官なき身体」も、この想定の生産物のひとつである。ジル・ドゥルーズとフェリックス・ガタリの『アンチ・オイディプス——資本主義と分裂症』を参照。)いまのところ私が読み得る限りでいえば、これは、形而上学の最後のあがき以外のなにものでもない。私は、主体の賓述は方法論的に不可欠だとする信念をいまだに捨てきれないでいるので、ここでは、いまいったような反‐エディプス的な身振りに論評を加えるつもりはない。拙論の大部分は、価値の問題が、マルクスに見られる「唯物論的」な主体の賓述によって決定される場合、どういうことになるかという点に関与することになるだろう(2)。これは、あるレヴェルの一般性が要求される理論的な企てだ。その特殊な政治的意味合いについては、途中の議論、および結論において図示しておいた。ここでは、議論の都合上、理論‐政治の対立には手をつけず、そのまま扱うことにした。

　一般化された計画に着手するまえにまず、狭い学問的コンテクストにおける価値の問題について、実践的な脱構築主義的・フェミニズム的・マルクス主義的な立場を確立させようと思う。価値をめぐる論争は、文学批評のなかで、正典《カノン》‐形成と関連しながら浮上してくる。この狭められたパースペクティヴから生じる最初の動きは、ひとつの反問である——なぜ正典《カノン》なのか。正典《カノン》を操作する倫理的・政治的な協議事項とはなにか。男根‐ロゴス中心主義を批判することによって、脱構築的衝動は、正典《カノン》を求める欲望を脱中心化しようと試みる。男根中心主義の協議事項を図表で示すことは、フェミニストを巻きこみ、また、ロゴス中心主義のそれを図表で示すことは、支配のさまざまなパターンに関心をいだくマルクス主義者を巻きこむ。しかしながら、脱構築的批評家にとって、正典《カノン》と外典《アポクリファ》の対立を完全に解消することが、いかなる対立の解消もそうであるように不可能であるのは自明の理だ。（「完全な解消の不可能性」というのが、脱構築の、奇妙な限定的賓述である。）フェミニストでありマルクス主義者であるわれわれ自身が、代替的な正典《カノン》‐形成を求める欲望に動かされるとき、われわれが扱おうとするのは、古い基準にもとづく変種である。この場合、批評家の債務は、「利害＝関心」を慎重に表明することであるように思える。

われわれは、「公平無私な」学術機関が、「情念」としてかたづけてしまうような、ある種の歴史的・政治的基準を避けて通るわけにはゆかない。重層決定の泥沼にはまりこんでいる、この基準は、さまざまな反問に答えるものとして浮上する。たとえば、次のような反問がその一例である――正典《カノン》的な規範を出現させるべく、いかなる主体‐効果が組織的に消去され、また自らを消去すべく訓練されるのか。このパースペクティヴから考察すると、文学的な正典《カノン》‐形成は、好首尾に終わる認識的な暴力という、より広汎なネットワークの内部で作用していると見られるため、この種の質問は、フェミニズムやマルクス主義の批評家たちのみならず、反‐帝国主義的な脱構築主義者たちによっても問われるものとなっている。こうした反問や宣言はしばしば、文学的価値に対する、新マルクス主義的（フェミニズム的・脱構築主義的）な視点を構成すると考えられる。私も、彼らの定める視点を共有している以上、この論考のなかで、より一般化された（より抽象的な？）関心に移るまえに、それらをまず出発点におこうと思う。

では、まず第一にしなければならない区別はなにかというと、右に挙げた視点は、支配という問題に焦点をおいたものだということである。正典《カノン》を求める欲望と、古い基準との共謀関係、ならびに認識的な暴力に注目するとき、狭義における学問の実践的パースペクティヴに要求されるのは、ただ、価値の問題をはぐくむ土壌である「観念論的」な分野をたえず掃除する（あるいは泥で汚す）ということにすぎない。とはいえ、「唯物論的」な賓述から見た価値の問題をめぐるいかなる考察も、マルクスによる搾取の研究を吟味してみないわけにはゆかないのだ。

知的・歴史的なゴシップのレヴェルでは、マルクスによる搾取の研究にまつわる逸話はよく知られている。一八五七年頃、マルクスは、フレデリック・バスティアとヘンリー・チャールズ・ケアリーによる分析と危機‐管理上の示唆、および、プルードンによって支持された空想的社会主義の計画に対する反応として、概念‐現象としての貨幣の解明に着手した。そこでわれわれの課題は、一見したところ、一体化しているかに見える概念‐現象の蓋をもちあげることによって、マルクスが、経済学的テクストを明らかにしたという事実を示すことにある。テクストについて語るとき、その比喩としては、語源からいえば織物の方が資格を有しているとはいえ、それよりもむしろ、料理の方が適しているように思えることがある。その蓋をもちあげることでマルクスが発見したのは、経済的なるものという鍋は、たえず沸騰しているのだということであった。（この判じ物のような表現のあらゆる意味において）煮えているのは〈価値〉である。したがって、たとえそれがどれほど前衛的に聞こえようと、この解明の過程において、〈価値〉は、存在論的・現象学的な問題を回避しているものとして見られるのだと示唆することもまた、われわれの課題となるだろう。さらにまた、そうすることによって、最終的な経済上の決定要因という難問にもう一度われわれ自身の眼を向けなおさせるだけでなく、もし主体が「唯物論的」な賓述をともなっているとすれば、価値の問題は、必ずやテクスト化された答えを受けとめるのだと強調することも課題となるだろう(3)。

まず最初に、マルクスが示した価値の図式の、連続的なあり方を扱うことにしよう(4)。その大ざっぱな要旨は以下の通りだ。使用‐価値は、人間が生産物を生み出し、それをただちに、使いつくす（あるいは生産されざる物を使いつくす）ときに働く。交換‐価値は、ある物が別の物と代替されるときに発生する。貨幣‐形態が出現するまでは、交換‐価値はその場限りのものでしかない。剰余‐価値は、なんらかの価値が無償で生み出されるときにつくり出される。しかし、こうした連続的な図式にあっては、価値が、存在論的・現象学的な質問――それはなんであるのか（ti esti）――を逃れているように思われるのだ。それに対する通常の答え――価値とは客体化された労働の表象である――は、使用‐価値の問題を求めることになる。

このような連続的な図式は、マルクスのなかに存在しないわけではない。また、エンゲルスのなかにも決して存在しないわけではない。非連続性を暗示するものは、現在ではまとめて『大綱《グルントリッセ》』と呼ばれている七冊のノートから、完成された『資本論』第一巻への移行のなかで、もっとも顕著に隠蔽されている。測定の基準、いい換えれば『資本論』第一巻から『資本論』第三巻への移行のなかで浮かびあがってくる計算法をもたらすのが、この図式の二次改訂である。この「本来の」連続的形態の痕跡は、デリダのなかにいまだに認められる。彼が考える形態は、ジャン＝ジョセフ・グーの『貨幣学』を、明確に活性化させるものである。この『貨幣学』にあっては、そのよりどころとなる論拠の大部分は、『資本論』第一巻から得られている。グーの読みは、労働価値説に、フロイトや初期のラカンのいう、自我‐形成と意味作用の理論を適用したものであり、意識と労働‐力を類比的に論じたものとしては、かなり特殊な例だといえる。私自身の読みも、表面的には彼のものと似ているように見えるかもしれないので、以下の数段落で、グーにおける、いまだ吟味されていない連続主義の現存を指摘することにしよう。

グーの研究は、表面的には、非連続性を重視するフランスの思想学派に由来しているかに見える。デリダは、「白けた神話」――それ自体、非連続性を支持する議論のうちで重要なエッセイである――のなかで、『貨幣学』に対する彼自身の裏づけを与えている（『哲学の周縁』、p. 215 以下を参照）。グーは、マルクスを例として先に示したような、価値‐図式の連続的なあり方を採用した。ただしもちろん、彼はそれにいくらか手を加えている。そうした一般的な連続的枠組みのなかで、グーがまず注目したのは、貨幣‐形態の単線的な発達の型である。そして、それと、性器期のセクシャリティーの出現に関するフロイト的な説明とのあいだの、正確な、異種同型的類比関係（彼はこの点に固執する）を抽き出してくる。次に彼が注目するのは、普遍的等価物となる商品は、まさにその理由で、商品機能から排除されなければならないとするマルクスの認識だ。ここでもまた、確固たる異種同型的類似関係が、超越的なシニフィアンとしての男根の出現に関するラカンの説明とのあいだに存在している。（初期の簡潔な説明については、ジャック・ラカン、「男根の意味作用」を参照。）その主張の内容は以下の通りだ。「金《きん》と男根の規範的至高性への到達を左右するものは、同じ発生論的過程であり、また、非連続的かつ進歩的な、構造化に関する同じ原理である。金《きん》が生産物の普遍的な等価物であるように、男根は、主体の普遍的な等価物なのだ」(Goux, p. 77)。金《きん》と男根という観点からグーが確立した、マルクスとラカンの関係は、交換を鏡像現象と見なす、彼の読みにもとづくものだ。したがってそれは、〈価値〉の起源を、ラカン的な「鏡像段階」に見るという読みにもとづくものでもある。グーは、交換価値が剰余から生じるということは指摘しているものの、使用‐価値の問題については、おそらく難問であるという理由からだろうが、言及せずにすましている。

　グーの議論は才智に富んでいるが、結局のところ、マルクスによる〈価値〉の分析を馴化する習作にすぎないように思える。中心化された記号‐編成それぞれのあいだに、一般的な形態論的類似点が存在することは確かだ。しかし、このように類比関係で示された、それぞれの編成の構造的本質を、それらの類似点のうちに見るためには、それらの編成を異種混交的な、というよりむしろ非連続的なものにしてしまう力の領域を排除する必要がある。それは、マルクスによる貨幣批判が、フロイトの性器主義に対する態度や、ラカンの男根に対する態度とは、機能的に異なるということを忘れることにつながる。またそれは、類比的ではなく、属性的かつ補助的であるというべき、自我／男根と貨幣とのあいだの関係を排除することにもつながる。(父の名に由来する正当性にもとづく男系の相続は、階級-形成の、複雑に絡み合う線を間接的に支えるものであるが、それはたとえば、貨幣-形態の場合と、男根の弁証法における自我-形態の場合とが、互いに支持し合い、主体に対して、階級の同一性と、性の同一性を賦与するような領域といえる。）それはさらに、マルクスが、うわべは一体化しているように見える、概念-現象としての貨幣の問題を扱おうとするとき、唯物論的、弁証法的な思想家となるという事実を看過することにもつながるのだ。マルクスの主要な「発見」は、(グーのモデルとなった）貨幣-形態の出現を、単線的、進歩的に説明することではない。(回復力のある連続的図式ではなく）マルクスの議論のテクスト性と使用価値の位置が論証され、労働-力としての主体（還元不可能な構造的な超-充当、すなわち、それ自身以上のものを生産する能力によって定義される主体）の賓述が重要性を示すためには、価値-編成をじゅうぶんに説明しなければならない。

(貨幣-形態の出現と、エディプス的な筋書き《シナリオ》のあいだの適切な類比関係を抽き出することはまた、ヨーロッパ的なマルクスを保持することでもある。マルクス主義を、そのヨーロッパ的起源から解放しようとするマルクス主義者たちと、力を合わせることは、私の政治的な利害＝関心にかなうものだ。のちの著作のなかでグーが、ユダヤ的伝統という見地から、マルクスとフロイトの類縁関係を認める議論を展開しているのも驚くにあたらない。この議論は、じゅうぶん説得力があるとはいえ、これを、マルクス主義と精神分析の、地理的・政治的な位置づけにおける歴史的な格差という問題に決着をつけるものと考えてはならない。)

　これらの問題にくらべれば、マルクスを、構造主義的フォルマリズムの陣営に引き入れるという問題は、瑣末なものとなるだろう。ただしそれは、イギリス・アメリカにおける連続主義的な利害=関心が、構造主義的な方法でマルクスを読もうとする、あらゆる試みをひとまとめにしてしまう傾向にあるのでなければの話だ。ここでおもな敵となるのは、アルチュセールであると考えられる。私は、議論の多くの論点について、彼に対して批判的ではあるけれども、アルチュセールのある忘れられた部分に対して讃辞を贈るにやぶさかでない。つまり、見せかけのスケープゴートをつくり出そうとする精神、いい換えるなら逆転した個人崇拝主義に、まっこうから反対したアルチュセールに対してである(5)。デリダは「白けた神話」のなかで、アルチュセールとグーを並べることによって、知らず知らず、このことに寄与している。デリダが言及した『資本論を読む』のある一節だけでも調べてみれば、アルチュセールの試みは、良きにつけ悪しきにつけ、マルクス主義的テクストに見られる隠喩《メタファー》の強引な論理を通じて、マルクスのテクストを読むことだったとただちに気づくことだろう。グーの連続主義的な読みは、いくつかの横滑りを生じさせながら先へ進んでゆく。グーに関する議論を締め括るにあたって、そうした横滑りのうちのひとつだけを引用することにしよう。グーが示唆したように、交換とは、個人の使用にとって過剰なもののなかで生じるものであるがゆえに、価値の普遍的象徴(貨幣-素材)を商品機能から排除することは、過剰のうちなる存在に由来すると示唆することは、無分別であるように思える。マルクス主義的な議論によれば、すべての価値は、使用-価値の過剰のうちにあることになる。しかし、だからといって、〈価値〉が排除されるわけではない。普遍的象徴は、この過剰分（あるいはグーが正当にも註記しているところによれば「不足分」）を測定するが、不都合にも、それが〈価値〉を測定することと〈価値〉をともなうことという、ふたつの領域で同時に操作を行なわないために、商品機能から排除されることになる。（ここで唯一の限定された類比関係は、男根の理論が、そのペニス‐機能を排除しなければならないという点である。）それは、過剰の概念を膨張させることによって、価値、交換‐価値、剰余‐価値、ならびに貨幣を失墜させることである。事実、グーは、貨幣を専制君主にたとえる、マルクスのたび重なる隠喩表現を指摘するとき、価値‐理論と、国家編成の諸理論との重要な差異を黙殺しているようにも思われる。

一見したところ単一の現象である〈貨幣〉という蓋をあけたとき、マルクスが発見したのは、鍋のなかで永久に沸騰し続けている連鎖であった。つまり、〈価値〉――〈貨幣〉――〈資本〉という連鎖である。ヘーゲルにあってもそうであるように――もちろんマルクスは、必ずしも常にヘーゲル主義者ではないが、ここにはヘーゲルの存在が感じられる――これらの矢印は逆転不可能なものではない。論理的な図式は、必ずしも年代順の図式と同一ではないからである。しかし、哲学的思惟と革命的煽動という目的のためには、資本という概念の自己‐決定は、前後どちらにでも向けることができるのだ。（おそらく、マルクスが、哲学的公正それ自体を疑問視する仕儀にたちいたったのは、前者が比較的容易であることと、後者が克服しがたいほど困難であることによるのだろう。）このことを念頭におきながら、この沸騰する連鎖の関係のそれぞれに名前を与えることによって、実地に試してみることにしよう。

〈価値〉 $\xrightarrow{\text{表象}}$ 〈貨幣〉 $\xrightarrow{\text{変形}}$ 〈資本〉

（ここでの私の説明は、『大綱』のなかの「貨幣に関する章」と「資本に関する章」の第一節を大まかに要約したものである。）この連鎖は、少なくともふたつの理由により、一般的な意味で「テクスト的」である(6)。ふたつの端は開かれていて、それぞれの関係の統一された名前は、非連続性を隠蔽している。

紙数が限られているので、日常生活の細部から、危機管理の実践的力学を通り、『荒地を超えて』（サミュエル・ボウルズ他編）のような本の堅固な合理性にいたるまで、いかなる程度にせよ明白なものを、これ以上精緻化することはできそうにない。要するに、資本それ自体の自己‐決定の起源は、不確定なのである。その局面は、鎖をもう一段階拡張することによって、因襲的なマルクス主義の政治的、経済的理論のなかに習慣的に封じこめられている。

〈労働〉 表象→ 〈価値〉 表象→ 〈貨幣〉 変形→ 〈資本〉

実際、最近の、価値の労働理論批判の基本的前提は、〈価値〉は〈労働〉を表象するという、マルクスにしたがった仮定のうえに立って、賓述されているのだ(7)。

けれども、マルクスにおける〈価値〉の定義は、表象としてのみならず、格差としても確立される。商品‐格差のなかで表象される、もしくは自らを表象するものが、〈価値〉なのだ。「商品の交換‐関係において、その交換‐価値は、使用価値から完全に独立したものだとわれわれの眼には映る。しかし、もしその使用‐価値を労働の生産物から抽出するならば、われわれは、その商品の価値を、いま定義されたようなものとして得ることができる。こういうわけで、商品の交換‐価値の交換‐関係において、自らを表象する（sich darstellt）共通の要素は価値なのだ」（『資本論』第一巻、p. 128; 改訳）。したがって、マルクスがいわんとしているのは、自らを表象する、もしくは、ある媒体（「われわれ」）によって表象される格差についてであり、それは、（経済学や、計画の立案や、経営管理の分野における）研究者、あるいは研究者の共同体と同様に、固定できないものなのだ。私がすでに述べたような、連続主義的な衝動だけが、労働を表象するものとしてこの格差を表象することができる。たとえ「労働」なるものが、単に「商品のなかで客体化されたもの」を含意するとしか理解されないとしてもである。『資本論』第一巻のある一節だけを引用して、それに議論全体を負担させるわけにはゆかないというのも、正当な主張だといえよう。しかしながら、われわれが銘記しておかねばならないのは、ここでわれわれが扱っているのが、マルクス自ら認可を与えている、〈価値〉に関する決定的な一節だということである。議論と計算を容易にするためにいえば、マルクス自身も時によって放棄せざるを得なかったもの、あるいは、議論にパースペクティヴを与えるために、いわば「変形」せざるを得なかったものが、まさにこの一節に見られる経済的な連鎖、またはテクストの起源にある微妙な不確定の開放性なのだ。（この意味での「変形」の問題を考察するために、リチャード・D・ウルフ他「（リカードではなく）マルクスにおける『変形の問題』――根本的概念化」、『ヒストリー・オヴ・ポリティカル・エコノミー』、14：4［1982］を参照。）

では次に、使用‐価値という考え方の複合性は、価値の連鎖の起源を問題化するものでもあるという点に議論を移すことにしよう。まず、その連鎖のうえにある個々の意味素間の関係を名づける、統一された用語によって隠されてしまう、非連続性について考察してみたい。このような内在する非連続性はまた、この連鎖をテクスト化するものでもある。

まず最初に、〈価値〉と〈貨幣〉のあいだの、「表象」と名づけられる関係がある。グーやマーク・シェルのような批評家は、〈価値〉を一般的に表象するものとしての〈貨幣〉‐形態の出現に必然的にともなう、発展的物語について所見を述べたうえで、この物語と、精神的セクシャリティーあるいは言語‐生産の物語のあいだに、じゅうぶんな類比関係を確立する。(マーク・シェル、『貨幣、言語、思想——中世から現代にいたる文学的、哲学的経済学』を参照。しかし、シェルによる貨幣の歴史の物語的説明は、マルクスによるそれの分析ほど緻密なものではないということは、注意しておくべきだろう。) ここで私が注目するのは、一見したところ単一と思える〈貨幣〉という現象を、弁証法という根本的な方法論によって解明しようとしたマルクスの努力だ。それはいい換えれば、貨幣という、一見したところ肯定的な現象を、否定的なものの働きを通して解明しようとする努力である。三つの視点をもつパースペクティヴのそれぞれの局面で、マルクスは、矛盾にゆきあたって立ち止まるのではなく、なんらかの不確定性の可能性を指摘しているように見えるが、その不確定性こそが、弁証法的形態論の、明確な分節化を行なう推進力なのである。以下に、『大綱』から抜き出した図式を示す。

命題：貨幣商品——普遍的交換の媒体としての貴金属——は、それがひとつの商品としてそれ自身と交換可能であるという事実から切り離される過程を経たうえで措定される。「そもそものはじめから、それらが表象するものは剰余性である。それは富がはじめて出現する [ursprünglich erscheint] ときの形式にほかならない」(『大綱』、p. 166; 改訳)。それが商品交換を促進するとき、「商品は二重に存在するという単純な事実、すなわち、ひとつには、その自然な存在形式が、交換価値を理想として包含する(潜在的に包含する)、ある特定の生産物としての様相と、もうひとつにはその生産物の自然な形式と結ぶあらゆる関係がいま一度剝ぎ取られてしまう、顕在的な交換価値(貨幣)としての様相——このような二重の、差異化された存在が、ひとつの差異へと展開しなければならない」(p. 147)。交換取引が、商品としての労働‐力の形で行なわれるとき、そのモデルとなる形式は、差異だけでなく、無関心[差異のなさ]にもつながる。「発達した交換システムにおいては……個人的依存関係や、個性や、教育などといった絆は、事実上、粉砕され、引き裂かれてしまう。……そして個人は、それぞれ独立しているかのように見える（この独立は根柢においては幻想にすぎず、無関心と呼ぶ方が正しい）［"Gleichgultgkeit——im Sinne der Indifferenz"——マルクスは無関心の哲学的性質を強調している］」(p. 163)。

否定：たえず反復される円環、もしくは全体性として見られる循環の内部にあっては、貨幣とは、ふたつの商品の交換をうながしつつ自ら消失してゆく契機である。ここでは、貨幣の独立した位置づけは、「循環との否定的な関係」としてとらえられる。なぜなら、「［循環］とのあらゆる関係から切り離されているがゆえに、それは貨幣とはいえず、単なる自然物にすぎない」(p. 217) からである。この出現の局面において、貨幣の肯定的な同一性はまた、さらに微妙な形でも否定される。「もし贋物のポンドが本物の代わりに循環［流通］したとしても、それはあたかも本物であるかのように、その循環全体のなかで同じような役目を果たすだろう」(p. 210)。哲学的言語でいうならば、観念の自己‐充当はそれ自体、否定的な関係、この場合は、貨幣の観念と全体としての循環との関係に依存するのであり、それは、機能的な非‐充当（贋物＝本物）の助けを借りて作用するのである。

否定の否定：実体化［現金化］は、貨幣の実際の量が問題となり、資本の蓄積がはじまるところである。しかしここでもまた、実質的な特性は否定される（非生産的に死蔵されているわけではないからだ）。というのも、「個人の充足のうちに蓄積された物を解消させるということは、それを実体化するということである」からだ (p. 234)。言葉を換えれば、蓄積への論理的進歩は、それ自体を裂開させ、商品を資本生産の回路から、使用‐価値の模像という形をとる消費へと解き放つことによって遂行されるのである。

私が示唆しようとしているのは、マルクスが、連鎖を構成する三つの局面のそれぞれにおける矛盾のみならず、なんらかの不確定性の可能性を指摘しているということだ。

〈価値〉 $\xrightarrow{\text{表象}}$ 〈貨幣〉 $\xrightarrow{\text{変形}}$ 〈資本〉

こうしたテクスト化は、以下のように要約される。空想的社会主義者たちは、貨幣が諸悪の根源、肯定的な起源であるという仮定のもとで論を進めているように思われた。マルクスは、この根源に弁証法を適用し、これを否定的なものの働きを通じて解体する。弁証法のそれぞれの段階で、なんらかの先導によってテクスト性の不確定の部分がもたらされる。すなわち、無関心、非充当、裂開といったものだ。（この点からいうと、意味素の移動と、共通範疇素の戦略的排除とによって組織されている、弁証法に対する、デリダの暗黙の批判［「白けた神話」、p. 270］が、マルクスのテクストの趣向を支持することになろう。）

次に、「貨幣と資本のあいだの変形」と名づけられる関係に話を移そう。これは、すでに先ほどの連繫のなかでも触れられた関係である。（これは経済学における「変形の問題」と同一のものではない。）ここで重要な非連続の場となるのは、いわゆる本源的な、あるいは本来的な蓄積だ。マルクス自身の説明は、剽軽ないいまわしで非連続性を強調したうえで、起源よりもむしろ過程を頼りに、それを解決している。

われわれはこれまで、いかにして貨幣が資本に変形するか、いかにして剰余‐価値が資本からつくられるか、そして、さらに多くの資本がいかにして剰余‐価値からつくられるかを見てきた。しかし、資本の蓄積は、剰余‐価値を前提とし、剰余‐価値は、資本主義的生産を前提とし、資本主義的生産は、商品生産者の所有する相当量の資本と労働‐力の有効性を前提とする。それゆえ、全体の運動は、終わりのない円環に沿ってめぐっているように見える。そしてその円環から抜け出すには、資本主義的な蓄積に先行する……「本源的」[ursprünglich（本来的）] な蓄積を仮定するほかない。それは、資本主義的な生産様態の結果ではなく、その出発点としての蓄積だ。この本源的蓄積は、神学における原罪とほぼ同じ役割を、政治経済学において果たしている。アダムがりんごをかじり、そのため人類全体のうえに罪が降りかかってきたというわけだ。（『資本論』第一巻、p. 873）

マルクスの結論は次のようなものだ。

資本‐関係は、労働者と、その労働の実体化に関する諸条件の所有権との完全なる分離を前提とする。……それゆえ、本源的蓄積は、生産者を、生産手段から分離させる歴史的過程以外のなにものでもない。（『資本論』第一巻、pp. 874–75）

起源の問題を過程の問題に置き換えるこの方法は、マルクスの、一般的な意味でいうヘーゲル的遺産の一部である。その一例は、『経済学・哲学草稿』が提起する、「誰が最初の人間を産み、また一般的な意味でいう自然を産んだのか」という疑問に対する、彼の初期の頃の扱い方に見られよう（『初期論文集』、p. 357）。しかしながら、資本がじゅうぶんに発達するとき——すなわち、剰余‐価値の抽出、専有化および実体化の過程が、経済‐外の強制力をもたずに作用しはじめる、構造的局面にいたるとき——資本の論理が、資本それ自体を生じさせるために登場してくる。この局面は、前‐資本主義的な生産の様態における剰余‐価値の強制的抽出とともに現われるのではなく、また、利子資本または商人の資本の蓄積（安く買って高く売ることによって生じる蓄積）とともに現われるのでもない。マルクスが強調しているように、この局面は、主体を労働‐力とする限定的賓述の歴史的可能性をともなうものである。それどころか、労働‐力の「解放」が、この賓述の社会的可能性を記述するものかもしれないと、ほのめかすこともできよう。この場合、主体は、それ自身に対して構造的にいって超‐充当的なものであり、必要な労働以上の剰余‐労働を限定的に生産するものであると賓述される。そして、資本それ自体は、この主体の限定的な超‐充当の必然的可能性を起源としているので、マルクスは、〈資本〉が労働‐力の使用‐価値を消費しているのだと、奇妙にも示唆しているのである。もし政治経済学批判が、単に使用‐価値の社会を回復するという問題にすぎないのだとしたら、これは、懐疑的な局面だということになるだろう。「科学的社会主義」は、資本の論理あるいは賃金‐労働の外部にある労働を仮定することによる、そのような回復に関与する、「空想的社会主義」と、自らを対比してみせる。そのような前提がともなう、根本的な異種混交性に関しては、『経済学・哲学草稿』以降のマルクスは、きわめて一般的に扱っているにすぎない。実際、革命的実践にあっては、社会的公正の「利害＝関心」は、〈資本〉と〈自由労働〉のあいだの良好な使用‐価値の適合状態——哲学的公正——のうちに、非論理の力を「理不尽に」導入するということもできるかもしれない。論理的帰結まで追求するならば、革命的実践は、理論的・目的論的正当化をなんらともなわないゆえに、根気強いものとならなければならない。この不確定の状況を、テクスト性に挿入されたものと呼ぶことは、必ずしも突飛なこととはいえまい。「あらゆる生産の社会的様態に共通する形式の基礎」にしたがって作用する、極限まで拡大された社会的生産性に対して連帯する労働という、より抜け目のない概念は、そのような挿入の力を抑制する、代替的選択肢となるのである（『資本論』第三巻、p. 1016）。

　連続主義的かつロマン主義的かつ反‐資本主義的な形態にあっては、ちょうど学術的経済学が使用‐価値を、単なる物理的共同動因に還元してしまうように、社会的「価値」のもっとも確実な固定装置を漠然と提供しているように見えるのが、まさにこの使用‐価値（および使用‐価値にもとづく、単純な交換もしくは現物交換）の場なのだ。この場は、独立的な商品生産（手縫いの革サンダル）と同様に、ワード‐プロセッサー（これについてはあとで触れる）にもあてはまる。また、われわれの「創造力ある」同業者の大部分がいだく、書評の域を超えた批評に対するからかい半分の軽蔑にも、主流派の批評家たちの、「理論」に対する敵意にも当てはまるし、さらには、自分たちは楽しみのために文学を読むのであって、解釈のために読むのではないという、学生たちの不平にも当てはまるのである。一方、私の読みによれば、使用‐価値こそが、〈価値〉のテクスト的連鎖全体を疑問に付し、テクスト化（それ自体すでに、言語学的または記号論的な還元主義が暗に含んでいる制御を一歩進めたものである）ですら、恣意性にさからう手段にすぎないのではないかという可能性を、われわれに垣間見させてくれる。

　使用‐価値は、脱構築的梃子の古典的な形でいうならば、価値‐決定のシステムの外部と内部の両方にある（脱構築的「梃子」をめぐる議論については、デリダの『ポジシオン』、p. 71 を参照）。外部にあるというのは、それが労働価値説によっては測定できない、つまり交換の回路の外部にあるからだ。「あるものが使用‐価値であるためには、必ず価値でなければならない」（『資本論』第一巻、p. 131）。けれども、それは完全に交換の回路の外部にあるというわけではない。交換‐価値はある面では、〈価値〉の種名であるが、それはまた、使用‐価値の過剰分もしくは寄食者でもある。「この（交換の）性質は、いまだ全体としての生産を支配する力をもたず、その過剰分だけにかかわりをもつ。それゆえ、それ自体が多かれ少なかれ過剰なものであり、……満足や享楽の領域が偶発的に拡張されたものである。……したがってそれは数少ない地点でのみ生起する（元来は、自然発生的な共同体間の境界線における、部外者との接触に際して生起した）」（『大綱』、p. 204）。

部分‐全体の関係はここで裏返しになる。（デリダはこれを「嵌入」と呼んでいる。『グリフ』七号［一九八〇］所収「ジャンルの掟」を参照。「嵌入」に関する私自身の考えは、マーク・クループニック編『転位——デリダとそれ以後』、pp. 186-89 のなかで述べられている。）寄食者としての部分（交換‐価値）はまた、全体を表現したものでもあるので、それは、使用‐価値に対して、主人役としての規範的な内部の位置を与えると同時に、〈価値〉の定義を可能にするため、控除されなければならないものとして使用価値を消去する。さらに、使用‐価値のひとつの例として、仕事それ自体（の情緒）を消費したいと願う労働者の場合が考えられることから、その必然的可能性は、資本の論理によって基準化され組織化される、労働‐力もしくは超‐充当という、「唯物論的」な主体の賓述を不確定的なものにしてしまう。この、必然的に可能な「特殊例」との関連から見れば、このような賓述はもはや、社会的に必要な労働を超過した、剰余労働としてとらえることはできない。情緒的に必要な労働という問題は、欲望という付随的な問題をもたらし、そのためにさらにいまひとつの問いかけ方で、単なる資本の論理の哲学的公正を、必然的にユートピア的理想主義に移行させることなく、疑問に付すのである。

もし、（社会化された消費資本主義の現状の範囲で可能な限りの）情緒的に必要な労働を、労働それ自体として見る立場を提起するにあたり、国際的な労働の区分に慎重に注意を払わなければ、その運命は、単なる政治的前衛主義で終わることになるかもしれない。思うにこれは、世界の経済のシステムを真摯に呼び出そうとしているにもかかわらず、アントニオ・ネグリのいうゼロ‐労働の理論について、考えられるひとつの問題点だろう(8)。主要な意味素がシステム形態論を支配することができるようにするため、システムから戦略的に排除される、共通範疇素の抵抗(デリダ)は、おそらく私的な語法としての使用‐価値の異種混交性と関連づけられる。しかしながらデリダにとっての資本は一般に、利害＝利子をもたらす商業的な資本のことだ。したがって、彼にとっての剰余‐価値は、主体がそれ自身に対して超‐充当的なものであるという、「唯物論的」な賓述ではなく、むしろ資本の超‐充当なのである。そして、この、制限された考え方は、資本と主体、もしくは商品と主体のあいだの、「観念論的」な類比関係にたどり着くほかかない。

社会的に必要な労働という概念は、生計と再生産の同一化を基盤にしている。必要な労働とは、現在の価格‐構造という点から、資本に対して常に最高に有用であり続けるために、自らを「再生産」しようとする、労働者が必要とする労働量のことだ。もし、誕生‐成長‐家族‐生活の再生産の力学に対して、たとえば、固定資本と可変資本のあいだの、いくつかの局面における関係に対するのと同じくらい注意が払われるなら、主体を労働力とする「唯物論的」な賓述は、また別の意味で不確定的なものとなる。したがってそれは、さまざまなユートピアニズムや「理想主義」から「反駁」されることもない。この価値のテクスト性の拡大はしばしば、フェミニストからも、主流派のマルクス主義者からも見過ごされがちだが、それは彼らが、覇権的な実証主義や正統的な弁証法のなかにとらわれているためなのだ(9)。彼らは時によって、それを(マルクス主義とフェミニズムのあいだの)対立であると考えることにより、また、連続主義的な精神にのっとって、家族における社会化とイギオロギー編成の機能を、労働者を生産するための直接的な手段であると銘記することにより、その拡大を断ち切ろうとしてきた。そしてその結果、資本主義者のための剰余価値の生産の回路に巻きこまれることになったわけである。彼らはまた、資本の論理のうちで家庭内労働を正当化する試みも行なってきた。そういう立場の大部分は、状況に迫られて生じてくる。彼らと私自身のかかわり方に、決定的な距離があるわけではないことは、この論考の最終ページでわかるだろう。このようにして拡大を断ち切ろうとする身振りも、状況によっては称讃すべきものとなることは、それに取って代わるべきものを見つけることが、実際には困難だという事実からも明らかなのだ。

価値の連鎖の「テクスト性」を論証するにあたり、最後の項目について考察することにしよう。全体としての循環において、あるいはマルクスによる貨幣の読み方に見られる、否定の局面において、貨幣は、「(循環への)あらゆる関係から断ち切られているがゆえに、それは貨幣とはいえず、単なる自然物にすぎない」という理由で、循環と否定的な関係にあるものとしてとらえられる。循環それ自体は、〈貨幣〉を自然のなかに挿入しなおし、それを〈価値〉のテクスト性から消去するための、形態論上の(「現実の」ものではないにしろ)力を備えている。しかし、〈貨幣〉-形態にテクスト性を賦与するのもまた循環なのである。構造的記述としてのテクスト性は、充当としての同一性を解き明かす(プラス、マイナス双方の)差異化作用を示す。そして次の一節に見られるような循環は、貨幣-形態それ自体の内部で制限を受けている、充当の回路に対して、まさにそのことを実行している。「一オンスの金《きん》をいくらまわしたり放りあげたりしてみても、十オンスの重さに変わったりはしない。しかしこの循環の過程では、一オンスが実質的に十オンスの重さをもつのである」。マルクスはこの現象を記述するのに、「価値標示」[Wertzeichen]としての硬貨の「原存在《ダーザイン》」という語を用いている。「貨幣の循環は、外部の運動[außere Bewegung]である。……手や袋やポケットや財布など、あらゆるものと摩擦し合いながら、硬貨は、使用されることによって……消耗するのである」(『政治経済学批判への一助』、p. 108;「原存在《ダーザイン》」を「それが遂行する働き」と訳してあるのには、困惑させられる)。

もしかりに循環が、その第一の弁証法的「局面」において、〈貨幣〉を無効にして〈自然〉に還元するという、形態論上の潜在力を有しているとしたら、それは、第三の「局面」にいたってそれ自体が否定され、〈精神〉へと止揚されるという危険を冒すことになるだろう。「生産の連続性は、循環の時間が止揚されている [aufgehoben] ことを前提とする。そして資本の性質は、それが循環の相異なる諸段階を通過することを前提としている。それは、ひとつの概念が別の概念へと、思考と同じ速さで [mit Gedankenschnelle] たちどころに変化するような、観念 - 表象 [Vorstellung] のなかを通過するようなものではなく、時間という点でそれぞれ分離された状況のなかを通過するのである」(『大綱』、p. 548; 改訳)。このように、循環を〈精神〉へと止揚させることによって、連続的な全体性としての〈〈価値〉の〉生産は、〈価値〉それ自体を無効にするであろう。というのも、〈価値〉は、厳密にいって、生産の回路の外部で、消費されることによって実体化されなければ、もはや価値ではなくなるからだ。このように資本は、もっとも進んだ価値の分節化として、「循環の相異なる諸段階を通過することを前提としている」。このような図式が、使用 - 価値の嵌入によって問題化されるということは、この論考のなかですでに論じておいた。

資本の循環の時間は、遠距離通信のうちにあっては、〈精神〉の速度(およびそれ以上のもの)へと止揚されたのだろうか。〈価値〉(労働〈価値〉説)は、マイクロエレクトロニクス的な資本主義のもとでは、もはや時代遅れになってしまったのだろうか。このような、いらだたしい疑問に着目しておくことにしよう。あとでこの問題についてより詳細に考察してみたい。

労働 - 力としての主体の賓述にもとづく、マルクスの、〈価値〉のテクスト性に関する考察は、評価と価値－形成の機構の複合性を感じさせはするものの、「〈価値〉とはなにか」という存在論的－現象学的な疑問に対する答えを与えてはくれない。それがわれわれに示すのは、一般的な意味における〈価値〉－形態と、狭い意味における〈価値〉－形態――後者の意味であると一般に理解されている経済的領域――が、還元不可能な共謀関係にあるという事実である。それは、経済的なものの考察を「還元主義」としてかたづけてしまうことの虚妄を暗示する。これらの示唆を無効にするような効果をもつ多様な命題的公式を、すでに私は指摘してきた。たとえば、貨幣－形態の展開のなかに、精神分析的な物語との適切な類比関係を見出すこと、そのなかにメタファーや言語との類比関係を見出すこと、資本の論理の内部で拡張された価値の生産の概念のなかに、家庭内労働や知的労働を包摂することなどが、それである。では、意識それ自体が「唯物論的」な主体の賓述のもとに包摂されるとき、どのような価値－形成の物語が出現するのだろうか。

「観念論的」な類比関係の内部における意識が、志向性によって必然的に、それ自体に対して超－充当的なものとなっていると見なされるとすれば、われわれが漠然と「思考」と呼ぶものにおける価値の生産を測定する、その場限りの、普遍的等価物の出現を図示することができよう。商品－機能からの貨幣－商品の追放のように、これらの等価物はもはや、それ自身「自然の見本」として扱うことができない。（これらの類比関係はどうしても漠然としたものでしかあり得ないので、「自然の見本」といういいまわしをこれ以上特定化することはできない。）そのような普遍的等価物の一例として、文学および社会における価値の試金石としての――心理的かつ社会的な――「普遍的人間性」が挙げられる。ある「一流」の文学の「名声」は、この普遍的等価物の多様な変形という観点から見れば、資本－蓄積によって表象されるなどという命題は、冗談半分でなければ呈示することができない。アルチュセール的な「理論的生産」のモデルにあっては、「純粋理論」は、普遍的等価物のいまひとつの例として見ることができる。いかなる商品も価値形態として「備給」され得るような物語の段階への退行としてとらえられる、〈価値〉の相対化は、グーが示した類比関係にしたがえば、フロイト的な多型的倒錯の段階であり、象徴主義やポスト-モダニズムのそれのような、多様性をもった美学へ向かい得るものである。

価値の普遍的等価物としての、フロイト-ラカン的な「性器段階における男根」の出現の物語に関するグーの註解については、すでに私の意見を述べた。『道徳の系譜』のなかでニーチェは、共通の交換の回路の内部からのある物の分離と変容というふたつの局面を示してくれる。これについては触れておく価値があるだろう。というのも、『道徳の系譜』は、「道徳的価値批判」、すなわち、「これらの諸価値の価値」を「疑問に付す［in Frage stellen］こと」（『大綱』、p. 348; 改訳）を目ざしたニーチェの体系的な試みだからだ。このような、ニーチェの企ては、労働-力としての主体という「唯物論的」な賓述と私が呼ぶものにもとづいて遂行されるわけではない。そうではなく、意識としての主体という「観念論的」な賓述を、「文献学」と「生理学」（ニーチェ、『道徳の系譜・この人を見よ』、p. 20）という二重の決定要因を通して批判するという方法でなされている。これは、抹消された不連続の記号論的連鎖——生成の途上にある記号-連鎖——としての価値の歴史をふたたび書きこむものだ。そのため、貨幣（交換のシステムとしての罪と罰）への、そして硬貨の銘への、互いに関連のない言及が多く見られる。さらにいっそう重要な局面である、貨幣-商品の分離については、「はじまり」に一度、それから「現在」の開始にあたって一度、それぞれ贖罪の山羊の分離、そしてその身振りの慈悲への止揚として言及されている。この止揚は、キリストの物語でいう、神の息子の役割を果たすため、債務者に対し自らを犠牲にする債権者の契機であるということで悪名が高い（『道徳の系譜・この人を見よ』、pp. 77, 72）。（ニーチェの、「はじまり」と「現在」に関する考え方は、いかなるものであれ、有効な系譜学的方法に対する重大な警告によって問題化されるだろう。「ひとつの過程全体を記号論的に凝縮するような概念はすべて、定義を逃れている。ただ歴史をもたぬものだけが定義可能なのだ」〔同書、p. 80〕。）

思うに、マルクスにとって、価値の言説に関し、哲学的な決定力となるのは、刻印もしくは鋳造よりもむしろ、この分離であることはまちがいない。ここで、マルクスの、外国語の概念‐隠喩に注目してみるのは興味深いことだ。言語〔language〕をめぐるわれわれの議論にあっては、その単語は、大文字の"L"を温存しているように思えることがしばしばだ。それは、実際には小文字で綴られている場合であれ、また、パロールと書き換えられるような場合であれ、そうなのである。必然的に批評以前の言語観は、母国語の「語」は「現実」と不可分だと示唆する。マルクスは、このような言語観を用いて、高度に洗練された示唆を与える。すなわち、価値‐形態の展開は、「語」と「現実」（シニフィアンとシニフィエ）を分離する、そしてこの現象は、外国語を習得することによってのみ理解され得るというのである。「貨幣を言葉と比較するのは……誤りであろう。……いま少し適当な類比を与えてくれるのは、循環するために、交換可能になるために、まず母国語から外国語に翻訳される、さまざまな観念だ。しかしそうすると、その類比関係は、言語ではなく、言語の異質性に存していることになる」（『大綱』、p. 163）。（これが、言語学の語彙の特殊性を考慮に入れる必要のある専門的な議論ならば、もちろん私は、言語／現実とシニフィアン／シニフィエを同列に扱ったりはしないだろう。）「交換における価値」という、必然的に貨幣以後の考え方は、「政治経済学は……〔特定の〕労働と〔特定の〕賃金〔un travail et un salaire〕〔のあいだに存在する〕……等価の体系〔système d'équivalence〕に関与する」と示唆するはずだ。ソシュールがこれを用いて、次のようなことを示しているのは、確かに興味深いことであろう。すなわち、母国語においてすら、本来的な状態を保ち続けるのは、差異の働きであること、どれほど「自国の」ものであろうと、言語は常に「異質の」ものであるということ、その「非物質的な本質」においてすら、「言語的なシニフィアンは……その物質的な本質によってではなく、その聴覚的なイメージを他のあらゆるイメージから分離する、差異によってのみ［uniquement］構成されている」（『一般言語学講義』, pp. 79, 118-19）のだということである。

経済的なものと文化的なものとのあいだの二項対立の溝は、きわめて深いので、主体の「唯物論的」な賓述という観点から提起された、〈価値〉の問題が暗に意味するところをじゅうぶんに概念化してみせることはむずかしい。その意味するところが、破局的なほど、新しい評価を生み出すような、目的論的局面を予見することはできない。われわれが思い描くことのできる最善のものは、この対立を解消しようとする絶え間ない努力である。その際、考慮に入れなければならないのは、まず第一に、文化的な価値システムと経済的な価値システムとのあいだの共謀関係は、われわれがくだす、ほとんどすべての決定のなかで実体化されるという事実、そして第二に、経済的還元主義は、実際のところきわめて現実的な危険だという事実である。資本主義的人間主義はなるほど、「唯物論的」な〈価値〉の賓述によって、暗黙のうちに自らの計画を立てている。さらに、その公式的イデオロギーは、人間主義それ自体の言説を提供している。

一方、〈価値〉の問題は、搾取のテクストが、国際的労働区分(10)をめぐる西洋の文化的研究を暗に意味するかもしれないと強制的に認めさせるものなので、第一世界におけるマルクス主義的な文化的研究は、「唯物論的」な主体の賓述の内部で〈価値〉の問題を問うことができない。これは一種のパラドクスである。少し突飛かもしれないが、ここでもう一度ワード－プロセッサーを引き合いに出してみよう。これは、エクリチュールの生産のためにはきわめて便利で効率的な道具である。確かにそれは、いっそう短い時間で、はるかに大量のエクリチュールの生産を可能にしてくれるし、エクリチュールをもてあそぶこともずっと簡単にしてくれる。エクリチュールの「質」――「観念論的」な価値の問題――は、手書きの執筆の使用‐価値――情緒的に必要な労働――と同様に、ここでは重要なものではなくなってしまう。（もちろん、ワード‐プロセッサーそれ自体が、情緒的な使用‐価値を生み出す可能性は否定できない。）「観念論」の陣営のなかからは、A・B・ロード教授からウォルター・J・オング神父へと脈々と続く流れにならって、次のようにいうことさえできるだろう。われわれはエクリチュールの「発端」には関与していなかった。だからこそ、それが言語世界における口頭表現に及ぼした害悪を、仔細に非難することができるのだ。しかしながら、われわれは、遠距離通信の発端には立ち会っている。そして、効率性という歴史的イデオロギーによって完全に包みこまれているわれわれは、プログラミングによって作動する、ブリコラージュの恣意性を戦略的に排除し、それによって変形をもたらしながら、そのことを考慮に入れることができないのだ（A・B・ロード、『物語の歌い手』、ウォルター・J・オング、『口頭表現と文字表現』を参照）。

以上のような異論を私は強調しているわけではない。むしろ私が注目するのは、たとえ循環の時間が、見かけ上、思考と同じ即時性（およびそれ以上のもの）を獲得したとしても、そうした見かけ上の同時性の獲得によって保証される生産の連続性は、資本によって断ち切られなければならないという事実だ。そのための手段となるのは、買弁的な国々にある予備の労働をこの即時性の外部にとどめておくこと、そして、その地にあって多国籍的投資が、労働階級の消費者保護的人間主義への同化を通じて、じゅうぶんに自らを実現することがないようにすることである(11)。テクノロジーによる発明が、絶対的ではなく相対的な剰余‐価値の生産への扉を開くものであることは、『資本論』第一巻の示す自明の理のひとつだ。（『資本論』第一巻、pp. 643–54;「絶対的剰余‐価値」は、方法論的に還元不可能な理論上の虚構である。）相対的な剰余‐価値の生産と実体化は、通常、テクノロジーの進歩ならびに社会化された消費主義の成長に付随する。それは、無限に螺旋状に資本支出を増大させるので、資本主義の内部には、その危機管理の一環として、より絶対的で、より相対的でない剰余‐価値を生産しようとする、矛盾した衝動が存在する。この衝動という点からいえば、それは、買弁主義という舞台を、相対的に本源的な労働の立法化と環境調整の状態に保とうとする、資本の「利害＝関心」のなかにあるのだ。さらに、固定資本と可変資本のあいだの最善の関係は、遠距離通信の研究開発と、それにともなう競争のうちでなされる、急速な進歩のもとで、前者の方が加速度的に時代遅れとなってゆく結果、崩れ去ってしまう。そのため買弁主義という舞台はまた、しばしば、ポスト‐産業社会の経済から、破棄された、旧式の機械を受け容れることを余儀なくされることになる。この論考の哲学的語法で問題を論じなおすとこうなる。労働‐力における超‐充当としての主体は、遠距離通信のなかで自らを否定するように思われるので、否定の否定が、国際的分業の移ろう境界線によってたえず生み出されるのだ。こうしたわけで、ポスト‐産業主義の理論、あるいは、経済指標の計算法としての理論の実行不可能性を指摘する、労働価値説批判はいかなるものであれ、第三世界の不明確な現前を無視しているのだ(12)。

最近の国際的分業の悪化の最大の犠牲者が女性であることは、周知の事実である。女性は、現在の危急の状態における、真の剰余労働部隊ということになる。彼女たちの場合、父権的社会関係が、過剰‐搾取の新たな焦点としての彼女たちの生産に貢献している（ジューン・ナッシュ、マリア・パトリシア・フェルナンデス＝ケリー共編『女、男、そして国際的分業』を参照）。私が示唆したように、性的再生産と、こうした社会関係の内部に占める家族の位置を考えあわせれば、純粋な（あるいは自由な）「唯物論的」な主体の賓述が、ジェンダー‐排他的なものであることがわかるはずだ。

文学界は必要に応じて、アメリカの伝統の最良の内部は個人的アダム主義と、フロンティアの開拓の伝統であると強調する(13)。学界内部における政治的行動主義という観点から見れば、この自由の精神は、予見可能な戦略的効果をもつ特定の抵抗手段を、分析し、計算することによって、遺憾なく真骨頂を発揮する。その手段とは、消費財の不買運動を行なったり、人種差別的な国内政策をとる国々への投資に反対するデモを行なったり、民族殲滅的行為をなす対外政策に反対して団結したりすることだ。国際的分業ないらびに女性の抑圧を防御するため、遠距離通信が果たす役割を考えてみると、この自由の精神は、コンピューター化された情報検索と、理論的生産に助成金を与えようとする、その放恣な情熱を、同じくらい良心的な吟味に委ねるべきであろう。労働‐力の超‐充当としての主体の「解放」には、経済‐外の圧力の不在が必然的にともなう。実証主義的なものの見方は、後者、すなわち、合衆国のようなポスト‐産業文化の内部における支配を認識することしかできないので、遠距離通信がもたらすものは、主体にとっての無限の自由の保証にすぎないように思える。搾取としての経済的圧力は、「世界の他の部分」においては、視野から隠されているのだ。

このような意見をある公開討論会で述べたとき、アメリカのある著名な左翼思想家から次のような嘲笑的な意見が聞かれた。「彼女は労働者からカプチーノを奪うつもりなんだな！」ほんとうのところ、私は文学批評家にワード‐プロセッサーはいらないなどとほのめかしているのではない。私がいいたいのは、「唯物論的」に分節化された〈価値〉の問題が問われなければならないのは、カプチーノを飲む労働者や、ワード‐プロセッサーを使う批評家が、機械が生産するコーヒーや言葉の、実際の、搾取による価格を、積極的に忘れてしまっているからだということである。確かにこれは、すべての文学批評家に要求されていることではない。しかし、もし今日の合衆国の文学批評家が、〈価値〉の問題を問うのに、「生産性」に対する、認められていない「ナショナリズム的」な見方が許す枠組みの内部でのみ行なおうとするなら、どこでもまじめに取り合ってもらえるというわけにはゆくまい。(いうまでもなく、真の問題は、彼女がまじめに取り合ってもらえるだろうということであり、また、多国籍的なイデオロギー再生産の作用は存続するだろうということである。)もしここに示された私の立場が、厄介な経済的決定論ととり違えられるとしたら、次のような特定化をしてみてもよいだろう。「[経済的決定論]以下のものと以上のものとがある。以上のものが内部のものにならないように注意することは、意志伝達のための通路(parcours)の必要性を……認識することである。その通路は、テクストのなかに航跡(sillage)を残さなければならない。その航跡もしくは足跡は、テクストの結論の簡単な要旨に委ねられるものである。それがなければ、超‐超越的なテクスト」――私がこれまで苦労して説明してきた、経済的なもののテクスト性の言説は、「批評以前のテクスト」――経済的決定論――「に非常に似通ったものとなり、それと区別できなくなってしまうことだろう。われわれはいまこそ、この相似性の法則についてじっくり考えてみなければならない」(デリダ、『グラマトロジーについて』、p. 61)。私がこの論考のなかでなしてきたのは、このような黙想を奨励し、また、経済的なテクストを「抹消のもとに」おくこと、すなわち、そのテクストの働きの、不可避的で、広汎にわたる重要性を把握し、しかも、それを最後の手段という概念として疑問に付すことも、マルクスにしたがえば、可能であると示唆することにすぎない。(ついでにいうと、これは、「抹消のもとに」おくということが、否定的な身振りであるのと同時に、肯定的な身振りでもあるのだと強調することでもある。)「文化の記録で、同時に野蛮の記録でないものは決して存在しない」(『啓示』、p. 256)という、ヴァルター・ベンヤミンの有名な言葉は、一九八五年の時点では、マルクス主義的、価値論的研究の終点というより、むしろ出発点であるべきだろう。経済的なものを、その包括的な作用において否認するような「文化主義」は決して、それに付随する野蛮の生産を把握できないのである。

その一方で、多国籍化によって結局は、誰もがワード・プロセッサーならびにカプチーノ（銃とバターはいうに及ばず）を所有するだろうという示唆がなされるとすれば、それに評価をくだす批評家は、サミール・アミンと故ビル・ウォーレンのあいだの論争に加わる覚悟をしなければならない。その論争の概略については、すでに触れておいた（ウォーレン、『帝国主義――資本主義のパイオニア』、アミン、「資本主義の躍進か危機か」を参照）。その批評家はさらに、ユーロ通貨の流通機構と、「市場の地球規模化」（われわれはこれを、「地球規模の危機」と解釈する）によって計画されつつある、統一の教えを説く教会も、この、無教育からくる希望にさして真実味を与えはしないと認める覚悟をしなければならない。

議論の便宜のため、セオドア・レヴィットの「市場の地球規模化」という論文にひとこと触れておこう。ハーヴァード・ビジネス・スクールのエドワード・W・カーター記念経営管理学講座教授である彼は、マーケティング部門の主任教授でもある。この論文は、私が定義づけしようとしてきた、さまざまな態度の、格好の見本となるだろう。レヴィット教授は、大企業（以下に引用する一節でいえば「国民と国々」）の立場から書いているので、国際的分業の積極的区別には関与していない。彼の、貨幣と分業の関係に関する理論と、統一された概念としての貨幣、さらに「経験」を通して、物神化された概念にまで達する、貨幣に関する理論を引用しておこう。「手をこまねいて窮乏生活を送りたい者はいない。誰でもみな、より多くを求める。このことによって、分業と、生産の専門化がなぜ生じるか、部分的に説明できる。つまりそれらは、国民と国々が、自分たちの状況［故意に曖昧にした表現である］に対して、貿易を理由に楽観できるようにしてくれるのだ。たいていの場合、その媒介となるのは貨幣である。貨幣には三つの特性があることを、経験が教えてくれる。稀少であること、獲得が困難であること、流動的であることの三つである。だから、人びとがこれを大事にするのも理解できるわけだ」(14)。私が論じてきたことは、この本源的な貨幣観が、「唯物論的」な主体の賓述を疑問に付すものと思われる、今日的な貨幣の止揚と共謀して作用しているに違いないということ、すなわち、ポスト‐モダンが、いかに現代的ないいまわしを用いようとも、いまひとつの場面では「プレ‐モダン」を再生産しているのだということである。レヴィット教授の論文では、ふたつの観点の構造的な並列が、解消も距離化もなされないまま、放置されている。その箇所を引用しよう。「今日では、貨幣は電子工学的な衝撃力を有している。貨幣は光の速さ［マルクスが使った、思考の速さなどという、あり得ない循環の限界も、しょせんこれと同じことだ］で、遠く離れた、各中心地（および、もっと小規模な場所）のあいだを苦もなく往復する。たとえば、公債の数字がひと桁違うだけで、ロンドンから東京へ即座に大量の貨幣が移動するのである。このシステムは、会社が世界中で業務を行なう方法に、大きな影響を及ぼす」(Levitt, p. 101)。

ここに示されたパースペクティヴは、一局集中的で、文学者たちによって一般に無批判的な読み方（そもそも読まれるとすればの話だが）をされている。私が解明したいのは、いま述べたような並列だけでなく、以下に引用する「規模の効率条件」というような、一見、科学的に見えるいいまわしのうちに凝縮され永久化された搾取についてでもある。（偶然にも、ここで使われている「価値」という語は、歴史的、倫理的、哲学的な責めから解放された、マルクス的な価値の定義と共鳴するような、統一的、連続主義的な意味合いのものとなっている。）「急速に発展する世界のなかで、もっとも危険にさらされているのは、付加比較的小さい国内市場を支配する会社である。それは、別の、もっと小さい市場がいくらでもある、付加価値の高い生産物を扱っている。遠隔地の競争会社は、それ相応に安い輸送費［特定化し得る唯一のコスト］を費やすだけで、規模の効率条件のもとでより安価に生産された商品を携えて、それらの会社の、いまは保護されている市場に乗りこんでくるのである」(Levitt,p. 94)。これら「地球規模の会社」にも、人間的な普遍的特質がある。「貨幣をできるだけ活用するという、昔ながらの動機、これは普遍的なものであり、単に動機というだけでなく、必要でもあるのだ」(Levitt, p. 96)。しかし一方、彼は、人文科学教育の基本的な逆説の不健康なパロディを用いて、普遍化を目ざす地球規模の市場の認識的な暴力についても記述している。「商業の目的は顧客を獲得し、確保することにある。別のいい方を用いて、ピーター・ドラッカーの、より洗練された構文を借りていうならば、顧客を創造し、確保するということになる」(15)。

このようにして経済的還元主義は作動する。経済的なものを否認することは、その暗黙の合法化に協力することでもあるのだ。地球規模化を目ざす精神と対立する、「多国籍の精神」に関して経済的なものがくだす裁断のうちに、第一世界の労働者にカプチーノが与えられないことに対する経営者側のショックのあり方が聞きとれる。「多国籍の精神は、長年にわたる挫折と、多国間の紛争のために、臆病かつ慎重になったあげく、いまや、現存する海外の実践に異議を申し立てることもほとんどなくなるにいたった。さらに多くの場合、国内の伝統的な慣例から逸脱することは、無知で無礼で、考えられないことだと見なすようになった。それはもはや過ぎし日の精神である」(Levitt, p. 101；傍点引用者)。

ここで「ウォール街の電信化」という、『ニューヨーク・タイムズ』日曜版一九八三年十月二十三日号に掲載された記事をもとに、ひとつの物語を構築してみようと思う。(私が『ニューヨーク・タイムズ』を選んだのは、『サイエンティフィック・アメリカン』や『サイコロジー・トゥデイ』や『ナショナル・インクワイアラー』などの新聞の日曜版を含めた幅広い領域が、ひとつのイデオロギー的装置の一部をなしているからであり、それらを通じて消費者は物知りになり、「文化的」説明の主体となれるからである。しかし、『ハーヴァード・ビジネス・レヴュー』のような雑誌もまた、投資者‐経営者がそれを通して自らの「イデオロギー」を受け容れるという理由で、その装置の一部であるということができるだろうか。註(15)で示唆したように、フェミニズム的・個人主義的な消費者保護運動はいまや、同じ装置の内部で専有化されつつある。)

遠距離通信の時代以後、ウォール街は、音声‐意識の直接の自己‐近接性と、エクリチュールの可視的効率という二項対立の(脱構築ではなく)和解によって救われたように思われる。前世紀の終わりにゲオルク・ジンメルがすでに述べているように、証券取引所とは、貨幣の流通がもっとも迅速に行なわれる場所だ。「価値を貨幣の形態に凝縮することと、貨幣取引を証券取引の形態に凝縮することという、二重の凝縮作用によって、価値が、できるだけ短い時間のあいだに最大多数のひとの手から手へ渡ることが可能となる」(Simmel, p. 506)。「時間の管理という、市場がかかえる重大なディレンマが解決の方向へ進みはじめたのは、ニューヨーク証券取引所、アメリカ証券取引所、およびその会員各社が、証券会社間オートメーション株式会社を組織した一九七二年のことであった。……つい最近まで、経営者たちは月単位、あるいは週単位のスケジュールで投資活動を行なっていた。ところが今日では、コンピューターのおかげで即時的に情報が伝わるようになったのである」(「ウォール街の電信化」、p. 47)。このようにポスト‐産業資本主義の最前線で、時間が管理されるようになった一方で、高等マルクス主義の理論が、時間を変化の媒介物として括弧のうちにくくることにより、価値の労働理論に異論を唱えているのは、注目すべきことであろう。「生産量の変化および……ひとつの産業で用いられる種々の生産手段の使用比率の変化は、まったく考慮されない。そのため、利潤が変動するかしないかをめぐる疑問は、いっさい提出されないのである」（スラッファ、『商品の生産』、p. v）。貨幣がコンピューターのおかげで意識と同じ速さで循環できるとすれば、それは、エクリチュールの可視的効率にも同時に応えることになるのだ。「『われわれの市場は、一九七一年以前には、このように不定形で、非組織的で、ほとんど不可視のものだった』と、［証券業者］協会の会長であるゴードン・S・マックリンは語っている」（「電信化」、p. 73）。

こうした、意識とエクリチュールの対立の和解が、フロイト後期における、「ヴンダーブロック」、すなわち不思議な仕掛けのある便箋としての精神という、原‐脱構築的モデルに対する「反駁」にはならないことは明らかだろう（デリダ、『エクリチュールと差異』所収の「フロイトとエクリチュールの舞台」を参照）。だとしても、集積回路《シリコン・チップ》は、あの純粋な実質性、すなわちデリダが「死んだ時間の働き」と呼ぶ差異それ自体に対して、「可塑的観念」を与えるように見えるのだ（可塑的観念に対する警告は、フロイト、『標準版全集』第四巻、p. 281を参照。デリダの一節は『グラマトロジーについて』、p. 68からの引用）。

しかし、いま私はこのような反論を強調しようとしているわけではない。私が強調したいのは、むしろ、たとえ合理化の最先端を開くものであっても、コンピューターは結局のところ、ブリコラージュを達成したり、設計に反するような目的のためにある項目を利用するような、プログラムをつくったりすることはできないということなのである。（これは、鳥が巣を作るように、任意の素材からコンピューターのプログラムをつくるという、ダグラス・ホフスタッターたちを悩ませた有名な問題である。）そして根本的、原‐脱構築的な文化的実践がまさに、ブリコラージュによって作業するよう、また文化的項目を、それが割り当てられた機能からむりやりもぎとることによって「再布置」するよう、われわれに命じていることは周知の事実だ。「われわれが写真家に要求するのは、彼の撮った写真に、それを当世の商業主義から締め出すような表題をつけ、それに革命的な使用‐価値［Gebrauchswert］を与える能力である」とヴァルター・ベンヤミンがいうとき、文化的実践としてのブリコラージュを推奨しながら、彼は、連続的な使用‐価値の概念（まえの議論をここで繰り返す必要はあるまい）を暗に「ブリコール」している、すなわち手で繕っているのである。彼が「ブリコラージュ」を推奨する理由は、アレゴリーを、時間の還元不可能な他者性による廃墟や破片の備給（もしくは占拠）としてとらえる、彼のもっとも初期の理論にまで遡って見ることができる（ベンヤミン、『省察——エッセー、アフォリズム、自伝的文章』所収「生産者としての作者」、p. 230を参照）。それは、ドゥルーズとガタリの、本来的に作動不可能な機械という大胆な考えにも見て取れるだろう。またデリダは、引用可能性を本来的なものとして位置づけることにより、充当と正統性に関するあらゆるイデオロギーを疑問に付すものとして、「ブリコラージュ」を急進化したということもできるだろう(16)。これらの立場はいまや、ポスト‐モダンの文化現象に発生しつつあるイデオロギー的可能性に、ポスト‐モダンの政治経済学の内部で対処するところまで、緩慢に進みつつある(17)。

こうした、文化的・理論的実践の可能性は、ポスト‐モダンの証券取引所という、根本的に和解的なテクストを妨害するものだが、しかしそれすら、この物語のなかで私が強調していることではない。私の批判は、次に引用する、時代遅れの相場速報機について書かれた一節に、アレゴリカルに要約されている。「伝説上の過去の遺物が、この古い速報機である。この速報機は、一八六七年から使われている、ちょっとしたテクノロジーの成果ではあるが、取引がはじまって十五分後にはもう、熾烈な取引から遅れることすでに六分にもなっている。もし今日の取引量に合うようにスピード・アップすれば、字がぼやけてしまうだろう」（「電信化」、p. 47）。

『資本論』第一巻もまた、その出版年を考えれば、「一八六七年から使われている、ちょっとしたテクノロジーの成果」であることを忘れてはならない。しかし私がここで試みたいのは、マルクス主義の歴史的物語――「伝説上の過去」――は、決して遺物などではないと示すことである。もしそれが、危機管理としての帝国主義が有する認識論的な暴力を、現在の置き換えられた形態までも含めて適用できるよう、拡大されれば、われわれは、政治経済学というテクスト全般を読むことができるようになるだろう。それが、相場速報機のように「スピード・アップ」されたとしても、国際的分業の還元不可能な断層がぼやけて見えなくなるようなことはない。「ウォール街の電信化」は、まず「時間管理」について語り、次にレーマン兄弟社のピーター・ソロモンの言葉の引用を紹介している。「ひとつの説明を紹介しよう。『コンピューターはわれわれに、いかにして危険を管理するか教えてくれた』」(「電信化」、p. 47)。はからずも、マルクス主義理論という、不便で時代遅れの相場速報機が、管理ゲームのなかで、「時間」と「危険」のあいだで排除された言葉を明るみに出す。すなわち危機という言葉である。

ここでもう一度、数ページまえでそのままにしておいた、テクストの概念‐隠喩という問題を思い起こしてみよう。先ほどの数ページにわたる私の議論を、このように物語的に反復するなかで、次のようなことが指摘できるかもしれない。コンピューターのおかげでレーマン兄弟社は、「十五分間に……二百万ドル稼いだ」といわれるけれども、もし経済的なテクスト全体が、別のテクスト、たとえば、スリランカの女性がTシャツを一枚買うのに、二千二百八十七分働かなければならないとするテクストのうえに書かれた、重ね書きのできる羊皮紙として自らを書き記すのでなければ、それは現状とは違ったものになっていただろう。つまり、「ポスト‐モダン」と「プレ‐モダン」が同時に書きこまれているのだ。また、こうもいっておかなければなるまい。すでに百年ほどまえにジンメルは、貨幣‐形態が発達すると、当然のなりゆきとして「個人」を助長するようになるだろうと論じていた。「もし自由が、ただ自らの法則にしたがうことだけを意味するのであれば、利潤の貨幣形態によって可能になる、財産とその所有者のあいだの距離によって、これまで聞いたこともないような自由が生み出されることだろう」(Simmel, p. 334)。このウォール街の「ポスト-モダン化」による最大の受益者は、おそらく合衆国の小口の個人投資家であろうということが予想できる。そして、「ポストモダニズムの真理なるものにしがみつき……認識的な世界地図の発明と計画をその使命としている」ような、一見、歴史を超越したかに思える「個人的主体」(ジェイムソン、「ポストモダニズム、あるいは後期資本主義の文化的論理」、p. 92)も、空間に限定されたポスト-モダンの主体-生産を特定化する試みがなされない限り、この、将来の見通しのない個人のあり方の一例にすぎないのである。

したがって、私が、西ヨーロッパの正典《カノン》的文学における文体-形成の歴史を、文体それ自体の評価として受け容れるような、広く見られる、暗黙の身振りの評価を遂行しようと提案するのは、この、危機-管理と規制の枠組みのなかでのことなのだ。別に私は、労働階級の文化をよく吟味もしないでほめ讃えたり、エリート的基準をこれ見よがしに拒絶したり、あらゆる非-ユダヤ教的・キリスト教的な神話に傾倒したり、「ニカラグアで書かれている詩」をおずおずと引き合いに出したりするような、さまざまな反動的郷愁《ノスタルジア》を推奨しようというわけではない。実際は、ここで私が描いてみせようとしているような歴史的物語を拡張すれば、いま挙げた郷愁的な評価基準のなかで、危機管理としての帝国主義の有する認識論的な暴力の歴史が、いまだに作用し得ることを示すことができるのだ。規則的な時代区分はむしろ、政治経済学の世界システムの求める、歴史的規範化の内部における役割という視点から、とらえるべきものである。そうした世界システムは、〈価値〉の生産と実体化に携わっており、その最近の徴候が「ポスト-モダン」なのだといえよう。このような評価をくだすことは、まえに私が狭い意味での学問における〈価値〉の実践的立場として記述したものの内部で、〈価値〉の「唯物論的」な分節化を容認し、支配を理解するうえで、搾取が果たす役割を強調することになるだろう(18)。

「(リカードではなく)マルクスにおける『変形の問題』」のなかで、リチャード・A・ウルフ、ブルース・ブラザーズ、およびアントニオ・コラーリが示唆しているのは、「マルクスが……循環の過程によって生産の過程の有効な前提条件が構成されるような、社会的対象を考える」とき、「……重要なのは、消費される生産手段の生産価格であって、そういう形で物質的に具現される抽象的な労働時間ではない」(ウルフ他、「マルクスにおける『変形の問題』」、p. 574)ということである。これまで私が論じてきたなかで、とりわけたいせつなのは、価値の労働理論をいったんわきにおくことは、唯物論的な主体の賓述の、テクスト的、価値論的な意味合いを忘れてしまうのと同じだということである。とはいえ、いま引用した一節は、その理論を暫定的にわきにおくというパースペクティヴの移動を、適切に記述しているように思われる。この移動の結果、「競争原理にもとづく資本主義固有の過程のなかから、交換の等価物が構築されなければならない。そういう資本主義は、第一巻のような形ではもはや想定されない、投資収益率の平均値に比例して、無給の労働時間の配分を確立する傾向がある」(「マルクスにおける『変形の問題』」、p. 572: 傍点引用者)。この論文の執筆者たちは、労働価値説に特有の舞台をこのように位置づけているが、さらに進んで次のようなことも示唆している。「マルクスの関心の焦点は、彼の言説の対象としての階級間の関係に集中して[いた]……が、しかし同時に価値の概念は、あいかわらず、生産価格の量化にとって決定的な決め手となっている。生産価格は、労働時間の絶対的重要性のように、価値からの特殊な逸脱としてのみ考えることができるのである」(「マルクスにおける『変形の問題』」、p. 575: 傍点引用者)。

これまで私は、価値‐価格の関係という話題には触れないできた。さらに私は、価値の定義を、抽象的な労働時間の物質的具現に限定する力学を疑問に付した。実のところ私が主張したいのは、『資本論』第一巻の前提となるものそれ自体が、構築と呼ばれ得る還元の身振りに依存しているということなのだ(『資本論』第一巻、p. 135)。ウルフとその共著者たちの立場から一般論を導き出すと、マルクスの階級(生産の様態)への関心は、彼の考える危機(世界システム)の範囲にまで適用できるようにしなければならないということがわかる。けれども、ウルフとその共著者たちによる、あるパースティヴにもとづく、労働価値説の位置づけや、生産価値を逸脱もしくは格差とする共通の定義は、われわれから見れば、称讃に値するほど正当なものといえる。経済学とは、使用‐価値について、いかなるテクスト化された考え方も排除しなければならないものであるが、そのような学問の内部にあっては、「マルクスは、……価値と(生産価格[として理解される])価値形態の相互依存を肯定しているが、そうした相互依存とは、それらふたつの概念の関係を、単に、依存的変数と非依存的変数の機能上の関係として扱うだけでは、表現することのできないものである」(19)というような示唆が、決定的な重要性をもつように思える。結論を求めて私自身の学問的言説の閉域化を目ざすとき、この論考は結局のところ、いくつかの種類のそうした相互依存の、混乱したイデオロギー的空間を指摘したものにすぎないといわれても、不当ではないかもしれない。

今度は、この論考の冒頭に掲げたもうひとつの項目を取りあげてみよう。それは、「利害＝関心の慎重な表明」という場合に見られる、デリダ的な「利害＝関心」の概念だ。剰余‐価値とは資本の好意的評価もしくは利害＝関心であるという、デリダ自身の理解は、私がまえにもいったように、制限を受けている。私は、単に、それを「誤った」隠喩から奪い返し、「文字通りの意味にとる」つもりだ(20)。もしわれわれが、価値の問題を自問自答するとすれば、〈価値〉の生産というテクストのなかで自分の「利害＝関心」

を表明する方法には、他の代替的選択肢はあり得ないように思われる。

私がこの公式を提出したのは、「その対象と同じく無限で、常に迷い道に踏みこんでしまう『基本主義』批判を、少なくとも暫定的な結末を考慮に入れ、研究と『政治的』実践をもって終結するイデオロギー批判と、いかにして結びつけるか」という問題が、まだ解決できないでいるからだ（一九八四年、ドミニク・ラカプラのウェズリーアン大学における講義）。初期のデリダは、「脱構築はそれ自身の批判の餌食となる」と断定したが、ほとんど無視された（『グラマトロジーについて』、p. 24）。後期のデリダも、あいかわらずこの警告を繰り返しているが、よくいえば形式的実験主義者、悪くいえばおもしろみのない、繰り言の多い人間としてこきおろされている。私が、ユルゲン・ハーバーマスの、ヨーロッパ中心的な合理主義を是認できないのと同様に、ジャン＝フランソワ・リオタールの、価値論的モデルとしての博愛的「異教主義」を是認できないということは、これまで数ページにわたって書いてきたところから明らかなはずだ（ジャン＝フランソワ・リオタール、『異教の制度、異教の基本』、ジャン＝ルー・テボー、『正義について』、ユルゲン・ハーバーマス、『コミュニケーションと社会の進化』）。この問題の解決方法として提起されたもののなかでさらに興味深いのは、ドミニク・ラカプラの「転移としての歴史記述」である。しかしながら、そこにもやはり、われわれが気をつけておかねばならない、無意識の働きを専有化しようとするある種の欲望が見られる。というのも、「過去を現在へ反復－置換すること」（ラカプラ版の転移的歴史記述）は、あまりにも連続主義的で無害な、転移のうえの処理のあり方のひとつかもしれないからだ。そして、ただ「解釈されるべきテクストもしくは現象が自己弁護し、しかも、それがひとの考え方を変えさせるほど、説得力をもつこともあり得ると信じるのは、有効な批評上の虚構である」（ラカプラ、『歴史と批評』、p. 73）というだけでは不十分かもしれない。しかしラカンが行なった、転移と倫理的局面の関係の精緻な解明をまえにしては、最初の疑念をもう一度ここで繰り返す以上のことはできない。その疑念とは、歴史記述ではなく、文学批評の観点から表明されたものである。

テクストとひとの差異もまた、精神について語ることを拒否し、自己 - 繁殖的な機構の一部としてテクストについて語ろうとすることによっては、うまく払拭することができないだろう。分離的、非連続的な主体のメタファーは、欲望という重荷を運びまたそれによって運ばれながら、テクストという機械を、体系的にまちがった方向へ導き、かたちづくる。そしてテクストは、「比喩的表現」という重荷を運びまたそれによって運ばれることになるのである。生産的な切りさげの残りとして主体を退け、「哲学的」文学批評にとって唯一可能な関心事としてテクストの価値を定めることによっては、こうした状況から逃れることはできない。主体という「メタファー」と、テクストという「メタファー」のあいだのこうした対立もまた、階層化されるのではなくむしろ無限に脱構築される必要があるのだ。(スピヴァック、「刃としての文字 = 手紙」、本書三四ページ参照)

「〈価値〉の生産というテクストにおける利害 = 関心の慎重な表明」という、私が提出した公式は、至高の主体、すなわち、いわゆる熟慮する意識の、きわめて問題性のある影響に由来する。したがって、脱構築は、倫理的・論理的な背景のあらゆる拘束に従属することはいうまでもないにしても、それがこの命令を、強制的な、理論的普遍物に凍結するという保証はないのだ。この操作に対する、虚構的なもの(もちろん、テクスト的なものと結びついたもの)の侵入は、一見したところ熟慮のうえになるかと思えるものを通過することとなしに、評価をくだすことはできない。それは、きわめて自意識的な転移の状況にあっても、完全に回避されることはなく、せいぜい抵抗するのが精一杯のところなのである。

結論にあたって、この論考の冒頭の第二段落をもう一度引き合いに出すことにしよう。そこで私は、『観念論的』ならびに、『唯物論的』というのは、どちらも排他的な賓述だ」と書いている。すべての賓述は排他的であり、またそれゆえに、推定上の全体を象徴する部分という、換喩の原理に立って作用する。「円環の述語（たとえば、回路を閉じて出発点にもどる、というような）だけを保持するとすれば、ただちにその意味作用は、修辞の位置に、あるいは隠喩でなければ換喩の位置に押しやられることになる」（デリダ、「白けた神話」、p. 264）。この意味で、主体の「観念論的」賓述と「唯物論的」賓述はどちらも、主体の換喩なのである。主体それ自体の組み立てについて、ラカンはこう書いている。「この二重に誘発される隠喩の機構こそ、その徴候が……決定される機構なのだ。そして欲望が、『自然哲学』に対して提起しているように見える謎は……本能の錯乱であり、それは……換喩の機構のそれにほかならないといってもよい」（『エクリ』所収「無意識における文字の審級」、pp. 166-67）。これらふたつの賓述が、主体の概念である限り、それらは、あくまで主体の、承認されない代理 - 表現にとどまり続ける。隠喩と換喩、徴候と欲望のあいだで、政治的主体は、理論的根拠にもとづいた実践ではなく、「乱暴な」実践によって「利害＝関心」を表明することで、転移のうちにある分析家とは一線を画すのだ。またしても不都合なほど抽象的なレヴェルでものをいっていると思われぬよう、秘教的などとは決していえない、わかりやすい出典を選んで紹介しよう。次の一節は、『マグロウ＝ヒル現代経済学辞典』からの引用である。経済的なテクストの操作のなかで、熟慮のうちに虚構性が侵入することが指摘されている。

ダウ＝ジョーンズ平均株価は元来、そのグループにおける株式の（数学的な意味での）平均価格を示す。しかし、株式が分割されたり、平均株価で発行価格が代替されたりなどという、要因の発生に備え、そういった変化に対応するため、公式には工夫が加えられた。ダウ＝ジョーンズ平均株価はもはや、グループのなかでの株式の実質的な平均価格を示すものではなくなっているが、それでも、株価の水準と変化をかなり正確に示すものであることに変わりはない。(p. 178)

私はすでに、『『唯物論的』な主体の賓述の内部で提起された、〈価値〉の問題の暗に意味するところは、いまだじゅうぶんには理解されていない」と述べた。しかしいまや私は、今日、多くのマルクス主義理論家たちが認めていることを認めなければならない。すなわち、いかなる理論的公式化においても、完全な理解の地平は、曖昧に、しかも還元不可能な形で遅延されなければならないということである。その地平のうえで垣間見られるのは、ユートピアではない(ジェイムソン、『政治的無意識——社会的象徴行為としての物語』、p. 103以下を参照)。なぜならユートピアとは、実際の社会的実践のなかでそれを適切に表象する試みがなされれば、偽装的効果をもつようになるに違いない、地誌的記述を、歴史的に試みたものだからだ。観念論から距離をおきつつ、この不確定の開放性を、「黙示録的語調」(21)という名で呼ぶならば、理論の生産における、観念論と唯物論の共謀関係が、もっとはっきり認められるようになるだろう。黙示録的語調が示すのは、実践的局面で複数化された黙示録である。われわれの特殊な場合でいえば、イデオロギー批判的、美的・比喩表現的で、経済に眼を向ける、実行的もしくは実効的な、価値‐判断の組み合わせ、あるいは総体ということになろう。ここで私は、実践的局面が「実現」を意味しないよう、慎重に言葉を選んで使っている。複数化された黙示録にあっては、肉体は登場しない。この点を特に、去勢という主題論的系列として見なす必要はない。肉体の存続と安楽——肉体が最小単位として組織されるとき、歴史的に女性の仕事と名づけられ、家庭内労働に割り当てられてきたもの——という反復される動きを、実行的、実効的に評価することを、肉体の概念‐隠喩として、肯定しようではないか。理論と実践の還元不可能な不‐適合（この場合は〈価値〉判断の基礎づくりと生成における不‐適合）が、オイディプスの不自由な足になぞらえられていいのか。

というわけで私は、批評以前の経済主義と、〈価値〉の決定に対する経済的テクストの役割のあいだの、差異を示そうとするこの試み、さらには「利害＝関心」のいくつかを、問題を未然に解決することにあてようとする、この、熟慮のうえの試みを擁護するため、特に弁明を行なおうとは思わない。

一九八五

"Scattered Speculations on the Question of Value"

第三部

8　マハスウェータ・デヴィ作「ドラウパーディ」

訳者の前置き

私がこのベンガーリー語の短篇小説を英語に翻訳したのは、題名となっている登場人物であるドラウパーディ（あるいはドプディ）のためであるのと同じくらいに、悪役であるセナナヤクのためでもある。セナナヤクに、第三世界を研究する第一世界の学者ときわめて近いものを見出す私としては、まず彼について語ろうと思う。

プロットのレヴェルでは、セナナヤクは、ドラウパーディを捕えはずかしめる軍の士官である。私は、第一世界の生活の道具や調査が、実際に、そのような捕縛やはずかしめと共謀関係にあるとまで示唆するつもりはない(1)。私の注目する近似は、作者がセナナヤクを多元論的審美主義者として、注意深く呈示していることと関連する。理論においては、セナナヤクは敵と同一化することができる。しかし第一世界の多元論的審美主義者たちは、否応なしに、収奪的社会の生産に加担してしまう。そのため実践においては、セナナヤクは、脅威を与える他者であるその敵を、破滅させなければならない。彼は、彼が歴史的契機と見るものの必然性と偶発性にしたがう。それには、プラグマティズムという便利な口語的名称もある。

こうしたわけで、ドプディの捕縛の際の彼の感情は、悲しみ（理論）と喜び（実践）の入りまじったものとなるのだ。それと対応するようにわれわれは、われわれの第三世界の同胞のために悲しみ、また、彼らが「自由」になるために自分自身を失い、可能な限りわれわれに似なければならないのを喜び、また、彼らに関してわれわれの専門的な知識を得たことで自らを祝福するのである。実際、セナナヤクの企ては、われわれの企てと同じように解釈的である。彼は、ドラウパーディの歌を解読しようとしたりする。彼は、自分自身の内部にある裂け目の両側と類似したものを、西洋文学——ホッホフートの『神の代理人』、デイヴィッド・マレルの『最初の血』〔映画『ランボー』の原作〕——に見出している。時が来れば、彼は罪の血を流すだろう。不確かな未来を表わす彼の自己イメージは、プロスペローである。

われわれが、われわれ自身のアカデミックな第一世界の閉域の外へさまよい出るとき、セナナヤクの非論理的な二重信念と、なにか関係めいたものを共有するだろうということを、私は他の場所で示唆した(2)。われわれは自己弁護するとき、確信をもって、個人的なものは同時に政治的なものでもあると力説する。個人的細部の感覚を手に入れるのが（不可能ではないにしても）困難な、世界のほかの地域の女性たちのために、われわれは、もっとも効果的な、情報検索の植民地主義的理論に依拠する。われわれは、西洋的訓練を受けた情報提供者による協議と選集に完全に頼っていては、その地域の女性たちに語りかけることができないであろう。私が、女性研究誌や、本のカヴァーにそうした情報提供者の写真を見るとき——もちろん、私が鏡を見るときもだが——眼にすることになるのは、反‐ファシスト・ペイパーバックを手にしたセナナヤクなのである。マハスウェータ・デヴィは、文学的言説における性的特異性と、歴史的・政治的特殊性を分かちがたく混合することによって、そのイメージを払拭することからはじめるようわれわれを誘うのだ。

この小説に対する私の接近は、革命的、フェミニズム的素材を扱うにはあまりにもエリート的な、前衛的解釈理論を標榜するのではないかという不安を私もはっきりと共有している、「脱構築的実践」に影響されたものだ。それならば、いかにして、ディコンストラクションの実践は、この文脈で役立つものとなっているのだろうか。

合衆国でもっともよく知られている脱構築的実践の側面は、無限の退行へ向かう傾向である(3)。しかしながら、私にとってもっとも興味のある脱構築的実践の側面は、次のような一連のことがらだ。すなわちまず、その内部でいえば、どのような探究の努力であれ、その出発点は、かりそめの、扱いにくいものであると認識すること。知への意志が対立をつくり出す場となっている共謀関係を暴露すること。その共謀関係を暴露するにあたって、主体‐としての‐批評家自身が、彼女の批評の対象と共謀関係にあると主張すること。その共謀関係の「痕跡」である、「歴史」と倫理的・政治的なもの――つまりそれは、われわれが、そのような痕跡を免れた、明確に定義された批評的空間に住んでいるわけではない証拠でもある――を強調すること。そして最後に、それ自体の用いる言説が、取りあげる例にとって決して適切ではあり得ないと認めることである(4)。この一覧表のすべての項目について詳述することは、明らかにこの場にふさわしくない。しかしながら私は、導入的な段落ですでにセナナヤク像を、われわれ自身の共謀関係のパターンと関連させて位置づけたことを指摘しておくべきだろう。これ以後の部分において、ドラウパーディの部族的性格と階級的性格との関係、小説の結末におけるドラウパーディの資格、そしてセナナヤクの固有の名前の読み方は、私が述べてきた読みの実践によって生み出されたものとして見なされるかもしれない。法と侵犯の共謀関係と、「紳士的革命家」の階級的ディコンストラクションは、小説それ自体の解釈においては瑣末な問題に見えるけれども、政治的な文脈においてはよりいっそうの重要性をもつことなるのである。

私は、このディコンストラクションの論議を、ドプディの歌が、理解不能とはいえ些細な（実際それはさまざまな色をした豆に関する歌である）ものでありながら、しかも、小説にとっては常軌を逸したものでありながら、排除も回復もされ得ないその他者の場所をいかにしてしるしづけているか、明らかにするところまでじゅうぶんに進めることはできない(5)。


『ドラウパーディ』がはじめて発表されたのは、漠然と互いに関連づけられた、政治的短篇小説集『アグニガルバ』（『火の子宮』）のなかである。マハスウェータはその小説集の序文のなかで、「人生は数学ではなく、また人間は政治のためにつくられているのではない。私は、現在の社会システムに変化を求めているのであり、単なる政党政治を信頼してはいない」(6)と指摘している。

マハスウェータは、五十歳代の、中産階級ベンガル人の左翼知識人である。彼女は、ブルジョワ詩人であるラビンドラナート・タゴールによって創立された有名な実験的大学である、シャーンティ・ニケータンから英文学の修士号を授与されている。小説家としての彼女の評価は、七〇年代後半に『ハジャール・チュラシール・マ』（『千八十四番の母』）を出版したときにはすでにじゅうぶん確立されていた。唯一、近日中に英訳が出版される予定のある、この小説は、ここ二十年あまりのベンガーリー語小説の過度に感傷的な語法の域を出ていない(7)。しかし、彼女がほとんど同じ頃に書いていた続き物、『アラニヤー・アディカール』（『森の権利［あるいは、占有］』）においては重要な変化が看取できる。それは、一八九九年から一九〇〇年にかけての、ムンダ族の叛乱に関する、仔細に調査された歴史小説である。ここでマハスウェータは、文学的ベンガーリー語、街頭のベンガーリー語、官僚的ベンガーリー語、部族的ベンガーリー語、部族の言語といったもののコラージュからなる散文を寄せ集めはじめている。

西ベンガルよりもむしろバングラデシュに大多数が居住する約九千万人のベンガーリー語使用者のほぼ二十五パーセントの読み書きできる者を除けば、ベンガーリー文字を読める者はいないので、マハスウェータの「インドにおける」受容について語ることはできず、ベンガルにおける受容についてしか語ることはできない(8)。手短かにいえば、その受容は、卓越性の一般的認知、内容に関するブルジョワ読者層側の懐疑、選挙時左翼が過激主義に浴びせるいくつかの非難、そして非選挙時左翼側の称讃や連帯感といったものとして表わすことができる。より広い受容の研究のためには、西ベンガルでは一九六七年以来、選挙時共産主義連合政党の左翼戦線政府が続いてきていることを必ず考慮に入れなければならないだろう。ここでは、マハスウェータが今日インドで書いているもっとも重要な作家のひとりであることは確実だと述べるだけでじゅうぶんだ。

「国」としてのベンガルという感覚は完全に、ベンガーリー語の推定上の同一性によって支配されている(9)。(一方、ベンガル人のあいだでは、もっとも純粋なベンガーリー語はナバドウィプのものか南カルカッタのものか議論が紛糾しており、また二十あまりの発達した方言の多くは「一般的な話し手」には理解不能である)。一九四七年、インドを捨てる直前、イギリス政府はベンガルを、インドの一部として残ることになった西ベンガルと、東パキスタンとに分割した。パンジャブも同じように、東パンジャブ(インド)と西パキスタンに分割された。パキスタンのふたつの部分は、民族的なつながりや言語的なつながりを共有しておらず、およそ千百マイルの距離で隔てられていた。分割は、イスラム教徒がインド亜大陸のこれらふたつの箇所に集中しているという理由でなされた。しかしながら、パンジャブ人のイスラム教徒たちは、七百年近くまえインドの最初のイスラム教帝国が定着した地域に自分たちが住んでおり、また彼らが西アジア（中東）に近接しているという理由で、自分たちをより「アラブ的」だと感じていた。ベンガル人のイスラム教徒たちは——おそらく階級ごとに異なる形で——ベンガルの文化によって自分たちがかたちづくられていると感じていたのである。

ベンガルでは、前世紀なかば以前、「左翼」という言葉がわれわれの政治的速記法に登場する以前から、左翼的主知主義と闘争が強く現前してきた(10)。西ベンガルは、インド連邦にある三つの共産主義の州のひとつである。そのようなものとして、それはインドの中央政府にとって、ちょっとした政治的いらだちの原因となっている。（インド憲法のもとでは、個々の州政府は、合衆国の各州よりもはるかに大きな自治権を有している。）公式的にはインドは混合経済体制をとる社会主義国家であるが、歴史的にはそれは、軍事的独裁からナショナリズム的な階級的慈善にまでおよぶ、右翼のスペクトルを反映してきた。「民主主義」という語は、大部分は読み書きできぬ、多言語的、異種混交的な、政治化されていない選挙民という文脈においては、極端に解釈の幅の広いものとなるのである。

一九六七年春、西ベンガル北部のナクサルバリ地方で、農民の叛乱が成功を収めた。マーカス・フランダによれば、「農民運動が、ほとんどカルカッタ出身の中産階級の指導層によってのみ導かれている西ベンガルの他の大部分の地域と異なって、ナクサルバリは」、少数部族開拓民を含む、「下層階級によって導かれる土着の農地改革の指導体制を生み出してきた」(11)。農民と知識人とのこの特異な提携は、インド各地の数多くのナクサルバリに似た事例の導火線となった(12)。これらの運動の標的は、土地をもたない小作人と渡り農場労働者に対する長年にわたる抑圧であった。それは、いともたやすく法律の裏をかく政府と地主の非公式の慣れ合いによって支えられてきた。確かに、法律は自らが将来出し抜かれることを予期していたようだということもできるかもしれない。

農民と知識人とのこの提携が——まさしく知識人側における見習い期間の長い歴史とともに——「政治的スペクトル」を構成するふたつの極の両端によって、西洋で回復されたことは指摘する価値がある。かつて毛沢東主義者だった、フランスの「新哲学者」、ベルナール＝アンリ・レヴィは、学生が労働者と連合した、フランスの一九六八年五月「革命」を、それと暗に比較した(13)。しかしながらフランスでは、運動における学生の同一性は明確であり続け、学生による指導は、知識人の特権を解消するという持続的な努力をともなっていなかった。一方、「多数のアメリカの大学の学長が、アメリカの学生の抗議を描写したのと非常によく似た形で、インドの政治的、社会的指導者たちは、ナクサライト［ナクサルバリの支持者たち］を説明するにあたり、彼らの疎外感と、一九六〇年代、世界各国の若者の精神を支配していたように思われるマルクーゼやサルトルのような書き手の影響に言及した」(14)。

階級の脱構築の主題と私が呼んだものを、「ドラウパーディ」における若い紳士的革命家たちと関連して、私が提起しようとするのは、そのような回復に対してである。セナナヤクは、紳士的革命家たちのものと同様の、自らの階級的起源の内部に固定されたままであり続ける。それと対応するように、彼は、マハスウェータの小説の内部でじゅうぶんに包含され裁かれているのだが、それとは対照的に、紳士的革命家たちは、潜在的で、地下に潜行したままにとどまっている。彼らの指導者の声さえも、孤立したドラウパーディの耳には、決まり文句のように響くだけである。というのも、階級的拘束、ならびに読書（机上の学問）と行動の対立を——美的に永遠に分離させておくよりはむしろ——解消することに執拗に拘泥するあまり、彼らが、いかなるテクスト——マハスウェータのものを含めて——も包みこむことのできぬ権威と輪郭を有した世界に位置しているからではないかと考えたいと思う。

一九七〇年、東西パキスタン間の暗黙の敵意が発火して、武力紛争を生じさせた。一九七一年、紛争の帰趨を左右する決定的な時期に、インド政府は、西ベンガルのナクサルバリ支持者と、東ベンガル（現在のバングラデシュ）の反体制運動家のあいだの同盟関係を表面上の理由として軍隊を配備した。「もしゲリラ方式の叛乱が持続していれば、その地の軍隊は疑いもなく、運動の政策を支配するようになっていただろう。インド当局が介入によって先取りしようと決意していたのは、まさにこの趨勢であった」。インドにとって「南アジアにおける第一の国民的敵対者」(15)である西パキスタンに対する勝利（これは、インドがその千年の歴史においてはじめて収めた「戦勝」でもあった）の際の歓喜の全般的雰囲気を利用して、インドの首相は、異例の苛酷さでナクサルバリ支持者を締めつけ、また農村部の住民、とりわけ少数部族の反抗的分子を壊滅させることができた。一九七一年は、こうした意味で、セナナヤクの経歴の座標点となっているのである。

これが「ドラウパーディ」の背景だ。この小説は、ひとつには、それ自体の侵犯を念頭におきながら捏造される法、いまひとつには、知識人と農村住民の闘争のあいだの二項対立の解消という、ふたつの脱構築的公式のあいだにとらえられた契機である。それらの関係とかかり合いの細目を把握するためには、このような前置きだけでは提供できないほどの歴史的細部に立ち入らなければならないのだ。

ドラウパーディとは中心的登場人物の名前である。彼女は、ふたりの制服のあいだで、ふた通りの呼び名のあいだで読者に紹介される。ドプディとドラウパーディ。それは、部族民である彼女が、自らのサンスクリット名（ドラウパーディ）を発音できないためか、部族化された形であるドプディが、古代のドラウパーディの正しい名前であるためかのいずれかである。彼女は指名手配者のリストに載っているが、彼女の名前は、少数部族の女性にふさわしい名前のリストには載っていない。

古代のドラウパーディは、インドの叙事詩『マハーバーラタ』のおそらくはもっとも有名な女主人公である。『マハーバーラタ』と『ラーマーヤナ』は、インドにおけるいわゆるアーリア文明の文化的な資格証明だ。少数部族はアーリア人侵入に先んじている。彼らには英雄的なサンスクリット名を要求する権利はない。しかしながら、その名前の禁止も、重要性も、過渡に深刻に受けとられるべきではない。なぜなら、この敬愛に満ちたなじみ深いヒンディー語の名前は、圧制者の妻が少数部族の奴隷に対していだく通常の慈悲の気分から、女主人が、ドプディの誕生に際して彼女に与えたものだからだ。小説中の事件を始動させるのは、この女主人の夫の殺害である。

けれどもテクストのレヴェルでは、このとらえどころのない偶発的な名前が、まさしくひとつの役割を果たしている。この役割について省察するために、われわれは『マハーバーラタ』そのものを、インドのいわゆるアーリア人侵入者を利する植民地主義的機能から考察してみてもよいだろう。それは、添加によって増殖する叙事詩である。そこにあっては古代の戦闘の「聖なる」地誌があとに続く何世代もの詩人たちによってゆっくりと拡張され、その結果、拡大するアーリア人植民地の世俗の地誌は、それと同一なものとして自らを呈示し、それによって自己を正当化することができる(16)。この巨大な、作者不明の企ての複雑さはそれを、『ラーマーヤナ』とは比較にならないほどはるかに異種混交的なテクストにしている。『ラーマーヤナ』と違って、『マハーバーラタ』は、たとえば、さまざまな種類の親族関係の構造と、さまざまな結婚様式の事例を含んでいる。そして、実際、インドでは異例の結婚様式である一妻多夫制の唯一の例を提供するのはドラウパーディなのである。彼女は、不能のパーンドゥの五人の王子と結婚するのだ。父権制と、父の名の文脈にあっては、彼女は例外的であり、半端で、対となる相手のない、伴侶をもたぬ者という意味でまさに「単一的」である(17)。彼女の夫たちは、彼らが情夫というよりもむしろ夫である以上、合法的に複数化される。父親的なもののいかなる承認をもってしても、そのような母の子に対しては、父の名を保障することはできない。マハスウェータの小説は、ドプディを最初は同志的、行動主義的な、一夫一婦制の結婚のなかにおき、次には輪姦という状態のなかにおくことによって、この「単一性」を疑問に付すのである。

叙事詩の方では、ドラウパーディの（可能性として見なされる母、あるいは売春婦としての）単一性の（夫たちに共有された妻としての）合法化された複数化は、男性の栄光を証明するために用いられている。彼女をきっかけにして、男たちのあいだで暴力的なやりとりが生じ、深刻な闘争が惹き起こされる。彼女の夫のうち最年長の者は、賽子遊びに負けて彼女を失いかける。彼は自分の所有するものすべてを賭ける。そして、「ドラウパーディはそのすべてのもののうちに属している」（『マハーバーラタ』、六五：三二）。彼女の有する、奇妙な、市民たる資格は、彼女の苦境の根拠をも提供するように見える。「聖典は、ひとりの女性にひとりの夫を定めた。ドラウパーディは多数の夫に依存している。それゆえ、彼女は娼婦と呼ばれてかまわない。彼女を集会へ連れこむことには、彼女が服を着ていようといまいと、なんら不穏当なところはない」（六五：三五—三六）。敵の長は、ドラウパーディのサリーを引っぱりはじめる。ドラウパーディは、黙ってクリシュナの化身に祈る。法を支える観念（ダルマ）は衣服として自己を物質化し、王が彼女のサリーを引っぱれば引っぱるほど、より多くなるように思われる。ドラウパーディは無限に衣を与えられ、公衆の面前で裸にされることはあり得ない。それは、クリシュナの奇跡のひとつである。マハスウェータの小説は、この挿話を書き換える。男たちは、容易にドプディを裸にするのに成功する――物語のなかでは、それは、法の代行者たちによる彼女の政治的懲罰の頂点にあたる。彼女は、断固として公衆の面前で裸であり続ける。寛容な、神性の（この場合、それは神々しいものであっただろう）同志の無言の仲裁によって彼女の慎みを救うよりもむしろ、この小説は、これこそ男性の指導権の停止する場所だと主張するのだ。

　現代小説を古代の物語の論駁として読むことは、誤りであろうと私は思う。ドプディは、ドラウパーディ（と同じくらい英雄的）である。そしてまた彼女は、ドラウパーディ――彼女は、男性の権力の証明としての父権的、権威的な、聖なるテクストのうちに書きこまれている――がなり得なかったものでもある。彼女は、重ね書きできる羊皮紙であると同時に、矛盾でもあるのだ。

　ドプディの態度には、「歴史的にほんとうらしくない」ところはなにもない。われわれが彼女を最初に見るとき、彼女は髪を洗うことについて考えている。彼女は夫を愛し、彼女の夫に対する信義の行為として政治的信義を保持している。彼女は彼女の父祖を、女性の名誉を守ったという理由で敬慕している。（これが、アメリカの兵士たちが私生児を生み出しているという文脈で考えられていることは、思い起こされてしかるべきだ）。彼女が、もっとも力強い「主体」として現われるのは、性的特異性を横断し、女性にしか起こり得ないことがらの領域にいたるときである。そのとき彼女は、性的「名誉」の言語を依然として用いながら、「おまえたちの捜索の対象」と嘲笑的に自らを呼ぶことができ、作者は彼女を恐るべき超対象――「武器をもたぬ標的」――として描くことができる。

　部族民としてのドプディは、マハスウェータによってロマンティックな性格を与えられてはいない。ここでもまた「現実的に」、革命家のなかの政策決定者は、机上の学問を土地へと向かわせ、そうすることによって、書物（理論あるいは「外部」）と自発性（実践あるいは「内部」）の対立を解消する長い過程をはじめる、若いブルジョワの男たち女たちである。そのような闘士たちは、自らは部族民でも紳士でもないので、きわめて打ち負かしにくい。ベンガル人の読者なら、登場人物のなかから名前を挙げて彼らを判別することもできるだろう。舌を噛み切った偽名の男、夫婦者が軍の非常線から逃げるのを助ける男、タバコもお茶も絶っている者たち、そしてなによりもまず、アリジット。彼の特徴は、粋なファースト・ネームにある。それは、見せかけのサンスクリット語で、古代名にはそれにあたるものがない。「敵に勝利して」という意味も、いささかこの小説にふさわしすぎる。しかし、ドプディに彼女自身ではなく彼女の同志を救おうとする勇気を与えるのは、彼の声にほかならないのだ。

　もちろん、男性の権威というこの声も薄れてゆく。ひとたびドプディが、小説の最後のセクションで、月の満ち虧けと性的差異という補遺の領域にはいるとき、彼女がいるのは、記録されていない、あるいは誤って記録された、客観的な歴史的記念物として彼女に（遭遇し）立ち向かう男性に異議を申し立てるにあたり、最終的に「行動」しないことによって自らのために行動を起こすであろう場所である。軍の士官は、「これはなにか」という権威的、存在論的な問いを発することのできないものとして示される。事実、サーヒブのテントへのドプディの最終的な召喚を叙述する文には、行為者が見当たらないのだ。もし私がここに、変動する歴史的契機における革命の内部にある女性の闘争のアレゴリーを見出したとしても、許されることだろう。

　マハスウェータが余談の部分で指摘しているように、問題となる部族はサンタル族であり、インドに居住する他の少なくとも九つのムンダ族と混同されるべきではない。彼らはまた、おそらくは遠い「非 - アーリア的」起源を有するにもかかわらず、他の部族と違ってヒンドゥー人である、いわゆる不可触賤民とも混同されるべきではない。不可触賤民にハリジャン（「ハリ神の民」）の名を与えたとき、マハトマ・ガンディは、諸部族がもっていると思われるある種の誇りと一体感を混ぜ合わせようとした。マハスウェータは、それぞれの、いわゆる不可触カーストを、制度化されたヒンドゥー教の厳格な構造機能主義のうちで、そのカーストの卑しく不潔な職務の名で呼ぶベンガル人の習慣にしたがっていた(18)。私はこれを、翻訳では再現できなかった。

マハスウェータは、シク教徒とベンガル人といういまひとつの差異化を、ほとんど戯画のレヴェルで用いている。（シク教は、改革された宗教として十五世紀末に導師ナーナクによってはじめられた。今日インドのおよそ九百万人のシク教徒は、広大なインド＝ガンジス平野の、ベンガルとは反対の端にある東パンジャブにおもに住んでいる。長身で、男性的で、ターバンを巻き、髭を生やしたシク教徒は、痩せ型で知的だと思われているベンガル人とひどくかけ離れているので、北アメリカにおけるポーランド人社会、あるいはフランスにおけるベルギー人社会と同じように、類型的な冗談の種となっている。）『グラント＝サーヒブ』（シク教徒の聖なる書物――私はそれを「聖典」と訳した）と、シク教の勤行の「五つのK」に頼っている、糖尿病のシク教徒、アルジャン・シン大尉は、筋肉隆々だが無能な男として描かれている。そして狡猾で、想像力豊かで、堕落したベンガル人であるセナナヤクは、もちろんキーツ的な意味でいう消極的能力に溢れた陸軍士官である(19)。

この小説のエネルギー全体は、一読すると、セナナヤクのうちなる理論と実践の、一見明らかな落差の打破に向けられているように思われる。そのような完璧な打破は、もちろん可能ではない。消極的能力の理論的生産物は実践である。また、ナクサルバリ支持者を掃討するという実践は、歴史的契機の理論をともなっている。そのような完璧な打破の想定は事実、理論化し実践する個々の主体が、じゅうぶんに統制下にあるという想定に依存している。少なくともインド－ヨーロッパ的伝統一般の歴史においては、そのような至高の主体は、彼の不動の父の名と同一の、法的な、あるいは合法的な主体でもある[20]。セナナヤクが名と姓の区別を与えられていないのは、そういう意味で興味深いかもしれない。彼の父の名は、彼の職務（もちろんカーストの法によるものではない）と同一である。それは、普通名詞としては「軍隊の長」を意味する。実際、それが固有名詞なのか、通常の呼称なのかにかかわる疑問が、ほんのわずかだがほのめかされている。これは、男性による理論－実践の詐欺的操作を支える、一見自らには妥当と思える同一性への批判であるかもしれない。もしそうならば、それは、不合理な恐怖という楔で結びつけられたこの同一性を打破するという、この小説の企てと私が見るものと調和する。第三世界の女性へのわれわれの効率的－情報－検索と、近づき得る－者－へ－語りかける式のアプローチへの確信が、不合理な不安という楔によって打破され、われわれが利益と見なすものが損失を意味するかもしれないという感情へ、そして、われわれの実践がそれに応じて捏造されているに違いないという感情へと変容するとすれば、そのときわれわれは、「ドラウパーディ」のテクストの効果をセナナヤクと共有することになるだろう。

翻訳で傍点を付した語は、原文では英語で書かれている。両方の陣営で戦闘用語に英語が用いられている点は注目されるべきである。多国籍経済と結託した民族国家の政治は戦争を生み出す。戦争の言語――攻撃および防禦――は国際的である。ここでは、英語が名前のない異種混交的な世界言語の代役を果たしている。語法の特殊性は、数世紀にわたる政治的、社会的圧力のもとで英語に対処するよう強いられてきたことにともなうものである。実際、「純粋な」言語などどこに存在するだろうか。闘争の性質を念頭におけば、「同志ドプディ」といういいまわしにはなんら奇妙なところはない(21)。対立物——知識人‐農民、部族主義者‐国際主義者——の解消の一端こそが、法の「地下」、「裏側」の揺動する構成なのである。法の表側では、国と国の区別を打ち壊すような脱構築は、王‐皇帝、あるいは資本の侵略を通じてもたらされるのだ。

唯一の例外は「サーヒブ」という単語である。ウルドゥー語では「友」を意味するこの語は、ベンガーリー語では、ほとんど「白人」という意味しかもたなくなった。それは植民地的な単語であり、今日では「ボス」の意味で用いられる。セナナヤクを表わすために「バラ・サーヒブ」と書きながら、私はラディヤード・キプリングのことを思った。

ベンガーリー語と英語のあいだでの「翻訳」に関して、奇妙な中間的な空間を占めるのはまたしてもドプディである。彼女は、"counter"(この"n"は、二重母音"ou"の鼻音化したものにすぎない)という言葉を用いるただひとりの者だ。マハスウェータが説明するように、それは「遭遇戦[encounter]で警察に殺される」という意味の省略形で、警察の拷問による死を表わす暗号である。ドプディは英語を解さないが、この決まり文句と単語は理解している。最後の箇所で彼女がそれを使うとき、それは神秘的にも「適正な」英語の語法に近くなる。それは、彼女と遭遇[encounter]する——「交戦[counter]する」——政治的・性的な敵——主体‐客体の弁証法の一時的に沈黙させられた主人——に対する、客体化された主体の脅迫的な訴えとなる。ある言語を「知る」ことなく、それを「正しく」「使う」とはどういうことなのだろうか。

われわれはセナナヤクと同様、反対の立場にいるため答えられない。ドプディの歌の意味は、専門家によって教えられはするが、テクストにあっては開示されないままである。教育あるベンガル人は諸部族の言語を知らないし、またいかなる政治的強制力も、それを「知る」ように強いることはない。ひとが誤って政治的「特権」として考えるだろうもの——英語を適正に知っていること——は、言語の脱構築的実践——政治的転置を通してそれを「正しく」使うこと、あるいは他の陣営の言語を操作すること——の障害となるのだ。

したがって私は、部族民によって話される特殊なベンガーリー語についてのみ、通常の「翻訳者の問題」に直面してきたことになる。一般にわれわれ教育あるベンガル人は、故ピーター・セラーズがわれわれの英語に対してとったのと同じような、人種差別的態度をとっている。D・H・ロレンスの描く「一般人」の言語、あるいはフォークナーの描く黒人の言語を変形したものを用いていたら、厄介なことになっていただろう。ここでもまた、特殊性は細部にかかわるものである。私は、それがどのようなものであるにしろ、「純粋な英語」を使ったのだ。

小説に脚註を付して煩わしくするよりも、最後に何項目か情報を列挙しておこう。

二六五ページ　「五つのK」とは“Kes”（刈っていない髪）、“kachh”（膝までのズボン下）、“karha”（鉄の指輪）、“kirpan”（短刀）、“kanga”（櫛——すべてのシク教徒がつける、同一性のしるしとなるもの）である。

二七〇ページ　「ビビダ・バラティ」はラジオの人気番組で、聞き手が気に入った音楽を聞くことができるというもの。北インドの映画産業は、インド、ならびにインド人、パキスタン人、西インド人の労働者が暮らす世界のあらゆる地域で消費される、低俗な映画を数多く製作している。その映画の多くは叙事詩の改作である。サンジーヴ・クマールは偶像化された俳優だ。叙事詩においてドラウパーディを苦境から救うのはクリシュナであり、また兵士たちが見る映画では、サンジーヴ・クマールがクリシュナと遭遇するのだから、ここにはテクスト上のアイロニーが若干あることになるだろう。

二七一ページ 「パンチャヤット」は、投票で選ばれたと想定される村の自治組織である。

二七六ページ 「チャムパブミ」と「ラダブミ」は、ベンガルのある地域の古代の名称である。「ブミ」は単純に「土地」を意味する。ベンガル全土は、そういうわけで、「バンガブミ」になる。

二七七ページ 虎を追うジャッカルは、常套的なイメージである。

二七七ページ 現代ベンガーリー語には、「彼女の」と「彼の」の区別がない。「同志の誰も——」ではじまる文のなかの「彼女の」は、それゆえ、ひとつの解釈と見なされるだろう(22)。

二八〇ページ サリーという言葉が喚起するのは、「品のいい」インド女性が着る、たくさんの襞のついた、長い衣服で、ブラウスと下着とがそろって完全になるものである。ドプディが着ているのは、ブラウスや下着のない、かなり簡略化されたものだ。それは単に「衣服」を指すものと考えられる。

ドラウパーディ

氏名、ドプディ・メジェン。年齢、二十七歳。夫、ドゥルナ・マジ(死亡)。住所、バンクラジャール州チェラカン。生死に関する、そして/あるいは逮捕協力に関する情報。百ルピー……。

お仕着せを着たふたりの制服のやりとり。

制服一　なんだこれは、ドプディと呼ばれている部族民だって？　おれがもってきた名前のリストにはそんなのは載っていないぞ！　どうしてリストにない名前がわかるんだ？

制服二　ドラウパーディ・メジェンだ。母親が、バクリのスルジャ・サフー（これは殺されたんだが）の家で稲を刈っていた年に生まれてね。スルジャ・サフーの女房が彼女にその名前を与えたのさ。

制服一　ここの士官連中ときたら、英語で書けるだけ書くことほど好きなことがないんだからな。その女についていったいなんて書いてあるんだ？

制服二　「非常に悪名高い女、長く手配中、多くの……」

身上調査書　ドゥルナとドプディは、ビルブム、ブルドワン、ムルシダバード、バンクラのあいだを巡回しながら、収穫作業で働いていた。一九七一年の有名なバクリ作戦の際、三つの村で非常線が張られ、機銃掃射されたとき、彼女たちも地面に横たわって死んだふりをした。ところが実のところ、彼女たちが主犯だったのだ。スルジャ・サフーとその息子を殺害したこと、千魃時に上層カーストの井戸と掘り抜き井戸を占拠したこと、三人の若者の警察への引き渡しを拒否したこと。これらすべてにおいて、彼女たちは主要な煽動者だった。午前中、死亡者数確認のとき、ふたり組は見つからなかった。すぐさまバクリの建設者アルジャン・シン大尉の血糖値はあがり、またしても、糖尿病が不安と憂鬱の結果であり得ることを立証した。糖尿病は、十二人の夫をもっている――そのうちのひとりは不安なのだ。

ドゥルナとドプディは長いあいだ、ネアンデルタールの洞窟のような暗闇のなかに潜行していた。特別部隊は、その闇を武装した捜索で見通そうとし、西ベンガルのさまざまな地区の相当数のサンタル族を、心ならずもあの世へ送ってしまった。インド憲法によれば、カーストや信条にかかわらず、すべての人間は聖なるものとされる。それでもなお、このような事故は起きるのだ。二種類の理由。⑴潜行中のふたり組の巧みな身の隠し方。⑵サンタル族だけでなく、すべてのアウストロアジア系ムンダ族の部族民が、特殊部隊には同じように見えること。

事実、バンクラジャールの警察署の管轄にある（われわれのこのインドでは、一匹の虫でさえもどこかの警察署の管轄下にある）悪名高いジャルカーニの森の周囲全域、その南東、南西の端においてすら、警察署襲撃、銃の窃盗（強奪者は必ずしも満足に教育を受けてはいないので、時として銃を捨てろといわずに「弾倉を捨てろ」といったりする）、穀物仲買い人、地主、質屋、弁護士、官吏の殺害の嫌疑をかけられた人びとに関して、集められた目撃者の証言録の身の毛もよだつような詳細さにひとは出くわす。この挿話の直前、ひと組の肌の黒い夫婦が、警察のサイレンのようにわめいたことがあった。彼らは、サンタルにすら理解不能な未開の言葉で歓喜して歌った。たとえば、

サマライ　ヒジュレナコ　マール　ゴエコペ

とか

ヘンデ　ラムブラ　ケチェ　ケチェ
プンデイ　ラムブラ　ケチェ　ケチェ

これは、彼らがアルジャン・シン大尉の糖尿病の原因であることを決定的に立証している。

行政手続きは、サーンキヤ哲学の男性原理や、ミケランジェロ・アントニオーニの初期の映画と同じくらい理解不能なものなので、ジャルカーニ森林作戦に際してもう一度派遣されたのは、ほかならぬアルジャン・シンそのひとであった。前述の、わめいて踊った夫婦が、墓から逃げ出した屍体であったという霊の知らせを聞いて、アルジャン・シンは、ゾンビのような状態にしばらく陥って、ついには、球ズボンをはいた黒人を見るたびに、「奴がおれを殺す」といいながら失神してしまうほど、黒い肌の人びとに対して理不尽な恐れをいだくようになり、酒にふけって糖尿病を悪化させ、大量に小便をするようになった。制服も聖典も、その憂鬱を軽くすることはできなかった。さてこれでようやく、時機尚早の強制的退職の影に脅かされながら、戦闘と極左政治運動の専門家である先輩のベンガル人セナナヤク氏の机のそばにいる彼の姿を、示すことができる段階となったわけである。

セナナヤクは、敵対者の活動と能力を彼ら自身が知っているよりもよく知っている。それゆえ彼は、まず第一に、シク教徒の軍事的天分に讃辞を送り、さらに続けて説明するのである。銃身の先に力を見出すのが敵だけであっていいものだろうか？　アルジャン・シンの力は、銃という男性的器官からも炸裂するのだ。銃がなければ、「五つのK」すらも、今日この時代においては無に帰してしまうのだ。このような演説を、彼はあらゆる者に聞かせる。その結果、戦闘部隊は、軍事教本への信頼を回復する。それは、万人向きの本ではない。それは、もっとも卑劣で嫌悪すべき戦闘様式は原始的武器によるゲリラ戦であると説いている。そのような戦闘に従事する者を見かけ次第、殲滅することが、すべての兵士の神聖な義務である。ドプディとドゥルナは、そのような戦士の範疇に属している。なぜなら彼女たちも、手斧、大鎌、弓矢などでひとを殺すからだ。実のところ、彼らの戦闘力は、紳士たちのそれよりも大きい。すべての紳士たちが「弾倉」の爆発の達人になるわけではない。彼らは銃を手にすれば、ひとりでに力が身に備わるとでも考えている。しかし、ドゥルナとドプディは読み書きができないので、彼女たちの同類は、何世代にもわたって、武器の使用の練習を重ねてきたのだ。

私はここで、セナナヤクが、相手側には軽視されているが、軽くあしらうことのできない人物であるということに触れておかなければならない。彼が実践していることがなんであれ、理論においては、彼は敵対者に敬意を払っている。「それは、ちょっとした生意気な拳銃ごっこに過ぎない」という態度で扱っていては、彼らを理解することも撲滅することもできないだろうという理由で、敬意を払っている。敵を壊滅させるためには、そのひとりとならなければならない。こうしたわけで、彼は、（理論上）彼らのひとりとなることで、敵を理解したのだ。彼は将来、こういうことがらについて、本を書きたいと望んでいる。彼はまた、自分の本のなかで、紳士たちを撲滅し、収穫作業者たちの訴えに脚光を当てようと心に決めていた。こうした心理の過程は複雑に見えるかもしれないが、実際には彼は単純な男で、海亀料理の食事のあとで満足している彼の三番目の大叔父と同じくらい満足しきっている。事実、彼は、古い流行歌にあるように、世界が順ぐりに変わってゆくものであることを知っている。そして彼は、どの世界においても、自分が名誉とともに生き残るという保証を手に入れなければ気がすまない。必要とあれば彼は、自分ひとりがその問題を適正なパースペクティヴにおいてどの程度まで理解しているか未来に対して示すだろう。彼は、今日自分が行なっていることを未来が忘れるであろうということをよく知っている。しかし、もし世から世へ色を変えることができれば、問題となっている特定の世界を表象することができるということも知っている。今日彼は、若者を「気遣いと排除」という手段によって駆逐している。しかし彼は、人びとがすぐに流血の記憶と教訓を忘れるであろうということを知っている。そして同時に、彼は、世界の遺産を若者の手に引き渡すのはよいことだと、シェイクスピアのように信じている。彼は『テンペスト』のプロスペローでもあるのだ。

ともあれ、多数の若い男たち女たちが、一団また一団、ジープに乗って、警察署を次々に襲撃し、その地域を恐怖に陥れ、同時に住民の意気をあげさせて、ジャルカーニの森へ消えて去ったという情報がもたらされる。バクリを逃れて以来、ドプディとドゥルナは、ほとんどあらゆる地主の家で働いたので、殺人者たちに、標的に関する的確な情報を与えることができ、自分たちもまた兵士であり、兵卒であると誇らかに宣言することができる。最後には、金城鉄壁のごときジャルカーニの森は、本物の兵士たちによって取り巻かれ、軍隊がはいり、戦場を切り裂く。兵士たちは身を潜めて、飲み水の唯一の源である滝と泉を守る。彼らはなおも守り続ける、見守り続ける。そのような捜索をしているときに、軍隊の情報提供者であるドゥキラム・ガラリは、ひとりの若いサンタル族の者が、平らな石のうえに腹這いになって、水を飲むために顔を浸しているのを見た。兵士たちは彼が横たわっているところを襲った。３０３銃が彼を投げ飛ばして羽根を広げた鷲のように横たえ、血の混じった泡を口から吹かせた瞬間、彼は「マ――ホ」と呻き、ぐったりとなった。彼らは、のちになって、それが恐るべきドゥルナ・マジであったことを知るのだった。

「マ――ホ」とはどういう意味だろうか。それは、部族民の言葉を使った凶暴なスローガンなのだろうか。さんざん考えても、防衛課は確信をもてなかった。カルカッタからふたりの部族専門家が飛行機で呼ばれ、ホフマン‐イェファーやゴールデン‐パーマーなどの名士によって編纂された辞書と汗だくで格闘した。結局、全知のセナナヤクが、キャンプの水運び、チャルムを呼び出す。彼は、ふたりの専門家を見るとくすくす笑い、自分の「ビディ」で耳を掻き、いう。マルダーのサンタル族がガンディ王の時代に戦いをはじめるときにそういっていたんです！　関の声ですよ。誰がここで「マ――ホ」といったんですか？　誰かマルダーから来たんですか？

問題はかくして解決される。そして、ドゥルナの死体を石のうえにおき去りにして、緑の迷彩服の兵士たちは樹々に登る。彼らはさながら、偉大な神パンのように葉の繁る大枝をだきかかえ、大きな赤蟻が彼らの秘所を咬んでいるあいだも待つ。誰か屍体をもち去りに現われないか見はるためだ。これは、狩人の方法であって兵士のものではない。しかし、セナナヤクは、あの野獣たちが、容認された方法では退治され得ないことを知っている。そこで彼は部下たちに、死骸を餌にして獲物をおびき寄せるよう命じる。すべてが明らかになるだろうと彼はいう。自分は、ドプディの歌をほとんど解読したも同然だ。

兵士たちは彼の命令を実行し続ける。しかし、誰もドゥルナの死骸を取りに来はしない。夜中に彼らは、取っ組み合っているような物音を聞き、発砲するが、降りていってみると、乾いた葉のうえで交尾する二匹の山嵐を殺しただけであった。不用意にも、兵士たちが使っているジャングルでの内偵、ドゥキラムは、ドゥルナを捕えた報酬を得るまえに、首にナイフを突き立てられてしまう。ドゥルナの死骸を運びながら、兵士たちは、饗宴を中断させられた蟻たちが彼らを咬みはじめたおかげで、刺すような痛みに苦しむ。セナナヤクは、誰も死骸を取りに来なかったと聞くと、『神の代理人』の反－ファシスト・ペイパーバック版をたたきつけるようにおいて、「なんだと?」と叫ぶ。ほとんど同時に、部族民専門家のひとりが、アルキメデスのように裸で、喜びをあらわにしながら走りこんで来ていう。「起きてください。『ヘンデ・ラムブラ』というたわごとの意味がわかったんですよ。それはムンダーリー語なんです」

かくしてドプディの捜索は続行される。ジャルカーニの森林地帯では、作戦が続いている——これからも続くであろう。それは、政府の臀部にできた急性化膿性炎症だ。それは、試験ずみの軟膏で治癒するものでも、適当な薬草で腫れ物を破ることのできるものでもない。第一段階では、逃亡者たちは、森の地勢に無知なため、簡単につかまり、軍事衝突法にしたがって納税者の血税で射殺される。軍事衝突法にしたがって、彼らの眼球、腸、胃、心臓、生殖器などは、狐、禿鷹、ハイエナ、山猫、蟻、蛆の餌となり、不可触賤民たちが喜んで彼らの骸骨を売りに行く。

次の段階になると、彼らはおめおめと野戦で捕えられたりはしない。いまや彼らは、信頼できる従者を見つけたように思われる。十中八九、それはドプディだ。ドプディはドゥルナを自分の血縁者よりも愛していた。逃亡者たちを救っているのは彼女であるに違いない。

「彼ら」もまた仮説である。

なぜ?

もともと何人が去ったのか?

答えは沈黙。それについては多くの物語があり、多くの書物が出版されている。なにもかも信じてしまったりしないのが最善の方法だ。

六年間の軍事衝突で何人が殺されたのか?

答えは沈黙。

なぜ軍事衝突のあと、折れたり切断された腕とともに、骸骨が発見されるのか?　腕のない男たちが戦えただろうか?　なぜ鎖骨がぐらついていたり、足や肋骨が砕けているのか?

二種類の答え。沈黙。眼に浮かぶ傷つけられた非難の表情。困るじゃないか!　なぜこんな問題をもち出すのだ?　現実は、なるようになるものさ……。

何人が森のなかに残されているのか?　答えは沈黙。

軍団ひとつ分ほどか?　納税者の血税で、そのような未開の地域において大隊を維持することは正当化できるだろうか?

答え：異議あり。「未開の地域」といういい方は不正確だ。大隊は、管理された食物、信仰にのっとって礼拝するためのさまざまの手配、「ビビダ・バラティ」を聞き、『これが人生だ』という映画で、サンジーヴ・クマールおよびクリシュナと顔を合わせる機会を与えられている。いや。この地域は未開ではない。

何人が残されているのか？

答えは沈黙。

何人が残されているのか？　そもそも誰かいるのだろうか？

答えは長い。

箇条：いずれにしろ、戦闘はいまだに続行している。金貸し、地主、穀物仲買い人、匿名の売春窟主人、もと情報提供者たちはいまだに怯えている。飢えて、着るものもない者たちは、いまだに挑戦的で押さえつけられないままだ。いくつかの地域では、収穫労働者たちは、よりよい賃金を得るようになってきている。逃亡者たちに同情的な村々は、いまだに沈黙し敵意をいだいている。こうした出来事が想起させるのは……。

この絵のどの部分にドプディ・メジェンは適合するのか？

彼女は、逃亡者たちとつながりをもっているに違いない。恐怖の原因は他のところにある。とどまっている者たちは、森の原始的世界で長いあいだ暮らしてきた。彼らは、貧しい収穫労働者たちや部族民と付き合っている。彼らは書物で得た学問を忘れてしまったに違いない。おそらく彼らは、書物の学問を、自分たちの暮らしのよりどころである土壌へと適応させるとともに、新しい戦闘と生存の技術を学びつつあるのだろう。外在的な書物中心の学問と誠実な内在的熱情を唯一の頼りとしている者は、射殺して取り除くことができる。実践的に働いている者たちは、それほど簡単には根絶されないだろう。

したがって、ジャルカーニ森林作戦は決して終わることがない。理由：軍事教本にある警告の言葉。

2.

ドプディ・メジェンを捕えよ。彼女を捕えれば他の者も見つかるだろう。

ドプディは、ベルトに米の包みを結びつけて、ゆっくりと進んでいた。ムシャイ・トゥドゥの妻が彼女のために少し料理してくれたのだ。彼女はときどきそうしてくれる。米が冷えていれば、ドプディは腰巻にそれを結わえて、ゆっくりと歩く。歩きながら彼女は、髪にたかる虱を拾い出して殺した。もし灯油があれば、それを頭皮に塗って虱を取り除くことができるだろう。そのあと彼女は重曹で髪を洗うことができる。しかし、あの連中が滝の曲がり目ごとに罠を仕掛けている。もし水に残る灯油の匂いに気がつけば、彼らはその匂いを追ってくるだろう。

ドプディ！

彼女は返事をしない。自分のほんとうの名前を聞くとき、彼女は決して返事をしない。彼女は、パンチャヤットの事務所で今日、自分の名前で賞金の告知が出ているのを見たばかりである。ムシャイ・トゥドゥの妻がいった。「なにを見ているの？　ドプティ・メジェンっていうのは誰なんだろう！　その女を引き渡したら銭をくれるという話だよ！」

「いくらだって？」

「二――百だってさ！」

なんということだ！

ムシャイの妻が事務所の外でいう。「今度は準備がすごいね。ぜーんぶ新しい警官だよ」

ふむ。

もう来ないでよ。

なぜなの?

ムシャイの妻は下を向いた。サーヒブがまたやって来ているとトゥドゥがいうのよ。もし奴らがあんたをつかまえたら、村やわたしたちの小屋は……。

また燃やされるんだろう。

そうよ。それで、ドゥキラムのことだけど……。

サーヒブは知っているの?

ショマイとブドゥナがわたしたちを裏切ったのさ。

奴らはどこにいるの?

汽車で逃げたのよ。

ドプディは少し考えた。そしていった。家に帰ってちょうだい。どうなるかわからないけれど、もし奴らがわたしをつかまえたら、知らないふりをしておくれ。

逃げられないの?

だめよ。わたしが何度逃げられるというの? 奴らがわたしをつかまえたらどうすると思う? 拷問するだろうね。そうさせるさ。

ムシャイの妻がいった。わたしたち、ほかにどこにも行き場がないのよ。

ドプディは穏やかにいった。わたしは誰の名前もいわないよ。

ドプディは、いかにひとが拷問に耐えられないものか、知っていた。長いあいだ何度も耳にすることによって学んでいた。もし心と肉体が、責め苦に屈伏したら、ドプディは舌を噛み切るつもりでいる。あの青年はそうした。彼らは彼を拷問した。拷問されるとき、手はうしろ手に縛られる。骨は全部くだかれ、性器はひどく傷つけられる。遭遇戦で警察に殺された……未知の男性……年齢二十二歳……。

こうしたことを考えながら歩いていたとき、ドプディは誰かが「ドプディ！」と呼んでいるのを聞いた。彼女は答えなかった。ほんとうの名前で呼ばれたときには彼女は返事をしない。ここでの彼女の名はウピ・メジェンだ。しかし、誰が呼んでいるのか？

彼女の心のなかで疑いの棘は常に折り畳まれている。「ドプディ」と呼ばれるのを聞くと、その棘は山嵐の棘のように固くなる。歩きながら彼女は、心のなかで、知っている顔のフィルムをまわす。誰だろうか？　ショムラではない。ショムラは逃亡中だ。ショマイとブドゥナも、別の理由で逃亡している。ゴロクではない。彼はバクリにいる。あれはバクリから来た者だろうか？　バクリを出て以来、彼女とドゥルナの名前は、ウピ・メジェンとマタン・マジだった。ここでは、ムシャイと彼の妻のほか誰も彼女たちの本名を知らない。若い紳士たちのあいだでも、以前の仲間のすべての者が知っていたわけではない。

それは、困難な時代だった。ドプディはそれについて思うと混乱する。バクリにおけるバクリ作戦。スルジャ・サフーは、二軒の家の囲われた敷地内にふたつの掘り抜き井戸と三つの井戸を掘るため、ビディバブと手はずした。どこにも水一滴ないビルブムの干魃。スルジャ・サフーの家の、鴉の眼のように澄んだ、無際限の水。

あんたのところの水に運河税をかけてくれ。なにもかも干あがって焼けついている。

税金で耕作地を増やしてわしになんの利益があるんだね？

なにもかも燃えあがりそうに干あがっているんだ。

出ていってくれ。おまえのパンチャヤット風の馬鹿話は受け容れん。水で耕作地を増やせだと。おまえらは小作するために水田の半分が欲しいんだ。誰でも自分の自由になる水田があればうれしいものさ。だから、自分の物になる水田をよこせ、金をよこせというわけだ。おまえらによいことをしてやろうとするとどんなことになるか、わしは教訓を得たね。

あんたがどんなよいことをしたって？

村に水をやったじゃないか？

あんたはバーグナルのあんたの親族にやっただけさ。

おまえらは水をもらわないのか？

ああ。不可触賤民は水をもらわないんだ。

そこで喧嘩がはじまる。干魃時には、ひとは容易に堪忍袋の緒を切らすものだ。村から来たサティッシュとジュガルと、あの若い紳士——ラナという名だったか——は、金貸しの地主はなにもよこさない、殺してしまえといった。

夜、スルジャ・サフーの家は包囲された。スルジャ・サフーは銃をもち出した。スルジャは、牛を縛るロープで縛りあげられた。彼は白眼をぐるぐるまわし、何度も失禁した。ドゥルナがいった。おれに最初に殴らせてくれよ、兄弟。おれのひいじいさんが奴から少し水田を借りて、その借金を返すために、おれはまだ奴のためにただ働きをしているんだ。

ドプディはいった。わたしを見たとき、彼は涎を垂らしていた。眼を繰り出してやる。

スルジャ・サフー。それからシウリからの電報。特別列車。軍隊。ジープはバクリまでは来なかった。

行進‐行進‐行進。鋲を打った深靴が、砂利のうえをざく‐ざく‐ざく。非常線が張られる。マイクを通した命令。ジュガル・マンダル、サティッシュ・マンダル、ラナ、別名プラビール、別名ディパク、ドゥルナ・マジ——ドプディ・メジェン、降伏せよ、降伏せよ、降伏せよ。降伏せず、降伏せず。村への銃撃‐銃撃‐銃撃。パット——パット——パット——空中で破裂する無煙爆薬——パット‐パット——時計のまわりを——パット‐パット。火炎放射器。バクリは燃えている。さらに多くの男たち女たち、子どもたちが……火事——火事。運河からの接近をはばめ。夜陰に乗じて越える‐越える‐越える。ドプディとドゥルナは、安全なところまで這っていった。

彼女たちはバクリを出たあと、パルタクリまでたどり着けなかったかもしれない。しかし、ブパーティとタパが、彼女たちを連れていった。そしてドプディとドゥルナは、ジャルカーニ地帯で働くことが決められた。ドゥルナは、ドプディに説明した。こうするのが一番いいんだよ！　こんなことでは、おれたちは家族や子どもなんか望めないだろう。でも、わからないぞ。地主も、金貸しも、警察も、いつかやっつけられるかもしれないんだ！

今日、うしろから呼んだのは誰だろう？

ドプディは歩き続ける。村々と田畑、薮と岩——公共労働課の目印——背後に走る足音。走っているのはひとりだけだ。ジャルカーニの森は、なお二マイル離れている。彼女はいま、森にはいることだけを考える。彼女は、警察がまた彼女を手配する告知を出したことを、彼らに知らせなければならない。卑劣漢のサーヒブがまた現われたことを、彼らに教えなければならない。隠れ家を変えなければならない。それに、サンダラの畑に労役を提供する困難さのせいで、スルジャ・サフーに対して行なったのと同じことを、ラッキ・ベラとナラン・ベラに対して行なうという計画は取りやめられなければならない。ショマイとブドゥナは、すべてを知っていた。ドプディの命は切迫した危険にさらされていた。いま彼女は、ショマイとブドゥナの裏切りには、サンタル族としての恥がまるでないと思っていた。ドプディの血は、チャムパブミの、純粋な、混ざり気のない黒い血だった。チャムパからバクリまで、百万回も月はのぼったり沈んだりした。月の血は汚染されることもあり得たかもしれない。ドプディは、彼女の祖先を誇りに思った。彼らは黒い鎧兜で、彼らの女たちの血を守りながら立っていた。ショマイとブドゥナは混血児だ。戦争の落とし子だ。シアンダンガに駐留していたアメリカ兵のラダブミへの貢物だ。そうでなければ、サンタル族がサンタル族を裏切るまえに、鴉が鴉の肉を食らうだろう。

背後に足音。足音は距離をおいている。ベルトに米。腰に挟みこんだタバコの葉。アリジット、マリニ、シャム、マントゥ——その誰ひとりとして、タバコを吸わないし、お茶すら飲まない。タバコの葉と石灰岩の粉。蠍に咬まれたときの最良の薬。どれも、敵に手渡すわけにはゆかない。

ドプディは左折した。これはキャンプに向かう道だ。二マイル。これは森へ向かう道ではない。しかしドプディは警官につけられているときには森にはいろうとしない。

命にかけて誓う。わたしの命であるドゥルナにかけて、わたしの命にかけて。なにも話してはいけない。

足音は左折した。ドプディは腰に触った。掌に半月形の物の快い感触。小型の鎌。ジャルカーニの鍛冶屋たちは優れた職人だ。その刃のうえに、ウピが、百人のドゥキラムたちが掛けられる——ありがたいことに、ドプディは紳士階級の者ではなかった。実際、おそらく彼らは鎌、手斧、ナイフのことを誰よりもよく理解している。彼らは黙って事を行なう。遠くにキャンプの明かり。ドプディはなぜ、この道を歩んでいるのか？　ちょっと止まって、また曲がる。ふん！　一晩じゅう眼をつむってさまよい歩いても、わたしは自分がどこにいるかわかる。わたしは森のなかへは行かない。そうなふうにしてまこうとは思わない。わたしは彼から逃げない。警官のお先棒かつぎのジャッカルめ。死ぬのがこわくてたまらないものだから、森のなかを走りまわったりできまい。息が切れるほど走らせ、溝に投げこみ、息の根を止めてやるだろうに。

ひとこともしゃべってはならない。ドプディは新しいキャンプを見、バス停に腰かけ、昼間の時間を過ごし、「ビディ」を吸い、警察の護送車が何台、無線車が何台到着したかを知った。南瓜四個、玉葱七個、胡椒五十個、簡単な計算。その情報をいまは伝えることができない。伝わらなければ、彼らは、ドプディ・メジェンが拷問されたと理解するだろう。そうすれば、彼らは逃げるだろう。アリジットの声。もし誰かがつかまれば、他の者がタイミングをとらえ、隠れ家を変更しなければならない。もし同志ドプディが着くのが遅れたら、われわれは居場所を変える。どこへ行ったのか目印は残してゆく。同志の誰も、彼女のために他の者を犠牲にしたりはしないだろう。

アリジットの声。水のどくどく流れる音。次の隠れ家の方向は、石のしたにおいた木の矢尻の先で示されるだろう。

ドプディは、このやり方が好きだし理解している。ドゥルナは死んだ。しかし、彼は他の誰の命も失わせなかったといわせてほしい。なによりもこのことが念頭にないおかげで、拷問されると他の者にめんどうをかけてしまうのだ。今度はもっと苛酷な規則だ。簡単で明確な。ドプディが戻る――良い。戻らない――悪い。隠れ家を変えろ。手がかりは敵に見つからないもの、もし見つかっても理解できないものにしよう。

背後に足音。ドプディはまた道を曲がる。この三マイル半の土地と岩だらけの地面が森へはいる最上の経路だ。ドプディはその道をあとにした。前方に少し平らな土地。それからまたしても岩。軍隊は、こんな岩だらけの地帯ではキャンプを引きあげることもできなかったはずである。この地域はじゅうぶん静かだ。そこは迷路のようで、どのこぶも同じに見えてしまう。好都合だ。ドプディは警官を、燃えるような「山道」へ導いてゆくだろう。サランダのパティトパバンは、「燃える山道」のカーリーの名のもとに生け贄にされたのだった。

逮捕しろ！

岩のかたまりがひとつ立ちあがる。もうひとつ。そしてまたひとつ。年輩のセナナヤクは、勝ち誇った気分であると同時に気落ちしてもいた。敵を滅ぼしたければ、敵になりきれ。彼はそうしてきた。六年もまえから、彼は彼らのすべての動きを察知できた。いまでもできる。だから彼は意気揚々としている。文学にずっと親しんできた彼は、『最初の血』を読んで、自分の考えと仕事を是認してくれるものを見出したこともある。

ドプディは彼を欺くことができなかった。彼にはそれがおもしろくない。二種類の理由。六年まえ、彼は、脳細胞のなかの情報の貯蔵に関する論説を発表した。彼はそのなかで、自分がこの闘争を、農地労働者の視点から支持していることを表明した。ドプディは農地労働者だ。老練な兵士。取り調べて、殺せ。ドプディ・メジェンはまさに逮捕されようとしている。殺されるだろう。残念なことに。

止まれ！

ドプディは急に立ちどまる。背後の足音は正面へ回ってくる。ドプディの肋骨のしたで運河のダムが切れる。望みなし。スルジャ・サフーの兄ロトニ・サフー。ふたつの岩のかたまりが前方へ向かう。ショマイとブドゥナ。彼らは列車で逃げたのではなかった。

アリジットの声。勝利を収めたときに、それを知らなければならないのとちょうど同じように、敗北もすぐに認め、次の段階の活動をはじめなければならない。いまドプディは腕を広げ、顔を空に向けてあげ、森の方角を向き、全力で吠える。一度、二度、三度。三度めの咆哮で森の外縁の樹々にとまる鳥たちが眼醒め、翼を羽ばたかせる。叫びのこだまがはるか彼方へと響いてゆく。

3.

ドラウパーディ・メジェンは、午後六時五十三分に逮捕された。彼女をキャンプに連れてゆくのには一時間かかった。尋問にはさらに一時間ちょうどかかった。誰も彼女に手を触れず、彼女は布張りのキャンプの椅子にすわるのを許された。八時五十七分、セナナヤクの夕食の時間が近づいた。「彼女を犯せ。必要なことをしろ」といって、彼は姿を消した。

それから十億の月が過ぎる。十億の大陰年が。百万光年ののち眼をあけると、ドラウパーディは、まさに奇妙なことに、空と月を見る。ゆっくりと、血塗られた釘の頭が彼女の脳から抜ける。動こうとして、彼女は腕と足がまだ四本の杭に結びつけられているのを感じる。肛門と腰のしたのべとべとしたもの。彼女自身の血。猿ぐつわだけがはずされている。信じがたいほどの渇き。「水」といわないように、彼女は下唇を歯で抑える。彼女は、自分の膣が出血しているのを感じる。何人が彼女を犯しに来たのか？

彼女をはずかしめながら、涙が眼尻から流れ落ちる。鈍い月光のなかで彼女は、光のない眼を下に向け、自分の胸を見、実際に自分が直立させられているのを理解する。胸は噛まれて皮が赤剥けになっていて、乳首は噛み切られている。何人が？　四人－五人－六人－七人――そこでドラウパーディは気絶したのだった。

彼女は眼を動かしなにか白い物を見る。彼女自身の服。ほかにはなにもない。突然彼女は、見こみもないのに希望をいだく。ひょっとすると彼らは、彼女をおき去りにしたのだ。狐の餌食となるように。しかし彼女は足の擦れる音を聞く。彼女が頭を向けると、見はりが銃剣にもたれながら彼女を横眼で睨んでいる。ドラウパーディは眼を閉じる。長く待つ必要はない。ふたたび彼女を犯す過程がはじまるのだ。続けろ。月は光を少し吐いて、眠りに向かう。闇だけが残る。翼を広げさせられた鷲のような身体。肉の活動的なピストンが、そのうえでのぼったり降りたり、のぼったり降りたりする。

それから朝が来る。

そしてドラウパーディはテントへ連れてゆかれ、藁のうえに投げ出される。彼女の衣服が身体のうえに投げかけられる。

それから、朝食後、新聞を読み、「ドラウパーディ・メジェン逮捕さる」の無線連絡をしたあと、ドラウパーディ・メジェンを連れて来るよう命令がくだる。

突然もめごとが起きる。

ドラウパーディは、「動け!」と耳にするやいなや起きあがってすわり、聞く。わたしをどこへ連れてゆきたいの? バラ・サーヒブのテントへだ。

そのテントはどこにあるの?

あそこだ。

ドラウパーディは、赤い眼をそのテントにすえる。彼女はいう。では、行こうか。

見はりは水差しを前方へ押し出す。

ドラウパーディは立ちあがる。彼女は水を地面に注ぐ。歯で衣服を裂く。このような奇妙な行動を見て、見はりはいう。こいつ、発狂したぞ。そして命令を求めて走る。彼は囚人を外へ連れ出すことはできる。しかし、囚人がわけのわからないふるまいをしたら、どうしたらいいかわからないのだ。それで彼は上官に尋ねにゆくことにする。

騒動はまるで監獄で警報が鳴ったかのようだった。セナナヤクは驚いて外へ歩み出て、ドラウパーディが裸で、彼の方へ、明るい日ざしのなかを、頭を高く挙げて歩いてくるのを見る。おびえた見はりたちがあとからのろのろとついてくる。

なにごとだ？　彼はそう叫びそうになるが、思いとどまる。

ドラウパーディが彼のまえに立つ。裸で。腿と、乾いた血でもつれた陰毛。ふたつの乳房、ふたつの傷。

なにごとだ？　彼はどなりそうになる。

ドラウパーディはさらに近づく。片手を腰において立ち、笑い、いう。おまえたちの捜索の対象、ドプディ・メジェンさ。おまえは奴らにわたしを犯すように命じた。どうなふうにわたしが犯されたか見たくないのかい？

この女の着物はどこだ？

着ようとしないんです。破いてしまって。

ドラウパーディの黒い身体はまたさらに近づく。ドラウパーディは、セナナヤクがまったく理解できない笑いで身体をゆする。彼女の犯された唇は、彼女が笑いはじめると出血する。ドラウパーディは掌で血を拭い、恐怖を与え、空を裂き、咆哮のように鋭い声でいう。着物がなんの役に立つの？　おまえはわたしの着物を剝ぐことはできる。でも、いったいどうしたらもう一度わたしに着物を着せることができるかしらね？　おまえは男かい？

彼女はあたりを見まわし、血のまじった痰を吐く場所としてセナナヤクの白いシャツを選び、いう。ここには、わたしが恥ずかしがるべき男はいない。わたしに服を着させたりするものか。それ以上おまえになにができる？　さあ、拷問するがいい——さあ、わたしを拷問しないか——？

ドラウパーディは、切りさいなまれた乳房でセナナヤクを押す。セナナヤクは、武器をもたぬ標的のまえに立つことにはじめて恐怖する。激しく恐怖する。

一九八一

"Draupadi" by Mahasweta Devi

9　マハスウェータ・デヴィ作「乳を与える女」

わたしのおばたちは森に住んでいた。林のなかに家があった。おばは、いい子だね、砂糖菓子をお食べ、お菓子があるよ、とは絶対にいうことがなかった。

ジャショーダは、おばが優しかったのか、優しくなかったのか、忘れてしまった。生まれたときからカンガリカランの女房だったような気がした。生きているのも死んでいるのも合わせて、指で勘定してみると、二十人の子どもの母親。ジャショーダにはまったく思い出せない、おなかのなかに子どもがいなかったときを。朝起きてふらふらしなかったときを。灯油ランプだけに照らされた暗闇のなかで、地質学者のようにカンガリが彼女のからだを突き通さなかったときを。彼女には、自分がこれ以上子どもを産むことができるのかできないのか、考えている時間はなかった。母親であるというのがいつも彼女の生き方だったし、数えきれない存在で満ちている彼女の世界の生命を保つ方法だった。ジャショーダは母親を職業としていた。職業的な母親だった。ジャショーダは、ご主人の家の娘たちや奥さまたちのような、素人のかあさんではなかった。この町、この王国には、素人の乞食－すり－娼婦のための場所はない。小道や歩道にいる野良犬や、ごみ箱をあさっている喰い意地のはった鴉でさえ、なりあがり者の素人には道を譲らない。ジャショーダは母親を自分の職業としたのだ。

責任は、ハルダル氏の新しい義理の息子の買ったステュードベイカーと、ハルダル家の一番したの息子の、車を運転したいという気まぐれにあった。心かからだか知らないが、突然出来心を起こすと、その男の子はただちに満足しないとおさまらなかった。こういう突然の出来心は、午後ひとりぼっちのときにむらむらと湧き起こってきて、バクダッドのカリフのように奴隷労働を強いるのだった。ジャショーダが職業として母親を選ばざるを得なくなったのは、彼がそういうふうにしてそれまでしてきたことのせいではなかった。

ある日の午後、少年は欲望にかられて、料理女を襲った。料理女のからだは、米や盗んだ魚の頭やカブの葉でずっしり重く、なまけぐせですっかりなまっていたので、うしろにひっくり返った。彼女はいった。「好きなようにしていいんですよ」するとバクダットの夢魔は少年の肩から降りた。彼は後悔の涙を流しながら、もぐもぐと、「おばさん、いわないで」といった。料理女は「なにをいうっていうんですか？」といって、そそくさと寝にいった。彼女はなにもいわなかった。自分の肉体が少年を惹きつけたということが、大得意だったのだ。しかし泥棒は盗んだもののことを考える。少年は自分の皿にだけ魚やフライが不当にたくさん盛られるので、心配しだした。もし料理女がばらしたら、自分はみんなにばかにされるだろうと考えた。そこで、別の日の午後、バクダットの霊魔《ジン》に駆られて、母親の指輪を盗み出し、それを料理女の枕カバーのなかに忍ばせ、大騒ぎを惹き起こし、その結果、料理女はたたき出されてしまった。また、別の日の午後には、父親の部屋からラジオを運び出し、売り払った。両親が、午後の時間というものと息子のふるまいとを結びつけるのは困難だった。というのも、父親はその少年を、占星術の暦とハリサルのハルダル家の伝統にしたがって、真夜中につくったのだから。実際、この家の門にはいるということは、十六世紀にはいりこむということなのだ。いまになっても、妻をめとるには、占星術の暦にしたがわなければならない。でも、こんなことは袋小路のようなものにすぎない。こんな午後の気まぐれのせいで母親がジャショーダの職業になったのではなかった。

ある日の午後、店の主人を残して、腰布のしたに盗んだサモサと菓子を少しばかり隠して、カンガリカランは家に帰ってきた。こんなふうにして彼は毎日帰ってくる。彼とジャショーダは米を食べる。彼らの三人の子どもたちは、暗くなるまえに戻ってきて、鮮度のおちたサモサと菓子を食べる。カンガリカランは、菓子屋で煮え立っているミルクの大桶をかきまわし、料理をし、獅子に腰かけた女神の神殿に来る巡礼たちに「良きブラーフマナ［バラモン］の手になる食物」を食べさせる（巡礼たちは、「手先の巧みさにかけてはまやかしのブラーフマナたち」とは違うことを誇りにしている）。毎日彼は、小麦粉やその他のものを少しばかりくすねて、生活を楽にする。午後腹に食物を入れると、子どもにかえったように、彼の心はジャショーダに向かい、彼女の豊かな乳房をもてあそんだあと眠りにつく。午後家に帰るとき、カンガリカランはまぢかに迫った快楽を思い、妻の大きく丸い乳房を思い、天上の至福を味わった。ぴちぴちとした若い女と結婚して、あまり働かせすぎず、栄養を与えると、午後の快楽が味わえるようになるものさと思いながら、彼は自分のことを先見の明ある男として思い描いた。そんなとき、ステュードベイカーを得てこわいものなしになった、ハルダル家の息子が、カンガリカランのところで向きを変え、彼の足と向こうずねを轢いたのだった。

すぐに群衆が集まってきた。なんといってもそれは家のまえで起こった事故だったのだ。「そうでなけりゃわたしゃ血を出していたところでしたから」と、巡礼案内人のナビンが金切り声をあげた。彼は巡礼たちを性力《シャクティ》の母なる女神のところに案内している。彼は午後の太陽を浴びてかっかしていた。彼がわめくのを聞いて、家にいたハルダル家の人びとはみんな外に出てきた。ハルダル家の家長は、息子を打ちすえわめいた。「この野郎、ブラーフマナを殺す気か？　この考えなしの牡牛めが」一番したの義理の息子は、彼のステュードベイカーがそれほど傷んでいないと知り、金持ちだが、文化的には貧しい、姻戚よりすぐれた人材だということを証明するために、非常にきめの細かいモスリンのような声でいった、「その男を見殺しにするんですか？　病院に連れてゆかないほうがいいとでもいうんですか？」――カンガリの主人も、神殿の群衆に混じっていて、サモサと菓子が道に放り出されているのを見て、こういいそうになった、「ああ、ブラーフマナめ、食べ物を盗んだな？」しかし口をつぐみ、いった。「だんな、病院に連れていってやってくださいよ」一番したの義理の息子とハルダル家の家長は、カンガリカランをすぐ病院へ連れていった。主人は嘆き悲しんだ。第二次世界大戦のあいだ、彼が屑鉄を売買して連合国の反ファシズム闘争に貢献していた頃――カンガリカランはまだ若造だった。ブラーフマナに対する尊敬の念がハルダル氏の血管に忍び寄ってきた。もし朝になってチャッテルジーバブを得られなかったら、息子とも思えるぐらいに若いカンガリの足に触れて、ひびのはいった足からひとつまみの塵をとって自分の舌のうえにおこうと思った。カンガリとジャショーダは、祭りの日に彼の家にやってきたし、彼の義理の娘たちが身ごもったとき、ジャショーダは朱色の布を贈られたのだった。そこで、彼はカンガリにいった――「カンガリ、心配するな。俺がそばにいる限り苦労はさせない」カンガリの足が挽肉のようになってしまっていたら、その塵を味わうこともできないだろうと、彼は思ったのだった。そう考えて無性に情けなくなった彼は、泣きはじめ、こういった、「売女《ばいた》の息子め、なんてことをやらかしたんだ」彼は病院の医師にいった。「できる限りのことをしてくれよ。金のことは心配しないでいい」

しかし、医師は足を元通りにすることができなかった。カンガリはびっこのブラーフマナになって帰ってきた。ハルダルバブは松葉杖をつくらせた。松葉杖をついて戻ってきたその日に、カンガリは、ジャショーダのところにハルダル家から毎日食べ物がとどけられていたことを知った。ナビンは巡礼案内人のなかでは三番目の地位にあった。彼が要求できるのは、女神の食物のほんの十三パーセントだけだったので、劣等感を抱いていた。映画でラーマ・クリシュナを何度も見て感動した彼は、女神を「俺の惚れた女」と呼び、カーリー信奉者の本を読んで、土地の精霊に夢中になっていた。彼はカンガリにいった、「あんたの名前で、惚れた女の足元に花をおいとくよ。彼女は、自分もカンガリの家とは関係があるといっていた。だから、だんなは病院から出られるともいっていた」この話をジャショーダにしながら、カンガリはいった。「おい、俺がいないあいだ、おまえ、ナビンとよろしくやっていたんだろ?」するとジャショーダは、疑惑に満ちたカンガリの頭を、ふたつの半球のあいだにはさみこみながら、いった、「わたしを守るためにお屋敷から女中がふたり来て毎日ここで寝ていたのよ。ナビンを相手にするわけがある? わたし、あんたの忠実な妻じゃないの?」

実際、カンガリは、お屋敷でも妻の熱烈な献身の話を聞いていた。ジャショーダは女神の神殿で断食をし、女の儀式をとり行ない、土地の導師の足元で祈るために町はずれまではるばる出かけたのだった。ついに獅子に腰かけた女神が、袋をさげた産婆の姿をして彼女の夢に現われ、こういった。「心配するな。汝の夫は戻るであろう」カンガリはこの話に当惑した。ハルダルバブはいった。「いいかい、カンガリ。私生児の不信心者ならいうだろうよ、女神が夢に出てくるのに、なんで産婆の格好をしなきゃならないんだろうってな。女神は母親として創造し、産婆として守り給うというわけさ」

それを聞いてカンガリはいった。「だんな! なんでこれからも菓子屋で働いたりできましょう。この松葉杖《ケラッチ》*じゃ桶をかきまわせませんよ。あなたは神さまのようなおかたです。あなたは、いろいろなやり方でいろいろなひとたちを食べさせています。わたしはものもらいをしようっていうんじゃない。仕事をさがしてやってください」

ハルダルバブはいった。「そうとも! カンガリ、おまえの働き口はとっておいたよ。この家のポーチのすみで店をやらせるつもりなんだ。獅子に腰かけた女神は道の向こう側だ。巡礼たちが行ったり来たりする。乾燥菓子の店をやりな。さてと、家では結婚式がある。七番目の息子野郎の結婚式だ。店を出すまでは俺がおまえに食べ物をとどけてやろう」

これを聞いて、カンガリの心は雨季の雨虫みたいに狂喜した。家に帰ると彼は、ジャショーダにいって聞かせた。「カーリダーサのりんごのことを覚えているかい。おまえは、俺の足がなくなったおかげで食べられるんだ。もしあったら食べられなかっただろうよ。おまえ、そういうことさ。ご主人さまが、息子さんの結婚式のあとで店を出してやるっていうんだ。それまでは食べ物をとどけてくれるそうだ。もし俺の足が元通りだったら、こんなことになったと思うかね? みんな女神さまの思し召しなのさ!」

誰もが驚いたのも当然のことだった。この堕落した時代に、彼女自身も百五十年まえに夢のお告げによって見出された、獅子に腰かけた女神さまの願いと意志が、カンガリカラン・パティトゥンドーを中心にしてまわっているのだから。ハルダルバブの心変わりもやはり女神さまの意志なのだ。彼は独立したインドに住んでいるのだ。人びとのあいだにも、王国のあいだにも、言語のあいだにも、さまざまなブラーフマナたちのあいだにも、さまざまなカヤースタたちのあいだにも、また、その他のもののあいだにも区別をつくらないインドに。しかし彼は、イギリスによる統治の時代、「分割して統治せよ」が政策だったと

* 下層階級のベンガーリー風発音で、"crutches"(松葉杖)を指す。[スピヴァック]

きに、財産をつくった男だった。ハルダルバブの心性も、その時形成された。だから、彼は誰も信用しない――パンジャービーもオリヤーもビハーリーもグジャラーティーもマラーティーもイスラム教徒も。不幸なビハーリーの子どもを見ても、飢えに苦しんだオリヤーの乞食を見ても、ゴーパル印の四十二インチのチョッキのしたで、脂肪に守られた彼の心臓は、親切心という発疹で、かゆくなるということはない。彼はハリサルの成功した息子だ。西ベンガル蠅が飛んでいるのを見ると、彼はいうのだ。「ちぇっ、俺の国じゃ蠅だってもっと太っていたぜ――畜生の西部じゃ、なんでもかんでもやつれて骨ばってやがる」神殿の人びとはみんな、そんな男が西ベンガルのカンガリカランに対する優しい思いやりに満ちているということに心を打たれる。しばらくのあいだ、このニュースは人びとの噂の的だった。ハルダルバブはたいへんな愛国主義者なので、甥や孫たちが、学校の教科書で国の指導者たちの伝記を読んでいたら、使用人たちに向かってこんなことをいうほどだ。「ばかばかしい。どうしてダッカやマイメンシンやジャショーレ出身の連中の伝記を読まなきゃならないんだ。ハリサルは殉教者の神の骨でできあがったんだぞ。『ヴェーダ』も『ウパニシャッド』もハリサルで書かれたってことがいずれわかる日が来るさ」そこで使用人たちは彼にいうのだ。「だんなさまは『心変わり』なさいました。西ベンガル人に対してあんなに親切にしなさるんだから。これは神さまの御心なんでしょうね」主人は喜ぶ。彼は、大きな声で笑っていうのだ。「ブラーフマナには東も西もない。首のまわりに聖なる糸を巻いていれば、糞をしているときだって、そいつを尊敬しなきゃならないんだ」

こんなふうに、まわりじゅうに同情‐思いやり‐親切心という甘美な風が吹いている。数箇月間、ナビンが獅子に腰かけた女神のことを考えようとするたびに、胸の重そうな、だらけた尻をしたジャショーダの肉体が彼の心の眼に漂ってくる。ことによると、女神がジャショーダの夢のなかに産婆の姿で現われたように、自分の夢にはジャショーダの姿で現われるのではないかと思うと、彼は次第に興奮し、それがからだ全体に広がるのだ。半分の取り分をもつ巡礼案内人が彼にいう。「男も女も両方ともこの病気にかかるのさ。小便するときに、白い勿忘草《わすれなぐさ》の根っこを耳にゆわえとくんだな」

ナビンはそれに納得しない。ある日、彼はカンガリにいう。「女神の息子として俺は性力《シャクティ》を使ってひと騒ぎしようとは思わないがね。でも、ひとついい案を思いついたんだ。ハーレ・クリシュナで騒ぎを起したって問題にはならねえ。いいか、夢でゴーパルを手に入れるんだ。俺のおばさんがプリから石のゴーパルをもってきた。それをやるよ。夢でそれをもらったっていうんだ。すぐに大騒ぎになるだろうよ。で、金が舞いこんでくるってわけだ。まず金を手に入れろ。そのあとでゴーパルを信仰すりゃいいんだ」

カンガリはいう。「けしからんぞ、兄弟! 神さまたちにふざけたまねをしかける気か?」

「ああ、どうとでもなっちまえ」とナビンは怒る。あとになってカンガリは、ナビンのいうことを聞いておけばよかったということがわかる。というのも、ハルダルバブが突然心臓発作で死ぬことになるのだ。シェイクスピアのいう「空《ウエルキン》」がカンガリとジャショーダの頭のうえで崩れる。

2.

ハルダルバブは実際、カンガリをおきざりにし、彼を没落させた。ハルダルバブを通ってカンガリのまわりに現われていた、獅子に腰かけた女神の恩恵は、選挙のまえに政党がする言語道断な約束も同然に、青空に消え去ってしまった。お伽噺しの女主人公が魔法で見えなくなってしまうようなものだ。ヨーロッパの魔女が、カンガリとジャショーダの夢のなかの色あざやかな風船を紐通し針で突っつくと、ふたりは落っこちて深く苦悩することになる。家ではゴーパル、ネパール、ラドハラニが、食べる物を求めて際限なく泣き、母親をののしる。子どもがそんなふうに泣いて食べ物を求めるのは、ごく自然なことだ。カンガリが足をなくして以来、彼らはハルダル家の上等な食物を食べていた。カンガリもまた食物にこがれて、神の息子であるゴーパルのように、ジャショーダの胸元に頭をもたせかけようとして怒られる。ジャショーダは全身これインド女性である。その非理性的で、理屈にあわない、非知性的な、夫への献身と子どもへの愛、その不自然な拒絶と許しは、サティー＝サヴィトリー＝シタからニルパ・ローイとチャンド・オスマーニを通じて、あらゆるインド女性たちによって、民衆の意識のなかに生きてきた。世のなかのこそ泥たちはそんな女性を見て、まだ昔のインドの伝統が阻まれることなく流れているということがわかるのだ――彼らには、次のような格言ができたのは、そんな女性を心に描いたうえでのことだということがわかるのだ――すなわち、「女の命は亀の命のように続く」――「女の心臓は裂けても声ひとつ出さない」――「女は焼かれ、その灰が飛ぶ／そのときになってはじめて私たちは高らかに彼女を歌い／高らかに称讃するのだ」。率直にいってジャショーダは、いまの不幸について夫を責めようとは決して思わない。彼女の母性愛は、子どもたちに対して同様、夫に対しても湧き出してくる。彼女は大地になって、びっこの夫とよるべのない子どもたちに、むかつくほどに収穫物を食べさせてやりたいと思う。賢人たちは、ジャショーダの、夫に対するこの母親のような気持ちについては、なにも書かなかった。彼らは、女を自然として、男を人間的原理として説明した。しかし、こういうことを彼らがしたのは昔のことだった――彼らがこの半島に他の土地からはいってきたときのことだ。ここに住んだ女たちはみんな母親になり、男たちはみんな聖なる子どもの精神に浸る、それがインドの土の力である。ひとりひとりの男が聖なる子どもで、ひとりひとりの女が神聖な母なのだ。このことを否定し、「永遠なる女性」という意味の最新流行のポスター――「モナ・リザ」――「ご受難」――「シモーヌ・ド・ボーヴォワール」等々――を古いポスターのうえにはりつけ、そんなふうにして女性を見るひとたちでさえ、結局はインドの子なのである。教育を受けた紳士たちがみな、家の外ではこういうことを女性から期待するというのは、注目すべきことだ。敷居をまたぐと、彼らは革命的な女性たちの言動のなかに、聖なる母を求める。その過程は非常に錯綜している。サラトチャンドラはこのことを知っていたからこそ、彼の女主人公たちは、いつも主人公たちに自分たちよりも一杯余分の米を食べさせたのだ。サラトチャンドラや他の同じような作家たちの著作は、一見したところ単純だが、実際はとても複雑で、夜、野生りんご《べル》のジュースを一杯飲んだあと、穏やかな心で考えなければならないときもある。西ベンガルで学問や主知主義を売り買いしているひとたちの生活においては、楽しみとかゲームとかの影響があまりにも大きいので、その度合いに応じて野生りんごが強調されるべきなのだ。私たちがそれ相応に野生りんご的薬草による治療を強調しないから、自分たちがこうむっている喪失についてもなにも考えないのである。

しかしながら、ジャショーダの生涯を語るあいだ、たびたび横道に侵入する習慣をはぐくむのは正しくない。読者の忍耐心は、カルカッタの道路の割れ目と違って、十年間で大きく広がるとは思えない。ほんとうのところ、ジャショーダは割れた杖のようなありさまだった。もちろん彼らは、主人の葬式が行なわれているあいだは腹いっぱい食べていた。しかし、すべてが終わると、ジャショーダは、ラドハラニをだいてお屋敷へ出かけていった。彼女の目的は、奥さまにわけを話し、菜食主義者の台所で料理女をやらせてほしいと頼むことであった。

奥さまは心から主人の死を悲しんでいた。しかし弁護士は彼女に、主人が彼女のためにこの家の所有権と米倉庫の権利を残したということを知らせた。これらの保証で身を守り、彼女はもう一度、家族という帝国のはしごをつかんだ。彼女は心から、魚や魚の頭を食べられなくなったということを悲しく思った*。そしていまや気づいたのだ、上等なバター、上等な店から取り寄せた上等なミルク菓子、ベビークリーム、上等なバナナの数々、そんなものでもなんとかやってゆけるということに。奥さまは安楽椅子をゆらゆら揺する。膝には六箇月になる孫。これまで六人の息子が結婚した。暦によると、その年はほとんど毎月嫁を迎えることになるので、奥さまの家の一階に並んでいる出産室が空《から》になることはほとんどない。産科の医者と産婆のサラーラもこの家からいなくなったことがない。奥さまには六人の娘がいる。彼女たちもやはり一年半ごとに子どもを産んでいる。だから絶えず、毛布－上掛け－食物を与えるためのスプーン－瓶－油布－ジョンソン・ベビーパウダー－風呂桶が流行している。

奥さまは男の子に食事をさせていて、心ここにあらずといった様子だった。ジャショーダを見てほっとしたように、彼女はいった。「あんたが来てくれたなんて、まるで神さまみたいね。この子に乳をやってちょうだい。お願い。母親が病気なのよ——この子が哺乳瓶にさわろうとしないの」ジャショーダはすぐにその子に乳を吸わせ、おとなしくさせた。奥さまが特別に頼むので、ジャショーダは、お屋敷に午後九時までいて、奥さまの孫に何度も何度も乳を与えた。料理女は、大きな鍋に米とカレーを一杯に盛り、彼女と家族のためにもたせてくれた。乳をやっているときにジャショーダはいった。「奥さま、だんなさまはいろんなことをいってくれました。でももうお亡くなりになったの。だから、そのことはもう考えません。でも奥さま、あなたのブラーフマナの息子には、もう足が二本ともないんです。わたしは自分のことを考えているんじゃありません。夫と息子たちのことを思っていうんです。どんな仕事でもいいですから、わたしに仕事をください。ここで料理をさせていただけませんか？」

＊　西ベンガルでは、ヒンドゥーの寡婦は、生涯にわたる喪のしるしとして菜食主義者になる。［スピヴァック］

「ちょっと待ってちょうだい！　ちょっと考えさせてよ」　奥さまは、だんなさまほどにはブラーフマナに熱中していない。彼女は、カンガリが足をなくしたのは自分の息子の午後の気まぐれのせいだということを、完全に認めているわけではない。それはカンガリにとっても書き定められていたことなのだ。そうでなければ、なぜ彼は、太陽がぎらぎらと照りつけるなかを、右耳から左耳まで口を大きくあけてにやにや笑いながら道を歩いていたのだろう。彼女は、うらやましそうにうっとりとして、ジャショーダの突き出た哺乳動物特有の乳房を見ていう。「善なる主が、あんたを伝説の願望成就の牛として送ってくれたのよ。乳首をひっぱれば、乳が流れ出すのね！　わたしが家に連れてきた女たちの乳房ときたら、この乳首が出す乳の四分の一ももっていなかったわ！」

ジャショーダはいう、「そうなんです、奥さん。ゴーパルは三歳で乳離れしました。この子はまだおなかにはいませんでした。それでも、乳が洪水のように出ました。奥さま、どこからこの乳は出てくるんでしょうね？　わたしはいいものも食べていませんし、おなかいっぱいになったこともないんですよ」

女たちのあいだではこのことで夜、大いに話に花が咲いた。そして、男たちも夜、その話を聞きにいった。二番目の息子は特に愛妻家だったが、妻が病気のため、ジャショーダが彼の息子に乳を与えたのだった。彼が兄弟たちと違うところといえば、兄弟たちは、暦のうえで良い日になるとすぐに、愛があってもなくても、いらいらしながらでも、仕事の金勘定のことを考えながらでも、とにかく子孫をつくったということであった。二番目の息子も、やはり同じ頻繁さで妻をはらませるのであったが、深い愛がその裏にあるのだ。妻はしばしば妊娠する。そしてそれは神の御業である。しかし、二番目の息子は、妻が同時に美しさを保つことにも興味をいだいている。彼はたび重なる妊娠と美とをどのように結びつけるべきかについて、多くのことを考えているが、つきとめることはできない。でも今日、妻からジャショーダの乳があまっていることを聞いて、二番目の息子は突然こういった。「わかったぞ」

「わかったって?」

「うん、おまえを苦痛から救う方法がさ」

「どうやって? あなたが燃えさせてくれるときは痛くないのよ。毎年、子どもを産む者の健康がなおったりするのかしら?」

「なおるとも、なおるとも。神聖な道具が手にはいったんだ。おまえは毎年子どもを産んで、そして体調を保つのさ」

ふたりは話し合った。夫は朝になると母親の部屋にはいってゆき、低い声でささやいた。はじめ奥さまは口ごもり、なんだかんだといっていたが、ひとりで考えてみると、その提案には一万ルピーの価値があるということがわかった。義理の娘たちは母親になるだろう。母親になれば、子どもに乳を飲ませるだろう。彼女たちは可能な限りは母親になるだろうから——次から次へと乳をやっているうちに、からだの線が崩れるだろう。すると息子たちは外に眼をやる。または女中たちを困らせる。たとえそうなっても、彼女には異議を申し立てる権利はないだろう。家ではそれを得られないから外に出る——これは正当なことだ。ジャジョーダが子どもたちの乳母になったとしても、毎日の食事や、祭りの日の着物や、毎月、少しばかりの給料をやるだけでじゅうぶんだろう。女主人というのはいつも女たちの儀式で忙しい。そこでジャショーダは、子だくさんのブラーフマナの妻としてふるまう。ジャショーダの不幸は彼女の息子のせいなのだから、その罪も軽くなるだろう。

ジャショーダはそういう申し出を受け、契約書類を受け取った。彼女は自分の乳房をなによりも貴重なものだと思った。夜になってカンガリが彼女にさわりはじめたとき、彼女はいった。「ほら、わたしはこれで一家を支えるんだからね。よく気をつけて扱ってちょうだい」もちろん、カンガリは、その夜はなんだかんだといっていたが、お屋敷からとどけられたたくさんの穀物‐油‐野菜を眼にすると、彼のゴーパル的な気分はすぐに消え去った。彼は創造主ブラフマーの精神に啓蒙され、ジャショーダに説明した。「腹に子どもがいるときだけ乳が出るんだぞ。そのことを考えたら苦しまなけりゃいけないよ。おまえは貞淑な女房だ。女神だ。おまえ自身も妊娠して子どもでおなかをふくらませて、おっぱいで子どもを育てるんだ。だから、女神さまは産婆の格好をしてやってきたんじゃないのかい?」

ジャショーダにはこの言葉の正しさがわかり、眼に涙をいっぱい浮かべていった。「あんたは夫よ。導師よ。もしわたしが忘れて、いやだといったら、叱ってちょうだい。苦しいことなんかありはしないさ。奥さまだって十三人産んだんじゃないの? 実をつけたからって木が傷むってことはないでしょう?」

そうしてこの規則が適用された。カンガリカランは父親の専門家になった。ジャショーダは母親が職業だった。実際ジャショーダを見れば、疑い深いひとたちでさえ、信仰についてのあの歌の奥深さを確信するのである。その歌は次のようなものだ。

お母さんになるのはそんなに簡単なことなの?
ただ赤ん坊を産みおとすだけじゃないのよ!

ハルダル家の一階にある敷石を敷いた中庭には、幸運な乳牛が十二頭以上、大きな部屋で贅沢に暮らしている。ふたりのビハーリー人がそれらを、母なる牛として世話している。皮‐籾殻‐干し草‐糖蜜が山ほどある。ハルダル夫人は、牛はたくさん食べれば食べるほどたくさん乳を出すと信じている。その家でのジャショーダの地位はいまや、母なる牛たちよりうえになった。女主人の息子たちはブラフマーの化身となり、子孫をつくる。ジャショーダがその子孫を守る。

ハルダル夫人はジャショーダの乳がどんどん流れ出てくるかどうか、厳しく監視している。彼女はカンガリカランを面前に呼んで、いった。「さて、ブラーフマナの息子、あんたは店で大鍋をかきまわしていたけど、これからは家で料理をして彼女を休ませてあげなさい。自分の子どもがふたり、ここに三人。五人の子どもに乳を飲ませたあと、一日の終わりにどうやって彼女に料理をしろっていうのよ？」

カンガリカランの知性の眼はこうして開いた。階下では、ふたりのビハーリー人が彼に嚙みタバコを少しばかり与えて、いった。「奥さんのいったことは正しいよ。俺たちも乳牛に仕えている――あんたの女は世界の母親なんだからな」

それからは、カンガリカランが家で料理を受けもつことになった。子どもたちを助手にした。だんだん彼は、バナナ・カレーやヒラメのスープや酸漬けの魚を料理するのが上手になった。そして、絶えずナビンに、獅子に腰かけた女神に捧げられた山羊の頭を入れた山羊の頭カレーを食べさせて、あの、野蛮な大麻‐芸術家でかつ酔っぱらいである男を手なずけた。その結果、ナビンはカンガリを、王であるシヴァの神殿にもぐりこませた。ジャショーダは、毎日手際よく調理された米とカレーを食べて、公共土木課の役人の銀行通帳のようにふくれあがった。それに、女主人は彼女に牛乳をただでくれた。ジャショーダが妊娠したときには、罐詰や、くだものの砂糖漬けや、あたたかい肉だんごや甘いキャンディーを送ってくれたのだった。

このようにして、懐疑的な人びとでさえ、獅子に腰かけた女神が産婆の格好をして現われたのはまさにこのためだったのだということを納得した。そうでなかったら、ひっきりなしに妊娠し出産し、なんの考えもなく他人の子どもに牛のように乳を与えるというようなことを、いったい誰が聞いたり見たりしたことがあるだろうか。ナビンもあの不届きな考えを捨てた。信仰心がひとりでに湧いてきた。ジャショーダを見かけるといつでも、彼は「お母さん、お母さん、愛するお母さん」と呼びかけた。その地方では、獅子に腰かけた女神の偉大さに対する信仰心にふたたび火がつき、その近辺では、女神の栄光の強烈な影響が風のように吹きまくった。

ジャショーダに対するみんなの信仰は非常に強くなり、結婚式や、夕立や、子どもの命名や、聖なる糸通しの際には、彼らは彼女を招き、多産な女性として最高の地位を与えた。彼らはネパール－ゴーパル－ネノ－ボンチャー－パタルなどにも同じような眼を向けた。なぜなら、彼らはジャショーダの子どもたちなのだから。大きくなると彼らは聖なる糸を身につけ、神殿の巡礼案内人をはじめた。カンガリは、ラドハラニ、アルタラニ、パドマラニやほかの娘たちのために、夫を見つける必要はなかった。ナビンが、彼女たちのために模範的な手早さで夫たちを見つけ、貞淑な母親の貞淑な娘たちは、それぞれ自分たちのシヴァの家を管理するために出かけていった。ジャショーダの価値は、ハルダル家のなかでどんどん高くなっていった。暦をぱらぱらめくるとき、もう妻の膝ががくがくすることはないので、夫たちは喜んでいる。子どもたちがジャショーダの乳で育てられているおかげで、彼らはベッドで自由に聖なる子どもになることができる。妻たちには、もはや「いや」という口実がなくなってしまった。妻たちも喜んでいる。からだの線を保つことができるし、「ヨーロッパ風の」ブラウスやブラジャーを身につけることができる。それにオールナイトの映画を見ながら、シヴァの夜の断食に耐えたあと、もう赤ん坊に乳を飲ませなくてもいいのだ。こういうことができるようになったのもみんなジャショーダのおかげだった。そのためジャショーダは口やかましくなり、絶えず赤ん坊に乳を飲ませながら、女主人の部屋にすわって自分の意見をいうのだった、「女が子どもを産む。するとどうでしょう。やれ薬だ、やれ血圧《ブラッドペシュア》*だ、それ医者だ。見せびらかしですよ。わたしを見てごらん。毎年、産んでいるんですよ。だからといって、わたしのからだは衰えていますか？　乳はひあがっていますか？　みなさんに鳥肌をたたせたりしますか？　乳を注射《インジシャン》*でひあがらせているひとたちもいるそうですよ。そんなこと聞いたこともないわ！」

ハルダル家の若者たちの父親たちとおじたちは、上唇のうえにひげが生えるやいなや、女中たちに向かって口笛を吹いたものだった。男の子たちは、乳母の乳で育てられたので、乳母の友だちの女中や料理女のことも母親として見るようになり、女子校のまわりをうろつきはじめた。女中たちはいった。「ジョシ！　あんたが来てくれたのは、女神さまが来てくれたみたいなものよ！　この家の空気を変えてくれたんだから！」　そんなある日、一番したの息子が、ジャショーダが乳をやっているのをしゃがんで見ていたとき、彼女はいった。「ああ、かわいい子！　わたしの幸運の神さまだよ！　みんな、あんたがあのひとの足をめちゃくちゃにしてくれたからよ！　あのときは誰がそんなことを望んだろう？」「獅子に腰かけた女神さまさ」とハルダル家の息子はいった。彼はいったいどうして、カンガリカランが、足がないのにブラフマーになれたのか知りたかった。それは神の領域に侵入するようなものだった。だから、彼はその疑問を忘れてしまった。

すべては獅子に腰かけた女神さまの御心！

＊　下層階級のベンガーリー風発音で、それぞれ“blood pressure”（血圧）と“injections”（注射）を指す。［スピヴァック］

3.

カンガリが向こう脛を切ったのは五〇年代のことだったが、私たちの物語も現在にいたった。二十五年間、いや三十年間に二十回、ジャショーダはお産の床についた。母親も、終わりに向かいつつあるときには役に立たなくなる。どうしたわけか、新しい風がハルダル家にはいってきたのだ。二十五年間か三十年間の仕事は終わりにしよう。物語の冒頭では、ジヤショーダは三人の息子の母親だった。それから十七回妊娠した。ハルダル夫人は亡くなった。彼女が心から願ったことは、義理の娘たちのひとりが、義理の母親と同じような幸運に恵まれることであった。その家の習慣では、夫婦に二十人の子どもが生まれると二度目の結婚式をあげることになっていた。でも、義理の娘たちは、十二－十三－十四人目あたりで休止を命じた。悪知恵を貸してくれるひとがいて、彼女たちは夫に説明し、病院で手筈を整えることができた。これはすべて、新しい風が惹き起こした良くない結果であった。賢い男は、新しい風が家のなかに吹きこむようなことは決してさせなかった。私は祖母から、一人の紳士が彼女の家にきて、『土曜日の手紙《サタディ・レター》』という自由主義的な雑誌を読ませてもらおうとしたと聞いたことがある。彼はその手の本を自分の家のなかにはいりこませはしなかった。「妻や母親や妹は、その雑誌を読んだとたんにいうでしょうよ、『わたしは女だ！　母親じゃない、妹じゃない、妻じゃない』ってね」と彼はいったものだ。その結果どうなるか尋ねられたら、彼はこういったはずだ。「女たちは、料理をするあいだも靴をはくようになるでしょう」と。新しい風の力が女たちの世界の平和を乱すというのは、変わることない定めなのだ。

ハルダル家は常に十六世紀だった。しかし、家の人数が突然、大幅に増えたおかげで、息子たちは新しい家を建て、分家しはじめた。なにより好ましくないのは、母親となることに関して、先代の女主人の義理の孫娘たちは、彼女の家の敷居をまたぐまでは、まったく違った空気を吸っていたということであった。女主人がお金も食べ物もたっぷりあるといっても無駄だった。先代の主人は、カルカッタの半分をハルダル家で満たそうと夢みていた。義理の孫娘たちは気が進まなかった。先代の女主人のことばにそむいて、彼女たちは夫の仕事場へ出かけていった。この頃、獅子に腰かけた女神の巡礼案内人たちがすさまじい喧嘩をして、誰だかわからないが、女神の像をぐるりとうしろ向きにしてしまった。女神さまが背を向けたと思うと、女主人の心は傷んだ。悩みをかかえて、彼女は夏のまっさかりに途方もない量のパラミツの実を食べて、下痢をし、嘔吐しながら死んだ。

4.

死が女主人を解放した。しかし生き続けることの痛みは死よりもつらい。ジョショーダは真実、女主人が死んだことが気の毒だった。近所で年配の人が死ぬと、誰よりも入念に泣くことができるのはバシニである。彼女は古くからいた女中だ。しかし、ジャショーダの食事の切符は、女主人がいてこそ捧げられていたものだった。彼女は、さらにいっそう入念に泣いてみんなを驚かせた。

「ああ聖なるお母さま！」とバシニは泣いた。「ご主人さまを亡くされて未亡人となられ、あなたは主人となり、みんなを守ってくださいました。いったい誰の罪があなたをあの世へ送ったのでしょう！　聖なるお母さま！　わたしがそんなにパラミツの実をお食べにならないでくださいといったとき、あなたはまったくわたしのいうことをお聞きくださいませんでした！」

ジャショーダは、バシニに一息入れさせ、その合間に嘆いた。「奥さま、どうしてあなたはとどまったりできましょう！　あなたは祝福されたおかたです。どうしてあなたがこの罪深い世にとどまったりできましょう！　義理の娘さんたちは王座を揺り動かしました！　木がもう実をつけられないというなら、ああ、でもそれは罪です。奥さま、あなたはそんなに多くの罪に耐えたりできるでしょうか！　そして、獅子に腰かけた女神さまは背をお向けになったのです。奥さま！　あなたは良き労働の場所が罪の場所になってしまったことを知っておいでだったのでしょう。奥さま、あなたにはもうふさわしいところではなかったのです。だんなさまが奥さまを残してゆかれたとき、あなたの心もともにいってしまわれたのです！あなたは家族のことを思われたからこそ、肉体だけはこの世に残しておかれた。ああ奥さまがた、義理の娘さんがた、奥さまの足跡を朱色の型でとりなさい！　その型をもっていれば、運命の女神は、この家のドアから離れられないでしょう！　毎朝、額でそれに触れれば、苦しみや病気は家のなかにはいってこないでしょう！」

ジャショーダは、泣きながら遺体のうしろを歩き、遺体を焼く川端の階段のところまで行った。そして帰り道で、「わたし、天から馬車が降りてきて、奥さまを積み薪から連れ去り、昇ってゆくのをこの眼で見ました」といった。

葬儀が終わると、一番うえの義理の娘がジャショーダにいった。「ブラーフマナのお姉さん！　もう、うちはばらばらになってしまうわ。二番目と三番目はベレガータの家に引っ越すのよ。四番目と五番目はマニクタラ－バグマリに行くことになっているの。一番したは、わたしたちのダクシレスワールの家に行くわ」

「ここには誰が残るんですか？」

「わたしが残るわ。でも、したの階は貸すつもりよ。もう家を引き払わなければ。あなたはお乳でみんなを育ててくれたから、食べ物を毎日、とどけてあげていました。一番最後の子どもが乳離れをしても、まだお母さまは八年間、あなたに食べ物をとどけていました。ご自分のなさりたいようになさっていたのよ。子どもたちもなにもいいませんでした。でも、もうそういうことはできなくなったのよ」

「わたしはどうなるのでしょう？　一番うえの義理の娘さん」

「家の料理をしてくれるなら、食事の面倒は見てあげましょう。でも、あなたの家のひとたちはどうするつもり？」

「なんですって？」

「あなたの口からいいなさい。あなたは、いま生きているだけでも十二人の子どものお母さんなのですよ！　娘たちは結婚している。息子たちは巡礼の世話をし、神殿の食物を食べ、中庭で長々寝そべっているそうね。あなたのブラーフマナの夫は、シヴァの神殿で身を立てたという話だわ。あなたがしなければならないのは、さあどういうことかしら？」

ジャショーダは眼を拭った。「わかりました！　ブラーフマナの夫に話をさせてください」

カンガリカランの神殿は実際、大当たりだった。「俺の神殿でなにをしているんだ？」と彼は尋ねた。

「ナレンの姪はなにをしているの？」

「神殿の家事の世話をして料理をしているのさ。おまえは長いあいだ、家で料理をしていないだろ。おまえに神殿の交通整理ができるかね？」

「お屋敷から食べ物がとどかなくなったのよ。あんたの泥棒癖のついた頭にわかるかい？　なにを食べるっていうのよ？」

「心配しなくてもいい」とナビンがいった。

「なんでわたしはこんなに長いあいだ心配しなきゃならなかったの？　あんたたちは神殿で稼いでいるじゃないのよ。あんたたちはなんでもかんでも節約して、わたしのからだを吸わせて手に入れた食べ物を食べていたんだわ」

「すわって料理したのは誰なんだ？」

「男がもってきて、女が料理し、給仕するものよ。わたしの運命は裏返しだわ。だから、あんたはわたしの食べ物を食べたのよ。さあ、今度はあんたが私に食物をくれる番よ。フェアにやりましょう」

カンガリは拍子をつけて、いった。「どこでおまえは食べ物を手に入れたんだ？　おまえはハルダル家を意のままにできたのかい？　俺の足が切り落とされたから、おまえのために、あの家のドアが開いたんだぞ。だんなさまは俺に商売で身を立てさせようと思っていた。みんな忘れちまったのか？　売女《ばいた》め」

「誰が売女《ばいた》よ。あんたかい、わたしかい？　女房の屍体で生きていて、それでも男なの？」

ふたりは喰いついたりひっかいたりして、とことんお互いに罵り合った。ついにカンガリがいった。

「おまえの顔なんかもう二度と見たくない。さっさと行ってしまえ！」

「わかったよ」

ジャショーダも怒って立ち去った。さて一方、巡礼案内人のさまざまな派閥が像の顔をまえに向けようと企てていた。そうしなければ、災難がまぢかに迫ってくるのだ。ついには、神殿で懺悔の儀式が厳かにとり行なわれることになった。ジャショーダは、女神の足元に身を投げ出しにいった。彼女の、老いて、乳の出ない、巨大な乳房は痛みで破裂しそうだった。獅子に腰かけた女神さま、彼女の痛みを理解し、彼女に道を教え給え。

ジャショーダは中庭に三日間、横たわった。たぶん獅子に腰かけた女神さまも新しい風を吸いこんだのだ。女神さまは夢に現われなかった。そのうえ、三日間の断食のあと、ジャショーダが自分の家に震えながら戻ったとき、一番したの息子がふらりとやってきた。「父ちゃんは神殿にずっといるつもりだよ。ナバとぼくに鐘を鳴らせっていった。ぼくたちは、金と聖なる食物を毎日もらうんだ」

「わかった。父さんはどこなの？」

「横になっているよ。ゴラピおばちゃんに背中の汗疹をかいてもらっている。ぼくたちに飴を買ってこいっていうんだ。だから、母さんにいいにきたんだ」

ジャショーダは、自分がハルダル家で用なしになっただけでなく、カンガリにとっても用なしになったことを知った。彼女は名目上の断食を破って、ナビンのところに愚痴をこぼしにいった。獅子に腰かけた女神さまの像を引きずって逆向きにしたはナビンだった。バサンティ女神の儀式と、ジャガッダートリ女神の儀式と、秋のドゥルガプジャからの総収入にまつわる、他の巡礼案内人たちとの争いに決着をつけたあと、もう一度押して、女神を正しい方向にひっぱったのも彼だった。彼は、うずく喉に酒をいくらか注ぎこみ、大麻を少しばかり吸い、地元の選挙候補者に話しかけるところだった。「あんたから女神さまに捧げ物をする必要はない！　女神さまの栄光は戻ってきたんだ。さあ、どうやってあんたを勝たせるか考えよう！」

こんな時代でも、神殿の力のしたにとどまった場合に起こり得る、あらゆる奇跡を証明するものが、ナビンである。彼は自ら女神の頭をまわした。そして、巡礼案内人たちが、投票所に向かう者たちのグループのように、まとまりを欠いていたから、女神さまは嫌気がさしたのだと、自分でも信じこんでいた。女神さまの頭をまわしたあと、いまでは、女神さまが自分で向きを変えたのだと思うようになっていたのだ。

ジャショーダはいった。「なにをべらべらしゃべっているの？」

ナビンはいった。「女神さまの栄光について話をしているところさ」

ジャショーダはいった。「あんたが像の頭を自分でまわしたってことを、わたしが知らないとでも思っているの？」

ナビンはいった。「うるさいぞ、ジョシ。神さまが俺に力と知性を与えてくれたんだ。だからこそ、俺を通してそういうことが起こったんだ」

「あんたが女神さまに手を触れたときに、女神さまの栄光は消えてなくなったんだよ」

「栄光が消えたって！　だとしたら、どうして扇風機がまわり、あんたが扇風機のしたにすわっていたりするんだよ？　玄関の天井に電気扇風機《エレッティリ》＊があったなんてことがいままであったかい？」

「わかったわ。でも教えておくれ。どうしてあんたはわたしの幸運を焼き払ってしまったの？　いったいわたしがあんたになにをしたっていうんだね？」

「なんだって？　カンガリは死んでいないぞ」

「どうして死ぬのを待つ必要がある？　あいつはわたしにとっちゃ死んでいるどころじゃないんだもの」

「どうしてまた？」

ジャショーダは眼を拭って、低い声でいった。「わたしはたくさんの子どもをはらんだわ。わたしはご主人の家で常雇いの乳母を務めたわ。全部知っているでしょう。わたしはいつも正しい生活を送ってきたのよ」

＊　下層階級のベンガーリー風発音で、“electric”（電気）を指す。［スピヴァック］

「もちろんさ。あんたは女神さまの一部なんだから」

「でも、女神さまは神性の実現の状態にとどまっているのよ。女神さまの『一部』は食べ物がなくて死にかけているんだわ。ハルダル家は私に手を貸してくれなくなったの」

「なんで、カンガリと喧嘩しなきゃならないんだ。男は養われているからって、侮辱されるのを我慢したりはできないんだぜ」

「どうしてあんたはあそこに姪をおかなきゃならなかったのさ?」

「それは神のお戯れというものさ。ゴラピはよく神殿に身を投げ出していた。少しずつカンガリは、自分が神さまの連れ合いの化身であり、彼女が自分の連れ合いの化身だと理解しはじめたんだ」

「連れ合いとはよくいったものね! 箒ひと振りであの女の毒手から夫を奪ってみせるわ!」

ナビンはいった。「だめ、だめ! もうどうしようもないんだ。カンガリは男盛りだよ。いったいどうやってあんたに、あいつを喜ばせることができるんだい。それに、ゴラピの兄は本物の与太者で、彼女を守っているんだぞ。俺に、出てゆけといった。俺がタバコを十回吹かせば、やつは二十回吹かす。俺のみぞおちを蹴ったんだ。あんたの弁護に行ったわけさ。カンガリはこういった、俺にあいつの話をするな。あいつは自分の夫のことはなにも知らないくせに、主人の家のことは知っているんだ。主人の家があいつの家神さまだ。そこに行かせればいいいってね」

「そうするわ」

それからジャショーダは、世のなかの不公平さになかば気も狂わんばかりになって、家に帰っていった。しかし、彼女の心はからっぽの部屋に耐えられなかった。乳を飲もうが飲むまいが、胸に子どもをだかずに眠るのはむずかしかったのだ。母親というのはひどい中毒のようだ。乳がかわいても中毒はおさまらない。打ち捨てられたジャショーダはハルダル家のおかみさんのところに行った。彼女はいった。「もし給金をくださるのなら、料理と給仕をします。もしくださらないのなら、しません、わたしをここにおいてくださらなきゃなりません。あの売女《ばいた》の息子は神殿に住んでいるんです。裏切り者の息子たちめが！　あいつらもあそこに釘づけになっています。わたしは誰のために自分の部屋を管理するっていうんでしょうか？」

「それならここにいなさい。あんたは子どもたちに乳を飲ませてくれた。それにあんたはブラーフマナだ。だからここにいなさい。でもあんた、あんたにとってはつらいことよ。バシニの部屋に他の者たちといっしょにいなけりゃならない。誰とも喧嘩しちゃいけない。だんなさまは機嫌がよくないのよ。三番目の息子がボンベイに行って、その土地の娘と結婚したから、気が弱くなっているの。なにか騒ぎが起こったら、あのひとの怒りが爆発するわ」

ジャショーダの幸運は子どもを産む力だった。その力が消えるやいなや、こんなふうにしてあらゆる不運が彼女を襲った。聖なる女神さまを信奉している地元の家々の尊敬の的であった、乳の一杯つまった貞淑な妻、ジャショーダにとって、いまや凋落の時期が訪れたのだ。のぼっているときには分不相応のうぬぼれを感じるのに、落ちてゆくときには「下降しているゆえわれに塵をつかむことを学ばせよ」というふうに、自らが降参するのを感じないのが、人間の本質だ。その結果、ひとは昔ながらのやり方で取るに足らないものを要求し、弱いものに蹴飛ばされるのだ。

同じことがジャショーダの身に起こった。バシニの仲間たちは彼女の足を洗って、その水を飲むのが常であった。それからバシニは、なんの気なしに次のようにいった。「自分の皿を洗いな。あんたがご主人さまなら、わたしはあんたの皿を洗うよ。あんたはわたしと同じように、ご主人さまの召使いなんだからね」

ジャショーダが「わたしが誰か知っているの？」と叫ぶと、一番うえの義理の娘が叱るのが聞えた。「これがわたしの恐れていたことよ。お母さんがあんたをひどくうぬぼれさせたんだわ。ほら、ブラーフマナの姉さん！　わたしがあんたを呼んだんじゃない。あんたがいさせてくれって頼んだのよ。平和を乱さないでおくれ」

ジャショーダは、いまや誰も彼女のいうことに耳を傾けないのだということを知った。彼女は黙って料理をし、給仕をし、午後遅くなってから神殿の中庭に行き、泣きだすのだった。彼女は、シヴァの神殿での夕方の礼拝のための音楽を耳にした。彼女は眼を拭って立ちあがった。彼女は心のなかでつぶやいた。「女神さま、わたしをお救いください！　私は最後にはブリキ罐をもって道端に座らなければならないのでしょうか？　それがあなたのお望みなんですか？」

ハルダル家で料理をし、女神さまに不平を訴えることで、日々が過ぎていった。しかし、ジャショーダにとってはそれだけではすまなかった。ジャショーダのからだはひっくり返りそうだった。ジャショーダには、なぜなにをしてもうれしくないのかわからない。彼女の頭のなかでは、なにもかもが混乱しているようだった。すわって料理をしているときは、自分はこの家の乳母なのだと思う。彼女は派手なサリーを身につけて、ただでもらった食べ物を手にもって家に帰る。乳房は消耗したかのようにからっぽに思える。乳首を子どもがしゃぶらないなんてことがあるとは、考えたこともなかった。

ジョシはぼんやりするようになった。彼女は米とカレーのほとんどすべてを皿に盛るが、自分が食べることは忘れている。ときどき彼女は、王さまであるシヴァに話しかける。「女神さまにできないなら、あなたがわたしを連れていってください。私はこれ以上進めません」

ついに一番うえの義理の娘の息子がいった。「お母さん！　乳母は病気なの？　していることが変だよ」

一番うえの義理の娘はいった。「注意してみましょう」

一番うえの息子がいった。「おいおい。彼女はブラーフマナの娘だぜ。もしなにかあればぼくたちの罪になるんだよ」

一番うえの義理の娘は聞きにいった。

ジャショーダは米を調理し、それから台所で、広げたサリーの端に横になった。一番うえの義理の娘は、彼女の裸体を見ていった。「ブラーフマナの姉さん！　どうして左の乳首のてっぺんがそんなに赤いの？　なんてことかしら！　燃えるように赤いわ！」

「どうしてわかりましょう？　内側から石が押してくるみたいなんです。とても固い、まるで岩のようです」

「それはなんなの？」

「どうしてわかりましょう？　わたしはたくさんの子に乳を飲ませました。たぶんそのせいでしょうか？」

「ばかなことを！　乳の出るときなら、胸に石ができたり、乳首に膿をもったりするものよ。あんたの一番したの子は十歳よ」

「あの子は死んでしまいました。そのまえの子は生きてます。あの子は生まれたとき死んでいたんです。その方がましですよ。こんな罪深い世のなかなんだもの！」

「明日医者が孫を診にやってくるわ。頼んでみましょう。あんまり良くは見えないもの」

ジャショーダは眼を閉じていった。「乳首が石みたいだわ。石がなかにあるみたいなんです。最初、固いボールが動きまわっていたけど、いまは動きません。びくともしないんです」

「医者に診せましょう」

「いいえ、姉さん。男の医者にはからだを見せられません」

夜、医者が来ると、一番うえの義理の娘は息子がいるところで尋ねた。彼女はいった。「痛みもなく、ほてりもなく、でも気絶しそうなくらいなんです」

医者はいった。「乳首が縮んでいるかどうか、わきのしたが種みたいにふくらんでいるかどうか、聞いてきてください」

「種みたいにふくらんでいる」という言葉を聞いて、一番うえの義理の娘は「なんて露骨な！」と思った。それから彼女は、実地踏査をして、いった。「先生がおっしゃったことはすべてしばらくまえから起こっているそうです」

「年はいくつですか？」

「一番うえの息子の年を考えてみると、五十五歳ぐらいになるでしょう」

医者はいった。「薬をあげましょう」

外に出ると、彼は一番うえの息子にいった。「お宅の家の料理女は、乳房になにか問題がありそうですね。癌病院に連れていったほうがいいでしょう。わたしは彼女を診たわけじゃありません。でも、聞いたところから判断すると、乳腺癌の疑いがあります」

ほんのきのうまで一番うえの息子は十六世紀に住んでいた。ごく最近、二十世紀にやってきたのだった。十三人子女がいるが、娘たちはかたづき、息子たちは成長し、そしてそれぞれのスピードで、それぞれのやり方で成長しつつある。しかし、いままで彼の陰鬱な部屋べやは、十八世紀と前‐ベンガル・ルネサンスの十九世紀の暗闇に覆われていた。いまだ天然痘の予防接種を受けていない彼はこういうのだ。「下層階級だけが天然痘になるんだ。俺は予防接種注射なんかする必要はない。神々とブラーフマナとを敬う上層カーストは、そんな病気にはかからないんだ」

彼は癌などという考えを一笑に付して、いった。「へえ！　癌ですって！　簡単なことですよ。聞きまちがえたんです。軟膏だけありゃたくさんでしょう。あんたがなんていったって、ブラーフマナの娘を病院にやったりできませんよ」

ジャショーダ自身もいうのだ。「わたしは病院には行けません。そんなことをするくらいなら、わたしにくたばれっていってください。子どもを産むためにだって病院に行かなかったんです。それなのに、いまさら行けというんですか。あの屍体を焼いている鬼のような奴は、病院に行ったから、かたわになって戻ってきたんです！」

一番うえの義理の娘はいった。「薬草の軟膏をもってきてあげるわ。この軟膏はほんとうにきくのよ。隠れているおできも頭を突き出して飛び出てくるわ」

薬草の軟膏は完全な失敗だった。だんだんジャショーダは食べなくなり、体力を失っていった。彼女は左側にサリーを敷いておくこともできなかった。ときどき燃えるような感じがし、ときどき痛みを感じた。ついには膚がいたるところで破れ、傷口が現われた。ジャショーダは床についた。

様子がわかると、一番うえの息子は恐れおののいた。自分の家でブラーフマナが死んだら！　彼はジャショーダの息子たちを呼んで、厳しくいった。「おまえたちの母親なんだぞ。おまえたちを長いあいだ食べさせてくれたひとだ。それがいま死のうとしている！　連れてゆけ！　みんながついてなけりゃならない。カヤースタ＊の家で死んだりしていいのか？」

＊　二番目のカースト。［スピヴァック］

カンガリは、この話を聞くと大泣きに泣いた。彼は、ほとんど真っ暗なジャショーダの部屋にやってきていった。「なあ、おまえ！　おまえは祝福された幸運な貞淑な女だ！　俺がおまえを追い出してからというもの、二年のうちに神殿の皿は盗まれ、俺は背中のおできに苦しんだ。あの蛇みたいなゴラピはナプラをだまし、金庫を破って、なにもかも盗み、タラケスワールに店を開いた。さあ、おまえに贅沢な暮らしをさせてやるよ」

ジャショーダはいった。「ランプをつけてちょうだい」

カンガリはランプをつけた。

ジャショーダは膿の出ている腫れ物だらけの裸の左胸を彼に見せて、いった。「この腫れ物が見える？　どんな匂いがすると思う？　さあ、わたしをどうするつもり？　どうしてわたしを連れにきたの？」

「ご主人さまに呼ばれたんだよ」

「じゃあ、ご主人さまはわたしをおいておきたくないのね」ジャショーダはため息をついて、いった。「どうしようもないわよ。わたしをどうするつもり？」

「とにかく、明日、連れにくるからね。きょう部屋を掃除しておくよ。必ず明日、連れにくる」

「子どもたちは元気？　ノブライとガウアは昔はよく来たもんだったけど、あの子たちでさえ来なくなったわ」

「野郎たちはみんな自分勝手にやっている。結局、俺の精液でできた息子たちだもの。俺と同じで不人情だ」

「明日、来てくれるんだね」

「うん - うん - うん」

ジャショーダは突然ほほえんだ。心が張り裂けるような郷愁を呼び起こすほほえみ。

ジャショーダはいった。「あんた、覚えている?」

「なんだい、おまえ?」

「あんたはこの乳首でよく遊んだわね? そうしなけりゃ眠れなかったね。わたしの膝になにも乗っていないときはなかった。ひとりの子が乳首から離れていったと思うと、今度はもうひとりの子だ。次は、ご主人さまの家の子どもたちだ。よくやったものだと、いまでは思っているよ!」

「全部覚えているさ、おまえ!」

このときのカンガリの言葉は真実だった。ジャショーダの、ぼろぼろになった、やせ衰えた、苦しんでいるからだを見ていると、カンガリの自分勝手な肉体と、本能と、腹を中心にした意識でさえ、過去を思い出し、いくらか共感したくなるのだ。彼はジャショーダの手をとり、いった。「熱があるのかい?」

「しじゅう熱があるのよ。わたしは腫れ物の力で考えているの」

「この腐ったような匂いはどこから来るんだい?」

「この腫れ物から」

ジャショーダは眼を閉じて喋っていた。それから彼女はいった。「神殿づきの医者を呼んでちょうだい。あのひとは、ゴーパルの腸チフスを同種療法でなおしてくれたのよ」

「明日、来てもらおう。明日、連れにくるよ」

カンガリは出ていった。彼がいなくなったことも、彼の松葉杖のこつこつという音も、ジャショーダには聞こえなかった。眼を閉じたまま、カンガリが部屋にいると思っている彼女は、元気なくいった。「乳を飲ませれば母親だって! みんな嘘よ! ネパールとゴーパルは私の方を見向きもしない。ご主人さまの息子たちは、わたしがどうしているかのぞいてみようともしない」胸の腫れ物は、百の口と百の眼で彼女をあざけり続けた。ジャショーダは眼を開けて、いった。

「聞いているの？」

そのとき彼女は、カンガリがいなくなっていたことに気づいた。

夜、彼女はバシニに救命浮輪石鹸を買いにやらせ、明け方、その石鹸で風呂にはいりにいった。悪臭、なんという悪臭だ！　猫や犬の屍体がごみ箱のなかで腐ると、こんな匂いがする。ジャショーダは、いつも石鹸と油で念入りに胸をこすっていたものだった。ご主人さまの息子たちが乳首を口にくわえたから。どうしてこの乳房が最後になって彼女を裏切ったのだろうか。肌は石鹸でひりひり燃えるように痛む。それでも石鹸でからだを洗った。頭はがんがんし、すべてが暗く見えた。ジャショーダの体のなか、頭のなかには火が燃えていた。黒い床はとてもひんやりとしていた。ジャショーダはサリーを広げて横になった。立っていては乳房の重みにとても耐えられなかった。

横になっていると、熱のせいで感覚も意識もなくなった。カンガリは、約束通りの時間に来た。でも、ジャショーダを見ると、力をなくした。ついにナビンまでがやって来て、きしるような声でいった。「この家のひとたちは人間か。彼女は自分の乳で子どもたちをみんな大きくしたんだ。それなのに、医者も呼んでくれないのかい？　俺がハリー先生を呼んでこよう」

ハリーバブは、彼女を一瞥すると「病院だ」といった。

病院は、これほどまでに症状の悪化した患者を受け容れてはくれない。一番うえの息子の努力と推薦でジャショーダは入院を認められた。

「どうしたんですか？　ああ先生、どこが悪いんですか？」――カンガリは、子どものようにぐすぐす泣きながら尋ねた。

「癌だ」

「乳首も癌になったりするんですか？」

「そうでなけゃ、どうして癌になったんだね？」

「自分の子どもが二十人、ご主人さまの家に子どもが三十人――乳がたくさん出たものですから――」

「なんだって？　何人の子どもに乳をやったんだね？」

「五十人は確かです」

「五十人！」

「そうです、先生」

「二十人、子どもを産んだって？」

「そうです、先生」

「神さま！」

「先生！」

「なんだね？」

「そんなにたくさん乳を飲ませたからなんですか――？」

「どうして癌にかかるのかはわからない。わからないのさ。でも、あんまりたくさん母乳を与えすぎると――もっと早く気づかなかったのかね？　一日でこんなふうになったわけじゃないだろう？」

「いっしょに暮らしていなかったんです、先生。わたしたちは喧嘩して――」

「わかった」

「どうなんですか？　良くなりますか？」

「良くなるだって！　あとどのくらいもつか考えてごらん。あんたは、彼女を最後の段階になって連れてきたんだよ。こうなったら誰も長くは生き延びられない」

カンガリはめそめそ泣きながら立ち去った。午後遅くなってから、嘆き悲しむカンガリに困り果てた、一番うえの息子の二番目の息子が、医者のところにやってきた。彼は最小限しかジャショーダのことを心配しなかった——でも、父親がうるさかったし、彼は経済的に父親に依存している状態だった。

医者は彼にすべてを説明した。一日で起こったのではなく、長いあいだにわたって起こったのだ。なぜ？　誰にもわからなかった。どうしたら乳癌に気づくのだろう？　胸のなか、てっぺん近くにできる固いかたまりは取りのぞくことができる。それから徐々にその内側のかたまりは大きく、硬く、凝固した圧力のようになる。肌はオレンジ色になり、乳首が縮むことが予想される。腋のしたのリンパ腺が炎症を起こすこともあり得る。潰瘍化、すなわち腫れ物がある場合、それは最終段階といってよい。熱だって？深刻さの点からいえば、それは二番目か三番目の範疇に属する。からだに腫れ物のようなものがあれば熱も出る。それは二次的だ。

二番目の息子は、この専門家の話に混乱してしまった。彼はいった。「生きられるんですか？」

「いいえ」

「あとどのくらい苦しまなければならないのですか？」

「そんなに長いことではないでしょうね」

「手の施しようがないんなら、どういう治療をするんですか？」

「鎮痛剤、鎮静剤、熱を抑える抗生物質。彼女のからだは非常に、非常に、衰弱していますから」

「食べなくなったんですよ」

「医者には連れてゆかなかったんですか？」

「連れてゆきました」

「医者はなにもいいませんでしたか？」

「いいました」

「医者はなんていいました？」

「癌かもしれないと。彼女を病院に連れてゆくようにいいました。彼女が同意しなかったんです」

「どうしてなんでしょう？　死ぬっていうのに！」

二番目の息子は家に帰って、いった。「アルン先生が、彼女が癌だっていったとき、治療していたら、生き延びたかもしれないんだ」

母親はいった。「そんなによく知っているんなら、どうしてあんたが連れていかなかったの？　わたしが止めたかい？」

二番目の息子と母親の心のどこかに、罪という見知らぬ感覚が、汚い淀んだ水に浮かぶ泡のように湧きあがってきて、すぐに消えた。

罪がこういった――彼女はわたしたちと一緒に生活していた。わたしたちは彼女のことを見ようとしたことがなかった。病気が彼女を襲ったとき、わたしたちは少しも深刻に考えなかった。彼女は愚か者だ。わたしたちをこんなにたくさん育ててくれた。わたしたちは彼女の面倒を見なかった。いま、みんなに囲まれながら、彼女は病院で死のうとしている。あんなにたくさんの子どもたち。亭主も生きている。彼女がわたしたちにすがりついてきたとき、わたしたちは――――――！　彼女はなんという生き生きとしたからだをしていたんだろう。乳が彼女からほとばしり出た。彼女がこんな病気にかかるなんて思ったこともなかった。

罪の消失がこういった――誰に運命を取り消すことができるだろう？　彼女が癌で死ぬというのは書き記されたことだった――誰にそれを止められよう。彼女がここで死んだらまずいことになっただろう――夫や息子たちが、どんなふうに死んだか尋ねただろう、わたしたちはそういう悪行から救われた。誰にもなにもいえない。

一番うえの息子が保証した。「アルン先生は、誰でも癌にかかったら死ぬっていっていた。ブラーフマナの姉さんがかかったような癌だと、かかったひとたちがその癌で死んだあとでも、乳首を切ったり、子宮を取り除いたりすることがあるんだ。ねえ、父さんはブラーフマナたちをすごく尊敬していた――ぼくたちは父さんの徳のおかげで生きているんだ。もし、ブラーフマナの姉さんがこの家で死んだら、懺悔の儀式をしなけりゃならなかっただろう」

ジャショーダよりも症状の軽い患者でさえもっと早く死ぬ。ジャショーダは、病院で一箇月近くがんばって医者たちを驚かせた。最初、カンガリとナビンと男の子たちは、確かに行ったり来たりしていたが、ジャショーダはあいかわらず昏睡状態で、熱で汗まみれになり、魔法にかかっているようだった。胸の腫れ物はどんどん大きく口を開けてゆき、胸はいまやひとつの大きな傷のように見える。それは消毒薬に浸した薄いガーゼに覆われているが、腐りつつある肉体の強い匂いが、香煙のように部屋の空気のなかを静かに循環している。そのために、カンガリと他の訪問者たちの熱心さの潮が引くことになった。そのうえ、医者もいうのだった。「彼女は反応を示していませんか？　すべては良い方向に向かっています。意識がない状態でもちこたえるのはたいへんなことです。こんな死の苦しみを、誰がそれと知りながら耐えることができるでしょう?」

「彼女は、わたしたちが出たりはいったりしているのを知っているんでしょうか?」

「なんともいえません」

「食べていますか?」

「管を通して」

「こんなふうにして生きなきゃいけないものなのですか?」

「あなたはとても――」


ジャショーダがこんな状態なので、自分が無分別に怒っているのだということが、医者にはわかった。彼はジャショーダに対し、カンガリに対し、そして乳癌の兆候をじゅうぶん深刻に受けとらずに、結局この恐ろしい地獄のような苦しみのなかで死んでゆく女たちに対して、怒っていたのだ。癌は絶えず患者と医者を打ち負かす。ある患者の癌は、その患者の死を、科学の敗北を、そしてもちろん医者の敗北を意味するのだ。二次的徴候は薬で治療することができる。もし食べられなくなれば、ぶどう糖を点滴注入し、肉体に滋養を与えることができる。もし肺が呼吸不可能になれば、酸素がある――しかし癌が進行し、増大し、拡大し、細胞を殺してゆくという事実が、喰い止められることなく存在しているのだ。癌という言葉は一般的なシニフィアンであり、それによって肉体のさまざまな部分にさまざまな悪性の腫瘍が割り当てられる。その固有の属性は体の感染した領域を破壊し、転移によって広がり、切除のあと再発し、血液中に毒素をつくり出す。

カンガリは、質問に対してちゃんとした答えを得られないまま出ていった。神殿に帰ると、彼はナビンと息子たちにいった。「これ以上行ってもしょうがない。あいつには俺たちがわからないし、眼も開けないし、なにもわからないんだ。医者はできるだけのことはやっている」

ナビンがいった。「もし死んだら？」

「先代の主人の一番うえの息子の電話番号を知っているから、電話するだろう」

「彼女があんたに会いたがったらどうする。カンガリ、あんたの女房は祝福された幸運な貞淑な女なんだぜ！　あんなにたくさんの子どもたちを産んだ母親にいえた者なんか誰もいない。からだに気をつけろってな――でも、彼女はなにものにも屈服しなかったし、よそ見もしなかった」

こう話すと、ナビンは陰気に黙りこくった。実際、破壊しつくされたジャショーダの乳房を見て以来、多くの哲学的思考と性科学的議論が、毒を使ってしまった発情期の大きな蛇のように、ナビンの、薬と大酒で腐りぼんやりした頭のまわりをゆっくりとまわっていた。たとえば、かりに俺が彼女の尻を追いまわしていたら。これが、あの、ひとを夢中にさせる乳房の終わりなのか？　ほう！　人間のからだは無だ。そんなものに熱をあげるのは、気が狂っているということだ。

カンガリはこんな話が好きではなかった。彼の心はすでにジャショーダを退けていた。ハルダル家でジャショーダを見たとき、彼はほんとうに心を打たれ、病院に入院したあとでさえ熱烈に心配していた。しかし、いまやあの感情は冷めつつある。医者がジャショーダはもたないといった瞬間に、彼は、ほとんどなんの痛みもなく、彼女のことを心の外に追いやった。彼の息子たちは彼の息子たちなのだ。彼らの母親とは、大きな髷にした髪、眼を眩ませるほどの白い服、強い個性を意味していた。病院で寝ているのは、誰か別の人間、母親なんかじゃないのだ。

乳癌は脳昏睡を惹き起こす。これがジャショーダにとっての解決法だった。

ジャショーダは、自分が病院に来たということ、病院にいるということ、この感覚を麻痺させる眠りが薬による眠りだということがわかっていた。弱ってぼうっとなった頭で彼女は考えた。ハルダル家の息子の誰かが医者になったのだろうか？　疑いなくその子も彼女の乳を飲んだのだ。そしていま、乳の借りを返そうとしているのだろうか？　でも、あの子たちは高校を出るとすぐに家の事業を手伝いはじめたのだ！　しかしながら、彼女のことをこんなに助けてくれるひとたちは、どうして悪臭を放つこの乳房から自由にしてくれないんだろう？　なんという匂い。なんという裏切りだ。この乳房がめしの種だと承知していた彼女は、それを乳でいっぱいにしておこうとして、いつも妊娠していた。乳房の仕事は乳をためておくことだ。彼女は、香水入りの石鹸で胸を綺麗にしておき、乳房があまりにも重いので若いときでさえ上着をつけたことはなかった。

鎮静剤の効き目がなくなってくると、ジャショーダは叫ぶ。「あー！　あー！　あー！」──そして、看護婦と医者を熱情的な、充血した眼でさがす。医者がやってくると、彼女は感情を害してぶつぶついう。「あんたは私のミルクでこんなに大きくなったのよ。それなのに、いまはわたしを傷つけるつもり！」

医者はいう。「彼女は世界中に自分の乳飲み子を見ているんだ」

ふたたび注射、そして眠気を惹き起こす麻痺。痛み、すさまじい痛み。癌は人間という主人を犠牲にして広がってゆく。徐々にジャショーダの左の乳房は裂け、火山の噴火口のようになる。腐敗の匂いが、近づくのを困難にする。

ついにある夜、ジャショーダは、自分の足と手が冷たくなりつつあるのがわかった。死が近づいてくるのがわかった。眼を開けていることができなくなったが、何人かの人びとが彼女の手を見ているのがわかった。針が腕に突きささった。内側では痛みに満ちた呼吸。呼吸しなければならない。誰が見ているのだろう？　彼女の子どもたちなのだろうか？　自分が産んで乳を飲ませた子どもたちか、生きるために乳を飲ませた子どもたちか？　最後にジャショーダは思った。自分は世界に乳を与えたのだ。それなのに、ひとりぼっちで死ぬなんてことがあるんだろうか？　彼女を毎日診ている医者、彼女の顔に白布をかけ、荷車に乗せ、屍体を焼く川端の階段に彼女を降ろすひと、彼女を炉に投げこむ不可触賤民、みんな彼女の乳飲み子なのだ。もし世界に乳を与えれば、そのひとはヤショーダー*になるにちがいない。ひとは友だちもなく、一滴の水を口に含ませてくれるひともなく、死ななければならない。それでも、最後には誰かがそこにいたはずだ。それは誰なのか？　誰なのか、それは？　それは誰なのか？

ジャショーダは午後十一時に死んだ。

ハルダル家に電話がいった。電話は鳴らなかった。ハルダル家のひとたちは、夜になると電話の線を切ったのだ。

ヒンドゥーの女、ジャショーダ・デヴィは、通例にしたがい、病院の死体公示所に寝かされ、箱馬車に乗せられ、川端の階段に運ばれ、焼かれた。彼女は不可触賤民によって荼毘に付された。

ジャショーダは神の顕現だった。彼女の思ったことはなんでも、他の者たちがしてくれた。ジャショーダの死はまた、神の死でもあった。死すべき人間がこの地上で神のふりをすると、そのひとはみんなに見捨てられ、いつもひとりぼっちで死ななければならないのだ。

一九八七

"Breast-Giver" by Mahasweta Devi

---

*　クリシュナの神話上の母であり、その意味では、世界に乳を与える者である。［スピヴァック］

10 サバルタンの文学的表象——第三世界の女性のテクスト(1)

歴史家は、サバルタンの呈示の場となってきた、叛乱鎮圧もしくはジェンダー化のテクストに直面する。歴史家は、ジェンダー化されていようとなかろうと、サバルタンに新たな主体の位置を割り当てるために、テクストを解き明かす。

文学教師は、ジェンダー化されたサバルタンの呈示の場となってきた、気に入りのテクストに直面する。文学教師は、主体の位置の割り当てを眼に見えるようにするために、テクストを解き明かす。

これらふたつの作業は、似て非なるものである。マハスウェータ・デヴィの「乳を与える女」を教えるための戦略として、この論考は、類似と差異のあいだで往還を繰り返す(2)。結論にいたるまで、私は読者に対して、少なくとも以下の命題だけは銘記しておいてくれるよう、何度も要求することになるだろう。

a. 歴史家と文学教師の任めを遂行するということは、それぞれの支持者を満足させるために、互いを批判的に「妨害」し、互いを危機に追いこむことになる。特にそれぞれが、すべては自分のものだと主張しているように見えるときには、その点がはなはだしい。

b．文学教師は、自らの制度的な主体の位置のおかげで、テクストの有用性を抽き出すべく、テクストを「再‐布置」することができるし、またそうしなければならない。彼女は、固有の文脈からテクストをねじり取り、異質な議論のなかにおくことができるし、またそうしなければならない。

c．このようにして、西洋のマルクス主義的フェミニズム、西洋の自由主義的フェミニズム、ならびに女性の肉体をめぐるフランスの高等理論に由来する議論のうちにすえてみると、「乳を与える女」は、それらの限界と制限のいくつかをわれわれに示してくれるだろう。

d．このことは、現在継続して行なわれている、いわゆる「第三世界」の文学の副次化について、なにごとかを暗示しているかもしれない。

この論考はまた、エリート的な方法論と、副次的な素材という、常に傾向的な問題にも触れることになるだろう。思うに、ジェンダー化されたサバルタンに関して「なにをなすべきか」という問題は、いかなる解釈的な論考――歴史的なものであれ文学的なものであれ――においても解釈されることはあり得ないといっておく必要があるだろう。本論文のような論考はおそらく、社会的公正や、女性の領域の不可避性を訴えるようなものより少しはまじめに、この問題の程度と政治性について、ひとつの考え方を示すことができるだろう。

1．歴史家と文学教師

歴史の叙述の生産とは、出来事を言説によって物語化することである。歴史記述が自‐意識的に「非‐理論的」であるとき、それは、自らの務めが、同じ時代の対立する歴史の叙述を意識しながら、「なにが実際に起こったか」を、評価の点で中立的な散文で呈示することであると考える。歴史という学問に、「理論」が侵入してからというもの、また、ミシェル・フーコーという厄介な人物が登場してからというもの、「出来事」が言説的に構成されないなどということは決してないということ、歴史記述の言語もまた常に言語なのだということに気づき、それを認めることは、もはやさほど前衛的であるとはいえなくなった。

すべての対象は、言説の対象として構成されているという事実は、思考の外部の世界なるものが存在するか否かという問題や、実在論／観念論の対立とは、なんの関係もない。地震、煉瓦の落下といったものは、確かに存在する出来事だ。……しかし、対象としてのそれらの特殊性が、「自然現象」とのかかわりで構築されるか、「神の怒りの表現」とのかかわりで構築されるかは、言説の場の構造によって決定される。否定されるべきは、そうした対象が思考の外部に存在するということではなく、むしろそれとはかなり異なる主張、すなわち、それらは、いかなる言説的な発生条件であれ、その外部に存在する対象として自らを構成するだろうという主張である(3)。

「出来事はいかにして存在するか」という思考は、たとえばハイデガーの哲学や、素粒子物理学などを経由したさまざまな方法で、それ自体を複雑化し得る。そして、なにものであれ、反対意見とは無関係だと主張するようなものに、私はいまだに心を悩ませられているのだ(4)。とはいえ、そういう危険を避けるために、言説編成としての歴史的表象と文学的表象とのあいだに積極的な関係を措定することも可能だろう。このことを念頭において、初期のフーコーの有名な一節について考察してみよう。これは、先ほど引用した文のなかでラクラウとムーフが使っていたのと同じ意味での「言説」を確立したものである。

このフーコーの一節で吟味されている問題は、出来事が言説の外部に存在するかどうかということだけでなく、言語(文、命題、記号)は、出来事を報告するためにのみ存在するのかどうかということでもある。ここでフーコーは、文、命題、および記号としての言語と、彼が「言表」[énonciation]と呼ぶものとを区別している。

言表とはなによりもまず、言語の「存在の機能」であり、「それにもとづいて……[それが]『意味をなす』かどうかを……決定することができる」ものだ(5)。つまり「言表」とは、主体の位置づけ(「私」の場)を含むものなのである。

言表の主体は、それを公式化する作者と同一のものであると考えてはならない。実際それは、書かれた、もしくは話された文の分節化の現象の原因、起源、あるいは出発点などといったものではなく……一連の操作のための、一定、不動、不変の場所[foyer]でもなく……それは、実際には相異なる個々人によって満たされるかもしれぬ、決定された[determinée]空白の場所なのである。……たとえ、ある命題、ある文、ある一群の記号が「言表」と呼ばれ得るとしても、それは、ある日それらを発話[proférer]したり、それらを示す一時的な印をどこかに委託[en deposer quelque part la trace provisoire]

したりする、誰かがいたという限りにおいて［dans la mesure ou il y a eu］のことではない。それは、主体の位置を指定することが可能だという限りにおいて［dans la mesure ou］のことなのである。ある公式を言表として記述することの意味は、作者と、作者が述べていること（あるいは述べたかったこと、あるいは計らずも述べてしまったこと）とのあいだの関係を分析することにあるのではなく、いかなる個人であれ、言表の主体になるとしたら、彼がどのような位置を占めることができ、また占めなければならないかを決定することにあるのだ(6)。

言表をこのように理解することは、文が伝えるもの、あるいは語るものがなんであるかを無視するということを意味するのではない。それは、そのなにかがいかにしてつくられるかを分析するための前提条件なのである。そしてそれこそが、「言説編成」、「対象の編成、言表の様式の編成、概念の編成、戦略の編成」(7)の本質だということになる。ごく単純な伝え方や語り方も、こういった戦術を避けることができない。そして伝えられたり語られたりする内容が、やはり伝えられたり語られたりすることによって、主体の位置づけを必然的にともなうことを心にとめておくようにとフーコーは求めている。さらに、記録や談話（歴史記述や文学教育の素材）を扱う者は誰しも、それらを扱うに際して、ある特定の「私」の場を占めることができるし、またそうしなければならないと彼はいう。この「私」の場の特異性は、ひとつの記号である。それは、たとえば社会政治的、心理的・性的、学問的・制度的、あるいは民族的・経済的な出所といったものを意味し得る。それゆえにこそ、フーコーは「割り当てる」という語を用いているのだ。「主体の位置を割り当てることが可能だ」。こうした、かなりあからさまなことがらを覆い隠す、秘められた協議事項のようなものもあり得るだろう。この論考のいくつかの目的のため、心にとめておくべき

「私」の場（主体の位置）は、作者、読者、教師、サバルタン、歴史家といったものである。

フーコーが結局、この企てに見切りをつけたことは周知の事実である(8)。しかし、副次的なものを扱う歴史家の多くは、私の判断では賢明にも、より広汎なその意味合いの内部で研究しているようだ。そうした意味合いのひとつに、歴史記述という古文書収集的な、あるいは考古学的な作業は、ある種の読みの作業に似ているかもしれないということがある。その読みの作業とは、もしその心理学的な、もしくは性格研究的な正統的学説と切り離して考えればふつう文学的解釈と関連づけられるものだ。こうした観点に立ってみると、歴史の物語化はあたかも、いわゆる文学と同様に、構造化され、テクスト化されているかのようである。虚構とは、その否定としての真実に由来するものであるという考え方を、ここでもう一度考えなおしてみなければならない。古文書収集的な歴史記述という文脈においては、虚構の可能性を抽き出すことはできないのである(9)。

歴史は現実の出来事を扱い、文学は想像上の出来事を扱うということは、今日では、性質ではなくむしろ程度の違いとして考えられている。歴史上の出来事と文学上の出来事の事情の差異は、いわゆる「現実の効果」なるもの(10)とのかかわりにおいて、ひとつの差異的局面として常に存在するだろう。歴史と呼ばれるものは、常にわれわれにとって、文学と呼ばれるものよりも現実的であるように思われることだろう。われわれによる、それらふたつの別々の語の使い方がまさにその点を保証している(11)。しかし両者の差異を、あますところなく体系化することは絶対にできない。事実、両者の差異が分節化される方法もまた、秘められた協議事項を有しているのだ。歴史を書くことと文学を書くことは、たとえふたつの活動が、現在われわれが理解している形のものとは似ていないとしても、ある社会的含意を有している。虚構に対して歴史家が覚える抵抗は、この事実と関係しているし、また、歴史記述と文学教育がそれぞれ学問的規律であるという事実とも関係している。

マハスウェータ・デヴィ自身と歴史的言説とのかかわりは明白なようである。彼女の心を常にとらえていたのは、歴史のなかにおける個人という問題だった。『ハジャール・チュラシール・マー』(一九七三―七四)と、それ以前の彼女の散文は、五〇年代、六〇年代の主流をなすベンガーリー小説の、総体的にセンティメンタルな文体に属していた。本論文の読者から見ると、あたかも『ハジャール・チュラシール・マー』の描くヴィジョン、すなわち、個人的なものが、切迫した重要性をもつ政治的な出来事によって危機に追いやられるということ(「都市部ナクサライト[共産党親中国派]の空無化というクライマックス的段階」)が、マハスウェータを、「文学的」あるいは「主観的」と認知されるものから、「歴史的」と認知される形式の実験へと向かわせたかのように思えるだろう(12)。短編集『アグニガルバ』(一九七八)の諸作品は、この困難な転向の跡をしるしたものである。『アラニヤ・アディカール』(一九七七)では、彼女の散文は、成熟した「歴史的虚構」、すなわち、想像されることによって虚構となった歴史へと傾きはじめる。そしてこういったすべての動きのなかで、事実(歴史的出来事)と虚構(文学的出来事)との区別が作用している。実際、彼女が繰り返す正当性の主張は、自分が虚構のなかで表象するすべてのことがらは、自ら徹底的に研究調査したものだということなのである。

この種の虚構は、結果として、その「現実の効果」に頼ることになる。ジャショーダ(「乳を与える女」)やドラウパーディ(『アグニガルバ』所収の「ドラウパーディ」)やバーシャ・ムンダ(『アラニヤ・アディカール』)といった人物のほんとうらしさは、彼女らが、正統的な前提によって想像され、吟味された、ある特定の歴史的局面にあっては、サバルタンとして存在し得ただろうという点にある。実体のない、名前をもつ人物が、叛乱鎮圧的な、あるいは支配的なジェンダーのテクストという素材をうしろ楯にして、ほんとうらしさを得ることができる歴史的局面を想像することによって、副次的なものを扱う歴史家が、歴史的物語に首尾一貫した形をとらせるとしよう。そうした場合にも、先ほどいったような前提は、さほど異なったものとはならない。文学を読む者あるいは書く者は、歴史を読む者あるいは書く者と同じく、副次的な資格を要求するわけにはゆかない。ただ違うのは、対象としての副次性が、一方では想像されたものとして、一方では現実のものとして考えられているという点だ。私がいわんとしているのは、どちらの場合も、その両方を少しずつ含んでいることである。作家は、研究調査した（私の虚構は歴史的でもあるのだ）と主張することによって、この点を認める。歴史家は、表象の機構に眼を向ける（私の歴史は虚構的でもあるのだ）ことによって、この点を認めるかもしれない。私が以下のページを、副次性の研究共同体に託すのは、このような示唆をこめてのことである。私の報告書が、歴史も文学にすぎないのだなどと述べているのでは決してないということは、きっと認めてもらえるものと思う。

2. 作者自身による読み——主体の位置

マハスウェータ・デヴィ自身の説明によれば、「乳を与える女」は、脱植民地化以後のインドの寓話だということになる(13)。主人公であるジャショーダと同じように、インドも金で雇われた母のようなものだ。戦後成金、イデオローグ、土着の官僚、流民など、新しい国家を守ることを誓ったすべての階級の人びとが、インドを悪用し搾取した。インドを支えるためになにか対策がとられなければ、インドに返されるものはなにもない。そして科学的援助が遅れれば、インドは侵蝕性の癌のせいで死んでしまうに違いない。この寓話を拡大すれば、小説の結末は、なにか次のようなことを「意味する」にいたったのではあるまいか。すなわち、イデオロギー的構成体としての「インド」には、女神に憑かれたヒンドゥー教多数派の、逆転した性差別主義があまりにも充満しすぎているということである。覇権をもつ、この女神‐母親としてのインドという、文化的な自己‐表象（この母親が奴隷であるかもしれないという可能性は隠蔽されている）が存在する限り、インドは、そのような自己‐表象によって許された、計り知れない期待の重みに潰されてしまうことだろう。

この興味深い読みも、副次的なものの研究というパースペクティヴから見れば、それほど有効というわけでもない。ここではインドの表象は、隠喩《メタファー》としての副次性という手段をとっている。寓話の規則によれば、隠喩における主意と媒体との結びつきの論理は、絶対に明白なものとされなければならない(14)。しかし、いま述べたような読みの命じるところによれば、媒体の「現実の効果」は、必然的に隠れたところで演じられるものでなければならないのだ。そして副次的なものは、より大きな意味の媒体としてのみとらえられなければならないのである。私がこれまで提起してきた、歴史家と作家のあいだの往還も、この読みに固執していたのでは、正当化できなくなってしまうだろう。マハスウェータの寓話を顕在化するために、この物語から排除されなければならないのは、副次的なものをそれ自体として表象しようとする試みそのものである。それゆえ私は、このあまりにも要領のよすぎる読みをわきにおくという危険を冒しても、テクストを解きほぐして、排除された試みの糸を拾いあげてみようと思う。

そうすることは、脱植民地化という文脈における副次的なものの研究に内在する、一般的議論へと私を導くだろう。すなわち、もし帝国主義に対するナショナリズム的抵抗運動の勃興の物語が、首尾一貫した形で顕示されるとしたら、戦略的に排除されなければならないのは、土着の、副次的なものの役割だとする議論である。だとすれば、地域的な帝国主義の強化の初期段階においては、組織化された政治的抵抗運動はまったく起こりそうもなかったのだと主張することもできるだろう。帝国主義のさまざまな文化的側面に接近することによって、植民地化された国々は、ひとつの国民という心情へと近づいた。真の反‐帝国主義抵抗運動が展開されたのは、まさにそのときからなのであった(15)。

　事実と虚構の対立の場合と同じように、ここにもある種の疑似‐理論的な良識が認められる。この良識を保持するために行なわれなければならない排除作用は、少なくとも二重になっている。まず第一に、もしナショナリズムが、帝国主義という舞台における解放の可能性を認められた唯一の言説であるとすれば、帝国主義と、帝国主義以前の幾世紀かにわたる抵抗運動の数え切れない副次的な事例を、無視しなくてはならなくなる。それらはしばしば、ナショナリズムの力そのものによって鎮圧された。その力とは、地政学的な状況を、地域的な帝国主義から新‐植民地主義へと変化させる役に立つものであり、特に現在の闘争状況からすれば無益とも思えるものなのだ(16)。第二に、帝国主義の文化における解放の可能性だけを考慮に入れるとすれば、ある国民の文化の理想が植民地主義という舞台に移植された場合に生じる歪みには、誰も気づかぬままで終わってしまうだろう(17)。

　国民は国からただなにかを得るだけでなく、国に対してなにかを与えなければならないというのが、マハスウェータ自身による「乳を与える女」の読みの要点であるが、これは、戦闘的ナショナリズムの数多いスローガンのひとつでもある。それは、“sat koti santanere he mugdha janani,rekhechho bangali kore manush karoni”（「優しいお母さん、あなたは七千万のベンガルの子どもをかかえていますが、まだ彼らを人間にはしていません」――タゴール）から、「諸君の国が諸君のためになにをなせるか問うてはならない」（ジョン・F・ケネディの就任演説）にいたるまでさまざまな感情を適用することができる。可能な限り最善の個人的政略をとっているにもかかわらず、マハスウェータ・デヴィが自らの物語について呈示している読みは、書き手としての主体の位置をともなうことによって、帝国主義の文化の生産物として認識されるような、ナショナリズムの物語を表象している。この点を見ても私は、彼女の読みをいったんわきにおき、言表として、彼女のテクストがなにを分節化しているのか、思いめぐらさざるを得なくなる。それは逆にいえば、彼女の読みを浮上させるために、わきにおかれなければならなかったものなのだ。

3. 教師と読者（たち）――その他の主体の位置

マハスウェータのテクストは、多くの点でナショナリズムの物語が、サバルタンの生活といかに無縁であったか、また現在もそうであるかを示すものかもしれない。ナショナリズムというエリート的文化は、さまざまな点で植民者と共存してきたし、現在もそうである(18)。マハスウェータの小説のなかにわれわれは、その共存の跡を見ることができる。ある意味で、われわれがそこに目撃するのは、議会制民主主義の理念と、その理念を生み出す、おそらくは「本来的」とされる土壌の外側で、植民地化された、民族のエリートに遺贈された国の残骸なのである。この小説のように、（ある言説編成における、教師という主体の位置の内部から）教えるための道具として用いられる小説は、そうした理念を、たとえその本来の発祥地にあっても脱構築することができると考える者も、われわれのうちにはいるかもしれない。「乳を与える女」のなかで、そういう理念の影響をもっとも被りにくい流木のようなものが、ジェンダー化された主体としてのサバルタンであるという事実は、われわれにとって重要だ。それは、階級的な主体としてのサバルタンとは異なる主体の位置である。正統的な文学批評の諸学派のあいだでは、作者による読みの権威はいまだにある程度の魅力を保持している。そこで私は、フーコーを引き合いに出すことによって、なぜ自分が、母なるインドを表わす寓喩的記号としてではなく、ジェンダー化された主体として副次的存在に注目するのかを、ことさらに説明してきたわけである。

もし、「副次的な階級を彼ら自身の歴史の主体となす必要性が、［他の］テーマ［のなかでもとりわけ］……現代インドの歴史と社会に関する最近の研究書に対して、新たな批評上の攻撃を加えたとすれば」、そうだとすれば、副次的なジェンダーをそれ自らの歴史の主体と「なすこと」の（不）可能性に関するテクストには、なんらかの妥当性があるように私には思える[19]。この「不可能性」の「不」を括弧に入れる必要性については、この論考の最後で論じるつもりである。

歴史の叙述と文学教育は、記録や談話を専有化し撒種するものである。その意味で、これらは、思考態度を決定するふたつの方法を示しているのだ[20]。ここに呈示された「乳を与える女」の読み方は、主体の位置を教師／読者に割り当てることによって、インドでもっとも権威ある教育機関のエリートを、遠隔操作によっていまだにかたちづくっている、ある種の文学教育の傾向を敵にまわして戦う助けとなるだろう。その傾向とは、アメリカで、そしておそらくはイギリスでも行なわれている、文学批評と文学の、いわゆる急進的な教育方法である。

イギリス・アメリカを支配する、この急進的な読みの提唱者は、第三世界を反動的に均質化させ、それを、ナショナリズムと民族性という文脈でしか見ようとしない。そのような均質化に抵抗し、インドのエリート的機関で読みの理論を学ぶ学生とは区別される、インドにおける支配的な読者は、イギリス・アメリカにおける正統派の立場と区別しがたい読みの実践に精通している。植民地化以後の人文科学教育の影響圏内にいる、顔をもたぬ人格（この、ぎこちないいいまわしを用いるのは、社会学者、経済学者、医者、科学者などといった人びとといえども、その圏外にいるわけではないからだ）としてのインドの読者は、このような正統派の立場こそ、文学を読むための「自然な」方法であると考える。この立場は、作者の「独創的なヴィジョン」に関する作者自身の説明によって確固たるものにされている。この説明（寓話としての小説の読み方）は、この特定の場合に限っていえば、正統派の立場に内在するいまひとつの仮定の充足を禁じることになるだろう。それは、その小説がまるで非在の人びとに関するゴシップであるかのようにわれわれは「感じる」という、心理主義的、あるいは性格研究的な仮定である。こうした矛盾は、一般的な読者であればいっこうに気にかけないものだ。そのなかにあって、歴史学者や人類学者や社会学者や医者は、物事の「不自然な」意味に対する認識ならば、どのグループのものであれ、誤った常識を通じて言説的に構築され得るということを知ることができる、あるいは示すことができる。ところが、文学を読む「自然な」方法についての彼ら自身の前提ということになると、それもまた、同様に構築物であるかもしれぬとは、もはや認めることができなくなってしまうのだ。この主体の位置もまた割り当てられたものかもしれぬということを、認められなくなるのである。このような読み方が、啓蒙主義以後のヨーロッパで、少なくとも二世紀のあいだ支配的なものであったとすると、そして、それが自国のエリートと無教育な人びとを区別するのに役立ってきたとすると、このように読むことは、まちがいなくわれわれの情緒を惹きつけるだろう(21)。ここで私は、情緒の歴史性や現象性をめぐる難解な議論に足を踏み入れるつもりはない(22)。また、われわれの情緒を訓練する正しい方法があるなどと示唆するつもりもない。実際、「虚偽意識」だけが、「イデオロギー的」だとは限らないのである。フーコー的な立場、あるいはこの場合でいうなら、脱構築的な立場とは、「真実」もまた構築物であり、われわれはそれらを生み出すことを避けられないのだと、否応なくわれわれに認めさせるものなのだ。

それでは、真の読み方、真の感じ方とはなにかと問いかける差し迫った必要性にはあえて触れず、代替案を提案してみよう。まず、「自然に」文学によって「感動させられる」という正統派の権利を後生大事に守り、作者の権威のまえに畏れおののいてみることにしよう。また、少しばかり議論を変えて、「文学」を、読みの契約的な性質が社会的に保証されているような、言語の用法であると考えてみることにしよう。文学的テクストは、作者と読者のあいだに存在する。このため文学は、ことさら教条主義的に使われがちになっている。文学が教条主義的に使われるとき、それは一般に、「主題」を配置するための場と見なされる。たとえそれが、主題性、読解不可能性、決定不可能性の解消を主題としたものであってもである(23)。このようなアプローチは、「不自然」だとはいえるかもしれないが、特に「エリート的」であるわけではない。ある面で見れば、マルクス主義文学批評は、「すべての芸術はプロパガンダである。ただし、すべてのプロパガンダが芸術であるとは限らない」というチヌア・アチュベの言葉と同様、こうした「主題論的」アプローチの事例であると考えられる(24)。また別の見方をすれば、「エリート的」アプローチ(脱構築的、構造主義的、記号論的、構造主義的・精神分析的、現象学的、言説 - 理論的なもの。ただし、フェミニズム的、読者 - 反応批評的、間テクスト的、言語学的なものは必ずしも含まれない)のなかにもここで適用し得るものがある。

(マハスウェータ・デヴィが、自らのテクストによって批評的に啓発された資料を読んでいるとはあまり思えないという事実が気にかかる読者は、ここで読むのをやめた方がよいだろう。)

4．（エリート的）アプローチ――マルクス主義的フェミニズムから見た「乳を与える女」

マハスウェータ自身が示したような、寓喩的、寓話的な「乳母」の読み方は、テクストによって伝えられる信号の複雑さを軽減する。ここでは、いまひとつの還元的な寓喩的、寓話的な読み方について考えてみよう。この読み方は、いわゆるマルクス主義的フェミニズムの主題論的系列という観点から明らかにし得るものである。アメリカのマルクス主義的フェミニズムの正統派と、イギリスの、すべてとまではいかないまでもいくつかの変種に特有のことだが、これらの主題論的系列は、広い意味での前－アルチュセール的な方法で展開している(25)。

その代表的な一般化は次のようなものだ。「階級社会における女性の従属の物質的基盤を形成するのは、性的分業それ自体ではなく、出産期の女性に対して、男性が生活費を提供するということである」(26)。

もしマルクス主義的フェミニズムの主題論的系列を批判的に配置する場所として、「乳を与える女」という作品を教えるとすれば、このテクストは、そうした一般論を覆すものだと指摘することになるだろう。ある富豪の末息子のせいで夫を不具にされてしまったジャショーダは、その家の乳母となる。懐胎と授乳を繰り返すことで、彼女は夫や家族を支える。これらふたつは、価値の生産の論理からすると、いずれも生産手段であるといえる。また性的再生産の論理からいえば、夫は、彼女にとっての（彼女が所有するものではないにせよ）生産の手段となっている。それはちょうど、家畜が奴隷にとっての生産手段であるのと同じことだ。しかし実をいうと、ジャショーダの境遇は、たとえ先に引用したようなマルクス主義的フェミニズムによる一般化を覆すだけでなく、ジェンダーの文脈の内にあっては、マルクスが引用したローマ時代の有名な区分法をも無効にするものとなる。すなわち、「インストルメントゥム・ウォカーレ」

（「声を発する道具」――ジャショーダ、女性‐妻‐母親）と「インストルメントゥム・セミ＝ウォカーレ」（家畜――カンガリ、男性‐夫‐父親）の区分法である(27)。このことが注目に値するのは、マルクス主義的フェミニズムによる価値の労働理論批判のなかでももっとも重要なもののひとつに、この理論が、社会的再生産すなわち労働力の再生産をまったく考慮に入れていないという批判があるからだ(28)。

労働の政治経済学あるいは性的分業は、ジャショーダの労働力を売ることによって相当に変化するが、これは種の一半たる女性に特有のことである。またそれは、社会的再生産がひとつの様態から別の様態へ移行する局面であると呼ぶことすらできるだろう。あるいは、価値の発現と、その即時的な抽出および専有化の局面と呼ぶこともできるかもしれない。これらの変化は、拡張された家政学の範囲内で起こるものである。それゆえ、これは、家庭人から「使用人」への移行であると呼べるかもしれない。家族を、家庭生活から市民生活へ、私的なものから公的なものへ、家庭から職場へ、性から階級へと移行させるための媒介としてとらえる古典的なエンゲルス主義的フェミニズムの物語を、「乳を与える女」は停滞させる。またそれは、母親業に従事する女性に焦点を向けなおすことによって、そのような立場に対する新しいマルクス主義的フェミニズムからの（以下に引用するような）批判をも転位させるのだということも、指摘すべきだろう。「家族を労働力の維持のための唯一の場所と見なすことは、即時的な生産のレヴェルにおけるその役割を誇張することになる。それは世代交代を、社会の労働力を更新するための唯一の源として表象することにより、全体的な社会的再生産のレヴェルで家族を物神化することになる」(29)。「乳を与える女」における（交換）価値の発現と、その即時的な専有化は、次のように主題化することができるだろう。

自分の子どものために肉体のなかで生産される母乳は、使用‐価値に相当する。使用価値に過剰分があるとき、交換価値が生じる。使用できない分が交換されるわけである。ジャショーダの母乳の（交換）価値が発現するや否や、それは専有化される。最大限の授乳のための最良の状態に彼女がとどまれるように、ごちそうと恒常的な性行為が提供される。彼女が自分の子どものために生産する母乳は、おそらく「必要労働」によるものだろう。そして彼女が自分の主家の子どものために生産する母乳は、「剰余労働」によるものである。実際、小説のなかでは次のようにして、この移行のそもそものはじまりが記述されているのだ。「でも今日、妻からジャショーダの乳があまっていることを聞いて、二番目の息子は突然こういった。『わかったぞ』」（本書二九四－九五ページ）。

剰余の生産ができる最上の状態に彼女を保つために、性的分業は、いとも簡単に逆転される。つまり、家事が夫に委託されるということだ。「さて、あんたは家で料理をして彼女を休ませてあげなさい」と女主人はいう。「自分の子どもがふたり、ここに三人。五人の子どもに乳を飲ませたあと、一日の終わりにどうやって彼女に料理をしろっていうのよ？」（二九七ページ）。育てている子は間接的に、「将来への投資」であるとはいえ、ジャショーダの肉体が生産するのは、彼女の労働力を所有する者によって完全に消費される剰余であって、資本の蓄積にはいたらない（もしその母乳を、瓶詰めにして公開市場で売って儲けるとすれば、そういうことにもなるだろうが）。しかしその事実のために、この場合の寓喩的、寓話的な読みが必ずしも無効になるというわけではない。（夫に父権制的な脱出路を与える）神殿の経済のように、この家庭人／「使用人」という移行は、マハスウェータの小説中でその輪廓がわずかにぼんやりと示されている、買弁的な資本主義の空気穴のなかで、比較的自律性を保ちながら存続している。もしこの前－資本主義的な剰余の専有化の内部にあって、ジャショーダの母乳が、限定された「家庭内の」領域における「普遍的等価物」の代わりを務めていると仮定するならば、これは、マルクスならばきっと、無意識のアイロニーをこめて「単純な再生産」と呼んだであろう状況であると断言するだけですむかもしれない(30)。

こういう具合にマルクス主義的フェミニズムのいくつかの「主題」の配置を説明することは、女性の労働は一般に価値を生産しないという仮定を揺るがすことになる。ここで私が考察しているのは、労働過程へ女性を挿入するというようなことではない。われわれの扱っている物語のなかで女性は、「自由労働」の規準以下のものなのだ。私がなかば空想しているのはむしろ、女性の肉体の生産物が歴史的に観念化されがちだったような領域である。それはちょうど、(男性の)自由労働者が資本主義のもとで「プロレタリアート」となる理由は、彼が自分の肉体以外になにももたないからではなく、彼が生産するものが、価値‐表現であるがゆえに観念化されやすいからであるとする、古典的なマルクス主義的議論と同じことだ。商品もまた、商品‐資本へと変容させられやすいといえる(31)。しかし、この「プロレタリアート」という語――「彼［原文のまま］の子孫を産むことによってのみ国家に奉仕する者」(『オックスフォード英語辞典』)――には、いまだに性の痕跡が払拭されずに残っている。それでは私は、労働力が懐胎と授乳の力に置換されるという奇妙な理論を是認するよう、提案していることになるだろうか。そうでなければ、たとえばファニー・フェ＝サロワの秀作、『十九世紀パリの乳母たち』(32)に見られるような、専門的母親業という特殊な女性の職業の研究が、サバルタンの研究のうちに含まれるということを示唆していることになるのだろうか。

その双方のことがらを私は大なり小なり示唆するつもりである。それ自体限界をもつ古典的なマルクス主義的分析に対し、無批判的な包括性を意地悪く要求して、ことさらその有効性にけちをつける理由はない。戦略的な排除に対する批判は、それがどんなものであれ分析上の前提を危うくせざるを得ないものである。マルクス主義とフェミニズムは、あくまで相互に干渉し合わなければならない。文学の「存在の様態」は、言語のそれと同様に次のようなところにある。「理解するという仕事は、基本的にいって使用される形式を認識することではなく、……その新しさを理解し、その同一性を認識しないことである。……理解する者は、同じ言語共同体に所属し、固定的で自己同一的な信号ではなく可変的で順応性のある記号としての言語形式に自らを適応させる。……言語習得の理想は、純粋な記号性によって信号性を吸収することにある」(33)。

制度化されたいくつかの異なる「私」の場を占める使用者が、常に同一のものを指示すると考えられる自己‐同一的な信号を理解するとき、彼女は、異種混交的な種々の方法で、不滅の自己‐同一性、すなわち「固有の意味」からあくまで距離をおいている(34)。言説による文学的生産たる「乳を与える女」を、マルクス主義的フェミニズムの主題論的系列というパースペクティヴから使用できるようにするためには、この作品が、大多数のサバルタン研究者による分析の潜在的根拠となっている、ふたつの自己‐同一的命題から距離をおくため、どのような役に立ち得るか考察してみなければならない。

a．いわゆる自由労働者は男性である(そこから価値の発現と価値の専有化の物語がもたらされる。女性の肉体に特有の労働力は、厳密な意味での価値の生産を強要されやすい)。

b．女性の本質は、肉体的であること、子を育てること、情緒的であることである(そこから専門的母親なるものが導き出される)。

近年、フェミニズム的研究の多くは、合理的に、かつまじめにこれらふたつの命題を分析し、修正を加えてきた(35)。このセクションの終わりで、挑発的な事例をふたつほど考察してみるつもりだ。こうした、労を惜しまぬ思索的な研究は、われわれの集合的企てにとって計り知れぬ価値を有するものではあるけれども、結局は、ジェンダーに既成のパラダイムを受け容れるよう説きつけるものなのである(36)。それとは対照的に、文学の文学性を強調する教授法は、継続的な理性の企てから距離をおくようわれわれに勧告する。このように相補的な形で距離をおかぬ限り、理性の言説のうちで保持される位置と、その対立的な位置は、互いに互いを正当化し続けることになるだろう。ということになれば、博愛的なものであれ好戦的なものであれ、フェミニズムと男性中心主義が、互いの対立し合う面となることは避けられないだろう(37)。

ここで「乳を与える女」を例にとって、マルクス主義的フェミニズムの主題論的系列にもとづく寓話的説明を再開するにあたり、まずジャショーダが体験する、乳房からの「疎外」について考えてみよう。

> 彼女は自分の乳房をなによりも貴重なものだと思った。夜になってカンガリ［彼女の夫］が彼女にさわりはじめたとき、彼女はいった。「ほら、わたしはこれで一家を支えるんだからね。よく気をつけて扱ってちょうだい」……ジャショーダは、いつも石鹸と油で念入りに胸をこすっていたものだった。ご主人さまの息子たちが乳首を口にくわえたから。どうしてこの乳房が最後になって彼女を裏切ったのだろうか。……この乳房がめしの種だと承知していた彼女は、それを乳でいっぱいにしておこうとして、いつも妊娠していた。（二九五－九六、三一五、三二一－二二ページ）

賃金労働者に必要労働と剰余労働の区別ができないのと同様に、ジェンダー化された「プロレタリアート」——彼女の子孫（を産む力）によってのみ、国家《ポリス》ではなく家庭《オイコス》に奉仕する——は、いわゆる母であることの神聖さを問題化するにいたる。最初マハスウェータは、嘲笑的な態度でそのことを提議している。

お母さんになるのはそんなに簡単なことなの?
ただ赤ん坊を産みおとすだけじゃないのよ!　(二九六ページ)

それは最終的に、ジャショーダの最後の直感的な判断の一部となる。「『乳を飲ませれば母親だって? みんな嘘よ! ネパールとゴーパル[彼女自身の息子たち]はわたしの方を見向きもしない。ご主人さまの息子たちは、わたしがどうしているかのぞいてみようともしない』胸の腫れ物は、百の口と百の眼で彼女をあざけり続けた」(三一四ページ)。

対照してみると彼女の最終的な判断、すなわち乳母であることの普遍化は、「誤り」であったことがわかる。「彼女を毎日診ている医者、彼女の顔に白布をかけ、荷車に乗せ、屍体を焼く川端の階段に彼女を降ろすひと、彼女を炉に投げこむ不可触賤民、みんな彼女の乳飲み子なのだ」(三一二ページ)。このような判断が「正しい」といえるのは、マハスウェータ自身が行なったような、敬愛に満ちたナショナリズム的な読みの範囲内でのことなのだ。

家庭的な様態から「使用人的」な様態への社会的再生産の移行というマルクス主義的寓話は、ここでは不自然なものでしかない。これを構築するには、根拠となる仮定を立てなければならない。その仮定とは、たとえば「必要労働」の本源的状態は、授乳する母親が使用価値を生産する状態であるというものだ。では、それは誰が使用するためのものなのか。彼女が主体の位置にいると考えるならば、それは、子どもを相手にした、現在と未来の心理的・社会的情緒の交換という状況である。たとえわれわれがこの小説を、母なるインドに関する原‐ナショナリズム的な寓話として読むとしても、この小説の本質は、この交換の破綻という点にあるのだ。そして、この破綻、子どもそれ自体の不在は、結尾に近い謎めいた問答の並列によってしるしづけられる。「それでも、最後には誰かがそこにいたはずだ。それは誰なのか？　誰なのか、それは？　それは誰なのか？　ジャショーダは午後十一時に死んだ」(三二三ページ)。（専門的な）母親であることと授乳することを微細な部分ごとに解体することにより、「乳を与える女」は、主体としての副次的な女性を無視せざるを得ないような種類の「マルクス主義的フェミニズム」の公理から、われわれが自らを差異化することを可能にしてくれるのだ。

私がこの代表的な一般論を抽き出すときよりどころとした、リズ・ヴォーゲルが、ある種の正当派的学説を示すものだとすれば、アン・ファーガソンが「妊娠する母親について」のなかで示してくれるのは、情緒という問題を通じてその正当派的学説から抜け出す方法である。

それぞれの時代のそれぞれの社会に、それぞれ違った性的／情緒的生産の様態があるとはいえ、さまざまに異なるブルジョワ的・父権的な性的／情緒的生産の様態には、文化横断的な定数がかかわっている。それはつまり、母親としての女性は、母親中心的な乳幼児の世話という、構造的な拘束のなかにおかれるということだ。それは、レズビアンや未婚の親でさえしたがわなければならぬ、性的／情緒的な親子の三角形にあっては、母親は自分が得るより多くのものを与えなければならないということを確実にするような束縛である(38)。

「母親は自分が得るより多くのものを与えなければならない」。もしこの大まかな一般化がさらに、家庭人（「本来の」母親）と「使用人」（金で雇われた乳母）のあいだの区別が解消されるところまで拡大されれば、これは、われわれにとっても定数として確かに役立つだろうし、また、われわれが教えている学生にとってもよい道具となるだろう(39)。しかし一方、そのように議論を拡大することで、細部の大事なところを誤って伝えるおそれがあるということも認識しておかねばならない。「乳を与える女」のようなテクストは、たとえ社会学的な証拠としてしか教えられないにしても、少なくとも次のように述べることがいかに不正確かを示してくれる。すなわち、「層状をなす階級制、カースト制社会においては、異なる経済的階級と人種的／民族的集団は、それぞれ異なる性的／ジェンダー的理想をいだいている。ただしその場合、下層階級は通例、生まれつき劣等な男性および女性の型として範疇化される」(40)というような表現の不正確さである。（もちろんここで私が言及しているのは、ブラーフマナの階級的副次性と、副次性のうちにおけるカーストのしるしのグロテスクな役割についてである。ジャショーダは、これらすべての要因の共謀による犠牲者なのだ。）また次のようにもいえるだろう。「弁証法的」なのは、「三つの支配システム［階級、人種／民族、性／ジェンダー］の相互関係」だけでなく、脱植民地化の諸段階においては、土着の支配システムと帝国主義的な支配システムの相互関係も、たとえそれらが先に述べた三つの代表的システムとさまざまに絡み合っているとしても、やはり「弁証法的」なのである。というより、その関係は少しも「弁証法的」ではなく、むしろ非連続的で、「妨害的」なものなのだといった方がよいのかもしれない。

修正主義的な社会主義的フェミニズムが、マルクス主義のシステムの基本的論点を凡庸化するのはよくあることである(41)。たとえばファーガソンは次のように述べている。「私の理論は、古典的マルクス主義の理論に内在する傾向とは違って、経済の領域（人間の物質的要求を満たす事物の生産と、社会的剰余が専有化される方法）を、人間のあらゆる支配関係の物質的基礎として特別扱いすることはしない。……事物の生産と人間の生産は……相互浸透する」(42)。

これは、ヴォーゲルのような一般化へと向かう飛躍的な前進である。しかしそれは、経済圏に対するマルクスの考え方を単純化しすぎている。その領域は、事物ではなく価値の生産の場なのである。すでに述べたように、それを観念化に対して、またそれゆえに経済的なものへの挿入に対して、攻撃誘発的なものにしているのは、価値の生産に対する肉体の攻撃誘発性なのだ。それは、労働価値説の根拠ともなっている。この点においてこそ、ジャショーダの労働力から価値が発現するという物語は、マルクス主義に侵入し、ジェンダーに限定された前提を疑問に付すのである。一方、性的再生産と情緒の社会化を通じた人間の生産は、女性である人間としてではなく、ただ母親としてのみ具現化された母親を前提とし、適切にいえば、政治学とイデオロギーの領域（支配）に属するものである(43)。もちろんそれは、経済の領域（搾取）、すなわち価値の生産の領域、肉体の継続的疎外の領域とも相互に浸透し合っている。そして労働力の性質そのものが、肉体を、その疎外に対して攻撃誘発的なものにしているのだ。母親に対して最大級の共感を示しているにもかかわらず、ファーガソンは、母親の肉体を無視することによって、価値の生産の主体としての女性を無視せざるを得なくなる。「乳を与える女」の教訓は、単純にいえば次のようなことかもしれない。つまり、経済的なものそれ自体として（ここでは女性の肉体とのかかわりで示されている）が介入してくると、母親は分割され、女性は単に支配するだけでなく、搾取することもできるようになるということだ。イデオロギーは、この搾取作用を支持し、それと相互に浸透するのである。

アナ・デイヴィンの労作、「帝国主義と母親であること」は、階級闘争の文脈における性的／情緒的な統御の展開をわれわれに示してくれる。（ここでは「帝国主義」と「戦争」は、イデオロギーの流動化を指すために用いられる政治的なシニフィアンである(44)。）デイヴィンの説明によれば、資本主義の展開という大きな物語は、非連続性と妨害によって悩まされることはない。イギリスの母親の肉体のうえにイギリス国民の主体はなりたっているのだと彼女は述べる(45)。生殖器の働きに審判をくだそうという輿論が積極的に形成されつつある。こういった議論が、優生学や、教養ある育児法から、必要な修正を加えたうえで、影響を受けていることは、今日のインドの土着のエリートを見てもわかる。しかしイデオロギー的生産という重荷を負わされたジャショーダが自分の癌をはぐくんでいる空間は、そうした物語を受け容れるものとはなり得ないのだ。

デイヴィンの論考で中心的に言及されているのは階級である。ここでは、家庭《オイコス》は完全に国家《ポリス》のメタファーと化している。乳母は聖母でもあるわけだ。公式の宗教であるキリスト教も世俗的な国家のイデオロギーに多少貢献していることになろう。

このような整然たる物語と、「乳を与える女」の奏でる耳障りな不協和音は絶対に合致することがない。そのため、われわれは、こう問いかけてみたくなる。なぜ包括化するのか。合衆国における性的／情緒的な生産について見事に一般化してみせる社会学的研究がなぜ、「文化横断的な定数」を生み出す必要を感じるのか。イギリスにおけるジェンダーの流動化を暴く研究がなぜ、帝国主義と母親であることとの関係について語ろうとするのか。その反対に、なぜ「乳を与える女」は、ジェンダー化されたサバルタンの特異性を喚起しているのか。そもそもここで問題になっているのはなんなのか。いったいこれらの問題は、帝国主義それ自体のかかえる問題とどう異なっているのか。この小説は、こうした問題にわれわれを連れ戻すことになるだろう。

5. エリート的アプローチ——自由主義的フェミニズムから見た「乳を与える女」

合衆国には、第三世界の文学を均質的、反動的に批判しようとする傾向がある。一方、それと必ずしも関連してはいない、いまひとつの傾向もある。フェミニズムの主流派内の人種的偏見に漠然と気づいているフェミニストの教師や読者によって、第三世界の女性作家のテクストが教育的、カリキュラム的に専有化されるという傾向である。「共同体内の人種的／民族的境界線を横断して起こりつつある、家族や個人同士の絆の社会的危機という問題を解決する試みとして、黒人と第三世界のフェミニスト組織が、さまざまな人種的、民族的共同体のうちで展開しつつある。そして白人女性の運動のなかで影響力をもつメンバーやグループは目下、黒人のフェミニストとの連合を模索しているところである。その手段の一部として彼女たちは、白人女性の運動に内在する人種差別主義を扱うのだ」(46)。

この基本的には博愛的な衝動にもいくつか問題があり、それらは次第に検討されるようになってきた(47)。英語に翻訳された第三世界の文学のテクストを貪欲に求めること自体、この博愛主義と、それにともなう問題の一部なのである。私も、この「乳を与える女」というテクストを翻訳することによってその両方に寄与している以上、このテクスト自体と、自由主義的フェミニズムの主題論的系列との関係に注目する義務があるように思う。そうすることによって、副次的素材に対するエリート的アプローチの問題にも直接的に触れることができるだろう。

「副次的」素材に対して「エリート的」方法論をとることへの抵抗は、認識論的／存在論的な混乱を招きやすい。その混乱は、「サバルタンがエリートではない（存在論）のと同じように、歴史家はエリート的方法によって知ってはならない（認識論）」という承認されぬ類比関係のなかで生じる。

しかしこれは、さらに大きな混乱の一部にすぎない。男性がフェミニズムを理論化することができるか、白人が人種差別主義を理論化することができるか、ブルジョワが革命を理論化することができるかといったことがらにまつわる混乱である(48)。その状況が政治的に耐えがたいものとなるのは、前者のグループだけが理論化するときなのだ。そこで、これらのグループの成員が、自分に割り当てられた主体の位置に常に気を配っていることが決定的に重要なこととなる。しかしながら、第二の名辞のグループに含まれる集合体が、自分自身に関する知識の生産に参加しはじめるとき、第一のグループを腐敗させている特権の構造のどこかに、自らも場所を有しているに違いないということを忘れ去るのは、不誠実というものであろう。（さもなければ、存在論的誤謬は恒常化されことになる。女であること、黒人であることはそれだけで不幸だが、サバルタンであることは、個人的な欠陥にすぎないのだ。）それゆえ、グラムシは、副次的なものが覇権の座につくことについて語っているのであり、マルクスは、「生産のあらゆる社会的様態に共通する形式」から利益を得る労働組合について語っているのである(49)。このような理由によって、闘争の主体として自らを分節化するためにサバルタンがその闘争を知ることは、自らの慣用語法に阻まれているとする前提が、サバルタン研究者の仕事の前提のひとつとなるのだ。

もし男性／白人／エリートのように、かつては換喩的だった構造のいくつかによる闘争を通じて抑圧されてきた、女性／黒人／サバルタンが、自己‐周縁化的な純粋主義を発揮し続け、また、男性／白人／エリートのうち博愛的な成員が、周縁化に関与し、古き悪しき時代を正当化するとすれば、継続的な副次化の領域を手つかずのままにして、穏当な政治学を戯画化する結果に終わるだろう。「乳を与える女」のなかで演じられているのは、ジェンダー化された副次的存在の孤立である。

（サバルタンだけがサバルタンを知ることができ、女性だけが女性を知ることができるなどという立場は、理論的前提としてもなりたたない。なぜなら、それは、自己同一性に関する知識の可能性を断言することになるからである。そのような立場をとるどんな政治的必要性があるにせよ、また、主体としての他者を「特定する」／他者と「同一化する」試みにどんな利点があるにせよ、知とは、同一性によってではなく、還元不可能な差異によって支持され、可能となる。知の対象は、常に知識の量をうわまわっている。つまり知識は、その対象に比して決してじゅうぶんではあり得ないのだ。われわれがいま論じている立場における、理想的な「知る者」の理論的モデルは実のところ、それと同じ境遇にある人物像なのである。それは実際には、知識の不可能性と不必要性を表わしている。ここでもまた、実践——副次的なものの同一性を主張する必要——と理論——知識の生産のどのような計画も、起源としての同一性を前提とすることはできない——のあいだの関係は、執拗にお互いを危機へと追いこむ「妨害」の関係なのだ。）

覇権を有する（ここでは合衆国の）読みと正統派の（ここではインドの）読みのあいだの共謀関係に注意を寄せることにより、私は、これまで第三世界の女性作家のテクストに対して取られる、エリート対サバルタンという立場の一種が、イギリス・アメリカの非‐マルクス主義的・反‐人種差別主義的なフェミニズムによってまとなれば、翻訳された第三世界の女性作家のテクストに対して取られる、エリート対サバルタンという恒常化されているといっても驚くにあたらなくなっているのではなかろうか。（そのグループの範囲は、反‐マルクス主義から、ロマン主義的な反‐資本主義を経て、協調組合主義にまで及んでいる。用語上の便宜のため、これらをひっくるめて「自由主義的フェミニズム」と呼ぶことにする。）しかしこの立場も、自由主義的フェミニストの第三世界研究者による批評がしばしば、植民地化以後の土着のエリートや流民その他を、その支持者としているという事実によって危うくされるのである。

マハスウェータのテクストが家庭内労働を分析するマルクス主義的フェミニズムの用語を転位するものだとすれば、それはまた、この自由主義的フェミニズムの選択をも問題視するものともなっている。このテクストは、帝国主義下におけるインド国内の階級‐編成と、女性の社会的解放を目ざす運動との関係を演劇化したものである。強い諷刺的な声をもつ、作者としての註釈のなかで彼女は、家長ハルダルカルタについてこう書いている。「彼は、イギリスによる統治の時代、『分割して統治せよ』が政策だったときに、財産をつくった男だった。ハルダルバブの心性も、そのとき形成された。……第二次大戦のあいだ……［彼は］屑鉄を売買して連合国の反ファシズム闘争に貢献していた」（二八八‐八九、二八六ページ）。帝国主義者の思考態度は、買弁的な資本主義者のうちに転位され、反復される。この、植民地化以後の空白を埋める詳細な異種混交的な地図制作法のうちで、「東と西」というのが、帝国主義者にとって全地球的な区分を意味するのであれば、この表現は、東ベンガルと西ベンガルを指すものとなるだろう。東ベンガル（現在のバングラディシュ）は、固有名詞としては幽霊のような資格しかもっていない。つまりそれは、今日では帝国主義時代と、帝国主義以前の過去に言及するにすぎぬ、国内的区分となっているのだ。ハルダルカルタは、どんなことがあってもこの「ベンガル」の外になる「インド」の各部分と同一化することができない。——「彼は誰も信用しない——パンジャービーもオリヤーもビハーリーもグジャラティーもマラーティーもイスラム教徒も」（二八九ページ）。

この文は、あからさまな文化的記念物であるインド国歌のある有名な一節をもじったものである。「パンジャブ‐シンドゥ‐グジャラート‐マラータ‐ドラヴィダ‐ウトカラ［オリッサ］‐バンガ［ベンガル」」。国歌とは、国民の同一性を表わす規制的な換喩である。ここでマハスウェータの嘲笑的な列挙は、その規制的な換喩、すなわち国歌にも言及しながら国を換喩的に叙述し、規制と政体の距離を測っているのだ。この計測は、その後われわれがいま読んでいる一節の書き出しにあたる、世俗的なインドに関する断定的な文へと立ち返ってゆく。「彼は独立したインドに住んでいるのだ。人びとのあいだにも、王国のあいだにも、言語のあいだにも、……区別をつくらないインドに」(二八八ページ)。読者は、マハスウェータ自身の読みに登場する、虐待された母なるインドの不変の指示対象を見出すことはできない。

ハルダルカルタにとっての、「国の」同一性(マハスウェータの言葉では「愛国主義」)の空間であると考えられる、古い「東ベンガル」にすら、ダッカやマイメンシンやジャショーレなどの有名な都市、町、地域は見あたらない。自分の誕生の地である「ハリサル」は、古代インドの文化的遺産である、最高の覇権を誇る構築物の源泉だと、彼は主張する。「『ヴェーダ』も『ウパニシャッド』もハリサルで書かれたってことがいずれわかる日が来るさ」(二八九ページ)。もちろんその大部分は、効果を狙ってふたつのベンガルに関する独特のユーモアに依存している。しかし、「乳を与える女」のなかで行なわれているように、この種の分子的な盲目的愛国主義を帝国主義による分割操作と結びつけることは、ヘーゲルのいう「歴史の揺籃期」のような早まった定義をくだすことへの警告なのである。そしてそれは、アドルノが『ミニマ・モラリア』のなかで発している、「前‐資本主義的な民族」に対する警告へと転移され、さらに、モダニズムの倫理‐政治学の擁護はヨーロッパ中心的でなければならなかったとする、ハーバーマスの不用意な告白や、野蛮な第三世界の侵略に対してヨーロッパの幻想の未来を守ろうという、クリステヴァの熱烈な呼びかけへと濾過されてゆくのである(50)。

「国民の」同一性の専有化とは、「国際主義的な目的に対する本質主義者の誘惑を受け容れる[こと]」(51)

ではない。国際主義者の関心はここでは、遠く離れたどこかに現前するものなのである。このような「国民の」自己の位置づけは、本質への欲望の矛盾、蹉跌といったものによって特徴づけられる。まずそれは、バラモン教の起源である『ヴェーダ』と『ウパニシャッド』を横領しようとする。次にそれは、それ自体がブラーフマナによって解消されると宣言する。「ブラーフマナには東も西もない。首のまわりに聖なる糸［ブラーフマナであるしるし］を巻いていれば、糞をしているときだって、そいつを尊敬しなきゃならないんだ」（二八九ページ）。この、二段階にわたる同一性への参入は、カースト内のエリートが、階級のなかではサバルタン的であるときに起きる、ブラーフマナの非人間化を隠す覆いなのである。（階級‐操作の場合、「貧困は個人の欠陥であって、階級社会の本来的な部分ではない」。しかしカースト‐操作の場合、暗黙の仮定は逆転する。すなわち、ブラーフマナは、システム的には優越しているが、個人として必ずしもそうではないということである(52)。）

これまで「愛国主義者」としてのハルダルカルタ（ばかばかしさに還元されたナショナリズム）の叙述の豊かな織物を検討してきたが、その理由は、彼が家長ではあるけれども、ハルダル家の女たちが、父権制の支配の外にあるように思われる、一種の再生産的な解放へと移行していったのは、彼の政治的、経済的、イデオロギー的な生産（「彼は、イギリスによる統治の時代……に財産をつくった男だった。……［彼の］心性も、そのとき形成された」）の回路へと接近することによってであったからである。「プロレタリア」であるジャショーダは、最初の段階では、ただ単に役に立つ存在にすぎなかった。

ジャショーダの価値は、ハルダル家でどんどん高くなっていった。暦をぱらぱらめくるとき、もう妻の膝ががくがくすることはないので、夫たちは喜んでいる。子どもたちがジャショーダの乳で育てられているおかげで、彼らはベッドで自由に聖なる子どもになることができる。妻たちには、もはや「いや」という口実がなくなってしまった。妻たちも喜んでいる。からだの線を保つことができるし、「ヨーロッパ風の」ブラウスやブラジャーを身につけることができる。それにオールナイトの映画を見ながら、シヴァの夜の断食に耐えたあと、もう赤ん坊に乳を飲ませなくてもいいのだ（二九八ページ）。

しかし、家庭人から「使用人」への移行は、女性のイデオロギー的解放がその階級を固定させてしまう、より大きな物語のなかでは起こり得ない。「母親となることに関して、先代の女主人の義理の孫娘たちは、彼女の家の敷居をまたぐまでは、まったく違った空気を吸っていた……先代の主人は、カルカッタの半分をハルダル家で満たそうと夢みていた。義理の孫娘たちは気が進まなかった。先代の女主人の言葉にそむいて、彼女たちは夫の仕事場へ出かけていった」（三〇一ページ）。

さらに次の段階へ進むとわれわれは、バーラティ・ムカージーの小説の多くの女主人公たちのように、夫の職場が合衆国にあるインドの妻たちの世界を、自由に空想できるようになる(53)。もし彼女たちが、内職として学校に通いはじめたとしたら、自由主義的な第三世界研究者的なフェミニズムを教えてくれる、特権化された情報提供者となってくれるだろう。われわれはこのように想像することはできないだろうか。この世代のハルダル家の娘たちが家を出て自力で大学院にはいり、ジャショーダの乳を飲んで育った叛逆者たちと女主人公たち、完全にひとり立ちしたフェミニストたちが、「スーパーウーマンの裏切り」などといった作品を書くというふうに。

われわれは、罪の意識や戸惑いを覚えることなく、われわれの職業が、われわれにとってどんな意味をもつのか、自由に表現することを学ばなければならない。それは、夫の転勤に応じていつでもやめることのできる内職のようなものではない。そういう転勤について、われわれは意見をいうことも許されないのだ。……われわれは、自分はひとりだと思っている女性に手を差し伸べ、われわれの経験を共有し、お互いに助け合わなければならない。われわれは、「マクラメの編み方を決して覚えない女性、金曜の午後になるまで週末の社交生活の計画を立てない女性」として自分自身を受け容れる必要があるのだ。われわれは悲しい。しかし、われわれは喜んでいる。われわれは常にこうでなければならないのだ(54)。

合衆国に住むインド系移民の女性によって書かれた、このような一節には、歴史感覚、あるいは主体の位置が完全に欠落している。マハスウェータの描くジャショーダが死んだのは一九八〇年代、この流民の女性に「われわれは常にこうでなければならない」といわせた歴史のなかでいう一九八〇年代のことである。マハスウェータのテクストのうちに、自由主義的フェミニズムの主題論的系列が批評的に配置されているという事実は、この一節における「われわれ」が、帝国主義（ハルダルカルタ）だけでなく、ジェンダー化されたサバルタン（ジャショーダ）にも寄生しているのだということを思い出させてくれる。小説とその教育方法はここで、語り手の前歴をただ好意的に遡るだけでは不可能な、道徳的経済のイデオロギー的流動化を遂行することができるのだ。これらふたつは、お互いを「妨害」するものとして両立しなければならない。なぜなら、歴史的研究には証拠という重荷が常につきまとうからだ。論理的な、法律をモデルとする学問的論証の構造だけでは、反‐覇権的なイデオロギー的生産をもたらすことはできないなどとことさらいうのは、自明の理を長々と述べ立てるようなものである。

ここで、自由主義的フェミニズムの左派が、女性を性的階級として定義することによって、マルクス主義を修正しようとしているという点に触れてみる価値はあるだろう(55)。ここでもまた、女性問題が堕落していないということを確認する試みとして、彼女たちの議論の状況的な効力を評価することも可能だろう。しかし、このいわゆる修正なるものが理論的に企てられるとすれば、統一への呼びかけは、女性のあいだの学者階級あるいは協調組合主義者階級の刻印を帯びることになるかもしれない。

このような文脈におくと、マハスウェータ自身の読みをもっともらしく拡張することもできる。義理の孫娘たちは、家事(帝国主義の遺物)を離れ、ジャショーダから、いかにグロテスクなものであれ、その生計を立てる手段を奪ってしまった。これは独立以後のインド人の、特に「頭脳流出」の一部としての国外離散として解読することができる。この離散と、ジャショーダの病気および死とのあいだには、ちょうどジャショーダの労働の性質と、その目的の性質との関係と同じように、直接の「論理的」あるいは「科学的」な結びつきは存在しない。これは、この小説に対する讃辞でもある。厳密にいえば、彼女の病状が、どんなものであれ、よりよい医療的処置があれば彼女は助かっただろう。私がこれまで示そうとしてきたのは、もし「乳を与える女」が、利用可能なテクストになるとすれば、彼女の病気の前史、ならびにその特異な性質は、不公平なジェンダー化を内包するものであるがゆえに、決定的に重要な要素になるのだということである。

したがってジャショーダの物語は、女性の主体性の発達の物語、自由主義的フェミニズムに立つ文学批評が理想とするような、女性の教養小説などではない。しかし、だからといって、ジャショーダが「静的」な登場人物だというわけでもない。私が冒頭で述べたことに立ち戻れば、登場人物の発達とか、意識の成長としての主体性の理解などといったことがらは、この寓話、もしくは副次的なものの表象の要点ではないのである。そのような読み方はむしろ義理の孫娘たちの歩みにあてはまるのだ。副次的存在を、その歴史の主体の位置におくということは、必ずしも彼女を個人主義者にするということにはならない。

マハスウェータの描くジャショーダは、寓話と表象の境界線上に住み、主意と媒体の対立関係を解消しながら、他方では、女性の政治的肉体の主題論的系列をも拡張する。自由主義的フェミニズムの内部では、フェミニズム的な政体は、再生産＝生殖の権利を求める闘争として定義されるのである。

もちろん、再生産＝生殖を実践したり差し控えたりする女性の権利を確立することが、なによりも重要となる。「乳を与える女」のようなテクストは、ジャショーダの、サバルタン（人物というよりむしろ表象）としての立場と、寓話的記号としての立場という二重の立場を用意することにより、決定的に重要な闘争が、はるかに大きなネットワークのうちに位置づけられるべきであることを、われわれに想起させる。そのネットワークのなかでフェミニズムは、再生産＝生殖する肉体、もしくは交接する肉体という女性の、いわば排他的な同一化に依存した、人種特有、階級特有の明確な輪郭を放棄することを余儀なくされる。（合衆国の黒人およびラテン系の労働階級の女性たちは、中絶の権利を擁護して強制避妊を黙認することと関連して、すでにこの点を主張している。しかし、これにしてもまだ、最小限に限定された肉体という女性の同一化のうちから踏み出してはいない。）女性の肉体が国民（あるいはその他のなんにせよ）を表わすメタファーとしてしか利用されないとき、その肉体から物質性を抹消することに対して、フェミニストたちが抗議するのも当然のことだ。このようにマハスウェータ自身による読みを、あまりに字義通りに受けとってしまうと、そのテクスト自体の力から逸脱することになる。しかしジャショーダが、脱植民地化された国民‐国家としての「インド」の苦境を表わすメタファーであると同時に、サバルタン性それ自体を表わすシニフィアンともなっているような影の領域にあっては、われわれはまたしても、性行為と再生産＝生殖のための肉体としての女性の同一性から、距離をおくことを余儀なくされるのである。

この小説中では、子どもをもつことが、自由労働、すなわち経済の外部からの圧力を受けることなく専有化することのできる剰余の生産へと近づく道とされている。（これは偶然ともいえるが、「乳を与える女」は、自由なリビドー的選択に安易に言及することなく、合意にもとづく性交と、強制的な性交（強姦）のあいだの境界線を解消している(56)。）そうしたわけで、ジャショーダの問題の解決策は、単に再生産＝生殖の権利だけでなく、生産の権利でもあり得る。そして、そうした権利をジャショーダから奪っているのは、男性だけでなく、エリートの女性でもあるのだ。これは、第三世界における人口抑制策のしたに潜む逆説である(57)。詭弁的な男性中心主義者の、「生まれる権利」に対する見せかけの関心を盾にとって、再生産＝生殖の権利に反対することは、ここでも、また他のどんな場所においても見当はずれなのである(58)。とはいえ、いわゆる「働く権利」に関する法律を盾にとって生産の権利に反対することが、ここでの唯一の争点というわけでもない。その理由は、正確にいえば、ここでの主体は女性であり、問題は階級だけでなく性に関することでもあるからなのだ。

ここでもまた、「乳を与える女」は、正確な解答や記録された証拠を提供してはくれない。しかし利用可能なテクストとして教えられれば、この作品は、建設的な問題、矯正的な疑問を呈示してくれるのである。

6．「エリート的」アプローチ——女性の肉体の理論から見た「乳を与える女」

教材として利用可能なテクストとして使われた場合、「乳を与える女」は、労働という観点から見れば価値の理論を凡庸化し、労働としての母親業という観点から見れば主体としての母親を無視しているという、西洋のマルクス主義的フェミニズムの側面を疑問に付す。さらにそれは、第三世界の土着のエリートや第三世界から離散したエリートを特権化し、再生産＝生殖のための肉体、もしくは性行為のための肉体として女性を同一化する、西洋の自由主義的フェミニズムの側面をも疑問に付すのだ。いわゆるフェミニズムの「理論」とは、一般にここ三十年間のフランスにおける展開と関係づけられるものであるが、これは、いま述べたふたつのグループからは、非現実的で、エリート主義的なものとして認識されている(59)。ここで私は不毛な議論をはじめるつもりはない。私が提起したいのは、もし「乳を与える女」が、この深遠な理論的領域の主題論的系列の一部に介入するために書かれたのだとすれば、この作品は、その空間の限界をも同時に示すことができるのではないかということである。

ここでは、オルガスムス的な快感としての「快楽」という問題に話を限定しようと思う。性行為もしくは再生産＝生殖のための肉体として女性を同一化することが、過小評価的、還元的と見なされるならば、単なる性行為もしくは再生産＝生殖を超えたところで生じる、女性のオルガスムス的快感は、そのような還元的同一化から脱却する道であると考えることができる。この主題については、かなり多岐にわたる研究書が著わされている(60)。マハスウェータのテクストは、この問題に関して沈黙を守っているように思える。かつてあるベンガル人の女性作家が、「マハスウェータ・デヴィは男性のような書き方をする」という見解を公けにしたことがある。そこで今度は、女性の沈黙について書かれた男性のテクストを取りあげてみることにしたい。それは、ジャック・ラカンの「ラヴ・レター」である(61)。

この論文中でラカンは、彼が生涯を通じて発展させてきた視点を次のように簡明に公式化している。「無意識は、話す存在の内部のどこかに、彼が知っている以上のことを知っているなにかが存在するということを前提とする」(62)。もしこの意味を、主体(話す存在)は知る個人としての自己というよりむしろ、知の地図もしくはグラフのようなものであるということだと解釈するならば、知の権力の主張に限界が書きこまれることになる。この公式化は、初期のルカーチが「内在的意味」の図表として見事に利用してみせた、ヘーゲルの認識論的記述法(知る個人の精神の成長の物語というよりむしろ知の段階を表わす地図)や、マルクス主義的イデオロギー観や、それ自体としては読むことの不可能な、書かれ得るテクストというバルト的な考え方といった諸実験と同系統に属するものなのである(63)。また最近では、フレドリック・ジェイムソンが、このラカン特有の立場を「政治的無意識」へと発展させている(64)。

ラカンの言葉を文字通りに受け取るとすると、この「知の場所」は、自らを書き、われわれを書きながら自己を「他者化」する。それは、自分を他者として把握することを超えた「話す存在」の地図である。思考は、この「知のプログラム」、すなわち知識の地図が自らを超え、そうすることによって熟慮する意識の輪郭を描く場所なのである。この認識論的記述法は、主体を「他者化」すると同時に主体を構成するものでもあるがゆえに、この疑似 - 主体的な意味での知ることは、存在するということでもあるのだ。(もしこの「知る対象の地図としての存在」を、寄り集まって主体を構成しながら完全には知ることのできない、社会的・政治的、歴史的な総体として理解するなら、それは、意識に先行する、もしくは意識を内包する物質性を生み出すことになるだろう(65)。)「哲学的伝統に支えられる存在、思考のなかに住み、その相関物としてとらえられる存在に逆らうものとして、私が主張するのは、われわれは『快楽』によって戯れられているのだということである。思考は『快楽』である。……存在の『快楽』なるものがあるのだ」とラカンが書いているのは、この意味でなのである(66)。

「快楽」としての思考は、性器的に定義されるオルガスムス的快感ではなく、主体の再生産＝生殖の循環から逃走する、存在の過剰だといえる。それは主体における〈他者〉のしるしなのだ。いまのところ、精神分析にできることといえば、男根が、罰それ自体としての去勢を措定することによって〈法〉を意味するような、意味作用の機構を通じて思考は可能になるのだと、思いなすことくらいである。われわれは実際の男性の器官のことを語っているのではなく、シニフィアンとしての男根のことを語っているのだという主張をラカンは繰り返しているが、それでもなおそれは、あからさまにジェンダー化された立場なのである。したがって、思考が、再生産＝生殖の証拠を常に免れている不可知の場所として自らを考えるとき、それは、ラカンによれば、女性の「快楽」のことを考えているのだ(67)。

もし男性のジェンダーを与えられている立場と、考える（話す）主体の立場の同一性を仮定せずに、この問題を解決しようとすれば、異性愛的に組織された世界における女性の「快楽」の特異性と非相称性は、依然として否定できないものであるように思われるだろう。それはなおも、使用‐価値としての、性行為による快感をともなう再生産＝生殖という、理論的虚構の閉じられた円環からは逃れたままであるだろう(68)。またそれは、交換不可能な過剰が想像され、表象されることができるような場所であり続けることだろう。男性のジェンダーを与えられた思考よりはむしろ、これこそが一般的な意味でいう女性の「快楽」なのである。

狭い意味での女性の「快楽」、すなわち「[いわゆる]膣の満足とクリトリスのオルガスムスの対立」は、「かなり些末なこと」であるとするラカンの主張に私は賛成しかねる(69)。なぜなら、一般的な意味での「快楽」が、狭い意味での「快楽」に移行する境界線を定めることは不可能だからだ。しかしこれだけはいえると思う。つまり、「快楽」とは、交換不可能な過剰が交換へと懐柔される場であり、また、「これはなんであるか」が「この価値はなんであるか」へと横滑りし、さらに「これはなにを意味するか」へと横滑りしてゆく場であるから、意味作用が発生するのは、(去勢ではなく)この「快楽」の場にほかならないということだ。女性の解放、女性が自伝を書けるようになること、女性が多義的な思考の舞台をもてるようになること、これらはすべて、この懐柔作用のうちに包含されなければならない。したがって、「乳を与える女」における、一般的な意味での「快楽」に対するマハスウェータの専念ぶりを指して、「男性のような書き方をする」などと称することは、複雑なはずの立場を、覇権を有するジェンダー化作用の陳腐さ、単純さへ還元してしまうことになるのである。

一般的な「快楽」——ジャショーダの肉体

「乳を与える女」においては、ジャショーダの、物神化された、思考力をもつ意識(自己あるいは主体性)ではなく彼女の肉体が、知るための道具というよりむしろ知の場所となっており、この点には議論の余地がない。歴史的に定義されているように、文学的言語を使ってわれわれにできることといえば、急進的なものであれそうでないものであれ、社会科学の分野にも見られるような、合理主義的な企てから常に一定の距離を保つことぐらいだ。このように距離をおくということは、その企ての代補であり、積極的な反対という役割を担うものではない。脱植民地化という不吉な知識が、育ての母という職業の破綻として形象化される場所という、ジャショーダの肉体の役割は、癌を生み出す。それは、クリトリスによるオルガスムスの特異性からはほど遠い、過剰である。

〈他者〉の語る謎めいた言葉が、ジャショーダの最後の「意識的」あるいは「理性的」な判断に対する反応という文の形で記録されている。『乳を飲ませれば母親だって！　みんな嘘よ！……』胸の腫れ物は百の口と百の眼で彼女をあざけり続けた」（三二四ページ）。

〈他者〉が「語る」のはこのときだけだ。病気はまだ診察もされていなければ病名も与えられていない。この〈他者〉は百の眼と百の口のなかに存在し、肉体に書きこまれたものが肉体から遊離し、しかも人間の姿形をした力へと変容したものといえよう。そしてその力は、再生産＝生殖の循環のうちにある女性の決定的な器官である、乳房から、複数化された顔とでもいうべきものをつくり出すのである(70)。（ベンガリー語の口語用法によく見られるこの換喩は、字義通りに訳せば、「百の口のなかに」となるところだが、もちろんこれは、「百の口でもって」という「意味」にもなる。）はたして〈他者〉は、母親とはなにかという、この小説にとってみれば決定的な問題に対するジャショーダの判断に同意しているのであろうか、それとも反対しているのであろうか。「あざける」という訳からはなにもわからない。

ここで、私が「あざけり続けた」と訳した "Byango korte thaklo" という表現について少し考えてみることにしよう。

この箇所でまず眼につくのは、ジャショーダの判断と、それに対する反応とのあいだの同時性の欠如だ。「あざけり続けた」という表現からもわかるように、後者は持続的なものである。ジャショーダの意見はあたかもただ単に介入してきただけのものにすぎないかのようだ。（ここで思い出すべきは、夫がまだ部屋のなかにいるという誤った想定のもとでこの意見は発せられたものだということである。通常の間主観的なやりとりとしてみても、これは失敗だといえる。）肉体から遊離して転位された〈他者〉の口と眼に言説を与えることは可能かもしれないが、それとのあいだに主観的な対話を捏造することはできない。脱植民地化における思考としての副次的、女性的肉体の「快楽」を形象化するという癌の役割が、ここではまったく手つかずのまま維持されているのだ。

次に"byango"という語に注目してみよう。これは大ざっぱに訳せば「あざけり」という意味であるが、この単語のうちには、"deho"——全体としての肉体——と対比されるものとしての"ango"——（器官をもった）肉体——という語が感じ取れる。その語源である"vyangya"というサンスクリット語は、まず第一に不具を意味する。その第二の意味——あざけり——は、肉体の畸形、すなわち人間の形を歪めることによって誘発される特殊なあざけりを指す。しかし現代のベンガーリー語においては、私が試みようとしている解釈に確証を与えてくれるであろう、このサンスクリット語の意味は失われている。それはもはや（身振りによる）暗示を通じてしか理解されない、潜在的な意味である(71)。言語が自らを歪めさせ、このあざけりの暗示を身振りで示すようになったとき、はじめて"byango"という語が登場するのだ。その意味の限界、すなわち、女性の肉体という政治的統一体の「快楽」は、この文のうちでしるしづけられている。

これは、スーザン・ソンタグが『隠喩としての病い』のなかで示しているように、癌をただ単に性的に差異化されていない政治的肉体の隠喩《メタファー》を脅かすもうひとつの隠喩としてのみ利用するのとは、まったく別の用法である(72)。イギリス・アメリカのここ何世紀かのコンテクストにおいてみると、隠喩としての癌の歴史が相当に異なってくる。そこで強調されているのは、基本的には心理学的な面である。「この病気は肉体を通じて語るものであり、精神的なものを演劇化するための言語である」(73)。そしてこの歴史の内部からソンタグは、癌の「脱‐隠喩化」なるものを求めようとする。その結果、ふたつの大きく異なる争点がもたらされる。ひとつは、哲学的にいって、なにかが完全に脱‐隠喩化されるなどということがあり得るかどうかという争点である。いまひとつは、政治的にいって、脱植民地化の劇場を、そのような脱‐隠喩化された現実の舞台へ移すのに、それが脱‐隠喩化に適したものとなるように、買弁的な資本主義のさまざまな段階を経て、「自己表出的な個人主義」に昇格するまで引きあげてゆく必要があるかどうかという争点だ。いい換えれば、このような示唆の政治的側面は、否応なしにわれわれを、「開発」をめぐる議論と直面させることになる。「開発」をうながす状況的要因、とりわけ「乳を与える女」の医者のような反‐流民的な、土着の、サーヴィス業に携わる人間が、しばしば私心がなく善良であるということに疑いはない。しかしここで注意すべき点は、もしわれわれが、彼を性格研究的に解釈しようとするならば、彼は、ジャショーダをひとつの絶対的な基準で判断するような、内面化された官僚的平等主義をもった、唯一の登場人物だろうということである。「ジャショーダがこんな状態なので、自分が無分別に怒っているのだということが、医者にはわかった。彼はジャショーダに対し、カンガリに対し、そして乳癌の兆候をじゅうぶん深刻に受けとらずに、結局この恐ろしい地獄のような苦しみのなかで死んでゆく女たちに対して、怒っていたのだ」(三二〇ページ)。

女性の肉体の「快楽」という主題論的系列に引き寄せて読めば、「乳を与える女」は、ラカンの理論における(人種と階級に限定された)ジェンダー化の働きを示すものとして解釈できるだけではない。単に構造的・精神分析的であるにとどまっている読みの戦略がもつ限界をも明らかにしてくれるだろう。「ラヴ・レター」のなかでラカンは、「われ思う、ゆえにわれあり」を次のような言葉でいいなおしている。「動物のなかには話すことのできるものがいる[この「話す」は「思う」を想定、あるいは含意するものである」。そういう動物はシニフィアンのなかに存在する［欲望と支配力をもって占拠する、備給する］ことによって、その主体となることができるのである」(74)。至高の主体に対する批判に共感を覚える者なら、これを執拗な警告として受け容れることに苦労しないだろう。「そのとき以来、彼にとってあらゆるものが幻想のレヴェルで演じられることになる。しかしその幻想とは、彼が行動するとき、自分が思っているよりはるかに多くのことを知っているのだという事実を考慮に入れられるほど完璧に分解され得るものなのである」。

知識は、話す存在を示す地図全体のうえで演じられ、描かれる。一方、思考は「快楽」もしくは存在の過剰である。われわれはすでに、テクストにおける知の場所としてジャショーダの肉体をとらえる議論のなかで、この立場が暗に意味するところを描き出した。しかし、このテクストのうちに存在する幻想を「完璧に分解する」ためには、精神分析的な筋書き《シナリオ》と訣別する必要があるのだ。

私はかつて別のところで、（去勢ではなく）認可された自殺の物語が「ヒンドゥー」の幻想の秩序を描きはじめるだろうという考察を行なったことがある(75)。そうだとすれば、オイディプス（意味作用）とアダム（救済）の話よりも、与えられた自殺の無数の物語の方が、人生に対する「ヒンドゥー」特有の観念を規定するということになるのかもしれない。（これらの物語は「規定的な精神的伝記」なのである。）「完全な」分析という問題の考察にとりかかるとき、われわれがしなければならないのは、国内における精神的伝記の物語のサバルタン化を分析することだ。精神分析を制度化し、その科学性の主張（そのなかにラカンの批判も位置づけなければならない）を確立し、そしてそれを植民地に押しつける過程には、それ自体の歴史がある(76)。私がこれまで提起してきたいくつかの問題と似たような問題が、ここでもまたもちあがってくる。国内（ここでは「ヒンドゥー」）の規定的な精神的伝記が覇権をもつためには、帝国主義の政治経済学の物語を含意する、精神分析の場合と同じように、制度化ということに必ず接近しなければならないのだろうかという問題である。フェミニズムの「理論」の内部でわれわれをとらえるのは、精神分析の示す、あからさまな帝国主義の政治学ではなく、ジェンダー化だけなのだ。

このような問題を念頭におくと、ラカンが女性の「快楽」と神の呼び名を結びつけたことと、「乳を与える女」が目ざすものとのあいだの距離を測ってみるのは、興味深いことかもしれない。ラカンは、「女性は『快楽』についてなにか語れるのだろうか」という、男性によって提起される問題を、女性もまた〈他者〉という問題に直面する地点までもちこしていっている。

この点で女性もやはり、男性と同じように〈他者〉に支配されているのである。〈他者〉は知っているのだろうか。……もし神が憎しみを知らないとしたら、神は人間よりも知ることが少ないのだということは、エンペドクレスにとって明らかなことだった。……だとすると、こういうことがいえるかもしれない。男性が、神と混同して、すなわち女性の由来するところのものと混同して、女性そのものに多くのことがらを帰すれば帰するほど、男性の憎しみは少なくなり、結局憎しみなくしては愛もないのだから、男性の愛も少なくなるということが(77)。

マハスウェータの小説の終わりでは、ジャショーダ自身が「神の顕現」だといわれている。これは、それまでの部分の物語の論理とは矛盾している。他の部分ではジャショーダは、ハルダル家の事情によって明らかにもてあそばれているからである。これはまた、それまで女神（シンハバーヒニーあるいは獅子に腰かけた女神）および神話的な神‐女（ヒンドゥーの神話におけるジャショーダの「原型」）が、イデオロギー的に利用されていることを諷刺的に示すだけだったもののなかに、哲学的一神論の言説を突然、まじめに導入するものでもある。この結末の部分では、行為者の性別が特定されていない。(英語に翻訳する場合は、どうしても性別を選択しなくてはならない。)マハスウェータ・デヴィがこの結末を、男性化された立場から呈示していないという理由で、男性が女性を神の位置におくときに生じるような、男性の情緒的萎縮へと、われわれが還元されることはないなどといえるだろうか。また、われわれがここで得るのは、去勢の言説ではなく、認可された自殺の言説であるなどといえるだろうか。「ジャショーダの死はまた、神の顕現だった。彼女の思ったことはなんでも、他の者たちがしてくれた。ジャショーダは神の死でもあった」(三二三ページ)。ジャショーダの死は、ヒンドゥーの規定的な精神的伝記のなかでももっとも寛大な形の認可された自殺である、一種の"icchamrityu"――自発的な死――を表わすものなのだろうか。また、女性は"icchamrityu"――"tatvajnana"すなわち主体の三人称性を知ることから生じる自殺の範疇――を認められるのだろうか。ジェンダー化の問題はここでは、精神分析的でも反精神分析的でもなく、女性が、知識の限界を知るというパラドクスに近づけるかどうかという問題なのだ。そこにあっては、行為の可能性を否定するためにどんなに強く行為を肯定しても、自殺という行為の一例とはならない(78)。「乳を与える女」は、(男性の)精神における超越の可能性を通してではなく、(女性の)肉体における〈他者〉の(脱)形象化によって、このパラドクスに近づくことを主張しているのだ。"icchamrityu"というコンテクストで読むと、このテクストの最後の文の意味はきわめて曖昧になってくる。いやむしろ、この陳述がもつ価値が肯定的なのか否定的なのかさえ決定不可能になってくるといった方がよいかもしれない。「人間がこの地上で神のふりをすると、そのひとはみんなから見捨てられ、いつもひとりぼっちで死ななければならないのだ」。

ところで、一般的な意味でいう女性の「快楽」という主題論的系列の「まじめな」展開と考えられるものとは対照的に、狭い意味での女性の「快楽」の不可解さを示すものとして読まれるような、いささか奇妙な局面がある。

「乳を与える女」は、職業的母親としてのジャショーダの一般的な記述で幕を開く。そしてそのすぐあとに、短い物語の系列が、別の、いっそう短い言及のなかに埋めこまれる形で続いてゆく。その論理的な無関係性を、テクストはわざわざ指摘している。「でも、こんなことは袋小路のようなものにすぎない。こんな午後の気まぐれのせいで母親がジャショーダの職業になったのではなかった」(二八五ページ)。

この系列は、料理女のことを扱っている。ジャショーダと同じように彼女も、ハルダル家の末息子の秘密の悪事のおかげで職を失うことになる。「彼は母親の指輪を盗み出し、それを料理女の枕カバーのなかに忍ばせ、大騒ぎを惹き起こし、その結果、料理女はたたき出されてしまった」(二八四ページ)。彼女が結局どうなったのかは、われわれにはわからない。物語的価値という観点から見れば、この料理女は真に周縁的な存在だ。しかし、女性の快楽の不可解さが自己主張するのは、彼女の声を通してなのである。「ある日の午後、少年は欲望にかられて、料理女を襲った。料理女のからだは、米や盗んだ魚の頭やカブの葉でずっしり重く、なまけぐせですっかりなまっていたので、うしろにひっくり返った。彼女はいった、『好きなようにしていいんですよ』……彼は後悔の涙を流しながらもぐもぐと、『おばさん、いわないで』といった。料理女は『なにをいうっていうんですか?』といって、そそくさと寝にいった」(二八五ページ)。

(ここで私は、われわれの肉体の堕落に甘んじよとか、証言することを拒否せよとかいっているわけではない。それはちょうど、文化的支配という天秤のもう一方の側で、『リア王』という、性的・情緒的生産をめぐるテクストを読んだ者が、発狂したり、嵐のなかを放浪したりするようになるなどとはいえないのと同じことである。もし教師としてのわれわれが戦っている相手が、芸術の自律性と作者の権威に対して見せかけだけの要求をするような、自由主義的・民族主義的・普遍主義的な人間主義であるとするならば、プロットは、政治的に正しい行為として直接的に模倣できるようなものでなければならないとする要求は、「社会主義的」もしくは「フェミニズム的」リアリズムと、新たな人民戦線の濫用につながるかもしれないと、自ら進んで認めなければならない。)

小説の途中で姿を消す周縁的存在によって発せられる、「好きなようにしていいんですよ」と「なにをいうっていいうんですか」という無造作な声によって、マハスウェータ・デヴィは、女性の肉体の快楽がもつ、還元不可能な不可解さを際立たせようとしているのかもしれない(79)。これは、エリート的フェミニズムによる文学的実験の、突飛な、高等芸術的な言語などではない。このやりとりは、小説の還元可能な論理(作者による解釈および教育上の介入を含む)から逃れて、俗語によって表現されている。ゴータム・バードラが指摘しているように、サバルタン的記号過程が掲げるのは、このような俗語がもつ凍結不可能な力動性なのである(80)。

実際のところ、なにをいうというのだろうか。登場人物ともいえないような料理女が、この修辞疑問文を本気でいったはずがない。まるで語られていることがら、すなわちジャショーダの物語が、この修辞疑問文の頑迷な誤解から生じたものでもあるかのようだ。そしてこの疑問文は——物語を語ることに——答えることの(不)可能性の条件を、可能性の条件へと変容させる(81)。あらゆる経験、思考、知識の生産、あらゆる人文科学的学問の生産、とりわけ歴史もしくは文学におけるサバルタンの表象は、当初からこのような二重拘束を被っているのである。

フランスの重要なフェミニズム理論家、ジュリア・クリステヴァは、フロイト版のエディプス的家族《ファミリー・》小説《ロマンス》を書き換えるよう提案している。彼女が理論化しているのは、「想像上の」父親と非相称的に組み合わされ、幼児に話させるための、ナルシシスティックな原型を提供する「おぞましい」母親である(82)。ここでの焦点はしっかりと子どもに固定されている。そしてクリステヴァは、キリスト教の弁護者であるがゆえに、それは聖なる子どもだということになる。もしおぞましい母親の図像のいくつかの細部が、ジャショーダの境遇に適合しているように見えるとしたら、われわれは、テクストの政治的負荷のすべてを戦略的に排除することによって、一貫した読みを招き寄せるような、語彙を使用したくなる誘惑に抵抗しなくてはならないと、私は考える。クリステヴァによる、性的差異を解消する前‐本源的な空間の措定——慈悲深いキリスト教的なアガペーがエロスに先行するものとして示されるような——と、生殖器の快感か社会的情緒かという問題が形成される脱植民地化された空間における、社会的結合の破綻という不吉なヴィジョンのあいだには、なんの類似点もないのである(83)。

もちろん、分析的なイデオロギー論と、質問状の精神分析的再構築とを比較することはできない(84)。しかし、文化的な主体‐表象と主体‐構成のなかでなされる、処女マリアの位置に関するクリステヴァのさまざまな議論は、異種同型的一般化に近いものなので、父権制による、ヒンドゥーの聖なる母と聖なる子どもの全国的規模の動員に対する、マハスウェータの批判と、生産的な対比ができるようにも思える。彼女による積極的な多神論の扱いは、母‐子の場面に近づく手段はたくさんあるという可能性に集中している。物語は、それを利用するふたつの文化的方法のあいだで演じられる。すべてを与えてくれる、獅子に腰かけた女神の、勝利の母親としての公式の図像は、成人に達した彼女のたくさんの子どもたちによってかたちづくられ、顕在的世界の多くの区画の統治を民主主義的に分割している。そうした女神の姿は、カルカッタの神殿区域に反映されている。一方、すべてを育てるジャショーダの姿は、父権制の性的イデオロギーの積極的原理を提供する。マハスウェータは、その初期の短編である「ドラウパーディ」の場合と同じように、ここでも、どこに出しても恥ずかしくない女神に対抗するものとして、神話的女性の形象を動員している。クリステヴァは、想像上の父親とおぞましい母親を構築することによって、神の母という、処女マリアの非相称的な資格を指摘する(85)。マハスウェータは、ジャショーダが育ての母であることを語る神話的物語の細部に、搾取／支配を導入している。育てることをひとつの職業とすることで、彼女は母親業を、その感情としての社会化や、おぞましいものとしての心理化を超え、さらには、神聖なるものの媒介物としての超越化を超えて、その物質性においてとらえているのである。

7. とりわけジェンダー化にかかわる考察

念のためここで、獅子に腰かけた女神とジャショーダの経済論についてもう少し触れておこう。(両方の性の)サバルタン性を表象する基本的技巧は、「上から」眺められる対象として表象することだ(86)。「乳を与える女」において、このような方法でジャショーダが表象されるときには必ず、その眼－対象の状況がことさら宗教的な言説に偏ってしまう点は、注目に値する。ヒンドゥーの多神論においては、神や女神、もしくは、必要な変更を加えたうえでいうと崇拝される人間は、「下から」眺められる対象でもあるといえる。これら二種類の眺める視線を、計画的に混同することによって、女神たちは、女性の抑圧を隠蔽あるために利用され得る(87)。物語の最初の部分における、出来事の連鎖全体の最後の原因が、

の搾取を隠蔽するのは、いかに女神がジャショーダの搾取を隠蔽するのに利用されているかを示す一例だ。じゅうぶん納得のゆく原因は、周知の通り、あの、性的好奇心の旺盛な、ずるくて甘やかされたハルダル家の末息子だからだ。次の一節では、眺める主体は彼であり、その対象は乳を与えるジャショーダになっている。これは、聖なる子どもに乳を与える聖なる（育ての）母としての、神話的なジャショーダを表わす、一種の生きた図像なのだ。（上にいる）男性が下にいるものの仮面をかぶり、そのために副次的存在がひとつの図像のなかに隠蔽されてしまう。図像的な役割へと転位されることによって、彼女は、支配する女性、すなわち獅子に腰かけた女神の意志を宣言するために利用されることになる。「そんなある日、一番したの息子が、ジャショーダが乳をやっているのをしゃがんで見ていたとき、彼女はいった。『ああ、かわいい子！　わたしの幸運の神さまだよ！　みんな、あんたがあのひとの足をめちゃくちゃにしてくれたからよ！　あのときは誰がそんなことを望んだろう？』『獅子に腰かけた女神さまさ』とハルダル家の息子はいった」（二九九ページ）。

マハスウェータは、父権制のイデオロギーによって構成されたものとしてジャショーダを描いている。事実、小説のはじめの方の部分に見られる彼女のあからさまな自信は、そのイデオロギー的信念からくるものである(88)。もしテクストが、強姦と合意のうえでの性交との区別を疑問視しているとすれば、副次的存在たるジャショーダは、この問いかけには関与していない。彼女はこういうだろう。「あんたは夫よ。導師よ。もしわたしが忘れて、いやだといったら、叱ってちょうだい。苦しいことなんかありはしないさ。……実をつけたからって木が傷むってことはないでしょう？」（二九六ページ）。（子供を産むことを拒否することで、先代の女主人の死の「原因」をつくったとして、義理の孫娘たちを責めるとき、彼女は、ジェンダー化のイデオロギー的な礎石のひとつである、女性の再生産＝生殖機能の「自然さ」と同じ隠喩を与えられる。）彼女はまた、伝統的な性的分業をも受け容れている。「男がもってきて、女が料理し、給仕するものよ。わたしの運命は裏返しだわ。……女房の屍体で生きていて、それでも男なの？」（三〇四ページ）。実際マハスウェータは、サバルタンたるジャショーダを、「インド」の支配的な性のイデオロギーの尺度として利用しているのだ。（ここでは、ジェンダーの均等性の方が、階級の差異よりも広い範囲を包括しようとしている。）これと対比されるものとして、西洋的ステレオタイプの目録がある。そのなかには、ある種の西洋的フェミニズム（「シモーヌ・ド・ボーヴォワール」という名前はマハスウェータにとって換喩の役目を果たしている）も含まれる。

ジャショーダは全身これインド女性である。その非理性的で、理屈にあわない、非知性的な、夫への献身と子供への愛、その不自然な拒絶と許しは、……あらゆるインド女性たちによって、民衆の意識のなかに生きてきた。……彼女の母性愛は、子どもたちに対して同様、夫に対しても湧き出してくる。……ここに住んだ女たちはみんな母親になり、男たちはみんな聖なる子どもの精神に浸る、それがインドの土の力である。ひとりひとりの男が聖なる子どもで、ひとりひとりの女が聖なる母なのだ。このことを否定し、「永遠なる女性」という意味の最新流行のポスター——「モナ・リザ」——「ご受難」——「シモーヌ・ド・ボーヴォワール」等々——を古いポスターのうえにはりつけ、そんなふうにして女性を見るひとたちでさえ、結局はインドの子なのである。教育を受けた紳士たちがみな、家の外ではこういうことを女性から期待するというのは、注目すべきことだ。敷居をまたぐと、彼らは革命的な女性たちの言動のなかに、聖なる母を求める（二九一–九二ページ）。

ここでは作者‐機能の権威が巧妙に主張されている。われわれは、この小説もしょせんは作者の築きあげたものにすぎないということを思い知らされるのだ。ベンガーリー語小説のもうひとつの流派に言及することによって、この小説は、現実の流れよりもむしろ文学史の流れのなかにおかれる。わざとらしい身振りで作者はわれに返り、彼女の話を再開するのである。「しかしながら、ジャショーダの生涯を語るあいだ、たびたび横道に侵入する習慣をはぐくむのは正しくない」（二九二ページ）。このように、ジャショーダの名前は、父権制のイデオロギーに対する質問状でもあるということが、物語の趣向を通して作者による公然の認可を与えられるのである。そのイデオロギーの観点から見れば、ジャショーダが育てた果実はクリシュナであり、笛を吹く彼の身振りの示す、男根中心主義的なエロティシズムと、戦車を操ることによって表わされた、正しいカルマのモデルとしての軍事のロゴス中心主義的否定は、十九世紀、二十世紀のベンガルのナショナリズムにあっては、私的なものと公的なもののイメージとしてとらえられるだろう(89)。

この主人公によるジェンダー的・イデオロギー的な質問状と、作者とのあいだの隔たりは、小説の最後で解消される。マハスウェータ・デヴィが最後の場面で、死体公示所に引き取り手のいないままにおかれている屍体につけられた名札に書かれた、制度的な英語（「ヒンドゥーの女、ジャショーダ・デヴィ」）を冒瀆することによって、彼女を叙述するときでさえ、ある種の物語のアイロニーが、作者‐機能を強化しつつ、手つかずのまま残存しているように思える(90)。戦略的にうまく宣伝された、作者‐機能のアイロニカルな資格に異議を唱えているのが、まさにこの最後の場面に見られる三つの命題なのである。

この結論部分の命題を記述する言語と用語法は、例の難解なヒンドゥーの経典を思い起こさせる。その経典のなかでは、単なる宗教的物語が、神学の語法を通して、一種の思弁哲学へと移行してゆくのである。

「ジャショーダは神の顕現だった。彼女の思ったことはなんでも、他の者たちがしてくれた。ジャショーダの死はまた、神の死でもあった。死すべき人間がこの地上で神のふりをすると、そのひとはみんなに見捨てられ、いつもひとりぼっちで死ななければならないのだ」(三二三ページ)。

歴史的主体としてのサバルタンは絶えず宗教の言説を闘争の言説へと翻訳し続けるというのは、ありふれた議論だ。そのサバルタンがジェンダー化された主体である場合、「乳を与える女」は、そのような翻訳の破綻を物語っているといえよう。それは、哲学的な一神論たるヒンドゥー教(主に帝国主義文化によっていまのような形に成長した)と、民衆的な多神論たるヒンドゥー教とのあいだの階層的な対立を解消している。それはまた、前者の傲慢さが、後者のイデオロギー的被害者意識と共謀関係にあるかもしれないことを示唆する。こうしたことは、作者‐機能と主人公の境遇との区別を曖昧にすることによってなし遂げられているのだ。それゆえ、もし小説(言表)が、宗教から闘争への翻訳、すなわち言説の転位の破綻をわれわれに語るものだとすれば、陳述(言表)としてのテクストは、宗教の言説から政治的批判の言説への翻訳(もはや「破綻」と切り離せない)に参画していることになる。

言表としての「乳を与える女」は、作者の「真理」は主人公の「イデオロギー」とは区別されるべきだとして、その地位を危うくすることにより、いまいったようなことを遂行している。結末の、厳粛な賛意を示す判断を読んだわれわれは、それまでイデオロギーの「枠組み」を形成してきた「真理」が、イデオロギーなしに、あるいはイデオロギーの外部になにか方策をもつかどうか、もはや確信がもてなくなってしまう。あの料理女の逸話の場合と同じように、物語が、厳密な意味での作者のアイロニーの外部に別のいくつかの枠組みをもっているということにわれわれは気づきはじめる。その枠組みのひとつが、世界の育ての母を、テクストの内部で母のない存在と化してしまっている。テクストのエピグラフの出典は、作者不明の狂詩の世界に属している。その最初の語は母親でなく、“mashi pishi”――叔母たち――を呼び出す。しかもそれは、婚姻による義理の叔母ですらなく、親族関係に書きこまれるまえに保留された叔母であり、また、森と村の両方を讃える地名であるバンガンの、自然と文化の境目のところに保留された、名もない両親の姉妹なのである(91)。もしこの物語が情緒の破綻を語るものだとしたら、この奇妙な、感情をもたぬ、おそらくは育ての叔母たちの、反 - 物語(もうひとつの非 - 小説)は、われわれの解釈の一貫性をいまひとつの方法で脅かすものとなるだろう。

この論文でわれわれが展開させてきた読みをひとつにまとめる力は、表題の力強さにある。それはわれわれが期待するような、「乳母」を意味する“stanyadayini”という語ではない。むしろ、乳房を、い い換えれば、生産の疎外された手段、部分対象、母親としての女性の特徴的器官を与える者を意味する“stanadayini”という語なのだ。このような新造語の暴力によって、癌は、ジェンダー化されたサバルタンの抑圧を示すシニフィアンとなり得るのだ。癌とは、愛情という名のもとで乳を吸って生き、政治的肉体を消費し、「人間という主人を犠牲にして広がってゆく」(三二二ページ)寄食者のようなものだ。ベンガーリー語のテクストのなかでこの文だけは英語で書かれている。それは「人間」[human]という語を念頭においたうえでのことだ。そして英語および客観的な科学の言語で書かれた、代表的な、あるいは特徴的な人間の患者は、ここでは女性なのである。

「第三世界の小説の多くは、いまだにリアリズムにとらわれている」(それに対して第一世界の国際的文学はリアリズムを卒業して、言語ゲームへと進んだ)というような一般論には、最初からわかりきったところがある。しかしこのような一般論は、原作の言語を知らないという事実から生じていることがしばしばだ。マハスウェータの散文は、街の俗語や、東ベンガル方言や、家族と召使いの日常用語に、時おり優美なベンガーリー語の荘厳さが混じるような、極端な寄せ集めである。わざと不自然にした構文が、この寄せ集めとあいまって、「リアリスティック」とはほど遠い効果を生じさせる。ところが、個々の要素を見ると、極度に具象的な正確さが備わっている。（私の翻訳ではこの点がうまく再現できていない。）そのうえ、小説の構造的趣向には、寓話作家的な特徴がある。家庭人から「使用人」への移行によってもたらされた、家庭と地域の広範囲に及ぶ変化を簡潔に示す、信じられないような目録や、途方もない数の人物が登場する、三十年にわたる脱植民地化の物語の一気呵成さなどは、ほんの一例にすぎない。

　しかしながら、私の目的とするところにとってもっとも興味深いのは、文学におけるリアリズムに対するテクスト自身の註釈が、ジェンダー化という観点からなされているという点である。リアリズムの文体に対する素朴な理解が、実物に忠実であることだとするのと同じように、自然に忠実であるとするのが、ジェンダー化に対する、政治的に素朴で、有害な解釈なのだ。マハスウェータは、リアリズムにおけるジェンダー化の実態を、わざと謎めかして不条理に描写しているので、自国語話者《ネイティヴ・スピーカー》にもほとんど理解できないようになっている。ベンガーリー語文学のなかでもっとも偉大な、感傷的リアリズムの作家であるサラトチャンドラ・チャッテルジーに言及している部分を取りあげよう。ここでいわれている「野生りんご《ベル》のジュース」の「含意」は、民族誌的にも社会学的にも、うまく説明がつかないだろう。

> サラトチャンドラはこのことを知っていたからこそ、彼の女主人公たちは、いつも主人公たちに自分たちよりも一杯余分の米を食べさせたのだ。サラトチャンドラや他の同じような作家たちの著者は、一見したところ単純だが、実際はとても複雑で、夜、野生りんご《ベル》のジュースを一杯飲んだあと、穏やかな心で考えなければならないときもある。西ベンガルで学問や主知主義を売り買いしているひとた

ちの生活においては、楽しみとかゲームとかの影響があまりにも大きいので、その度合いに応じて野生りんごが強調されるべきなのだ。私たちがそれ相応に野生りんご的薬草による治療を強調しないから、自分たちがこうむっている損失についてもなにも考えないのである（二九二ページ）。

暗号めいたいい方をすれば、第三世界の文学を、その原作に対する無知を認可したうえで、英語の翻訳で読み、まだ言語ゲームにまで進化していないリアリズムであると診断することは、「野生りんご的薬草による治療を強調」するようなものだといえるかもしれない。このような最小限の読み方では、マハスウェータの小説について、インドにおけるジェンダー化を「リアリスティック」に描いただけのものにすぎないと要約してしまうことになるだろう。

私がこの論考の草稿を発表し、同時にマハスウェータが、彼女自身の「乳を与える女」の解釈を発表したサバルタン研究会議（一九八六年一月）の模様について、デイヴィッド・ハーディマンが報告している。彼は次のような結論に達している。「［マハスウェータの］率直な文体が、すばらしい舞台へと進み、ガヤトリの方がかすんでしまった」(92)。確かに私は、ハーディマンの言葉を借りれば「ガヤトリ・スピヴァックの解釈と驚くほど喰い違っている」マハスウェータの読みを、論文のなかで重大に受け止めたあまり、彼女と論戦を交えるまでにいたった。それに私は、何人かのサバルタン研究者の作品に見られる、暗黙の、好意的な性差別主義について論評したことがある(93)。しかし、ハーディマンの身振りが明らかに男性中心主義的であることを、指摘しておかなければならない。つまり彼は、女性を、視線の対象とすることで、女性同士を競わせようとしているのだ。この男性の窃視症を超えて、またサバルタンをエリートの知に対抗させる、存在論的／認識論的な混乱を超えて、また、自分の理論的立場とはっきり違うと認識できる理論に対する民族保護主義者の抵抗を超えて、この論考が明らかにしたのは、テクスト自身が執拗に自らを演じるような舞台設定では、作者も読者もかすんでしまうということであるはずだ。もし教師がテクストを道具として使い、こっそりほんのちょっとした演技だけを切り取ったとしたら、それは、テクストの例外性(être-à-l'écart)を言祝《ことほ》いだうえでのことなのだ。逆説的なことに、この例外性がテクストを、作者、読者、教師の歴史よりも大きな歴史のなかに組みこむことになる。このようなエクリチュールの場面にあっては、作者の権威は、いかに誘惑的なほど率直に思えようとも、舞台の袖に立つことに甘んじなければならないのである。

一九八七

"A Literary Representation of the Subaltern: A Woman's Text from the Third World"

原　註

［頭に＊を付した文献は邦訳がある。巻末の「邦訳文献」を参照］

1　刃としての文字＝手紙

（1）Jacques Lacan, "A Jakobson," *Le Séminare de Jacques Lacan*, ed. Jacque-Alain Miller, Livre XX, *Encore* (1972-1973), Paris, 1975, p. 25. ラカンへの言及はすべて拙訳による。

（2）Paul de Man, "Form and Intent in the American New Criticism," *Blindness and Insight: Essays in the Rhetoric of Contemporary Criticism* (New York: Oxford University Press, 1971), p. 21.

（3）Ivor Armstrong Richards, *Coleridge on Imagination* (Bloomington: Indiana University Press, 1960), p, 44.「有機的形式主義」の普及にあたってコールリッジの果たした中心的な役割について、一般に受け容れられている見解は、次に引用する一節にうまくまとめられている。「この有機的形式主義には多くの先駆者がある。それは十八世紀終わりにドイツではじまり、コールリッジによってイギリスにもちこまれた……コールリッジとクローチェとフランスの象徴主義は、現代のイギリスとアメリカにおけるニュー・クリティシズムの直接的な祖先にあたる」。René Wellek, *Concepts of Criticism*, ed. Stephen G. Nichols, Jr. (New Haven and London: Yale University Press, 1963), p. 354.

（4）Lacan, "Analysis and Truth," *The Four Fundamental Concepts of Psychoanalysis*, trans. Alan Sheridan (New York: W. W. Norton, 1981), pp. 144-45. 対象ａと無意識のあいだのこの不一致は、ラカンの視覚的メタファーに含まれるものである。それは、入射角という観念を応用している。

（5）"Introduction," ＊Samuel Taylor Coleridge, *Biographia Literaria*, ed. J. Shawcross (Oxford: Oxford University Press, 1907), vol. 1 (以後、本文中ではページ番号の引照のみによって示す), p. v.

（6）＊Lacan, "La Subversion," *Ecrits* (New York: W. W. Norton, 1977), p. 303.

（7）Ibid., p. 294.

（8）Ibid., p. 824.

(9) "Le Savoir et la vérité," *Encore*, p. 87.

(10) Ibid., p. 91. 意図的に無器用な訳し方をした私の訳は、フランス語のことば遊び——「もつことはaの存在なのか」ということと、「aをもつことはaであることなのか」ということの両方——をとらえようとして、あまりうまくいっていない。主体のための主題の呈示（想定）は、コールリッジのテクストのこの箇所で問題となっていることがらと関連している。

(11) "Ronds de ficelle," Ibid., p. 109.

(12) "Subversion," *Ecrits*, pp. 314-15.

(13) Ibid., p. 324. 私は、精神分析的というよりはむしろ一般的なデリダの議論に影響を受けている。彼は、去勢という主題論的系列を処女膜（"The Double Session," *Dissémination*, trans. Barbara Johnson [Chicago: University of Chicago Press, 1981]）、あるいは「勃起」（*Glas* [Paris, 1974]）という主題論的系列として書き換えようというのだ。しかし、本論は明確に精神分析的な語彙によって武装した一般的な批評家の物語なので、ここではそのような再-記入をもち出すつもりはない。

(14) Serge Leclaire, *Psychanalyser: un essay sur l'ordre de l'inconscient et la pratique de la lettre* (Paris: Seuil, 1968), pp. 184-85).

(15) 手紙と切断の重要性に気を配っていない典型的な読みについては、Owen Barfield, *What Coleridge Thought* (Middletown: Wesleyan University Press, 1971), pp. 26-27 を見よ。

(16) Lacan, "Analyse du dicours et analyse du moi," *Séminaire*, ed. Miller, Livre I, *Les Écrits technique de Freud* (1953-54) (Paris, 1975), p. 80. ここでもまた、われわれの取りあげる批評家は、*Anti-Oedipus: Capitalism and Schizophrenia*, trans. Robert Hurley, et al. (New York: Viking, 1977) のジル・ドゥルーズとフェリックス・ガタリによって、あるいは分裂症分析全般によって着手された、ラカンの所見に含意された立場に対する網羅的な註釈-批判にはおそらく立ち入らないことになるだろう。

(17) "From Interpretation to transterence," *Fundamental Concepts*, pp. 255-56.

(18) "Analysis and Truth," *Fundamental Concepts*, pp. 145-46.

(19) ＊"Le direction de la cure," *Ecrits*, pp. 228-29.

(20) "From Interpretation," *Fundamental Concepts*, pp. 250-51.

(21) "Subversion," *Ecrits*, pp. 296, 300-01.

(22) Shoshana Felman, "La Meprise et sa chance," *L'Arc* 58 (*Lacan*), p. 46.

(23) "From Interpretation," *Fundamental* Concepts, pp. 253-54.

(24) 一般論としては、＊*Of Grammatology*, trans. Gayatri Chakravorty Spivak (Baltimore: Johns Hopkins University Press, 1976) の第一部において、さらに明確には、＊*Speech and Phenomena: And Other Essays on Husserl's Theory of Signs*, trans. David B. Allison (Evans on: Northwestern University Press, 1973), Chapter Ⅶ においてフッサールに関して。

(25) Lacan, "Ronds de ficelle," *Encore*, p. 114. この奇妙な構文は、それが差し出す贈り物を否定することによって迷宮へといたっている。この文句——ラカンの近年のセミネールのひとつからとられたもの——が、横滑りするシニフィアンの生産によって主体を位置づけるとともに、自らの横滑りを生産する無意識というラカン的な主題論的系列を喚起していると、あえて断わる必要があろうか。標準的な文献としては、もっと初期の ＊"L'instance de la lettre dans l'incoscient ou la raison depuis Freud," *Ecrits*, pp. 146-73 (ジャン・ミールによる翻訳がある。"The Insistence of the Letter in the Unconscious," *Structuralism* ed. Jacques Ehrmann [New York: Doubleday, 1970], pp. 101-37) が挙げられる。

2 フェミニズム的な読みの発見——ダンテ - イェイツ

(1) ＊*Dante's Vita nuova: A Translation and an Essay*, trans. Mark Musa (Bloomington: Indiana University Press, 1973). 私のテクスト中での引照は、以後、ページ番号によって行なう。*La Vita nuova di Dante: con le illustrazione di Dante Gabriele Rossetti* (Torino-Roma, 1903) からの引用はテクスト内ではDによって示す。ミズ・ジャンナ・カートリーは、イタリア語のテクストに関して私に教示を与えてくれた。ここで謝意を表したい。

(2) そのような「最小限の理想化」が担う倫理的・政治的な負荷を無視することは、時として、このうえなく見事な読みを形式主義的偏見によって冒すことになる。たとえば、ショーシャナ・フェルマンの輝かしい『ねじの回転』論 ("Turning the Screw of Interpretation," *Yale French Studies* 55/56, 1977) にあっては、読みの企てに対するアイロニーがとりわけ、紳士たる主人の使用人である女性を通して操作されているという点が見逃されている。「女家庭教師 [governess] は支配する」(p. 170) とか、「女家庭教師はまさしく、船の船長 [Master]、物語の意味の主人 (主人たる読者) となる」(p. 173)

とフェルマンが書くとき、われわれは、“governess”と“Governor”、“mistress”と“Master”のあいだの巨大な深淵を固定化する、社会的・性的用法を想起せざるを得ない。その他の点では印象深いほど鋭い彼女のまなざしは、ジェイムズの小説における女家庭教師がエディプス的場面への接近を許されていないことを把握できずにいるようだ。エディプスと違って、女家庭教師は自分が犯罪者であることを知らない。そして確かに、人びとを、いやそれどころか物語の世界さえも、救済するよう自らを駆り立てる特権を認められていない。確かにフェルマンの論文は、「性的に中立的」な方法ではあるにせよ、テクストのアイロニーが、あまりにも強く舵（ファロス）を握りしめる女家庭教師に対するものである点も指摘している。彼女はテクストのうちで、意味の逃走の錯雑たるアレゴリーをたどっているのだから、自分自身もテクストの罠の犠牲者となっているとはいえないだろうか。『ねじの回転』のアレゴリーからのグロース夫人（無学な家政婦）とフローラ（女児）の排除に関する読みをわれわれがさがし求めても、無駄なことだ。フェルマンは、書物の最良の読者たちからなる尊敬すべき集団のうちに自らの位置を占める。主人たる作者（すなわち、承認を禁じるに足りるだけの主人であるラカン――「ラカンの作品は、理論的な知の権威ある［傍点引用者］総体としてではなくむしろ、注目すべき豊かさと複雑さをもった分析的テクストとして、周期的に言及されるだろう」［p. 119］）、作者たる主人（すなわち、論文のなかで一貫して、批評家たちによる低俗な誤謬に対する権威として引用されたあげく、最終的には、自らの虚構の主人／かもであることを示される［p. 205］ジェイムズ）、そして女家庭教師そのひとからなる一団に加わるのだ。

（3） “*Glas*-Piece: A Compte－rendu,” *Diacritics* 8:3 (Fall 1977) のなかで。

（4）「記述のなかに、すなわち、記述されるものだけでなく、実践的言説のなかに、記述するエクリチュールのなかに含まれなければならないのは、単に、崩壊と間隔［de l'écart］という実際の現実だけでなく、崩壊可能性でもあるのだ」(Jacques Derrida, “Limited Inc,” trans. Samuel Weber, Glyph II [1977], p. 218)。

（5） Jacques Derrida, “ME-PSYCHOANALYSIS: An Introduction to the Translation of ‘The Shell and the Kernel’ by Nicolas Abraham,” trans. Richard Klein, *Diacritics* 9: 1 (Spring 1979), pp. 6, 4, 12.

（6） Ibid., p. 8.

（7） この点に関して、脱構築以前のモデルとなるものは、労働による世界の世界化と、大地の自己孤立的なあり方とのあいだの必然的な葛藤の、本質的な資格をめぐるハイデガーの考え方に見出すことができる。非‐脱構築的なモデルは、欲望‐生産、分離的綜合、記録、連結的綜合のあいだの断絶の、ドゥルーズとガタリによる公式化に見られよう。＊Martin

Heidegger, "Origin of the Work of Art," *Poetry, Language, Thought*, trans. Albert Hofstadter (New York: Harper & Row, 1971) および ＊Gilles Deleuze and Felix Guattari, *Anti-Oedipus: Capitalism and Schizophrenia*, trans. Robert Hurley, et al. (New York: Viking, 1977) を参照のこと。

(8) イェイツが利用したことを知られる、H・F・ケアリー尊師による『神曲』の翻訳(ニュー・ヨーク、一八一六)は、『幻視』(*The Vision*) と銘打たれている。イェイツは、ダンテと同様、自分自身も月の第十七相に属していると考えていた。Richard Ellmann, *Yeats: the Man and the Masks* (New York: W. W. Norton, 1948), pp. 236-37 を参照のこと。ふたつの書物の表題における定冠詞と不定冠詞の関係は、さして重要ではない。

(9) フェルマンに代表されるような読みは、筋書き《シナリオ》を巧妙に記述するが、性差別主義的な負荷を理解していない。

(10) ＊*A Vision* (New York, 1961), pp. 44.

(11) ラカンの著書に体系的な定義を見出すことは困難である。それゆえ、私は、Anthony Wilden, "Culture and Identity: the Canadian Question, Why?, *Cine-Tracts* 2. ii (Spring 1979), p. 6 から引用することとした。私はワイルデン氏に対してある種の連帯感を感じている。私が初期のデリダを翻訳したように、彼は初期のラカンを翻訳した。彼もまた、自分の紹介する作者をエリート的に擁護しようとはせず、しばしば「文体の洗練」を欠く、あからさまに政治的・状況的な範疇に、ラカンの作品を置き換えようとしているように思われる。

(12) 可能性を賦与する、同化‐同一化をめぐる古典的な議論は、"Mourning and Melancholia," *The Complete Psychological Works of Sigmund Freud*, trans. James Strachey (London: Hogarth Press, 1957), vol. 14; *Gesammelte Werke* (London, 1940), vol. 10. ダンテのテクストに痕跡が見出されるような、言語的暗号狂としての同化は、Nicola Abraham and Maria Torok, *Cryptomanie: le verbier de l'homme-au-loup* (Paris: Flammarion, 1976) で論じられている。この本に付されたデリダの序文は、"Fors: The Anglish Words by Nicolas Abraham and Maria Torok," trans. Barbara Johnson, *Georgia Review* XXXI: 1 (1977) として訳出されている。『新生』は、ベアトリーチェを悼むダンテの喪の行為と見なされ得る。彼は、自らの、詩人としての自己同一化の一側面として彼女を同化するのだ。この場合、ダンテの喪失を嘆くというまさにその身振りを演じる、ベアトリーチェの鏡像的なイメージは、適切な幻想といえよう。

(13) メラニー・クラインは、必ずしも全人格ではなくむしろ部分対象が、感情の対象となるだろうとする議論を展開した。「この主題に関する私の主な結論を述べよう。始源の、内面化された対象は、複合的な同一化の過程の基礎をかたちづくる。（中略）内的な世界は複数の対象からなっている。その第一のものは、さまざまな側面と感情的状況において内面化されている母親だ。（中略）私の見解によれば、フロイトが記述している過程が暗に意味しているのは、この愛される対象が、引き裂かれ、愛され、評価される自己の一部を包含するものと感じられ、そのようなあり方で、対象の内部で存在を続けるということである。このようにして、それは自己の延長となるにいたるのだ」（"On Identitication," *New Directions in Psycho-analysis: the Significance of Infant conflict in the Pattern of Adult Behaviour*, ed. Melanie Klein, et al. [London: Tavistock, 1955], pp. 310, 313)。母親の換喩となる部分対象が乳房であることはいうまでもない。それはここで、ファロスが男性の換喩となっているのと同じことだ。私が註11で指摘したように、奇妙なのは、ダンテが、隔絶された自らの「主体」‐性をベアトリーチェが満たしてくれるよう、自分自身を「客体」‐化している点である。

(14) Trans. Jeffrey Mehlman, *Yale French Studies* 48 (1972); *"Le Seminaire sur *La Lettre volée*," *Ecrits* (Paris, 1966). ラカンが問いかけていない質問は次のようなものだろう。フロイトが女性の欲望をこのように記述しなければならなかったのはなぜか。それは、リュース・イリガライが、"La Tache aveugle d'un vieux rêve de symetrie," *Speculum: de l'autre femme* (Paris, 1974) のなかで提起した問いである。La Signification de 'l'envie du penis' chez la femme," in Nicolas Abraham, *L'ecorce et lenoyau* (Paris: Flammarion, 1978) のなかでマリア・トロックが行なう最後の分析は、この問いに答えることができないでいるように思われる。彼女は、ペニスは理想化された部分対象にすぎず、その物象化は女性の共謀を求めているが、その制度化は男性の利益となるものだと示唆し、そうすることによって、メラニー・クラインとアーネスト・ジョーンズの著作を一歩前進させているといってまちがいない。しかし彼女は、どうやら彼女が普遍的に邪悪な——肛門的もしくはファロス的な——母親のイマゴと想定しているらしいものの社会性を決して疑問に付すことなく、「分析家自身は、人類と同じくらい古い男根中心主義的な偏見から解き放たれている」という、高度に両義的でおそらくはアイロニカルな状況のもとで、女性のペニス羨望の「治療法として働くとされる」ものであるがゆえに、分析を称讃して、自らの論文を閉じている（p. 171: 傍点引用者）。

(15) 枠組みもしくは境界の脱構築的な特異性については、*Jacques Derrida, "The Purveyor of Truth," trans. Willis Domingo, et al. *Yale French Studies* 52 (1975); "Le Facteur de la verite," *Poétique* 21 (1975); および "Le Parergon," in *La Verité en peinture* (Paris, 1978) を見よ。

(16) 私が言及しているのは、イェイツの『ヴィジョン』と、彼の成熟期の詩の大部分によって展開された象徴解釈学的な幻想である。

(17) たとえば、Henry Walcott Boyton, *The World's Leading Poets: Homer, Virgil, Dante, Shakespeare, Milton, Goethe* (New York: Ayer Co. Pubs., 1912) のような表題に示されるように。トロイアの件については、ユゴーとヴェルレーヌが、同じようにフェミニズム的な補説を加える機会を与えてくれるかもしれない。

(18) この論文が書かれたあとで、そうした企てのひとつが、長い論考の形で完成されていることに触れておいた方がよいように思われる。＊"Displacement and the Discource of Women," in Mark Krupnick, ed., *Displacement: Derrida and After* (Bloomington: Indiana Univ. Press, 1983).

(19) Michel Foucault, "History of Systems of Thought," in *Language, Counter-Memory, Practice: Selected Essays and Interviews*, trans. Donald F. Bouchard and Sherry Simon (Ithaca: Cornell University Press, 1977), p. 199.

(20) ＊Jacques Derrida, *Of Grammatology*, trans. Gayatri Chakravorty Spivak (Baltimore: Johns Hopkins University Press, 1976), p. 24

(21) Ellman, *Yeats*, p. 197.

3　フェミニズムと批評理論

(1) 脱構築のこの面に関しては、＊Jacques Derrida, *Of Grammatology* (Baltimore: Johns Hopkins University Press, 1976) につけた、Gayatri Chakravorty Spivak, "Translator's Preface" を参照。

(2) 男性代名詞を用いることによって、マルクスの標準的労働者が男性だということに特に注意をうながすのは、適切なことのように思える。

(3) 私はこのことを、ハリー・ブレイヴァーマンが＊*Labor and Monopoly Capital: the Degradation of Work in the Twentieth Century* (New York and Lndon: Monthly Review Press, 1974, pp. 27, 28) のなかで、「その意味を理解することもなく、マルクスからとられた、最近はやりのおもちゃの木馬」として描写しているもののつもりでいっているのではない。簡単ないい方をすれば、ヘーゲルにおける疎外は、事物がそれ自身を「止揚」することを可能にするような否定の構造的出現である。資本主義のもとで労働者が自らの労働の生産物から疎外されるのは、疎外の特殊な事例だ。マルクスは、そのとりわけ哲学的な公正を疑問視しているわけではない。この哲学的、もしくは形態論的な公正を革命的に変動させることはまた、厳密にいって、疎外の原理、すなわち否定の否定を利用することでもある。疎外を、抑圧された労働者の哀れな苦境としてのみ理解することが、自由主義の個人主義的イデオロギーの特徴である。

（4） この関連で、われわれは『資本論』におけるセクシャリティーのメタファーに注目すべきだろう。

（5） この論文を最初に発表したときにメアリー・オブライエンと出会ったことは、喜ばしい思い出である。彼女はまさにこの問題に取り組んでいるといっていた。後に彼女は、*The Politics of Reproduction* (London: Routledge and Kegan Paul, 1981) というすばらしい本を出版した。そのなかで示唆されている、母親と娘は「同じ肉体」をもっており、それゆえ女児は疎外されていない前‐エディプス期とでもいうべきものを経験するのだという説は、疎外を個人主義的・感傷的な観点から見た議論であり、性をもった肉体の同一性をめぐる本質主義的前提を発見として位置づけているのだということを、ここでいっておくべきだ。このようにフロイトを逆転して見ることもまた、正当化のひとつだ。

（6） Jack Goody, *Production and Reproduction: A Comparative Study of the Domestic Domain* (Cambridge: Cambridge University Press, 1976), and Maurice Godelier, "The Origins of Male Domination," *New Left Review* 127 (May/June 1981): pp. 3-17 を参照。

（7） *Karl Marx on Education, Women, and Children* (New York: Viking Press, 1977) に収録されている。

（8） ジャック・デリダの "Speculer ――sur Freud," *La Carte postale: de Socrate à Freud et au-delà* (Paris: Aubier-Flammarion, 1980) を抜きにしては、このテクストをフェミニズムの視点から読むことはいまや不可能である。

（9） **The Standard Edition of the Complete Pshychological Works of Sigmund Freud*, trans. James Strachey et al. (London: Hogarth Press, 1974).

（10） Luce Irigaray, "La tâche aveugle d'un vieux rêve de symmetrie", in *Speculum de l' autre femme* (Paris: Minuit, 1974).

（11） あとで説明するように、私は、連結の閉じた輪にいまだ縛りつけられている子宮羨望から、クリトリスの抑圧へと移動してきた。その中間地点には、デリダにおけるように（*Gayatri Chakravorty Spivak, "Displacement and the Discourse of Women", in Mark Krupnick, ed., *Displacement: Derrida and After* [Bloomington: Indiana University Press, 1983]）、膣が割り当てられるであろう。

（12） 子宮羨望の概念を発展させるひとつの方法は、女性のフェティッシュについて考えることであろう。かなり明らかな歴史的・性的決定因によって、典型的な男性のフェティッシュが、母親に与えられ、母親から取り去られる男根だといえ

るとしたら (Freud, "Fetishism," *Standard Edition*, trans. James Strachey, et al., vol. 21)、男性中心主義的文化の崇拝される領域のなかに名声を求めようとしている女性の想像力が、子宮を父親に与え、取り去るという作業を行なうフェティッシュを捏造するのも当然であろう。わたしはこのような方法でメアリー・シェリーの『フランケンシュタイン』を読んだ。そのような身振りと、そのカント的な社会的・倫理的枠組みとのあいだの戯れのために、この小説は十九世紀西洋文学における道徳的で実践的な想像力のイデオロギーの好例となっている。Gayatri Chakravorty Spivak, "Three Women's Texts and a Critique of Imperialism," *Critical Inquiry* 12, no. 1 (Autumn 1985) を参照。

(13) 私が繰り返し主張しているように、覇権的イデオロギーの限界は、いわゆる個々の意識と個人的好意をはるかに超えたものなのだ。「解釈の政治学」（本書一三〇－一六一ページ）を参照。さらに、広く公表されてはいるが、いまだに出版されてはいない、"A Response to Annette Kolodny" を参照。

(14) この批判は、ジル・ドゥルーズとフェリックス・ガタリの ＊*Anti-Oedipus: Capitalism and Schizophrenia*, trans. Robert Hurley, et al. (New York: Viking Press, 1977) のそれとは区別されるべきである。私はだいたいのところは賛成しているのだが、この著者たちは、ファミリー・ロマンスは政治的・経済的な支配と搾取の内部に書きこまれているものとして見るべきだと主張している。私の意見では、ファミリー・ロマンスの効果はより大きな家族構造の内部におかれるべきだということになる。

(15) 「国際的枠組みにおけるフランス・フェミニズム」［本書一六〇－二〇〇ページ］。

(16) Pat Rezabek の未出版の手紙。

(17) 男性の場合、性的再生産における性交という閉じた円環からはみ出る過剰分は、純然たる「公的領域」である。

(18) リズ・ヴォーゲルは目下この分析を発展させているところだと思う。たとえば、カール・マルクスの *Grundrisse: Foundations of the Critique of Political Economy*, trans. Martin Nicolaus (New York: Vintage Books, 1973), p. 710 のような一節をもとにして、直接的に分析することもできるだろう。

(19) Antonio Negri, *Marx Beyond Marx*, trans. Harry Cleaver, et al. (New York: J. F. Bergen, 1984). 同じ議論について別の視点から見たものとして、Jacques Donzelot, "Pleasure in Work," *I & C* 9 (Winter 1981-82) を参照。

(20) この仕組みをみごとに解明したものとして、James O'Connor, "The Meaning of Crisis," *International Journal of the Urban and Regional Research* 5, no. 3 (1981): pp. 317-29 がある。

(21) Jean-François Lyotard, *Instructions païens* (Paris: Union générale d'éditions, 1978). Tony Bennette, *Formalism and Marxism* (London: Methuen, 1979), pp. 145 and passim. *Marx, *Grundrisse*, p. 326. 私が自分自身のことばを引用しているのは、一九八二年七月六日、ノースウェスタン大学の批評理論学部で行なった、「デリダにおける女性」という未出版の講義から。

(22) Gayatri Chakravorty Spivak, "Love Me, Love My Ombre, Elle," *Diacritics* (Winter 1984), pp. 19-36.

(23) *Michael Ryan, *Marxism and Deconstruction: A Critical Articulation* (Baltimore: Johons Hopkins University Press, 1982), p. xiv.

(24) *Margaret Drabble, *The Waterfall* (Harmondsworth: Penguin, 1971). これ以降の引照はすべてテクストのなかに含まれる。このような読み方は部分的に、若干違った形ではあるが、*Union Seminary Quarterly Review* 35 (Fall-Winter 1979-80): 15-34 に発表された。

(25) ポール・ド・マンが、*Allegories of Reading: Figural Language in Rousseau, Nietzsche, Rilke, and Proust* (New Haven: Yale University Press, 1979), p. 18 においてプルーストを分析したように。

(26) 「重層決定」の定義については、Freud, *Standard Edition*, trans. James Strachey, et al., vol. 4, pp. 279-304 と、*Louis Althusser, *For Marx*, trans. Ben Brewster (New York: Vintage Books, 1970), pp. 89-128 を参照せよ。

(27) Dilip Basu 編纂になる近刊の論文集に収められる予定の私の応答、"Independent India: Women's India" を参照。

(28) "Was Headquarters Responsible? Women Beat Up at Control Data, Korea," *Multinational Monitor* 3, no. 10 (September 1982): 16.

(29) *Perry Anderson, *Passages from Antiquity to Feudalism* (London: Verso Editions, 1978), pp. 24-25.

(30) Ibid., pp. 39-40.

(31) Spivak, "Love Me, Love My Ombre, Elle."

(32) ここでは「クリトリス」は生理学的意味だけで使われているのではないということを、私はすでに指摘しておいた。私は最初それを、フランス・フェミニズムのいくつかの形が、生理学的意味でのクリトリスを強調していることの再刻印として呈示したが、ここでは、性交すること－母親となることを超えて女性を指すひとつの名前（換喩に近い）として用いている。この超過分が公的な領域のなかで競合すると、それはなんらかの方法で抑圧される。ここでは、私の初期の論考のまさに終わりの部分に言及するのがいちばんよいだろう。この論文で私は、この換喩の広がる範囲を明確にするリストを作成している。「国際的枠組みにおけるフランス・フェミニズム」、一九六－九七ページ。

(33) *Ms*. 10, no. II (May 1982): 30. このことに関連して、ジェイン・アダムズのような才能ある教育者でも初期の社会化された資本を誤認していたということを指摘しておくのも興味深いことかと思う。もちろん彼女は商業の公平さについて誤った考えをもっていたのだ。「ある意味では商業主義それ自体が、少なくともそのより大きな面では、組織化された教育よりも労働者を巧みに教育するという傾向がある。その利害＝関心は確かに世界的で民主的であるが、一方それはあらゆる地域や人種と接触するため、国や信条に対する差別からは絶対的に自由である。商業主義のこうした面が利用されると、労働の細分化から生まれる傾向を多少は相殺するであろう」(*Democracy and Social Ethics* [Cambridge, Mass.: Harvard University Press, 1964], p. 216)。

4 説明と文化――雑考

(1) ＊Mary Wollstonecraft, *Vindications of the Rights of Women* (1974) にはそのような視点の揺らぎが見てとれる。ただ彼女の場合は、市民社会を活性化する原理である理性は家庭社会の指導原理でもなければならぬという、明らかに逆の議論によっている。

(2) ＊Paul Ricoeur, *Freud and Philosophy: An Essay on Interpretation*, trans. Denis Savage (New Haven: Yale University Press, 1970), pp. 32-36.

(3) ＊Edmund Husserl, *Ideas: General Introduction to Pure Phenomenology* trans. W. R. Boyce Gibson (New York: Collier Books, 1962), p. 12.

(4) 別のところで述べるが、デリダの「遊戯性」は事実上、純粋なまじめさに対する、「まじめ」で実践的な批判である。ここでは、後期のデリダに対する直接的な反応である学問的不安は次のように描写できると指摘することでじゅうぶんとしておこう。「ここに新しい対象が、新しい概念の道具を、新鮮な理論の基盤を、呼び求めている。……［ここに］真の怪物がいる。……鍛練された誤りしか犯さないような［誰かではない］」(傍点引用者)。＊Michel Foucault, *The Archaeology of Knowledge* trans, A. M. Sheridan Smith (London: Tavistock, 1972), p. 224.

(5) ＊*Speech and Phenomena: And Other Essays on Husserl's Theory of Signs*, trans. David B. Allison (Evanston: North-

western University Press, 1973), p. 102.

(6) Sigmund Freud, *The Standard Edition of the Complete Psychological Works of Sigmund Freud*, trans. James Strachey (London: Hogarth Press, 1964), XXII; pp. 116–17.

(7) *Ms.* 8 (September 1979): p. 43.

(8) 「テクノクラシー」という言葉で私がいわんとしているのは、「三〇年代の束の間の挿話的出来事であり、またテクノロジーはアメリカの夢を実現することのできる支配的な力だとした十九世紀の一連の思想に根ざした、テクノクラシー運動」のことではない。私はむしろ、テクノクラシー理論が可能となる条件であるこの夢の実質的な破綻のことをいっているのだ。「現代の産業化以後の国家は、中央集権化され、政治学と行政上の決定を置き換えるべきだと力説し、特別に訓練された専門家という実力主義社会のエリートをかかえる。それはテクノクラートたちにとっての出発点であった、進歩的公式化に著しくよく似ている。二十世紀初頭の進歩的知識人、進歩的エンジニア、そして科学的経営者には、将来の政治経済の輪郭が驚くほど鮮明に見えたのだ。しかしハーロウ・パーソンが予見した「万人の手の届くところにあるとてつもなく豊かに広大にされた生活」は、テクノロジーと工学的合理性では実現不可能と思われるような夢のままにとどまっている。William F. Akin, *Technocracy and the American Dream: The Technocrat Movement, 1900–1941* (Berkeley and Los Angeles: University of California Press, 1977), pp. xi, xiii, 170. 微力ながら私はこの論考のなかで、この不可避的な破綻を支える、理論的人文科学者の無意識的な役割を考察している。このドラマにおける主役の幾人かについての予備的情報については、Ronald Radosh and Murray N. Rothbard, eds., *A New History of Leviathan: Essays on the Rise of the American Corporate State* (New York, 1972) を参照せよ。

(9) ここで「男性中心主義」というのは、女性の研究を特別な興味の対象とし、女性をあいもかわらず男性の視点から定義する、旧弊な人文科学を指している。資本主義と男性中心主義との関係をめぐる多くの研究書のなかから二冊を引用する。*Feminism and Materialism: Women and Modes of Production*. ed. Annette Kuhn and AnnMarie Wolpe (London: Routledge & Kegan Paul, 1978); *Capitalist Patriarchy and the Case for Socialist Feminism*. ed. Zillah R. Eisenstein (New York: Monthly Review Press, 1979).

(10) 政治学－経済学－テクノロジー（すなわちテクノクラシー）が、「最終審級」を暫定的、一時的に、しかも曖昧な形でしか位置づけられぬようにする、集合的決定因となるさまを示す、単純なテスト・ケースは、エディソン電気協会の刊行物に記録されているエディソンのテクノロジー体系を見なおすことである。テクノロジーの人文科学的分析は、テクノロジーの定義におけるこの変化を無視しており、「テクネー」という用語を、「テオリア」-「テクネー」-「プラクシス」という三つの用語の組み合わせのうちの、動的で決定不可能な中名辞として位置づけている。その「典拠」は、たとえばアリストテレスの『形而上学』(一・一および二)と『ニコマコス倫理学』(六)である。さらなる証拠としては、Nikolaus Lobkowicz, *Theory and Practice: History of a Concept from Aristotle to Marx* (Notre Dame: University Press of America, 1967) が役に立つ。ハイデガーの *The Question Concerning Technology and Other Essays*, trans. William Lovitt (New York, 1977) 所収の "The Question Concerning Technology" は、この問題に関する現代の人文科学的研究の一例として挙げられるかもしれない。もしテクノロジーが、政治学と経済学のあいだ、または科学と社会のあいだの破壊的な中名辞として理解され、議論が二項対立から、または生産的に決定不可能な「最終審級」から行なわれるようになれば、最後に挙げたようなテクストは、「それ自身にあらがう」読みを生み出すようにもなり得ると、私がほのめかしていることはいうまでもない。

(11) 私は、この「学問的生活」なるものが、別の賃金体系と利益の世界に住み、その労働としての存在が私自身の大学の場合のようにしばしば法令によって否定されるような、労働者たちの群れ——秘書や門番を務めとするスタッフ——によって支えられているという事実を、議論から省いている。

(12) 私はこのフレーズの力をあまりに内面化してしまったため、ノーマン・ラディック教授がマルクス主義文学グループの夏期講習会(一九七九年)で多大な情熱をこめて「彼らは人文科学を捨てようとしている」と述べたことを、草稿の段階では忘れてしまっていた。

(13) 最後の示唆は、テキサス大学オースティン校で一九七九年に行なわれた未出版の講演で近代語協会の幹事が行なった。

(14) ポスト構造主義者たちが主義としていくらか流動的な語彙を発達させたということが、それを注意深く研究することにはなんの興味ももっていない三つのグループを反発させた。ひとつのグループ(E・P・トンプソンとE・J・ホブズボーム、そして実に奇妙ではあるがテリー・イーグルトンがその代表である)は、哲学に対する歴史の、または異種同型の都合のよさを疑問視する理論に対する素材と文学的形式にをめぐる、究極的には異種同型的な理論の、学問的特権を確立しようとした。「もしわれわれが対象の決定的特性を否定すれば、いかなる学問も存在し得ない」(Thompson, *The Poverty of Theory and Other Essays* [New York: Monthly Review Press, 1978], p. 41)。この本は、アルチュセールに対する鋭い批判を含んでいるが、つまるところは——マルクスは適切な(哲学的)理論を発展させなかったとアルチュセールが主張するように――マルクスは適切な（歴史的）理論を発展させなかったと主張しているように思われる。真の争点は、理論が「啓蒙された実践」を裏づけることができるように、学問を継続させることであるようだ。トンプソンのテクストの言葉に関する分析に関しては、Sande Cohen, *Historical Culture* (Berkeley: University of California Press, 1986), pp. 185–229 を参照。やや異なった意見の持ち主である、バリントン・ムーア・ジュニアは一九六五年に、「客観的というのはここでは、単に個人の気まぐれや好き嫌いとは関係のない、正確ではっきりとした答えが原則的に可能だということを意味しているのだ」と書いた（*A Critique of Pure Tolerance*, ed. Robert Paul Wolff, et al. [Boston: Beacon Press, 1965], p. 70)。二番目のグループは、ジェラルド・グラフ（*Literature Against Itself: Literary Ideas in Modern Society*, Chicago: University of Chicago Press, 1979）やピーター・ショウ（"Degenerate Criticism," *Harper's*, October 1979）のような、保守的でアカデミックな人文科学者たちによって構成される。これらの文学的な学問至上主義者たちは、ポスト構造主義の語彙が人文科学の言説における実践の問題に対する答えとして現われてきているということを認識するのを拒んでいる。このあやまちは全面的に彼らだけのあやまちだというわけではない。というのは、アメリカ文学批評というイデオロギー（この論考の最後のセクションでウォレス・スティーヴンズを通しそれとなくほのめかしている）を与えられたアメリカの脱構築主義がくりかえし主張しているのは、理論それ自体が消滅しており、終止符が打たれなければならないということのように思われるからである。デリダやフーコーのようなひとなら、もし理論それ自体が消滅したのであれば、単に実践それ自体ではないような、実践を可能にする条件とはなにかと尋ねるだろうし、また実際尋ねている。アカデミックな保守主義者であればむしろ、もし脱構築的な物の見方が従来の仕事を脅かすのなら、誰も脱構築的な思考を行なうことを許されるべきではないと論ずるだろう。トンプソンの言葉を借りれば、その状況は「不都合な証拠で議論すること」の拒否として表わすことができる（*Poverty*, p. 43)。三番目のグループは、「言葉についてあまりにも考えすぎると、行動することがまったくできなくなるだろう」というスローガンを掲げているように思える、断固として反知的なコミューン主義的政治活動家たちである。

(15) このセクションにおける引用はすべて、他の示し方をしない限り、シンポジウムのまえに参加者全員に配られたタイプ原稿からとられている。

(16) ＊Karl Marx, *Capital: A Critique of Political Economy*, trans. Ben Fowkes (New York: Vintage Books, 1977), I: 89–90.

(17) このきわめて複雑な議論のそれぞれの側の代表としては、＊*For Marx*, trans. Ben Brewster (London: Monthly Review

Press, 1969) のアルチュセールと，＊*Against Method: Outline of An Anarchistic Theory of Knowledge* (London: New Left Books, 1975) のポール・K・ファイヤアーベントを選ぶことにしよう。

(18) そのように一般化を行なうと，＊*Outline of A Theory of Practice* trans. Richard Nice (Cambridge: Cambridge University Press, 1977) のピエール・ブルデューや *Theory and Practice*, trans. John Viertel (Boston, 1973) と ＊*Knowledge and Human Interests*, trans. Jeremy J. Sharpiro (Boson: Beacon Press, 1971) のユルゲン・ハーバーマスも含むことができるだろう。

(19) ＊Jacques Derrida, "Signature Event Context," *Glyph* 1 (1977): p. 179. この一節でデリダは，精神の事物と世界の事物との異種同型的で継続的な関係を前提とするイデオロギーの，素朴な批判を疑問視している。この論文と，それと対になる論文，"Limited Inc," *Glyph* 2 (1977) に，脱構築的実践を理解するにあたって多くを負っていることを付け加えておく。

(20) 註14で広汎に輪郭を示した学問的忠誠の戯れを参照せよ。諸学の系譜に関するミシェル・フーコーの論文がここでは興味深い。"The Discourse on Language" はすでに挙げた（註4を参照）。また，＊*The Birth of the Clinic: An Archaeology of Medical Perception*, trans. A. M. Sheridan Smith (New York: Pantheon Books, 1973) と ＊*Discipline and Pursuit: the Birth of the Prison*, trans. Alan Sheridan (New York: Random House, 1977) も関係がある。若き日のマルクスとエンゲルスを挙げるというのはまだましなほうだろう。「労働の分化のせいで仕事は独立した存在を獲得する。誰もが自分の技能をほんものだと信じる。技能と現実とのつながりに関する幻想を，彼らはまさにその技能の性質のゆえにいっそういだきがちなのである」(Karl Marx and Friedrich Engels, *Collected Works* [New York: International Publishers, 1976], vol. 5, p. 92)。

(21) たとえば，民主主義社会の探求者たちの分裂について考えることもできよう。すなわち，進歩的労働，新アメリカ運動，民主社会主義機構委員会。それぞれの分派は，個人の自由（たとえ集団という外観を装っていても）から社会的公正の政治学へと移行するにつれて，アメリカの社会的・政治的言説によって認められた一定の慣用語をもつようになった。

(22) Herbert Marcuse, *Critique of Pure Tolerance* 所収 "Repressive Tolerance," p. 82 を参照。

(23) ＊Wallace Stevens, "The Idea of Order at Key West," in *The Collected Poems of Wallace Stevens* (New York: Knopf, 1954) p. 130.

(24) ＊Rosalind Coward and John Ellis, *Language and Materialism: Developments in Semiology and the Theory of the Subject*

(London: Routledge & Kegan Paul, 1977), p. 23.

(25) もちろん、ワーズワス、コールリッジ、T・S・エリオット、マシュー・アーノルドそれぞれの発言から。

(26) そのような「利用」を、フーコーならば、ニーチェのいう、行動するために知に「切りこみ」を入れなければならぬ「活動的忘却」と結びついた「歴史的感覚」に基礎をおく、「治癒的科学となる務め」と呼ぶことだろう。"Nietzsche, Geneology, History," in *Language, Counter-Memory, Practice* trans. Donald F. Bouchard and Sherry Simon (Ithaca: Cornell University Press, 1977) pp. 156′ 154.「無気力化」とは「虚弱化」の意である。

(27) ＊*New Science of Giambattista Vico*, trans. Thomas Goddard Bergin and Max Harold Fisch (Ithaca: Cornell University Press, 1968), pp. 100, 109, 110, 107, 106, 105, 155, 85. この問題の多い一節を思い出させてくれたことに対して、シドニー・モナズ、ジェイムズ・シュミット両教授に感謝する。

(28) Jean Bethke Elshatain, "The Social Relation of the Classroom: A Moral and Political Perspective," in *Studies in Social Pedagogy*, ed. T. M. Norton and Bertell Ollmann (New York: Monthly Review Press, 1978) この論文に注意を喚起してくれたことに対して、マイケル・ライアン教授に感謝する。

5 解釈の政治学

(1) Stuart Hall, "The Hinterland of Science: Ideology and the 'Sociology of Knowledge'," *On Ideology*, Working Papers in Cultural Studies, no. 10 (Birmingham, 1977), p. 9. また Douglas Kellner, "A Bibliographical Note on Ideology and Cultural Studies," *Praxis* 5 (1981): 84-88, および John B. Thompson, ed. *Studies in Theory of Ideology* (Berkeley and Los Angeles: University of California Press, 1985) を参照のこと。

(2) 哲学の学問的イデオロギーにおける論理と修辞の対立を概観したものとしては、＊Jacques Derrida, "*Speech and Phenomena" and Other Essays on Husserl's Theory of Signs*, trans. David B. Allison (Evanston: Northwestern University Press, 1973) 所収のニュートン・ガーヴァーの序文を参照せよ。ガーヴァーはトゥールミンと比較するだけではなく、デリダの作品を、その対立の解消を目ざすものとして記述している。ガーヴァーのより広汎な分析の妥当性はともかくとしても、そのような類似性の示唆をトゥールミンがどのように受け容れたであろうかと考察することは興味深い。デリダがイデオロギーの概念を、それが、彼の観点では、精神と物質のあまりに頑強な二項対立を称揚するものであるという理由から疑っているということを、私はここで付け加えるべきかもしれない。

（3） Karl Marx, "The Eighteenth Brumaire of Louis Bonaparte," *Karl Marx, Frederick Engels: Collected Works*, trans. Richard Dixon et al., fifteen vols. (New York: International Publishers, 1975-), 2: 103. 翻訳された資料はすべて必要に応じて修正してある。

（4） Armand Hammer, "A Primer for Doing Business in China," *New York Times*, 11 April 1982.

（5） ＊Pierre Macherey, *A Theory of Literary Production*, trans. Geoffrey Wall (London: Routledge & Kegan Paul, 1978), p. 60. 傍点引用者

（6） Cavell, "Politics as Opposed to What?" (p. 173). この差異をめぐる議論については、Jacques Derrida, *Memoires: For Paul de Man* に対する私の書評（*boundary 2* 収録）を見よ。また拙論 "Revolutions That as Yet Have no Model: Derrida's *Limited Inc*," *Diacritics* 10 (Winter 1980): 47-48 も参照のこと。

（7） 意味論、あるいは冗語法の覇権に対する文脈的、微視的抵抗としてのディコンストラクションを明確化するものとしては、＊Derrida, "White Mythology: Metapho r in the Text of Philosophy," in Alan Bass, trans. *Margins of Philosophy* (Chicago: University of Chicago Press, 1983), pp. 270-71 を参照せよ。

（8） ＊Derrida, "Signature Event Context," trans. Jeffrey Mehlman and Samuel Weber, *Glyph* 1 (1977): 179, 177.

（9） Macherey, *Theory of Literary Production*, p. 86.

（10） Michael Harrington, "Getting Restless Again," *New Republic*, 1 and 8 Sept. 1979, and David B. Richardson, "Marxism in U. S. Classrooms," *U. S. News and World Report*, 25 January 1982 を参照。

（11） "On/Against Mass Culture Ⅲ: Opening Up the Debate," *Tabloid* 5 (Winter 1982): 1.

（12） 歴史学の物語化の批判としてホワイトが提案した連続的物語も同じような問題に直面する。

（13） 拙論 "Il faut s'y prendre en se prenant a elle," in *Les Fins de l'homme*, ed. Philippe Lacoue-Labarthe and Jean-Luc Nancy (Paris, 1981) を参照。

（14） たとえば、Joel Feinberg, ed., *The Problem of Abortion* (Belmont, Calif., 1973), および Marshall Cohen et al., eds., *Rights and Wrongs of Abortion* (Princeton: Princeton University Press, 1974) を参照。

（15） 私はこれを「説明と文化——雑考」（本書一〇〇－一二九ページ）のなかで分析した。

(16) ＊Giovanni Battista Vico, *The New Science*, trans. Thomas Goddard Bergin and Max Harold Fisch (Ithaca: Cornell University Press, 1968), p. 175. サイードは、貴族の起源に関してヴィクトリア朝に書かれた文章に言及しているが、その性的位置には触れていない（"Opponents, Audiences, Constituencies, and Community," pp. 10-11）。

(17) デイヴィーを驚かせてもいい。以下のものを参照せよ。Elaine Marks and Isabelle de Courtivron, eds., *New French Feminisms: An Anthology* (Amherst: University of Massachusetts Press, 1980); Signs 3 (Autumn 1977), special issue on *Women and National Development*; ＊Julia Kristeva, *About Chinese Women*, trans. Anita Barrows (New York, 1977); Nawal El Saadawi, *The Hidden Face of Eve: Women in the Arab World*, trans. and ed. Sherif Hetata (London: Zed Press, 1980); Lesley Caldwell, "Church, State, and Family: The Women's Movement in Italy," in *Feminism and Materialism: Women and Modes of Production*, ed. Annette Kuhn and AnnMarie Wolpe (London: Routledge & Kegan Paul, 1978) Gail Omvedt, *We Will Smash This Prison! Indian Women in Stuggle* (London: Zed Press, 1980); Cherrie Moraga and Gloria Anzaldua, eds., *This Bridge Called My Back: Writings by Radical Women of Color* (Watertown, Mass., 1981); and Spivak, "Three Feminist Readings: McCullers, Drabble, Habermas," *Union Seminary Quarterly Review* 35 (Fall-Winter 1979-80): 15-34, "French Feminism in an International Frame," *Yale French Studies* 62 (1981): 154-84, および "Draupadi' by Mahasweta Devi," *Critical Inquiry* 8 (Winter 1981): 381-402. この論考が最初に発表されて以後も、その分野では非常に多数の資料がつけ加わっている。[最後のふたつに関しては本書一六二―二〇〇ページ、二四六―二八二ページを見よ。]

(18) また、その芝生の広がりを確証するために、デイヴィーは、必ずしもフェミニストではないが尊敬されている男性の人類学者モーリス・ゴドリエの "The Origins of Male Domination," *New Left Review* 127 (May-June 1981): 3-17 を参照してもよいだろう。イギリスの士官の行為には何ら植民者的なところはなかったとするデイヴィーの主張に対しても、同様の異議を唱えることができるだろう。状況的に、また個人的に見ればデイヴィーのいうことももっともかもしれない。しかし、決定権をもっていたのがパレスティナ人ではなくイギリス人だったことには重要性がないわけではないのだ。

(19) ＊Terry Eagleton, *Walter Benjamin; or, Towards a Revolutionary Criticism* (London: New Left Books, 1981), p. 98.

(20) それは――マルクス主義批評の展開の系譜の末端は――彼が以前に自らの父祖の名によって名づけていた場所である。「今世紀の今日にいたるまでの主要なマルクス主義美学者の名前をいくつか振り返ってみよう。ルカーチ、ゴルドマン、サルトル、コードウェル、アドルノ、マルクーゼ、デラ・ヴォルプ、マシュレー、ジェイムソン、イーグルトン」

(Eagleton, ibid., p 96)。イーグルトンが、彼の議論に内在する進化論を、反駁するような多数の弁明で取り囲んでいる点に触れるべきだろう。

(21) Ken Wissoker, "The Politics of Interpretation," *Chicago Grey City Journal*, 24 November 1981.

6 国際的枠組みにおけるフランス・フェミニズム

(1) Bert F. Hoselitz, "Development and the Theory of Social Systems," in M. Stanley, ed., *Social Development* (New York: Basic Books, 1972), pp. 45 他。この論文に私の注意を向けてくれたマイケル・ライアン教授に謝意を表したい。

(2) Nawal El Saadawi, *The Hidden Face of Eve: Women in the Arab World* (London: Zed Press, 1980), p. 5.

(3) *Julia Kristeva, *About Chinese Women, trans. Anita Barrows* (London: Marion Boyars, 1977)

(4) フィリップ・ソレルスの "On n'a encore rien vu" (『ひとはまだまったく見ていない』), *Tel Quel* 85, Autumn 1980 によって示されているように、この関心はいまやすでに新たなものに取って代わられている。

(5) 選挙制度をもつ共産主義と社会民主主義の視点からなされた、この問題に関する明敏な概観と分析としては、Adam Przeworski, "Social Democracy as a Historical Phenomenon," *New Left Review* 122, July-August 1980 を参照。

(6) 文学的知識人が反対意見の支点であるとするクリステヴァの主張については、"Un nouveau type d'intellectuel: le dissident," *Tel Quel* 74, Winter 1977 を参照。

(7) *The Grand Titration: Science and Society in East and West* (Toronto: University of Toronto Press, 1969) において述べられているような、道教に見られる女性的象徴主義という奇妙な事実に対するジョウゼフ・ニーダムの態度は、全面的にかりそめのものである。

(8) Stanford University Press, 1970. *Chinese Women*, p. 98 n, p. 145 n. を参照。

(9) この運動のいくぶん時代遅れの、独断的な見方については、Michael Ryan and Spivak, "Anarchism Revisited: A New Philosophy?" *Diacritics* 8, no. 2, Summer 1978 を参照。

(10) *The Standard Edition of the Psychological Works of Sigmund Freud* (London: Hogarth Press, 1964) vol. 23; *Gilles Deleuze and Felix Guattari, *Anti-Oeaipus: Capitalism and Schizophrenia*, vol. 1, trans. Robert Hurley, et al. (New York: Viking Press, 1972)

(11) Amherst: University of Massachusetts Press, 1980. 私の論考のこの部分では、*New French Feminisms* から自由に引用し、引用した論文の著者と、ページ番号を示すこととした。

(12) 私は、ディコンストラクション、フェミニズム、マルクス主義に関する近刊書のなかで、そのような専有化をめぐる議論を呈示したいと思っている。

(13) *Irigaray, *This Sex Which Is Not One*, trans. Catherine Porter (Ithaca: Cornell Univ. Press, 1985); Cixous, *Preparatifs de noces au dela de l'abime* (Paris: des femmes, 1978); *Wittig, *Lesbian Body*, trans. David Le Vay (New York: William Morrow, 1975)

(14) (London: New Left Books, 1973.)

(15) Cf. Ernst Bloch, et al., *Aesthetics and Politics*, trans. Ronald Taylor (London: New Left Books, 1977).

(16) *Reason and Revolution: Hegel and the Rise of Social Theory* (Boston: Beacon Press, 1960), p. x.

(17) Tr. Edouard Morot–Sir, et al., *Philosophy and Phenomenological Research*, 30, no. 1, September, 1969.

(18) **For Marx*, trans. Ben Brewster (New York: Vintage, 1970) のなかで。

(19) Trans. Colin Gordon, *Feminist Studies* 6, no. 2, Summer, 1980.

(20) (Paris: Minuit), 1974, p. 10.

(21) とりわけデリダのいくつかのテクストにおいて、政治経済学の特権化されたメタファーの特異性が欠如していることをめぐる議論としては、Spivak, "Il faut s'y prendre en s'en prenant a elles," in *Les fins de l'homme* (Paris: Galilée, 1981) を参照。

(22) *"The Law of Genre," Glyph 7, 1980, p. 225.

(23) パーシー・シェリーによるハリエットとメアリーの取り扱いが、ちょうどよい例である。「生」は必ずしも「テクストの外部」にあるのではない。私はその問題についてさらにくわしく、「フェミニズム的な読みの発見——ダンテ－イェイツ」[本書三六－六六ページ] と "Displacement and the Discourse of Woman" in Mark Krupnick, ed., *Displacement: Derrida and After* (Bloomington: Indiana University Press, 1983), pp. 169-95. のなかで論じている。

(24) Derrida, *Of Grammatology*, trans. Spivak (Baltimore: Johns Hopkins University Press, 1976)

(25) "La double seance." *La dissemination* (Paris: Seuil, 1972); *Glas* (Paris: Galilée, 1976); "The Law of Genre" (op. cit.);

*"Living On: Border Lines," in Harold Bloom, et al., *Deconstruction & Criticism* (New York: Seabury Press, 1979).

(26) デリダにおける "restance" あるいは最少の理想化の重要性の議論については、Spivak, "Revolutions that as Yet Have No Model: Derrida's *Limited Inc.*" を参照

(27) Clement, "La Coupable," in *La jeune née* (Paris: Union Generale d'Editions, 1975), p. 15. を参照。このネットワーク－網－組織－テクストは、「テクスト性」の、要約不可能ではあるが常に把握された「主体」である。バルトの場合、それは「書き得るもの」であり、われわれはそこにおいて、より十全なテクストのなかへ書きこまれる。デリダはそれについて、"Ja, ou le faux-bond," *Digraphes* 11, March 1977 のなかで力説している。権力のミクロ物理学をめぐるフーコーの考えも、こうした観点から理解されるべきだ。テクスト性のそのような主題論的系列を、歴史の言語への単なる還元と考えることはまちがっている。

(28) *J. Laplanche and J.-B. Pontalis, *The Language of Psycho-Analysis*, trans. Donald Nicholson-Smith (New York: Norton, 1973), p. 210. この純化された定義と、フェミニズム的文脈でそれを使用することとのあいだの隔りは、辞書の使用はそれ自体危険をともなうものであることをわれわれにもう一度思い出させる。

(29) ここに見られるクレマンの「想像界」と「象徴界」という用語の使い方は、おそらくは状況的な理由から、口語的になりがちだ。クレマンが扱っているのは、マルクス主義的、フェミニズム的な理論主義と考えられているものに不満をいだく、怒れるフェミニストたちである。

(30) *Lacan, *Ecrits*, trans. Alan Sheridan (New York: Norton, 1977).

(31) シクスースが言及しているのは、男性的主体のふたつの軸、つまりエディプス的規範（父－の－名の発見）とフェティシズム的逸脱（幻想上、男根を所有しているとしての母のフェティッシュ化）である。

(32) *"The Purveyor of Truth," trans. Willis Domingo, et al., *Yale French Studies*, 52, 1975.

(33) *Lacan, "God and the Jouissance of the Woman," in *Feminine Sexuality: Jacques Lacan and the ecole freudienne*, trans. Juliet Mitchell and Jacqueline Rose (London: Routledge and Kegan Paul, 1982). またスティーヴン・ヒースの卓越した論考 "Difference," *Screen* 19, no. 8, Autumn, 1978 に引用されている。

(34) "L'engendrement de la formule," *Tel Quel* 37 & 38, Spring & Summer, 1969; *Revolution du langage poetique* (Paris: Seuil, 1974); "Motherhood According to Bellini," *Desire in Language: A Semiotic Approach to Literature and Art*, trans.

Thomas Gora, et al. (New York: Columbia Univ. Press, 1980) ; "Herethique de l'amour," Tel Quel 74, Winter, 1977. And passim.

(35) Cf. *La jeune nee*, p. 160. "Femininity," *Standard Edition*, vol. 22, pp. 116-17.

(36) 私は、「置換と女性の言説」においてこの問題を詳細に論じようと試みている（註23を参照）

(37) Trans. Samuel Weber and Jeffrey Mehlman, *Glyph* I, 1977, p. 181.

(38) "The Main Enemy," *Feminist Issues* I, no. 1 (1980), pp. 24-25.

(39) London: Heinemann, 1899.

(40) *Chinese Women*, pp. 200-01. あるいは Cixous, *To Live the Orange* (Paris: Des femmes, 1979), pp. 32-34 および p. 94 の並列に示されるように。

(41) *Speculum* (Paris: Minuit, 1974).

(42) Paris: Galilee, 1980. この本の一部は、"The Narcissistic Woman: Freud and Girard" in *Diacritics* 10. 3, Fall 1980 として発表されている。

(43) 私はそのような戦略の含意を、「置換と女性の言説」のなかで発展させようと試みた（註23、36を参照）。読者も推測したであろうように、その論文は多くの点でこの論文の手引きとなる。

(44) もっとも単純なアメリカの例をとれば、女性の終身雇用を増やすとか、あるいは会議でフェミニズムの部門を増やすというような他愛のない勝利ですら、大部分の合衆国の大学があやふやな採用しかせず、また、大部分の会議用ホテルが第三世界の女性の労働力を非常に抑圧的に用いているという事実を考えれば、後進国の女性のプロレタリア化を促進することになりかねないのである。

(45) Claude Levi-Strauss, "Structural Study of Myth," in *Myth: A Symposium*, ed. Thomas A. Sebeok (Bloomington: Indiana University Press, 1958), p. 103. ＊*Structuralist Anthropology*, trans. Claire Jacobson and Brooke Grundfest Schoepf (New York: Basic Books, 1963), vol. 1, pp. 61-62 のなかに、これもまた女性の客体化を巧妙にするもののひとつにすぎぬというフェミニズムの認識に対抗する古典的な弁護が見出されるが、それは奇妙なまでに詭弁的に思われる。なぜなら、もし女性が普遍性のレヴェルにおいて、記号としてよりはむしろ記号の使用者として象徴化されていたとしたら、親族関係の基礎構造となる交換者と被交換者の二項対立は、崩壊するだろうからである。

(46) ヘラの快楽に関連する禁止のアイロニーについてさらにくわしくは、C. Kerenyi, *Zeus and Hera: Archetypal Image of Father, Husband, and Wife*, trans. Christopher Holme (Princeton: Princeton University Press, 1975), pp. 97, 113 を参照。

(47) "Un nouveau type d'intellectuel: le dissident," p. 71.

(48) **Feminism and Materialism: Women and Modes of Production*, ed. Annette Kuhn and AnnMarie Wolpe (London: Routledge and Kegan Paul, 1978), pp. 49, 51. クリトリスを否定する挿入の倫理に関する雄弁な夢想としては、Irigaray, *New French Feminisms*, p. 100 を参照。私は、「置換と女性の言説」で、挿入による専有化の身振りが、「女性－の－名」に手を伸ばすデリダの姿勢のなかに見られないわけではないことを示唆している。

(49) Sherfey, *The Nature and Evolution of Female Sexuality* (New York: Vintage, 1973); *Our Bodies, Ourselves; A Book by and for Women* (New York: Simon and Schuster, second edition, 1971)

7 価値の問題に関する雑駁な考察

(1) この論考に関する徹底的な批評をいただいたことに対して、ジョン・フェケーテ教授に深く感謝する。

(2) この問題を真剣に考察しようと思えば、*Georg Simmel, *Philosophy of Money* (trans. Tom Bottomore and David Frisby, London: Routledge and Kegan Paul, 1978) を考慮に入れておく必要があるだろう。ジンメルの見解は私のとはかなり異なる。彼は、「観念論的」な賓述と「唯物論的」な賓述との非連続性が認められないほど、非常に類比的な方向で書いている。彼は技法上は、剰余価値という観点からの議論を意識しているが、基本的に興味をいだいているのは交換価値である。したがって彼の反－社会主義は、前－マルクス主義的な社会主義に対して向けられることになる。訳者たちが序文で指摘しているように、マルクスへの言及がほとんどないところから見て、彼がマルクスのテクストをよく知っていたとは思えない。しかしそれでも私は、貨幣と個人主義の関係、およびヴォロシノフがのちに「行動イデオロギー」と呼んだものの起源に関する彼の考察に多大な影響を受けている。またある意味では、商品としての女性に関する彼の考察からも影響を受けている。こういった点で、彼は『家族・私有財産・国家の起源』のエンゲルスや『プロテスタンティズムの倫理と資本主義の精神』のヴェーバーなどとは区別されるべきであろう。

(3) この論考の後の部分で出てくるその「答え」は、決して決定的なものではないということを、ここで認めておかねばならないだろう。実は私がこの問題に取り組むのはこれが三度目である。最初の「デリダ以後のマルクス」は William

E. Cain ed., *Philosophical Approaches to Literature: New Essays on Nineteenth- and Twentieth-Century Texts* (Lewisburg: Bucknell University Press, 1984) に収録。そして二番目は同じ論文の改訂版であるが、これは Derek Attridge, et al., eds., *Post-Structurism and the Question of History* (Cambridge: Cambridge University Press) に収録される予定である。

（4） マルクス、フロイト、ニーチェ（デリダはこれにハイデガーも加えている）は、その方法の相違により、それぞれの立場に埋めがたいギャップがあるが、彼らを西洋の重要な非連続性の思想家であると考えるとすれば、彼らのテクストは、非連続性がもつ暗示と、はじまり（アルシェ）、中間（歴史的アンジャンブマン）、終わり（テロス）をもった確固たる連続的議論への強い誘惑とのあいだで戦われる戦場であることを、脱構築主義的な読みが示してくれる。概して学問というものは、議論の連続性を確立しようとする。したがって、真にマルクス的なもの、真にフロイト的なもの、真にニーチェ的なものとして一般的に紹介されるのは、連続主義的な型の方なのである。

（5） アルチュセールに対する異論のひとつは、「イデオロギー」よりも「科学」を優先させたことと、マルクスを、初期はイデオロギー的思想家、後期は科学的思想家としてふたつに分断して考えたことに対するものである。アルチュセールは実証主義批判の精神にもとづき、科学の名それ自体をブリコール、もしくは修正しており、次に引用するように、マルクスが単なる歴史哲学者ではなく科学者であるとする主張を立証するときでさえ、都合のよいメタファーとして科学を紡ぎ出す［filer］ことでそれを再‐布置しているのだということを、私は提起しておきたい。「かつては歴史哲学の専門だった分野にマルクスが科学的概念の理論体系を組織したというとき、私が紡ぎ出している［filons］のはメタファー以外のなにものでもないのだ」。これによって彼は、物理学（自然）と数学（観念）というふたつの科学の大陸の地図を描くことができたのである。マルクスは歴史学（人間）を創設した。というのは、彼が記述としての歴史のメタレプシス的な記号過程を解読するための法則を呈示したからであるが、アルチュセールはこれを権威ある帰納的な飛躍としてとらえてはいない。「明らかにこの認識論的な分岐点は、正確に位置を定めることが可能［ponctuel］なものではなく……終わることのない歴史のはじまりを告げるものである」。アルチュセールによれば、これをひとつの明確な計画に統合したのがレーニンだということになる。「このようにレーニンは、哲学的実践の究極的本質を、理論の領域への介入として定義する。この介入にはふたつの形態がある。つまり、その確定的な範疇の公式化においては理論的であり、その範疇の機能においては実践的だということである」。これは、（「乱暴な精神分析［psychanalyse sauvage］」との類比関係における）「乱暴な実践［pratique sauvage］」である。アルチュセールはこれを一般化してひとつの（新しい）哲学の実践としたが、それは、伝統的な哲学とは科学性という高い賭金を賭けて行なわれるゲームと否認の舞台であるということを認識するものである。この文脈で使われる「イデオロギー」と「科学」という用語は、凍結された、含みの多い二項対立とはほど遠いもので、何度も繰り返し考えなくてはならぬ用語である（＊*Lenin and Philosophy*, trans. Ben Brewster [New York: Monthly Review Press, 1971], pp. 38-40, 61, 66）。ラカン的な精神分析における主体形成の理論とアルチュセール的なイデオロギー批判の関係、あるいは、フロイト的な重層決定とアルチュセールの修正した矛盾理論の関係は、グーのような異種同型の類比関係によってではなく、発展的な議論によって立証される。

(6) この種のテクスト批評が前提とするのは、a. 狭い意味では「理論的」なテクストでさえ言語によってつくられるということ、b. 「現実」とは、暫定的・変動的な「はじまり」と「終わり」をもつ非連続性と構成的差異から捏造されたものであるということである。「現実の領域である世界、表象の領域である書物、主体性の領域である作者という三分割はもはや存在しない。組みこみ [agencement] によって、多様なものがこれらの要素のそれぞれに惹き寄せられ、結びつけられるので、書物はそれに続く書物のなかにその連続性をもたず、世界のなかにその対象をもたず、ひとりまたはそれ以上の作者のなかにその主体をもたないのである」(Deleuze and Guattari, *Mille plateaux*, Paris: 1980, p. 34)。

(7) この批判については、このあとでもっとくわしく扱うが、ここでは簡単なチェック・リストを紹介するだけでじゅうぶんだろう。Piero Sraffa, *Production of Commodities by Means of Commodities* (Cambridge University Press, 1960); Samir Amin, *The Law of Value and Historical Materialism* (New York: Monthly Review Press, 1978); Diance Elson, ed., *Value: The Representation of Labor in Capitalism* (Atlantic Highlands, NJ: Humanities Press, 1979); Ian Steedman, *Marx after Sraffa* (London: Verso Edition, 1981); Ian Steedman et al., *The Value Controversy* (London: Verso Edition, 1981).

(8) この理論を見事に精緻化したものについては、*Zerowork: Political Materials 1 & 2* (December 1975 & Fall 1977) の「序文」および全文を参照。この考え方が与えるもっとも革命的な示唆のひとつは、労働階級には、賃金労働者と同様に無賃金労働者も含まれるという点である。私がいいたいのは、社会化された資本のもとで働く無賃金労働者は、周縁的な資本主義のもとで働く無賃金労働者とは、異なる地位と定義をもっているということだ。

(9) その例外としては、Diane Elson, "The Value Theory of Labor," in Elson, ed., *Value* が際立っている。本書の「フェミニズムと批評理論」（六七－九七ページ）でも同じようなことを述べておいた。

(10) その例外としては、Hazel Carby, et al. eds., *The Empire Strikes Back: Race and Racism in 70 s Britain* (London:

Hutchinson, 1982) が重要である。著者たちは、イギリスにおける人種差別主義と国際的分業のつながりを意識しているだけでなく、イギリスにおける人種間関係の研究がただちに第三世界の一般的研究になるわけではないということも意識しているのである。

(11) この現象を扱う団体が最近着実に成長している。たとえば、*NACLA* や *The Bulletin of Concerned Asian Scholars* や *Economic and Political Weekly* などの雑誌を見ればその活動の一部が垣間見られる。その文献上の出発点となるのは、次のようなものである。Kathleen Gough & Hari P. Sharma, eds., *Imperialism and Revolution in South Asia* (New York: Monthly Review Press, 1973), Part I; Samir Amin, *Unequal Development: An Essay on the Social Formations of Peripheral Capitalism*, trans. Brian Pearce (New York: Monthly Review Press. 1976); Cheryl Payer, *The Debt Trap: The IMF and the Third World* (New York: Monthly Review Press, 1974) & *The World Bank: A Critical Analysis* (New York: Monthly Review Press, 1982).

(12) Deborah Fahy Bryceson, "Use Value, The Law of Value and the Analysis of Non-Capitalist Production," *Capital & Class* 20 (Summer 1983) を参照。(理論的な細目についてはブライスソンと私は意見を異にしているが、ここでの議論にはたいした影響はない。) ここで私が「第三世界」についていっているのは、支配的な「周縁的資本主義の発達のモデル」のことであり、それは、「帝国主義と地方の収奪階級の合体」(Samir Amin, *The Future of Maoism*, trans. Norman Finkelstein [New York: Monthly Review Press, 1982], 9-10) を通して進展してゆくものなのである。

(13) 条件つきではあるものの、この議論は、合衆国の十九世紀および二十世紀の一部に対する批判の、多くの基礎となっている。その一般的な系譜は次のような順序に並べられるだろう。F. O. Matthiessen, *American Renaissance: Art and Expression in the Age of Emerson and Whitman* (London: Oxford University Press, 1941); R. W. B. Lewis, *The American Adam: Innocence, Tragedy and Tradition in the 19 th Century* (Chicago: University of Chicago Press, 1955); Sherman Paul, *The Lost America of Love* (Baton Rouge: Louisiana State University Press, 1981).

(14) Theodore Levitt, "The Globalization of Markets," *Harvard Business Review* 61: 3 (May-June, 1983), 95. この論文の存在を教えてくれたことに対して、デニス・ドゥオーキン氏に感謝したい。

(15) Ibid., 101. 消費者としての主体に関するイデオロギー的な質問状という観点からすれば、ここで見られる記号論の分野が、父権制的社会関係と同様に資本主義的社会関係も忠実に再現しているということは、特筆に値する。「顧客」(男性) は自分がなにを求めているのかわかっていない。「経営者は、顧客がほしいというものを提供するためのよりどころとなる、歪められた形の市場概念に固執する［べきではない］」。しかし、ここで議論の対象となっている品目が洗濯機である以上、実際の標的となるものは当然「主婦」（女性）である。「フーヴァー社の広告文はこうあるべきだったろう。『この製品は、あなたがた主婦が毎日の家事の重労働を減らし、もっと子どもや夫と建設的な時間を過ごすためにピッタリのものです』。そしてその宣伝活動も、夫を標的にして、自分の自動車を買うまえに妻のために洗濯機を買わなければならないという義務感を、なるべくなら妻の見ているまえで、彼に与えるべきだったろう。過激なまでに安い値段に、この種の宣伝活動が組み合わされれば、かつては選択の決め手となる特徴といわれていたものにも打ち勝ったことだろう」（98）。この、消費主義における父権制的関係の言説に見られる国際的分業のイデオロギー的再生産および強化と、社会化された資本におけるフェミニズム的個人主義の言説に見られる国際的分業の再生産および強化とのあいだには、ある種の関係が存在する。たとえば、次に引用するような、雑誌『ミズ』に掲載された、遠距離通信に対する素朴で楽天的ではあるが説得力のある評価を、「唯物論的」な主体の賓述を考察することによって示唆される価値論に照らして検討してみよう。そのような価値論をこの雑誌の読者が知っているはずはない。というのも、この雑誌もまた、いま問題となっている社会的舞台のうえでのイデオロギー的な道具だからである。（ついでながら、いかに時間の問題が「物語的」文脈のなかで逆転しているか、また、いかに遠距離通信における物語生産の言語が、素朴な意味での「現実」を回復しようとしているかを見てみるのも興味深いだろう。）「ロバータ・ウィリアムズは、三年前にマイクロコンピュータによるアドヴェンチャー・ゲームをはじめて設計するまでは、自分の人生をどうしたいのかすらわからなかった。ところがいまでは彼女は、ファミコン・ゲームの一流設計者であり、二千万ドル産業の共同出資者でもある。……ヴィデオ・ゲームの連続的な動きや、アドヴェンチャー・ゲームにおける『リアル・タイム』（ゲームのなかにプログラム化された連続的動作を意味する業界用語）の使用には、なかなかエキサイティングなものがある』。同じ号のあとの方に出てくる、女性管理職を求める「サーチ・ビジネス」に関する話題では、ある徴候的なメタファーが使われている。「この手続きは、本質的には結婚媒酌と同じである。……それには、［『ハロー・ドリー！』の］ドリー・レヴィのような、誰が誰と釣り合うかをめぐる常識的な本能（それがもっとも強い場合はイデオロギーとして解釈できる）や、キッシンジャーのような外交術を備えている必要はないのである」［*Ms* 12: 2 (August 1983): 20, 73］。一方にはフェミニズム的個人主義と軍事産業群があり、もう一方にはフェミニズムとして理解されている、資本主義の枠内での反‐性差別主義があるが、この両者の関係は、あまりにも重層決定的なので、ひとつの註のなかだけで扱うには問題が大きすぎる。女性の受難と普遍的姉妹関係をめぐる、まだよく検討されていない性器主義的な価値論の出現という問題も、ここでの争点となっている。そしてこういう状況を複雑化しているのが、頭上に覆いかぶさるような覇権的な男性中心主義の現前なのだ。

(16) こういう考えの流れを示唆してくれたことに対し、トッド・スナイダー氏に感謝する。

(17) その代表的な論考は、フレドリック・ジェイムソンの*「ポストモダニズムと消費社会」(Hal Foster, ed., *The Anti-Aesthetic* 所収) である。この論考の修正版は「ポストモダニズム、あるいは後期資本主義の文化的論理」というタイトルで『ニュー・レフト・レヴュー』に掲載されたが、そのなかで証明されているように、ジェイムソンはこれらの可能性に対しては両義的な態度をとっている。

(18) ここで役立つマルクスは、歴史哲学者というよりむしろ、危機の理論家である。マルクスが、西ヨーロッパ以外の世界における生産様式の規範的物語を押しつけることのない国際的分業をもっとも期待しているのが、いま概要を述べた、この危機の理論のなかでなのだ。危機理論、および危機理論と現代帝国主義を簡潔に説明したものとして、Robert I. Rhodes, ed., *Imperialism and Underdevelopment: A Reader* (New York: Monthly Review Press, 1970) がある。また、マルクスの生産、分配、循環の理論を危機の統制にまで体系的に発展させたものとして、Michel Aglietta, *A Theory of Capitalist Regulation* がある。さらに、マルクス自身の危機の理論の発展を説明したものに、Peter F. Bell & Harry Cleaver, "Marx's Crisis Theory as a Theory of Class Struggle," *Research in Political Economy* 5 (1982) がある。

(19) "Marx's Transformation Problem," p. 576. 偶然ながらこのこともまた、「そこから価格を抽き出すことができない」という理由で労働価値説に「反駁する」素人の誤りを暴露するものである。マルクスの理論は、政治学、経済学およびイデオロギーが、もっとも広い意味での階級間関係を、比較的自律性をもって決定するような理論なのだ。したがって重要な点は、価値を、特に一般的な均衡状態のモデルのなかで、価格の査定に還元してしまうことではない。実際ウォルフたちは、このことを考慮に入れた均衡状態をつくり出している。しかし彼らは、もっと重要な問題は、マルクスにおける実際的局面が、抽象的な意味での経済的困難を問題化していることだと気づいているのだ。もっとも、この論考の本文で私は、マルクスにおける価値論的局面は哲学的正義を問題化しているにすぎないという主張をしているけれども。

(20) この概念をもっとも強力に発展させたものが、例の難解な**Spurs: Nietzsche's Styles*, trans. Barbara Harlaw (Chicago: University of Chicago Press, 1978) である。その難解さのひとつは、ここでデリダが「女性を彼の主体」(あるいは彼の「利害＝関心」?) とし、「肯定的ディコンストラクション」なるものを暗示的にほのめかそうとしている点にあると、私は考える。このあと説明するように、利害＝関心についての私の考え方は、思考力をもつ意識と結びつけられる危険を必然的にともなうものである。この論考を書いてから一年以上たって、校正の最終段階まできたときはじめて私は、いかにポール・ド・マンが、政治的実践の分野におけるこの「誤った」メタファーから「文字通りの解釈」への移行を機敏に予測していたか理解できるようになった。そこで、『読むことのアレゴリー』におけるド・マンの複雑な議論全体の、綿密に練られた構成をとりあげて、ここでの私のいう移行と、次のようなテクスト性の定義における文法と「修辞」との相似関係を立証してみたい。「われわれは、……二重のパースペクティヴから考察できるいかなる存在をもテクストと呼ぶ。それは、生成的、解放的、非－言及的な文法体系のパースペクティヴと、テクストの存在のよりどころとなる文法コードを転覆させる、超越的な意味作用によって閉鎖された修辞体系のパースペクティヴである」[Paul de Man, *Allegories of Reading*, p. 270]。しかしここでは、同じページの終わりの方でポール・ド・マンが、次に引用するような警句的ないい方で、こういった転覆や閉鎖の必然性を述べているということを指摘して、ふたつの相似関係の裏づけをするだけにとどめておこう。「……そしてもしテクストが実際に行動しなければ、テクストは自分の知っていることを述べることができないのである」(傍点引用者)。

(21) ＊"On An Apocalyptic Tone Recently Adopted in Philosophy," trans. John P. Leavey, Jr., *Semeia* 23 (1982). この晦渋なテクストのなかに、不確定の開放性にかかわる実践的政治学を読み取ることが可能だと私は思う。それについては、これから出版される予定の、デリダ論のなかでくわしく書きたいと思う。ここではさほど警句的ではない文をひとつだけ引用するにとどめておこう。「その調子をより高くすること……は、うちなる声を譫妄状態にすることである。それはわれわれのうちなる他者の声なのだ」[71]。

8 「ドラウパーディ」

(1) そのような示唆をさらに綿密にするものとしては、＊Jean-François Lyotard, *La Condition post-moderne: Rapport sur le savoir* (Paris, 1979) を参照。

(2) 拙論 "Three Feminist Readings: McCullers, Drabble, Habermas," *Union Seminary Quarterly Review* 1-2 (Fall-Winter 1979-80), および「国際的枠組みにおけるフランス・フェミニズム」[本書一六二－二〇〇ページ] を参照。

(3) 私は、これから出版される予定の *boundary* 2 に掲載されるジャック・デリダの *Memories* の書評でこの主張を展開している。

(4) この目録はジャック・デリダの著書に見られる示唆を抽出したものである。たとえば以下のものを参照。"The Exorbitant. Question of Method," ＊*Of Grammatology*, trans. Spivak (Baltimore: Johns Hopkins University Press, 1976); "Limited Inc," trans. Samuel Weber, *Glyph* 2 (1977); "Ou commence et comment finit un corps enseignant," in *Politiques de la philosophie*, ed. Dominique Grisoni (Paris: B. Grasset, 1976); および拙論 "Revolutions That as Yet Have No Model: Derrida's 'Limited Inc,' "*Diacritics* 10 (Dec. 1980), および "Sex and History in Wordsworth's *The Prelude* (1805) IX-XIII" [この日本語版では省略した, 原著の第4章].

(5) 『インドへの道』が, 法廷の天井の吊りうちわを動かす係によって, そのような, 常軌を逸した部族民の姿を垣間見させていることは, E・M・フォースターのインドに対する鋭い認識を示すものである。

(6) Mahasweta, *Agnigarbha* (Calcutta, 1978), p. 8.

(7) 英文学の学位と, 革命的文学の生産のあいだの関係をめぐる議論については, 拙論 "A Vulgar Inquiry into the Relationship between Academic Criticism and Literary Production in West Bengal" (paper delivered at the Annual Convention of the Modern Language Association, Houston, 1980) を参照。

(8) これらの数字は, 一九七一年の西ベンガルの国勢調査の平均と, 一九七四年のバングラデシュの国勢調査の推定数字である。

(9) Dinesh Chandra Sen, *History of Bengali Language and Literature* (Calcutta, 1911) を参照。ベンガーリー語文学の民族主義は, マコーリーが最初のインド調査旅行から帰って「イギリスはふたつの偉大な文学, すなわち英文学とベンガーリー語文学を統轄している」と述べたという (明らかに疑わしい) 報告のなかに感じ取ることができる。

(10) Gautam Chattopadhyay, *Communism and the Freedom Movement in Bengal* (New Delhi, 1970) を参照。

(11) Marcus F. Franda, *Radical Politics in West Bengal* (Cambridge: MIT Press, 1971), p. 153. ナクサルバリ運動のこのわかりやすい報告書を指示してくれたマイケル・ライアンに私は感謝している。現在では Sumanta Banerjee によるすぐれた研究, *India's Simmering Revolution: The Naxalite Uprising* (London: Zed Press, 1984) がある。

(12) Samar Sen, et al., eds., *Naxalbari and After: A Frontier Anthology*, 2 vols. (Calcutta, 1978) を参照。

(13) Bernard-Henri Levy, *Bangla Desh: Nationalisme dans la revolution* (Paris, 1973) を参照。

(14) Franda, *Radical Politics*, pp. 163–64; p. 164, 22 も参照のこと。

(15) Lawrence Lifschultz, *Bangladesh: The Unfinished Revolution* (London: Zed Press, 1979), pp. 25, 26.

(16) 『マハーバーラタ』のこの側面に対する私の理解は、ニュー・デリーのジャワハルラル・ネルー大学のロミラ・タパールに負っている。

(17) この意味での単一性は、＊Jacques Lacan, "Seminar on The Purloined Letter'," trans. Jeffrey Mehlman, *Yale French Studies* 48 (1972): 53, 59. から借用したものである。

(18) 資本主義的な生産様式、および、大英帝国の公務員制度の強制的導入と、底辺のカーストのキリスト教への大量の改宗の結果、カーストと職業の恒常的な同一性はもはや効力を失ってしまった。社会階層の点からすれば異種混交的に機能するカースト‐階級対立をわずかずつ脱構築する分類法の可能性がここにもある。

(19) かりに、この登場人物のモデルが、西ベンガル警察の悪名高い長官であるランジット・グプタだとしても、この小説におけるセナナヤクの描写の、政治的立場を考慮した、微妙なテクスト性は、鍵つきの身元証明の限界をはるかに超えたところへわれわれを導いてゆく。そのような身元証明の可能性を示唆してくれたマイケル・ライアンに私は感謝している。

(20) 男根中心主義、父権制と明確な二項対立とのあいだの関係は、デリダの現前の形而上学批判に広く見られるひとつの主題である。拙論 "Unmaking and Making in *To the Lighthouse*"［この日本語版では省略した、原著の第3章］を参照。

(21) 「親愛なるサティよ、私たちを隔てるいくつもの壁と距離を超えて、私には君がこういうのが聞こえる。『サワンでは同志が私たちから去って二年になるだろう』と。他の女たちはうなずくであろう。彼女らに『同志』の意味を教えたのは君なのだ」(Mary Tyler, "Letter to a Former Cell-Mate," in *Naxalbari and After*, 1: 307; Tyler, *My Years in an Indian Prison* [Harmondsworth: Penguin, 1977] も参照)。

(22) 時おり生じる英語の同意語の問題の解決と記録文書の調査のうえで助けてもらったサウミャ・チャクラヴァルティーに私は感謝している。

10 サバルタンの文学的表象——第三世界の女性のテクスト

(1) この論考を批評的に読んでくれたジル・マシューズ氏に感謝する。

(2) Mahasweta Devi, "Stanadayini," *Ekshan* (Autumn, ベンガル暦 1384).「乳を与える女」と題する私の翻訳は、本書の

第9章に載せてあるが、引用箇所のページ番号は括弧内に示すことにする。

(3) Ernesto Laclau and Chantal Mouffe, *Hegemony and Socialist Strategy: Towards a Radical Democratic Politics*, trans. Winston Moore & Paul Cammack (London: Verso, 1985), p. 108.

(4) これらふたつは、Ilya Prigogine & Isabelle Stengers, *Order Out of Chaos: Man's New Dialogue with Nature* (Boulder: Shambhala Publishers, 1984) のなかで、やや形而上学的ではあるが、見事な形で結びつけられている。

(5) ＊Michel Foucault, *The Archaeology of Knowledge and the Discourse on Language*, trans. A. M. Sheridan Smith (London: Tavistock, 1972), p. 86. テクストからの引用は、必要に応じて手を加えてある。

(6) Foucault, *Archaeology*, pp. 95-96. 傍点引用者。

(7) Foucault, "Discursive Formations," *Archaeology*, pp. 31-39.

(8) Foucault, "The Confession of the Flesh," *Power/Knowledge: Selected Interviews and Other Writings* 1972-1977, trans. Colin Gordon, et al. (New York: Pantheon, 1980), pp. 196-98 を参照。

(9) Jacques Derrida, "Limited Inc," *Glyph* 2 (1977), 特に p. 239.

(10) ＊Roland Barthes, "The Reality-Effect," *The Rustle of Language*, trans. Richard Howard (New York: Hill and Wang, 1984).

(11) この近似的差異を通して関連し合っているふたつの語の関係が、あらゆる言語において「同じもの」というわけではないのはいうまでもない。しかし、どの言語にしても必ずある種の差異が存在するのは確かである。たとえば、現代のフランス語とドイツ語では、歴史という語と物語という語はだいたい同じものとなっているが、その運用法は、われわれのような英語で議論している者とはいくぶん異なっているだろう。究極的には両者の違いは、真実と、認可された非‐真実の違いということになるのだ。

(12) Samik Bandyopadhyay, "Introduction" in Mahasweta Devi, *Five Plays: Mother of 1084/Aajir/Bayen/Urvashi and Johnny/Water* (Calcutta: Seagull Press, 1986), p. xi.

(13) 一九八六年一月九日、カルカッタで開催されたサバルタン研究会議における説明。

(14) 「主意とは、主体［ここでは奴隷／母親としてのインド］に関する考察の要旨のことであり、……媒体とは、主意を体現するもの、すなわち、主意を伝達する類比関係［ここでは副次的なものとしてのジャショーダの特殊性］のことである」(Sylvan Barnet, et al., *A Dictionary of Literary, Dramatic, and Cinematic Terms* [second edition, Boston: Little, Brown, 1971], p. 51)。

(15) これは、Benedict Anderson, *Imagined Communities: Reflections on the Origin and Spread of Nationalism* (London: New Left Books, 1983) における暗黙の基本的前提となるものである。私がここで繰り返しているような批判を表明した論評としては、Ranajit Guha, "Nationalism Reduced to 'Official Nationalism'," *ASAA Review* 9, 1 (July 1985) を参照。

(16) Edward W. Said, "Culture and Imperialism" (the Clark Lectures, University of Kent, December 1985, 近刊予定)を参照。

(17) Partha Chatterjee, *Nationalist Thought and the Colonial World: A Derivative Discourse* (London: Zed Press, 1986) を参照。コーネル大学政治学助教授のユーデイ・メータ氏も同じようなロック的自由主義の研究に携わっている。

(18) この問題は、David Hardiman, "Bureaucratic Recruitment and Subordination in Colonial India: The Madras Constabulary, 1859-1947," *Subaltern Studies*, vol. 4 のなかで検討されている。

(19) Hardiman, "'Subaltern Studies' at Crossroads," *Economic and Political Weekly* (Feb 15, 1986).

(20) 必要な変更を加えたうえで。Louis Althusser, "Ideology and Ideological State Apparatuses (Notes Towards An Investigation)," *Lenin and Philosophy and Other Essays*, trans. Ben Brewster (New York: Monthly Review Press, 1971) は、この現象を説明したものとしては、いまだにもっとも権威があるように思える。そして歴史記述や文学教授法のような学問的生産は、おそらく「教育的なイデオロギー的国家装置」と「文化的なイデオロギー的国家装置」の中間に位置づけられるだろう (p. 143)。

(21) ＊Terry Eagleton, "The Rise of English," *Literary Theory: An Introduction* (Minneapolis: University of Minnesota Press, 1983) を参照。

(22) 情緒の歴史性をめぐるもっとも活発な議論は、合衆国におけるポルノグラフィーをめぐる論争に見出せる。情緒の現象性をめぐる議論については、Robert C. Solomon, *The Passions* (Notre Dame: University of Notre Dame Press, 1976) を参照。また、後者へのフロイトの影響を指摘したものとしては、＊Derrida, *Of Grammatology*, trans. Spivak (Baltimore, 1976), p. 88 を参照。

(23) 私がこういう特殊な主題を引用するときは、もちろん、脱構築的な文学批評のことを述べている。デリダは、自分自身の研究を評価して、「主題」をあまりにも実証主義的に使いすぎていると自戒の言葉を記している ("The Double Session,"

Dissemination, trans. Barbara Johnson [Chicago: University of Chicago Press, 1981], p. 245）が、私はあえてこのような立場をとりたい。事実、いずれ出版される予定の「脱構築的実践の多様性」と題する論文のなかで私は、「テーマ」という論点から、デリダによる文学の読みと哲学的テクストの読みをはっきり区別している。いまこのことに触れたのは、こういった議論もまた、哲学および文学という——ここでは歴史および文学教授法という——学問的生産を論点としているからである。ディコンストラクションから主題論的読みへの還元をもっとも機敏に公式化したものとして、Barbara Johnson, "Teaching Deconstructively" in G. Douglas Atkins & Michael L. Johnson, eds., *Writing and Reading Differently: Deconstruction and the Teaching of Composition and Literature* (Lawrence: University of Kansas Press, 1985）を参照。私自身が「肯定的ディコンストラクション」の主題化へと踏みこんだ例としては、この論考の註81を参照。

(24) Abiola Irele, *The African Experience in Literature and Ideology* (London: Heinemann, 1981), p. 1 に引用されたもの。

(25) 合衆国の反‐経済学的・「文化的」なマルクス主義は、フェミニズム的なものであれ男性中心主義的なものであれ、アルチュセールを批判する。なぜなら彼の研究は一見したところ、物語生産の様式を構造化することによって、階級闘争のやり方をやや控え目にしてしまうように見えるからである。一方イギリスでは、E. P. Thompson, *The Poverty of Theory and Other Essays* (London: Merlin, 1978）に見られるような批判の影響でアルチュセールは、スターリンを表わすコードとしてヘーゲルを利用し、また、物語生産の様式を構造化することによってマルクス主義の精神を裏切っているという評価がくだされている。本質主義という論点をめぐって、イギリスのポスト・アルチュセール派とイギリスのマルクス主義のあいだにある種の連帯を見出すことができるが、その格好の例としては、Toril Moi, *Sexual/Textual Politics: Feminist Literary Theory* (New York: Methen, 1985）などが挙げられる。

(26) Lise Vogel, *Marxism and the Oppression of Women: Toward a Unitary Theory* (New Brunswick: Rutgers University Press, 1983), p. 147.

(27) ＊Perry Anderson, *Passages from Antiquity to Feudalism* (London: New Left Books, 1974), pp. 24-25.

(28) とりわけ有名な例としては、以下のようなものが挙げられる。Mary O'Brien, *The Politics of Reproduction* (Boston: Routledge & Kegan Paul, 1981)；＊Annette Kuhn & AnnMarie Wolpe, "Feminism and Materialism," in Kuhn & Wolpe, eds., *Feminism and Materialism: Women and Modes of Production* (London, 1978); Rosalind Coward, *Patriarchal Precedents: Sexuality and Social Relations* (London: Methuen, 1983). また、Lydia Sargent, ed., *Women and Revolution* (Boston: South

End Press, 1981）も参照。

（29） Vogel, *Marxism and the Oppression of Women*, pp. 141-42. エンゲルス的フェミニズムの立場に対する、理論的に手堅い批判としては、Coward, "The Concept of the Family in Marxist Theory," *Patriarchal Precedents* を参照。ただ、カワードの批判が、われわれをフロイトまで引き戻すことに利用されているのは残念である。

（30） ＊Karl Marx, *Capital*, trans. David Fernbach (New York: Vintage Books, 1978), vol. 2, pp. 469-71.

（31） Marx, *Capital*, vol. 2, p. 180 およびそれ以降のところで全般に。

（32） Fanny Fay-Sallois, *Les Nourrices à Paris aux* XIX *siècle* (Paris, 1980).

（33） V. N. Volosinov, *Marxism and the Philosophy of Language*, trans. Ladislav Matejka & I. R. Titunik (Cambridge: Harvard University Press, 1973), p. 68.

（34） ここで私は個々の差異について議論しているわけではない。「孤独な自己 - 体験」の社会的性質については、Volosinov, *Marxism and the Philosophy of Language*, pp. 89-94 を参照。また、「直接性における生」なるものの存在を仮定する、より本質主義的な形では、アドルノのいっているようなことがいえるだろう。「直接性における生にかかわるの真実を知りたい者は、生の疎外された形、すなわち、個人的存在の深奥までも決定する客観的な力というものを吟味しなければならない」（＊Theodor Adorno, *Minima Moralia: Reflections from a Damaged Life*, trans. E. F. N. Jephcott [London: New Left Books, 1974], p. 15)。制度的な主体 - 位置というのは社会的空洞のようなもので、当然のことながらそれを埋める方法は個人によってさまざまである。つまり主体 - 位置から一般論を抽き出すことは不可能なのだ。

（35） 註28を参照。また、もっとも有名な例として、Ann Oakley, *The Sociology of Housework* (New York: Pantheon, 1975) および Anne Ferguson, "On Conceiving Motherhood and Sexuality: A Feminist Materialist Approach," in Joyce Trebilcot, ed., *Mothering: Essays in Feminist Theory* (Totowa: Roman & Allenheld, 1984) を参照。後者の論考についてはこのあと論ずる。さらに考察を深めるためには、国際家庭労働賃金運動の論文や、Gary S. Becker, *Human Capital: A Theoretical and Empirical Analysis with Special Reference to Education* (Chicago: University of Chicago Press, 1983) のような資料などを参考にするとよいかもしれない。

（36） 既成のパラダイムのなかでのフェミニズムの知識をめぐる議論については、Susan Magarey, "Transgressing Barriers, Centralising Margins, and Transcending Boundaries: Feminism as Politicised Knowledge"（一九八六年八月二十一日、ア

デレイド大学で開催された「学問を超えた企てとしてのフェミニズム研究」学会で発表された論文）が、参考になった。

(37) ここで私は、もっとも初期の脱構築的な立場のひとつを引き合いに出している。つまり、立場の逆転は互いを正当化することにつながるので、たえず置換の努力をすることが望ましいとする立場である。理性の企てから距離をおくことを勧めている最近の例としては、Derrida, "The Principle of Reason: the University in the Eyes of its Pupils," *Diacritics* 13, 3 (Fall 1983) を参照。

(38) Ferguson, "Conceiving Motherhood," p. 156.

(39) 実際ファーガソンは、「もうひとつの、あるいは別の種類の母－娘の絆の存在を意味する社会的母親（養母、継母、姉、その他の母親代わりとなるもの）」(p. 177) の数あるタイプのなかのひとつとして、育ての母親というものをとらえている。「乳を与える女」で、さまざまな母－子の関係がどのように扱われているかについては、このあと論じる。

(40) Ferguson, "Conceiving Motherhood," p. 156.

(41) この立場は、無知な反－マルクス主義の立場とは区別されるべきものである。私が念頭においているのは、次のような説得力ある論考のなかで示された一般論である。Catharine A. Mckinnon, "Feminism, Marxism, Method, and the State: An Agenda for Theory" (Nannerl O. Keohane, ed., *Feminist Theory: A Critique of Ideology* [Chicago: University of Chicago Press, 1982]); Luce Irigaray, "The Power of Discourse" および "Commodities Among Themselves," ＊*This Sex Which Is Not One*, trans. Catherine Porter (Ithaca: Cornell University Press, 1985), pp. 82-85, 192-97; Rosalind Coward, "The Concept of the Family in Marxist Theory," *Patriarchal Precedents*. また、ファーガソンは、価値とイデオロギーに対するマルクスの立場をあまりにも単純化しすぎているきらいはあるものの、一般的にいえば、欧米のさまざまな支配体系相互間の関係を評価する彼女の政治的な眼には鋭いものがあると付け加えておくべきだろう。

(42) Ferguson, "Conceiving Motherhood," p. 155.

(43) Hannelore Mabry, "The Feminist Theory of Surplus Value," Edith Hoshino Altbach, et al. eds., *German Feminism: Readings in Politics and Literature* (Albany: State University of New York Press, 1986) は、これらふたつの領域を結びつけたものとして興味深い論文である。

(44) Anna Davin, "Imperialism and Motherhood," *History Workshop* 5 (1978).

(45) Jennifer Sharpe, "The Double Discourse of Colonialism and Nationalism: the Production of A Colonial Subject in British

India," *Dissertation Abstracts* (University of Texas-Austin) を参照。

(46) Ferguson, "Conceiving Motherhood," p. 175.

(47) Chandra Talpade Mohanty, "Under Western Eyes: Feminist Scholarship and Colonial Discourses," *boundary 2* 12, 3/13, 1 (Spring-Fall 1984) および "Feminist Theory and the Production of Universal Sisterhood" (一九八五年十二月、ハンプシャー・カレッジで開催された「人種、文化、階級――フェミニズムへの異議申し立て」と題する学会における発表)、および Spivak, "Imperialism and Sexual Difference," *Oxford Literary Review* 8, 1-2, 1986 を参照。

(48) これら三つの支配体系相互間の非連続性は、三つの組合せの構造の不均衡のなかに見られる。

(49) Antonio Gramsci, "Some Aspects of the Southern Question," *Selections from Political Writing: 1921-1926*, trans. Quintin Hoare (New York, 1978); Marx, *Capital*, trans. David Fernbach (New York, 1981), vol. 3, p. 1016.

(50) ＊Georg Wilhelm Friedrich Hegel, *Lectures on the Philosophy of History*, trans. J. Sibree (New York: Dover, 1956), p. 105; Adorno, *Minima Moralia*, p. 53; Jurgen Habermas, "A Philosophico-Political Profile," *New Left Review* 151; Julia Kristeva, "Memoires," *L'infini* 1.

(51) Meaghan Morris, "Identity Anecdotes," *Camera Obscura* 12 (1984), p. 43.

(52) Davin, "Imperialism," p. 54.

(53) Bharati Mukherjee, *Wife* (Boston: Houghton Mifflin, 1975) および *Darkness* (Markham, Ontario: Penguin, 1985).

(54) Parvathy Hadley, "The Betrayal of Superwoman," *Committee on South Asian Women Bulletin* 4, 1 (1986), p. 18.

(55) Zilla Einstein, "Developing A Theory of Capitalist Patriarchy and Socialist Feminism (Einstein, ed., *Capitalist Patriarchy and the Case for Socialist Feminism* [New York, 1979]) は、その先駆的存在であるが、この論文のなかで、こうしたアプローチがもつ利点と弱点が示されている。

(56) これは、Catherine A. Mckinnon, *Sexual Harrasment of Working Women: A Case of Sex Discrimination* (New Haven: Yale University Press, 1979) に見られるように、強姦を暴力と同一視することと相反するものではない。

(57) Mahmoud Mamdani, *The Myth of Population Control: Family, Caste and Class in An Indian Village* (New York: Monthly Review Press, 1973) を参照。またこうした矛盾を不幸にして露呈したものとして、Germaine Greer, *Sex and Destiny: the Politics of Human Fertility* (New York: Harper & Row, 1984) を参照。

(58) 単一争点の階級の文脈でこのフレーズが使われている論説として、"Right to Life, but……," *Economic and Political Weekly* 20. 29 (July 20, 1985) を参照。

(59) こういう認識は、あまりにも広く普及したものなので、満足のゆく形で実証することはむずかしい。しかし、"French Texts/American Contexts," *Yale French Studies* 62 (1981) の底に流れる興味深い調子には注目すべきであろう。

(60) 代表的な文献としては、以下のようなものが挙げられる。Irigaray, "When Our Lips Speak Together," *This Sex*; *Monique Wittig, *The Lesbian Body*, trans. David Le Vay (New York: Avon, 1975); Alice Schwarzer, "The Function of Sexuality in the Oppression of Women" (*German Feminism*); Spivak, "French Feminism in An International Frame," また、*Les Cahiers du grif* の第二十六号 (*Jouir*) には、私はまだ眼を通していない。

(61) *Feminine Sexuality; Jacques Lacan and the école freudienne*, trans. Juliet Mitchell and Jacqueline Rose (London: Routledge & Kegan Paul, 1982) に収録。

(62) Lacan, "Love Letter," p. 159.

(63) たとえば以下のようなものを参照。Hegel, *Aesthetics: Lectures on Fine Art*, trans. T. M. Knox (Oxford; Oxford University Press, 1975); Georg Lukács, *Theory of the Novel*, trans. Anna Bostock (Cambridge: MIT Press, 1971); *Roland Barthes, *S/Z*, trans. Richard Miller (New York: Hill and Wang, 1974).

(64) *Jameson, *The Political Unconscious: Narrative As a Socially Symbolic Act* (Ithaca: Cornell University Press, 1981).

(65) アルチュセールはラカンをこのように解釈したと推定できる。*Althusser, "Freud and Lacan," in *Lenin and Philosophy* を参照。

(66) *Lacan, "God and the Jouissance of the Woman," in *Feminine Sexuality*, p. 142.

(67) デリダが、*Glas* (Paris: Galilée, 1981) のなかで、個々の主体の理解の及ばないヘーゲル的な絶対知 (savoir absolu) を "Sa" という略号で書いたとき、彼はこのジェンダー化された立場から、女性的なものとして知られることが不可能な客体の定義をすることに参加し、それを批判しているのだ。ちなみにフランス語では "Sa" という単語は、ただその目的語[客体] が女性であることを示す代名詞の所有格にすぎない。

(68) 理論的虚構としての使用価値をめぐる議論については、Spivak, "Speculation on Reading Marx: After Reading Derrida," in Derek Attridge, et al. eds, *Post-Structuralism and the Question of History* (Cambridge University Press, 近刊予定),

pp. 39–40 を参照。

(69) "Guiding Remarks for A Congress," in *Feminine Sexuality*, p. 89.

(70) 完全なる他者に顔を賦与することをめぐる議論としては、次に挙げるようなものを参照。＊Derrida, "Violence and Metaphysics: An Essay on the Thought of Emmanuel Lévinas," in *Writing and Difference*, trans. Alan Bass (Chicago, 1978); Paul de Man, "Autobiography As De-facement" in *The Rhetoric of Romanticism* (New York: Columbia University Press, 1984).

(71) Subhas Bhattacharya, *Adhunik Banglar Prayog Abhidhan* (Calcutta: D. M. Library, 1984), p. 222.

(72) ＊Susan Sontag, *Illness As Metaphor* (New York: Random House, 1979).

(73) Sontag, *Illness*, p. 43.

(74) Lacan, "Love Letter," p. 159.

(75) "Can the Subaltern Speak? Speculations on Widow-Sacrifice," *Wedge* 7/8 (Winter/Spring 1985).

(76) 「植民地戦争と精神病」に関するフランツ・ファノンの論評が、特にこの問題に関連してくる (Franz Fanon, *The Wretched of the Earth*, trans. Constance Farrington [New York: Grove Press, 1963])。

(77) Lacan, "Love Letter," p. 160.

(78) Spivak, "Can the Subaltern Speak?," P. 123.

(79) 「眠りたいという願望は、強調もしくは反復という、不確定な意味しかもたない傾向であり、また、そのことを忘れ、自分は意味のある形を知覚しているのだという仮定にしがみつきたいという願望でもある」(Cynthia Chase, "The Witty Butcher's Wife: Freud, Lacan, and the Conversion of Resistance to Theory" [一九八六年五月一日‐四日、イリノイ州立大学における「精神分析とフェミニズム」に関する学会で発表された論文の修正版])。

(80) 一九八六年一月、カルカッタで開催されたサバルタン研究会議での発言。これは、デリダが『弔鐘《グラ》』を書くときに、左側の欄で扱うヘーゲルの著作の決定的に確立された哲学的語彙と対比させて、右側の欄にジャン・ジュネの体系化不可能な怒涛のごとき俗語を並べたのにも匹敵するような衝動だと私は思う。"Subaltern Studies" [この日本語版では省略した、原著の第12章] における私の「噂」の扱い方も参照。

(81) 料理女が発した「なにをいうっていうんですか」というような修辞疑問文は、たいていの場合、「なんでもない」という否定の答えを予期するものである。しかしジャショーダの物語は、この質問を文字通りに理解（誤解）して、「これだ」と答えることによって語られてゆく。「肯定的ディコンストラクション」の形態学とはそうしたものであろう。それは、戦略的に排他的な綜合へと導く純粋な否定としてではなく、それを総計することを拒む還元不可能で本源的な「誤り」として、すべてに対する「イエス」を発するのである。この肯定は、権力の立場から与えられる、複数性あるいは抑圧的寛容の「イエス」ではない。したがって、言表としての「乳を与える女」は、たえず弱体化される肯定的ディコンストラクションの一例といえるかもしれない。

(82) Kristeva, "Ne dis rien," *Tel Quel* 90 (1981). この論文の存在を教えてくれたことに対して、シンシア・チェイスに感謝する。

(83) ついでながらいうと、クリステヴァのここでの方法は保守的である。なぜなら、彼女はフロイトの説のなかでもっとも革新的なものである、幼児のセクシャリティーを否定しているからだ。「おそらくは、フロイト自身の説明に見られる躊躇に力を得たポスト・フロイト派の人びとによって、ふたたび正統派的な仮定が自己主張をはじめた」(Jeffrey Weeks, "Masculinity and the Science of Desire," *Oxford Literary Review* 8. 1-2 [1986], p. 32)。彼女は、不可避の方法論的前提にすぎない前-本源的な空間を、精神的筋書きという実証的、自然的なものに変えているのである。

(84) クリステヴァは公然たる反-マルクス主義者である。彼女の研究とアルチュセールの研究を並べてみると、「質問状」という概念は、主体とはイデオロギーのなかで「呼びかけられる」ものだというアルチュセールの考えであることがわかる（＊"Ideology and the State," *Lenin and Philosophy*, pp. 170-77)。いっておくが、私は彼女にとって有利に解釈しているのである。

(85) Kristeva, "Stabat mater," in Susan Rubin Suleiman, ed., *The Female Body in Western Culture: Contemporary Perspectives* (Cambridge: Harvard University Press, 1986) を参照。この有名な論文は、公認された一神論にもとづく女性性を一般化し、「進歩的行動主義」を「女性的精神病」として排除するもので、母親に対する一種の讃歌となっている。そしてその母親とは、左側の欄では、薄いヴェールをまとった自伝的「証拠」によって、また右側の欄では、「女性のパラノイア」と戦うものとしての「聖母」に関する、包括的な歴史的・精神分析的結論によって、支えられているのだ (pp. 116, 117, 114)。アン・ファーガソンのすぐれた論文に関連して、私は「文化横断的指示物」（本書三四八ページ）の突然の出現について触れておいたが、このような想像上の「第三世界」を呼び起こす、性急で、しばしば誤解を招きやすい決定的局面が、フェミニズム的思考に影響を与えるのだ。たとえばアイゼンスタインは、「前‐資本主義的社会」を、「男性、女性、および子どもが自分たちに必要なものを作るために家や農場で働き、［そして］女性が子を産み育てるけれども、仕事の組織のおかげでこの性的分業から生じる影響も弱められている」（*Capitalist Patriarchy*, p. 30）ような社会として記述しているが、このような記述も、「乳を与える女」が呈示する、異種混交的な、脱植民地化された空間におけるジェンダー化の記述をまえにしては、即座に修正を余儀なくされることだろう。またクリステヴァにあっては、「処女マリア」が、ただちに再‐受肉を専有化している。「マリアは死ぬのではない。道教やその他の東洋思想では、人間の肉体は永久に続く流れ［flux］のなかでひとつの場所から他の場所へと移行してゆき、またその流れ自体が母親の器［réceptacle maternal］の写し［calque］であるという。この思想を借りていえば、マリアは逝ってしまった［transite］のである」（Suleiman, *Female Body*, p. 105）。

(86) 視線の問題は、映画理論のなかでもっともよく議論されてきた。以下に挙げるようなものを参照。Laura Mulvey, "Visual Pleasure and Narrative Cinema," *Screen* 16. 3 (1975); ＊E. Ann Kaplan, *Women and Film: Both Sides of the Camera* (London: Methuen, 1983); Teresa de Lauretis, *Alice Doesn't: Feminism, Semiotics, Cinema* (Bloomington: Indiana University Press, 1984)．また、Norman Bryson, *Vision and Painting: the Logic of the Gaze* (New Haven: Yale University Press, 1983) も参考までに紹介しておく。この本を推薦してくれたことに対して、フランセス・バートコウスキーに感謝する。

(87) Spivak, "Displacement and the Discourse of Women" を参照。

(88) これと関連して、Temma Kaplan, "Female Consciousness and Collective Action: the Case of Barcelona, 1910–1918," in Keohane, ed., *Feminist Theory* を参照。そこに見られる「女性の意識」という考え方には興味深いものがある。

(89) 数ある例のなかからふたつだけ挙げておく。Rabindranath Tagore, *Bhanusingher Padabali*（ベンガル暦 1291）; Bankimchandra Chattyopadhyaya, *Krishnacharitra* (1986).

(90) 「乳を与える女」では、英語が冒瀆の手段となっているのではないかと示唆してくれた、スディプト・カヴィラージに感謝する。

(91) これがベンガルに実在する地名であるという事実は、ここではどうでもよいことである。

(92) Hardiman, "Subaltern Studies," p. 290.

(93) Spivak, "Subaltern Studies," pp. 356–63.

邦訳文献

著編者名の次にある発行年はすべて、本書の本文・註で参照されている版のもの

アドルノ、テオドール（一九七四）『ミニマ・モラリア――傷ついた生活裡の省察』三光長治訳、法政大学出版局、一九七九年

アルチュセール、ルイ（一九七〇）『甦るマルクス』河野健二他訳、人文書院、一九六八年

――（一九七一）『レーニンと哲学』西川長夫訳、人文書院、一九七〇年／『国家とイデオロギー』西川長夫訳、福村出版、一九七四年

――（一九七七）『自己批判』西川長夫訳、福村出版、一九七八年

アンダーソン、ペリー（一九七四）『古代から封建へ』青山吉信他訳、刀水書房、一九八四年

バルト、ロラン（一九七四）『S／Z――バルザック『サラジーヌ』の構造分析』沢崎浩平訳、みすず書房、一九七三年

――（一九八四）『言語のざわめき』花輪光訳、みすず書房、一九八七年

ブルデュー、ピエール（一九七七）『構造と実践――ブルデュー自身によるブルデュー』石崎晴巳訳、新評論、一九八四年

ブレイヴァーマン、ハリー（一九七四）『労働と独占資本――二十世紀における労働の衰退』富沢賢治訳、岩波書店、一九七八年

コールリッジ、サミュエル・テイラー（一九〇七）『文学評伝』桂田利吉訳、法政大学出版局、一九七六年

カワード、ロザリンド／エリス、ジョン（一九七七）『記号論と主体の思想――バルト、ラカン、デリダなど』磯谷孝訳、誠信書房、一九八三年

ダンテ（一九七三）『新生』山川丙三郎訳、岩波文庫、一九四八年

ドゥルーズ、ジル／ガタリ、フェリックス（一九七七）『アンチ・オイディプス――資本主義と分裂症』市倉宏祐訳、河出書房新社、一九八六年

デリダ、ジャック（一九七三）『声と現象——フッサール現象学における記号の問題への序論』高橋允昭訳、理想社、一九七〇年

——（一九七五）「真実の配達人」清水・豊崎訳、『現代思想・臨時増刊デリダ読本』（青土社、一九八二年）所収

——（一九七六）『根源の彼方に——グラマトロジーについて』上・下、足立和浩訳、現代思潮社、一九七二年、一九七六年

——（一九七七）「署名、出来事、コンテクスト」高橋允昭訳、『現代思想・臨時増刊デリダ読本』（青土社、一九八八年）所収

——（一九七八）『エクリチュールと差異』上・下、若桑毅他訳、法政大学出版局、一九七七年、一九八三年

——（一九七八）『尖筆とエクリチュール』白井健三郎訳、朝日出版社、一九七九年

——（一九七九）「境界を生きる」大橋洋一訳、『ユリイカ』一九八五年九月号（青土社）所収

——（一九八〇）「ジャンルの掟」野崎次郎訳、W・J・T・ミッチェル編『物語について』（海老根宏他訳、平凡社、一九八七年）所収

——（一九八一）『ポジシオン』高橋允昭訳、青土社、一九八一年

——（一九八二）『哲学における最近の黙示録的語調について』白井健三郎訳、朝日出版社、一九八四年

——（一九八三）「白けた神話」豊崎光一訳、『世界の文学・38』（集英社、一九七八年）所収

ドラブル、マーガレット（一九七一）『滝』鈴木建三訳、晶文社、一九七四年

イーグルトン、テリー（一九八一）『ワルター・ベンヤミン——革命的批評に向けて』有満麻美子他訳、勁草書房、一九八八年

——（一九八三）『文学とは何か——現代批評理論への招待』大橋洋一訳、岩波書店、一九八五年

エンゲルス、フリードリヒ（一九七六）『家族・私有財産・国家の起源』戸原四郎訳、岩波文庫、一九五五年

ファイヤアーベント、ポール（一九七五）『方法への挑戦——科学的創造と知のアナーキズム』村上陽一郎他訳、新曜社、一九八一年

フーコー、ミシェル（一九七二）『知の考古学』中村雄二郎訳、河出書房新社、一九七〇年。改訳新版、一九八一年

——（一九七三）『臨床医学の誕生——医学的まなざしの考古学』神谷美恵子訳、みすず書房、一九六九年

――（一九七七）『監獄の誕生――監視と処罰』田村俶訳、新潮社、一九七七年

フロイト、ジークムント（一九六四）『フロイト著作集』全11巻、人文書院、一九五二―八四年／『フロイド選集』全17巻、日本教文社、一九五二―七〇年

ハーバーマス、ユルゲン（一九七一）『認識と関心』奥山次良他訳、未来社、一九八一年

ハイデガー、マルティン（一九七一）『芸術作品のはじまり』（ハイデッガー選集12）菊地栄一訳、理想社、一九六一年

ヘーゲル、G・W・F（一九五六）『歴史哲学』武市健人訳、岩波文庫、一九七一年

フッサール、エドムント（一九六二）『イデーン――純粋現象学と現象学的哲学のための諸構想』1・2、渡辺二郎訳、みすず書房、一九七九年、一九八四年

イリガライ、リュース（一九八五）『ひとつではない女の性』棚沢直子他訳、勁草書房、一九八七年

ジェイムソン、フレドリック（一九八一）『政治的無意識――社会的象徴行為としての物語』大橋洋一他訳、平凡社、一九八九年

――（一九八三）「ポストモダニズムと消費社会」吉岡洋訳、ハル・フォスター編『反美学』（室井・吉岡訳、勁草書房、一九八七年）所収

カプラン、E・アン（一九八三）『フェミニスト映画――性幻想と映像表現』水田宗子訳、田畑書店、一九八五年

クリステヴァ、ジュリア（一九七七）『中国の女たち』丸山静訳、せりか書房、一九八五年

クーン、アネット／ウォルプ、アンマリー編（一九七八）『マルクス主義フェミニズムの挑戦』上野千鶴子他訳、勁草書房、一九八四年。第二版、一九八六年

ラカン、ジャック（一九六六、英語版一九七七）『エクリ』I―III、佐々木孝次他訳、弘文堂、一九七二年、一九七七年、一九八一年

――（一九七〇）「無意識における文字の審級」佐々木孝次訳、『エクリ』（前出）II所収

――（一九七二）「『盗まれた手紙』についてのゼミナール」佐々木孝次訳、『エクリ』（前出）I所収

――（一九七七）「主体の壊乱と欲求の弁証法」佐々木孝次訳、『エクリ』（前出）III所収

――（一九七七）「治療の指導とその能力の諸原則」海老原英彦訳、『エクリ』（前出）III所収

――（一九七七）「ファルスの意味作用」佐々木孝次訳、『エクリ』（前出）III所収

――（一九八二）「神と女性の快楽」若森栄樹訳、『現代思想』一九八五年一月号（青土社）所収
ラカプラ、ドミニク（一九八五）『歴史と批評』前川裕訳、平凡社、一九八九年
ラプランシュ、ジャン／ポンタリス、J＝B（一九七三）『精神分析用語辞典』村上仁監訳、みすず書房、一九七七年
レヴィ＝ストロース、クロード（一九六三）『構造人類学』荒川幾男他訳、みすず書房、一九七二年
ルカーチ、ジェルジ（一九七一）「小説の理論」大久保健治訳、『ルカーチ著作集2』（白水社）所収
リオタール、ジャン＝フランソワ（一九七九）『ポスト・モダンの条件』小林康夫訳、書肆風の薔薇、一九八六年
マシュレ、ピエール（一九七八）『文学生産の理論』内藤陽哉訳、合同出版、一九六九年
マルクーゼ、ハーバート（一九六〇）『理性と革命――ヘーゲルと社会理論の興隆』桝田啓三郎訳、岩波書店、一九六一年
マルクス、カール（一九七三）『経済学批判』杉本俊朗訳、大月書店、一九六六年
――（一九七五）『ルイ・ボナパルトのブリュメール一八日』伊藤新一他訳、岩波文庫、一九五四年
――（一九七七）『資本論』1―9、向坂逸郎訳、岩波文庫、一九六九年。改訳版一九九〇年
ニーチェ、フリードリヒ（一九七四）「道徳の系譜」木場深定訳、岩波文庫、一九四〇年／秋山英夫訳、『ニーチェ全集Ⅱ3』（白水社版、一九八三年）所収／信太正三訳、『ニーチェ全集10』（理想社版、一九八〇年）所収
リクール、ポール（一九七〇）『フロイトを読む――解釈学試論』久米博訳、新曜社、一九八二年
ライアン、マイケル（一九八二）『デリダとマルクス』今村仁司他訳、勁草書房、一九八五年
ソシュール、フェルディナン・ド（一九七七）『一般言語学講義』小林英夫訳、岩波書店、一九七二年
シェリー、メアリー（一九六五）『フランケンシュタイン』臼田昭訳、国書刊行会、一九七九年／森下弓子訳、創元推理文庫、一九八四年
ジンメル、ゲオルク（一九七八）『貨幣の哲学』（ジンメル著作集2・3）居安正訳、白水社、一九七八年、一九八一年
シモンズ、アーサー（一八九九）『象徴主義の文学運動』樋口覚訳、国文社、一九七八年
ソンタグ、スーザン（一九七九）『隠喩としての病い』富山太佳夫訳、みすず書房、一九八二年
スピヴァック、ガヤトリ（一九八三）「転位と女のディスクール」鵜飼哲他訳、『現代思想』一九八五年一月号（青土社）所収
スティーヴンズ、ウォレス（一九五四）『場所のない描写――ウォーレス・スティーヴンズ詩集』加藤文彦他訳、国文社、

一九八六年
ヴィーコ、ジャンバッティスタ（一九六八）『新しい学』清水・米山訳、『続・世界の名著・6』（中央公論社）所収、一九七九年
ヴェーバー、マックス（一九五七）『プロテスタンティズムの論理と資本主義の精神』大塚久雄訳、岩波文庫、一九五五年。改訳版、一九八九年
ウィティッグ、モニーク（一九七五）『レズビアンの身体』中安ちか子訳、講談社、一九八〇年
ウルストンクラフト、メアリー（一九七二）『女性の権利の擁護――政治および道徳問題の批判をこめて』藤井武夫訳、清水書院、一九七五年／白井堯子訳、未来社、一九八〇年
イェイツ、W・B（一九六一）『ヴィジョン』鈴木弘訳、北星堂書店、一九七八年

訳者あとがき

本書は、Gayatri Chakravorty Spivak, *In Other Worlds: Essays in Cultural Politics* (New York: Methuen, 1987) のうち、コリン・マッケイブによる「序文」と、本文を構成する全十四章中四つの章を省略して訳出したものである。この著者のきわめてユニークな仕事をはじめてまとまった形で広汎な日本の読者層に紹介することの意義を思うと、本来、（讃辞とも解説とも見えるマッケイブの論考を含めて）全篇を翻訳すべきところであろうが、日本語化した際のページ数の関係などからこのような形をとらざるを得なくなった。なお、日本語版としてここに読まれる各章の選択にあたっては、原著の出版社と、原著者ガヤトリ・チャクラヴォーティ（「チャクラヴォルティー」と表記する方が原音により近いとも考えられるが、ここではいちおう、英語での発音を考慮した折衷的な案をとっておく）・スピヴァックの了解を得た。この日本語版でやむなく割愛されることとなったのは次の各章である。

第1部（原著では「文学」と題されている）のうち
"Unmaking and Making in *To The Lighthouse*"（原著の第3章）
"Sex and History in *The Prelude* (1805): Books Nine to Thirteen"（同じく第4章）
第2部（「世界のうちへ」）のうち

"Reading the World: Literary Studies in the Eighties"（同じく第6章）
第3部（「第三世界への参入」）のうち
"Subaltern Studies: Deconstructing Historiography"（同じく第12章）

ここに収録された各論考――ならびに、著者自身によってベンガーリー語から英語に訳されたマハスウェータ・デヴィ作のふたつの短篇小説――はすべて、一九七七年から八七年にかけての十年ほどのあいだの、著者の関心の動向を示すものである。執筆時期の新しい最後のふたつの章を除き、他の各章は、実に多岐にわたるさまざまな定期刊行誌や論文集に寄稿されている。そのことと対応するように、ひとつひとつの論文の内容もまた、かなり多様なものとなっていることは確かだ。だが、全体を通して読めば、一貫した問題設定のあり方を見て取ることは決して困難ではないだろう。ピッツバーグ大学における著者の同僚であるマッケイブが指摘しているように、また著者自身が認めているように、批評家スピヴァックの位置づけは一般に、マルクス主義、フェミニズム、ディコンストラクションという三つの方法論の交差のうえになされてきた。それらの視点の有効性を常に問い続けること。そしてなおかつ、既成の学問制度によって自らに与えられる規定に甘んじることなく、世界的な規模でいう文化の理解と、大学における人文科学教育の改革のために、視野の拡大を計り続けること。こうした意欲的、挑戦的な姿勢こそは、今日の文化批評家として比類ない存在というべきスピヴァックの特徴をなすものといえるのではないだろうか。書かれたものだけでなく、たとえば学会のシンポジウムの席などにおいて、彼女が周囲の反発をものともせずに繰り出す論鋒の鋭さは、いくつかの論考からもうかがわれる。そうした際に彼女が垣間見せる強靭さは、カルカッタ出身の女性、英語を母国語としてはいなかったのにアメリカ合衆国で英文学を教えている大学教授としての、彼女のアイデンティティーのみに支えられているとはいえまい。われわれ自身にも共通する、より普遍的な倫理性の問題にも眼を向けてみなければならないのである。

合衆国におけるディコンストラクションの第一世代を代表する故ポール・ド・マンから薫陶を受けた人びと、今日の中心的な研究者たちのなかで、バーバラ・ジョンソンやガヤトリ・スピヴァックという女性たちがひときわ擢《ぬき》んでて、われわれの眼に映じていることは、印象深い事実である。しかも、このふたりはともに卓越した翻訳者として、ジャック・デリダの主要な著作を紹介したことにより、英語圏の読者たちに裨益するところきわめて大きかった。スピヴァックによる『グラマトロジーについて』の訳（*Of Grammatology*, 1976）とそれに付せられた訳者自身による長大な「序論」がその後の文学理論・批評理論の展開に及ぼした影響は、ジョンソンによる『撒種』の訳（*Dissemination*, 1981）の先例をなすものでもあった。本書に収められたスピヴァックの論考はすべて、彼女のデリダ経験――とりわけ重要な意義をもったのは『弔鐘《グラ》』（一九七四）と『エプロン』（一九七八）であったように思われる――ののちに書かれている。それ以前の、伝統的な学問的規律のうちではぐくまれた英文学者としての読解の理念、そこでおのずから課せられている制約からの脱却を目ざす試みは、本書の第1部に見ることができる。

文学研究者としてのジョンソンの出発点にあったのがボードレールやマラルメであったとすれば、一九七四年にすでに *Myself I Must Remake: The Life and Poetry of W. B. Yeats* と題する研究書を発表していたスピヴァックの場合、当初の専門分野は、本書の第2章に登場するアングロ＝アイリッシュ文学の代表的詩人、W・B・イェイツとその周辺であったということができよう。彼女より一年遅く生まれたテリー・イーグルトンのもっとも初期の業績がやはりイェイツ論であった事実、彼がその後もアングロ＝アイリッシュ文学へのこだわりを折りあるごとに表明している事実を、ここで想起してみるのもあながち無益とはいえまい。この第2章に限っていえば、スピヴァックの場合、興味深いのは、イデオロギー批評の見地から見てまさに徴候的な存在ともいえるイェイツを、あえて特異なものとしてとらえず西洋文学の伝統のひとつの流れのなかにおくことによって、男性中心主義的なテクストのうちに見え隠れする女性の形象の専有化の問題を鮮明に描き出そうとしている点である。

ある特定のテクストにせよ、その書き手や読み手にせよ、なんらかの外的要因（あるいは重層決定因子と呼ぶべきか）の支配を完全に免れて独自の言説を編成することはあり得ない――このような見方は、スピヴァックの論考のすべてに共通するものである。イギリス・ロマン主義の理論的精華たるサミュエル・テイラー・コールリッジの『文学的自叙伝』（一八一七）を扱う第1章は、いまいったような意味で、自己完結的な文学批評制度に精神分析の語彙を導入することによって開放性を与えようとする。だが、それと同時に、精神分析批評それ自体の可能性（あるいは不可能性）もまた客観的にとらえられることになる。ここでは、アメリカの伝統的文学批評の過去と未来、さらにはその限界までもが冷静に見きわめられているのである。こうした多元的・多層的な議論の組み立ては、訳出しなかったふたつの章にあっても精彩と魅力を感じさせる源となっている。コールリッジの盟友、ウィリアム・ワーズワスの長篇詩『序曲』（一八〇五年版）における「ヴォードラクールとジュリア」の挿話を論じるにせよ、ヴィクトリア朝の高名な伝記作家レズリー・スティーヴンを父にもつヴァージニア・ウルフの長篇小説『灯台へ』（一九二七）のいくつかのセクションを分析するにせよ、スピヴァックは、自伝的・私小説的事実の加工あるいは虚構化の過程を追いながら、性、ジェンダー、歴史といった広く一般化し得る問題設定への接近を怠ろうとしない。

スピヴァック自身の思想の歩みは、本書の第3章「フェミニズムと批評理論」で要約されている。ここでスピヴァックは、逆転‐置換というディコンストラクションの方法、とりわけデリダのいう「肯定的」

ディコンストラクションになお心惹かれるところがあると告白しながら、自分自身のものを含め初期のフェミニズム批評にあっては人種ならびに階級という次元が欠けていたと反省する。このような視点からいえば、女性の抑圧と、第三世界の抑圧は、別箇の問題として切り離されてはならないことになる。再生産=生殖の回路という論理の絶対性は、ある見方によれば第一世界の優越性に依拠するものであり、別の見方によれば男性中心主義のもたらす偏見にすぎないということになるだろう（それは、クリトリスの排除という形でも表われるはずだ）。

このような一連の問題を、文学的テクストに限らずより広汎な文化的事象というコンテクストのなかで考察しようとしたのが、第2部の各章である。ここでは、「説明」や「解釈」という基本的なキー・ワードによって、また、アメリカではごく狭い意味でしかとらえられていない「イデオロギー」という概念によって、既成の学問制度が無意識的に主体に押しつけてきた因襲的な判断の妥当性そのものが疑問視されている。スピヴァックが論争の相手として選んでいる学者たちのなかには、ドナルド・デイヴィーのような、イギリス的アカデミズムを代表する文学批評家だけでなく、社会学者、政治学者、法律学者などが含まれる。が、それだけでは、議論の及ぶ範囲は、大学内における人文科学教育の位置づけをめぐる権力抗争の域を出ないということになってしまいかねない。スピヴァックは専門的議論の閉域化に周到な揺さぶりをかけ、逆転-置換の構造に絶えず実践的な有効性をもたせようとする。第4章の副題となっている「マージナリア」という語によって暗示される周縁化-中心化の問題は、理論と実践、研究と教育といった関係のあらゆる局面において、安定ではなく相互活性化を求めるよう、われわれの注意をうながすものでもあるようだ。

さらにスピヴァックは、ジェンダー、主体、価値などのような重要なテーマを展開するにあたって、世界史的な規模で見た異種混交性と、政治経済の微視的研究という両極的な視座をともに導入することが必要であると訴える。このような意味からいって、第6章で、フランス・フェミニズムの古典とも称すべきジュリア・クリステヴァの『中国の女たち』(一九七四)が批判の俎上にのぼるとき、西暦の便宜的使用という約束事そのものが疑問に付されることになるのである。とはいえ、当然のことながら、第三世界の搾取という問題に眼を移すなら、今日の世界を動かしている資本主義のシステムを避けて通るわけにはゆかない。この点は、精神分析の方法に淵源を有するフランス・フェミニズム主流派との対比からいえば、より社会的な次元を獲得するうえで、今後の批評理論にとってきわめて重大な課題となるものでもある。そうした目的を念頭におく不可欠な段階のひとつとして、われわれは、『資本論』第一巻から第三巻への移行を精緻に読み解く本書第7章を受けとめることができる。ここでは、労働力としての主体観にもとづいて生成される「価値」なるものの虚構性が明るみに出されるとともに、『資本論』第一巻の刊行以来、百年あまりのあいだの世界経済の歴史そのものが問題化されているようだ。アルチュセール、グー、デリダなどを踏まえたスピヴァックの議論は、今日の思想状況の陥っている難局を打開しようとする目的をもったものでもある。

危機管理としての帝国主義、資本主義、植民地主義こそは、近年のスピヴァックの最大の関心事であるようにも思われる。そのため、執筆時期の比較的新しいものを含む第3部の諸篇にあっては、テクストとして織りなされている第三世界の政治学が前面に取りあげられることとなる。スピヴァックと同じくベンガーリー語を母国語とするマハスウェータ・デヴィのふたつの短篇小説がスピヴァック自身の手で英語に訳されているが、これは、じゅうらいフランス思想とフランス・フェミニズム、ならびにそれらの絶大な影響のもとにある現代アメリカのフェミニズムの代弁者と目されてきた著者が、果てしない自己言及に終わりかねぬそうした学問体系に「他者」の視点を賦与しようとした試みと見なすことができるだろう。彼女の果敢な挑戦のあとは、最終章においてもっとも明瞭な形で表われているが、そこにあっては、作者自身による作品の読みも決して唯一正統的なものとされることはなく、いくつかの読みの可能性とともに並置されているにすぎない。むろん、ある特定の読みのみを絶対化しようとする偏向的なイデオロギーの枠組みが依然として残存し続けていることは確かなのであり、その頑強さに抗するために、スピヴァックの用いる多元化、多層化の手法はよりいっそう徹底したものとなってゆくに違いない。

この日本語版では“subaltern”という形容詞を便宜上、「副次的」と訳した箇所があるが、これが「エリート」と対立する語として用いられていることはいうまでもない。この概念は、イタリアのマルクス主義理論家、アントニオ・グラムシに由来するものとされている。なにものかが、階級、カースト、年齢、ジェンダー、職業などの点で他のなにものかに従属している場合の、そのあり方を一般的に意味するものと考えられる。この概念を軸として、インド近代史の分野に変革をもたらそうとする一団の研究者たちは、サバルタン・スタディーズ・グループという名称と呼ばれていて、彼らの研究成果は、デリーのオックスフォード大学出版局から年一冊刊行されている『サバルタン・スタディーズ』にまとめられている。彼らの研究方法はおそらく、フランスで隆盛をきわめているいわゆる「新しい歴史学」、アメリカでいう「ニュー・ヒストリシズム」などの行なっている問題提起と同じ脈絡で把握されてよいのではなかろうか。日本語版では省略した原著の第12章で、スピヴァックは、戦略としての歴史記述という観点から、ラナジット・グハやパルタ・チャテルジーなど、サバルタン・スタディーズ・グループの人びとのこれまでの業績に論評を加えている。このグループがなしてきた、既成の二項対立を疑問に付そうとする試みを、いわば脱構築的な実践として評価しながらも、いくつかの点で、さらに論議を重ねる余地が残されているとスピヴァックは考えているようだ。特に重要となるのは、「女性」という観念にいかにして対処するかという問題であろう。さらにわれわれが忘れてならないのは、「サバルタン」が自らを語ることはないという事実、それを語っている者は常に「エリート」であり、その常識や価値観をかたちづくっているのは欧米の文化にほかならないという事実である。「ドラウパーディ」の敵役《かたき》であるセナナヤクが、自らをシェイクスピア晩年の作品、『テンペスト』の中心人物プロスペローになぞらえているのは、その意味で象徴的な事態といえるだろう。植民地主義の黎明期に書かれたこのテクストは、今日なお重い政治的意味合いを失っていない。そうしたことも念頭におきながら、われわれは、スピヴァックの論じるような主体 - 効果を、自らの問題として考えてみる必要があるのではなかろうか。

「新植民地主義の文化の政治学」を対象とする近年のスピヴァックの批評活動は、いわゆるニュー・ヒストリシズムの陣営にとっても無視し得ないものとなっている。ハロルド・ヴィーサーの編集による『ニュー・ヒストリシズム』と題する論文集（一九八九）のために電話を通して行なわれた編者との対談のなかで、スピヴァックは、合衆国の学界のうちだけで——カリフォルニア大学のバークリー校、アーヴィン校、ロサンジェルス校のあいだだけで——繰り拡げられている批評史上の覇権争いが問題の全容と思われている限り、マクロ規模、地球規模の政治学について語ることはできないと、警告を発する。アメリカの学者たちの側《がわ》からいえば、他の地域で行なわれている人文科学教育の実態について知らなければならないということであり、日本を含む西洋文化の周縁に位置する学者たちの立場からいうならば、自分たちのエリートとしての権威の起源が、常にここではないどこかにあるという事実、自らのうちに書きこまれているイデオロギー的限界を認識しなおさなければならないということにもなるだろう。テクストの読解方法に関していうと、アルチュセール、マシュレーの延長線上にあるニュー・ヒストリシズム流の「徴候的な読み」に対して、スピヴァックが飽くまでも固執するのは、テクストを「完全に文字通りに」読もうとする姿勢である。それと同時に彼女は、自分が文学批評家であること、自らがまず第一に取り扱うべきは文学的テクストであるということに対しても、倫理的なこだわりを示している。とはいいながらも、故ジョエル・ファインマンらがニュー・ヒストリシズムに対して求めていたような成果を、彼女の論考が達成しているのではないかという指摘に関しては、スピヴァックはさして反発を見せてはいない。

旧植民地と合衆国の双方で高等教育を受けた、上層カースト出身の女性としてのスピヴァックは、出身地である西ベンガル州の州都カルカッタのもつ猥雑なまでの異種混交性を、一身に体現する存在であるようにも思われる。そのような存在として自分にできることといえばただ、あらゆる超越的、普遍的な理念から等しく距離をとることだけだと彼女はいう。マルクス主義、フェミニズム、脱構築主義、ニュー・ヒストリシズム、サバルタン・スタディーズといった方法論や学問的規律に関しても、スピヴァックはそのいずれかに与《くみ》するようなことはしない。それでいて、なにものにも媚びることのない、一本芯の通った思索を呈示するその思想的営為のたくましさは、まさに敬服に価するものといって過言でない。着実に大家としての風格を備えつつあるスピヴァックだが、教育者としてのその活動の範囲は近年、ますます広がろうとしている。アメリカ各地の大学だけでなく、オーストラリア、イギリス、サウディ・アラビア、母国であるインドなどといった各地に、客員教授として、あるいは講演者として招聘され、各種のメディアにも精力的に登場している。その言動の軌跡と、及ぼしている影響力の大きさは、最近出版されたインタヴュー集（*The Post-Colonial Critic: Interviews, Strategies, Dialogues*, 1990）から一端をうかがうことができるだろう。スピヴァックが、九〇年代を語るうえで欠かせない批評家となるであろうことは、まずまちがいないはずだ。

本書は、以下のような分担で訳出された。

第1章、第2章＝鈴木聡。第3章、第4章、第9章＝大野雅子。第5章、第6章、第8章＝鵜飼信光。第7章、第10章＝片岡信。

単一の筆者の手になる論文集を複数の訳者によって翻訳することとなったため、最小限の文体の統一が必要であると考え、用語、文字使い、句読法などについて鈴木が調整を行なった。訳文にかなり手なおしを加え、結果的に本来のものとまったく異なってしまった部分もあるので、全体の責任は鈴木が一身に負うべきものである。スピヴァックの文体は、彼女のおかれている立場の困難さ、扱う主題の論じがたさとくらべてみると、決して晦渋なものではなくむしろ、学術論文特有の鈍重さとは正反対の、歯切れのよさを備えたものといえるだろう（これは、マッケイブも指摘していることだ）。その緊密さ、密度の高さを再現することができなかったとすれば、それはひとえに、訳者たちの未熟さによるものというほかない。また、訳者たちの怠慢によって刊行予定が大幅に遅れてしまい、関係各位に御迷惑をおかけしたことに関しても、お詫びを申しあげなければならない。なお、本文中の引用文は、既訳があるものについては参照したが、おおむね、表記を変えたり文脈に合わせて訳しなおしたりしたことをお断わりする。

一九九〇年十一月八日　　訳者　識

著　者

ガヤトリ・C. スピヴァック
Gayatri Chakravorty Spivak

1942年、西ベンガル州カルカッタ生まれ。コロンビア大学教授。カルカッタ大学卒業後、コーネル大学で脱構築批評の代表格ポール・ド・マンに学ぶ。1976年、ジャック・デリダの代表的著作『グラマトロジーについて（*Of Grammatology*）』の英訳を出版。長大な訳者序文で卓越したデリダ論を展開して、いちやく注目を浴びる。脱構築主義者であるとともに尖鋭的なマルクス主義者でもあり、またフェミニズム批評の展開にも重要な役割を果たしている。とりわけ、第三世界の女性たちをクローズアップする視点が評価されている。邦訳された著書に『サバルタンは語ることができるか』（みすず書房）、『ポストコロニアル理性批判』（月曜社）、『デリダ論――『グラマトロジーについて』英訳版序文』（平凡社ライブラリー）、『ナショナリズムと想像力』（青土社）、『いくつもの声――ガヤトリ・C・スピヴァク日本講演集』（人文書院）ほかがある。

訳　者

鈴木《すずき》　聡《あきら》

1957年青森県生まれ。東京外国語大学大学院総合国際学研究院教授。東京大学大学院修士課程修了（英文学専攻）。著書に『終末のヴィジョン――W・B・イェイツとヨーロッパ近代』（柏書房）、訳書にイーグルトン『表象のアイルランド』（紀伊國屋書店）、共訳書にスピヴァック『ある学問の死』（みすず書房）、イーグルトン『美のイデオロギー』（紀伊國屋書店）ほかがある。

大野《おおの》雅子《まさこ》

1961年新潟県生まれ。帝京大学外国語学部教授。東京大学大学院修士課程修了（英文学専攻）。プリンストン大学比較文学科博士号取得。

鵜《う》飼《かい》信《のぶ》光《みつ》

1962年愛知県生まれ。九州大学大学院人文科学研究院文学部門教授。東京大学大学院修士課程修了（英文学専攻）。

片《かた》岡《おか》　信《まこと》

1961年大分県生まれ。東京大学大学院修士課程修了（英文学専攻）。訳書に、トムリンソン『グローバリゼーション』『文化帝国主義』、プール『19世紀のロンドンはどんな匂いがしたのだろう』（以上、青土社）がある。

文化としての他者

〈旧版〉
1990年12月15日　第1刷発行©
〈復刊版〉
2000年 6月 8日　第1刷発行
2016年 5月26日　第3刷発行

発行所
株式会社 紀伊國屋書店
東京都新宿区新宿 3-17-7
出版部（編集）電話 03(6910)0508
ホールセール部（営業）電話 03(6910)0519
東京都目黒区下目黒 3-7-10
郵便番号 153-8504

ISBN 978-4-314-00868-6 C0010
Printed in Japan
定価は外装に表示してあります

印刷　理想社
製本　図書印刷

紀伊國屋書店

正義論〈改訂版〉
ジョン・ロールズ
川本隆史、他訳

正義にかなう秩序ある社会の実現にむけて、社会契約説を現代的に再構成しつつ独特の正義構想を結実させたロールズの古典的名著。

A5判／844頁・本体価格7500円

消費社会の神話と構造〈新装版〉
J・ボードリヤール
今村仁司、塚原史訳

すべては消費される「記号」にすぎない――1970年にいち早く現代消費社会の概念を提示し、時代を拓いた先駆的名著の決定版。

四六判／372頁・本体価格2100円

ラカンはこう読め！
スラヴォイ・ジジェク
鈴木晶訳

具体的な事象を「ラカンとともに読む」語り口で、難解なラカン思想を軽やかに解きほぐす。現代思想界の鬼才による待望の入門書。

四六判／232頁・本体価格1800円

サイード自身が語るサイード
エドワード・W・サイード
タリク・アリ
大橋洋一訳

E・サイードの1994年のインタビュー。自身の肉声による上質なサイード入門。タリク・アリによる年譜、著作リスト付
四六判／192頁・本体価格1500円

イスラームから見た「世界史」
タミム・アンサーリー
小沢千重子訳

「西洋版世界史」の後景で、いかなる物語が進行していたのか？　混迷を続けるイスラーム世界の成り立ちが見えてくる、もう一つの世界史。

四六判／688頁・本体価格3400円

社会はなぜ左と右にわかれるのか
対立を超えるための道徳心理学
ジョナサン・ハイト
高橋洋訳

政治的分断状況の根にある人間の道徳心を、自身の構築した新たな道徳心理学で多角的に検証し、わかりやすく解説した全米ベストセラー。

四六判／616頁・本体価格2800円